KB236748

사이버리즘과 사이버소설

김재국 지음

국학자료원

컴퓨터와 통신기기의 발달은 인터넷 대중화를 가져와 디지털시대를 만들어 내고 있다. 디지털시대 현실은 우리 인간의 물질적인 모든 부분뿐만 아니라 인간의 사고방식까지 변화시킨다. 이러한 시대적 상황은 새로운 천년을 맞이한 지금 그 양상이 더욱 깊어가고 있다. 하지만 인터넷은 정보를 담는 수단이거나 도구이지 내용이 아니기 때문에 기존 문화에 대한 변화의 심각성을 부정하는 주장이 없지는 않다. 반면에 정보의 전달 방식이나 수단이 달라지면 문화 자체가 변화할 것이라는 논리도 있다. 분명한 것은 생래적으로 유동적 성격을 지닌 소설은 디지털시대 현실을 벗어나기 힘들다는 것이다.

우리는 한 세기를 보내면서 포스트모더니즘을 이어쓰고 고쳐 쓰는 사이버 리즘이라는 새로운 문학운동 혹은 문예사조 창출에 직면하고 있다. 문화의 변화와 함께 문학 또한 변하지 않을 수 없다. 혹자는 시대가 그러할수록 상부구조적 문학이 흔들리지 않아야 한다며 열을 올린다. 하지만 그것은 문학의 보수 기득권 층의 자족적인 이야기에 불과하다. 아무리 문학의 나무가 흔들리지 않으려 해도 근본적인 토대의 변화가 감지되는 이상, 문학은 여기에 대한 적응력을 길러야 한다. 문학은 우리 사회 현상에서 비롯되며 수용자의 시선을 떨쳐버릴 수가 없기 때문이다. N세대의 출현은 문학의 변화를 더욱 촉발시키고 있다. 문학의 고갈 혹은 사망의 문제가 거론된 지는 이미 오래 전이다. 가상공간의 다매체가 끝없이 생산하는 환상과 이미지는 새로운 리얼리티의 문제를 부각시킨다. 오늘날 소설의 리얼리즘은 현실과 가상의 문지방에서 서성대고 있는 듯하다. 현실을 바탕으로 하는 리얼리즘이 가상현실로 넘어서기 위한 준비 운동을 하는 것과 다름없다. 한편에서는 대중문화가 소설의 구성이나 주제에 녹아 들어가면서 현실을 바탕으로 하는 리얼리즘의 벽이 허물어졌다고 말한

4

다. 또 다른 한편에서는 컴퓨터가 대중적으로 보급된 시점에 가상공간에서 만
들어지는 가상현실도 리얼리즘에 포함시켜야 한다는 목소리를 높인다. 문학은
독불장군이 되어서는 안되겠기에 그 몸의 변신을 시도해야한다는 것은 기정사
실화 되고 있는 것이다.

구술로 떠돌아다니던 문학은 문자가 발명되면서 새로운 변신을 시도했다.
그러나 컴퓨터의 발명은 문자의 출현과 비교가 되지 않을 정도로 혁명적 변화
를 예고한다. 절대적 가치를 지향하는 소설은 시간이 흘러감에 따라 점차 고립
을 면치 못할 것이다. 소설이 독자들이 살고 있는 현재와 과거 그리고 미래와
단절되어 있다면 개방성이나 비결정성, 미완결성이 들어설 자리가 없다. 그 자
체로 만족하기 때문에 어떤 변화나 발전도 존재할 수 없게 되는 것이다. 사이
버소설은 절대적 과거 대신 일시적이고 불완전한 현재를 중심 주제로 삼는다.
국가적 영웅의 전통보다는 개인의 경험이나 창조적 상상력에 기초하면서 문학
의 몸을 변신시키고 있다.

이렇듯 문학은 탄생한 이래 지속적으로 변화해 왔고 이제 또다시 변신하여
우리의 구체적 삶을 객관적으로 형상화시킬 시점에 당도한 것이다. 문학적 가
치의 다원주의는 문학의 생산적 대화를 위해서도 바람직한 일이기 때문이다.

이 책은 Ⅳ장으로 짜여져 있다.

Ⅰ장. 디지털시대의 사이버소설에 관심을 가지는 일은 소설의 생산적 대화
를 위해서도 적실하다는 입장에서 접근한다. 유동적이며 발전하고 있는 사이
버소설은 누보 로망이나 아방가르드 정신을 이어받아 어느 장르보다도 디지털
시대 현실을 적절하게 반영하고 있는 셈이다.

Ⅱ장. 디지털시대의 새로운 문학이론과 소설에 해당하는 사이버리즘과 사이
버소설에 대하여 살펴본다. 사이버리즘이 리얼리즘, 모더니즘, 포스트모더니즘
을 어떻게 이어쓰고, 고쳐쓰고 있는지에 천착한다.

1) 사이버리즘의 개념정립을 위해서 사이버리즘이라는 용어의 적절성, 포스
트모더니즘과 연관성, 디지털시대 규명 가능성과 새로운 이데올로기 창출의
위험성을 중점으로 탐색한다. 기존 문학이론과 사이버리즘의 차이점을 서사구
조, 인물, 서술층위, 텍스트 성격을 중심으로 살펴본다.

2) 사이버소설의 개념을 정립하고 형성배경을 밝힌다. 개념은 선행연구를 참조하면서 '사이버'라는 용어의 유래와 더불어 창작면, 소통면, 상상력면으로 검토한다. 아울러 컴퓨터문학, 통신문학 등과의 차이점을 살펴보고, 사이버소설의 형성배경을 작가의 상상력, 컴퓨터 대중화, 주변/본격문학의 경계 와해의 측면으로 고찰하고자 한다.

Ⅲ장. 디지털시대의 소재적 상상력과 의식적 상상력이 사이버소설의 전개 양상에 미치는 영향을 시대상황과 작품을 중심으로 미학적 접근을 시도해본다.

1) 가상공간은 시공간의 제약에서 벗어나 있으므로 새로운 문학적 영토로 인식된다. 이러한 가상공간은 열린 문학공간으로서 자생적 성격을 강하게 띠며 문학의 무한가능성의 길을 열어주고 있는가. 사이버소설의 디지털적 성격은 새로운 구술문학적 가능성을 예고하고 있다. 하지만 전자언어와 문자언어는 상호적 관계로 발전해 나가야 하는 것은 아닌가. 새로운 글쓰기 도구인 워드프로세서와 키보드는 전자언어와 새로운 조어법을 만들어 문학의 영역을 확장하고 있는가.

2) 사이버소설은 주체와 타자를 새롭게 인식시키고 정체성을 모호하게 만들고 있다. 매체(Media)의 변화가 주체나 타자의 변화로 이어져 타자를 복권시키고 주체를 파편화시켜 대동주체로 나아갈 수 있는가. ID는 익명성을 바탕으로 모나드적 주체를 만들어 내는가. N세대는 새로운 정체성을 만들고 있는가.

3) 사이버소설은 디지털 리얼리즘을 바탕으로 재현의 확장을 시도하고 있다. 새로운 현실성이 소설적 진정성으로 형상화될 수 있는가. 사이버소설은 소설언어와 과학기술의 결합을 적절히 시도하는가. 소재를 확장하고 상상력을 전복시킬 때 소설은 재탄생하는가.

4) 사이버소설은 소설의 생산과 소통 양식의 혁명적 변화를 예고한다. 메타픽션과 카니발적 글쓰기는 사이버소설에 어떤 영향을 미치는가. 익명의 작가 출현은 문학의 생산적 논쟁을 가능하게 하는가. 공동창작은 진정한 작가와 독자의 길트기 역할을 수행하는가.

5) 사이버소설은 기존 글쓰기의 금제를 범제 시키고 있다. 페미니즘은 능동적 글쓰기로 거듭 태어날 수 있는가. 가상공간의 에로티시즘은 어떤 모습을 보

6

이고 있는가. 가상공간의 에로티시즘의 현재와 미래는 어떻게 전개되는가.

Ⅳ장. 사이버소설의 가능성과 한계를 탐색하면서 앞으로의 문학은 사이버문학을 지향하게 될 것이라는 의지를 가져 본다. 디지털북의 출현으로 하이퍼픽션은 더욱 발전할 것이고 문학생태학적 상상력은 이 시대의 결핍을 채워줄 가장 중요한 상상력으로 자리매김하게 될 것인가.

이러한 작업은 현재 상황의 사이버리즘과 사이버소설의 정체를 파악하는데 다소 도움이 될 것이라는 신념을 가지지 않을 수 없다. 필자는 디지털시대가 만들어 낸 사이버리즘을 작품으로 형상화시킨 새로운 장르에 대한 고민 속에서 몇 년을 보냈다. 그런 가운데 다행스럽게도 사이버소설이란 용어의 적절성을 인식하게 되었다. 그러나 '사이버소설은 무엇인가?'라는 의문이 필자를 또 다시 괴롭혔다. 무엇보다도 사이버소설이라고 내세울만한 작품을 찾아내기가 힘들었다. 어떤 작품이 어떤 소설이론을 전제로 창작되었다고 하더라도 그 작품 속에는 여러 가지 문학 이론을 함의하고 있다는 것은 주지의 사실이다. 그렇다면 사이버소설도 이러한 논리와 연관시켜 보면 어떨까라는 일말의 기대를 가지고 나 자신을 채근하기 시작했다. 이 책에서 논의의 대상으로 삼은 작품도 이와 같은 생각에서 선택되었음을 밝혀둔다. 소설이 현재 진행형이라는 생리를 함의하고 있다는 사실을 가만할 때 충분히 일리가 있는 말이다. 이러한 논리에 위안을 받으면서 이 책은 저술되었다. 완성을 향해 나가는 가운데 사이버소설의 윤곽이 서서히 잡힐 것이다. 어쩌면 사이버소설이 완성될 때 사이버소설이란 용어 자체가 사라질지 모른다. 사이버소설 또한 진정한 문학을 향해 나아가는 노정에 불과하기 때문이다. 그리하여 버전업과 업데이트만이 존재할 뿐이다. '작품이 먼저냐 이론이 먼저냐'를 따지기 전에 작품과 이론의 상호교호를 유도하는 것이 소설을 위한 생산적 대화임은 분명하다.

이 책을 쓰면서 자괴감과 성취감은 두 수레바퀴로 작용하여 나 자신이 앞으로 나갈 수 있도록 하는 원동력이 되었다. 하늘에 계신 아버님, 항상 희생을 감내하시는 어머님께 이 책을 드리고 싶다. 그리고 학문을 하기 전에 먼저 참다운 인간이 되길 가르쳐 주셨던 스승님께 감사의 말씀을 전한다. 모교의 모든 은사님과 오직 문학에 대한 열정으로 불멸의 밤을 보내는 선후배님들의 후의에 감사드린다. 아울러 항상 든든한 버팀목이 되어 주시는 '한길모임'의 선후배님에 대한 인사를 빼놓을 수 없다. 좋은 책으로 만들어 주신 국학자료원의 여러분께 고마움을 느낀다. 끝으로 많은 시간을 인내해준 아내와 시간에 쫓기에 같이 놀아주지 못했던 사랑하는 두 아들 한솔, 한결에게 미안한 마음을 금할 수 없다.

2000년 12월, 김 재 국

차 례

I. 소설의 생산적 대화를 위하여

내가 원하는 우리 민족의 사업은 결코 세계를 무력으로 정복하거나 경제력으로 지배하려는 것이 아니다. 오직 사랑의 문화, 평화의 문화로 우리 스스로 잘 살고, 인류 전체가 의좋게 살도록 하는 일을 하자는 것이다. - 김구 -

방법들은 소진되고 자극들은 약화된다. 새로운 문제들이 부상하여 새로운 기교를 요구한다. 현실은 바뀐다. 현실을 재현하기 위해 재현의 수단도 또한 바뀌어야 한다. - 베르톨트 브레히트 -

새로운 천년을 맞이한 현실은 컴퓨터로 대표되는 디지털시대[1]이다. 디지털시대의 컴퓨터는 통신 결합하면서 가상공간(Cyberspace)[2]이라는 디지털 신대륙을 창조했다. 인류의 역사가 흘러오면서 어디 변화하지 않은 시대가 있었을까마는 오늘날처럼 신속하고 거대한 변화를 맞이하지는 않았다고 할 수 있다. 농경시대에서 산업시대로 산업시대에서 디지털시대로 변화되면서 변화 속도 또한 점차 빨라지는 양상을 띤다.[3] 우리나라 인터넷 사용자수는

---

[1] 1999년 정보화에 관한 연차보고서를 살펴보면 1998년을 기준으로 가동되고 있는 개인용 컴퓨터가 720여만 대(인구 100명당 16대 규모)로 선진국에 비해 열악한 편이다. 정보통신부는 2002년까지 개인용 컴퓨터 보급을 유도하여 누구나, 언제, 어디서나 컴퓨터를 사용할 수 있는 1인 1컴퓨터 환경을 조성해 나갈 계획이다. 구체적으로 2002년까지 개인용 컴퓨터 보급대수가 1,500만대를 넘어서 100명당 32대 수준으로 올린다는 것이다. 개인용 컴퓨터를 구입하기 어려운 가정을 위해서 저가형 국민 컴퓨터를 개발 보급하며, 우체국, 읍, 면, 동사무소, 공공도서관 등 공공장소에 컴퓨터를 설치하여 무료로 이용이 가능하도록 공공접근장소를 확대해 나갈 계획을 세웠다.

[2] 가상공간이라는 용어는 미시세계(페퍼트), 인공현실(크뢰커), 가상세계(브룩스), 가상환경(휘셔와 맥 그리비), 가상(넬슨), 가능성의 세계(워커) 등으로 불린다. 이러한 용어의 남발은 가상현실(Virtual Reality)에 접근하는 사람마다 서로 보는 시점이 다르고, 아직 합의된 결론에 도달하지 못했기 때문이다. 그러나 이 책에서는 불가피한 경우를 제외하고는 가상공간으로 통일해서 사용한다.

[3] 『제6회/1999년 국민독서실태조사』에 따르면 우리나라 컴퓨터 보급비율은 95년 39.3% → 96년 41.3%99년 59.7%로 지속적으로 확산되고 있는 추세로 나타났다. 그리고 PC통신이나 인터넷 이용률 크게 증가되고 있다. 96년(PC통신 13.6%, 인터넷 6.8%)에서 34.9%로 증가했으며, 여성(24.6%)보다는 남성(45.3%)이 연령이 낮을수록, 학력이 높을수록 이용률이 높은 것으로 나타났다. 이러한 상황에 따라 인터넷 서점이나 전자상거래를 통해서 도서를 구매하는 사람들의 수도 늘어나고 있다. 아울러 독서행태나 도서정보 이용행태 또한 변화되고 있다. '도서정보검색서비스'나 '온라인 소설, 잡지' 등 온라인출판정보서비스 이용률은 96년 대비 10%나 증가하고 있는 것으로 나타났다.
윤청광 외, 『제6회/1999년 국민독서실태조사』, 한국출판연구소, 2000.

2000년 8월 기준으로 1천 600만 명을 넘어서고 있다. 이 중에서 670만명 가량이 E-메일을 사용하는 것으로 나타났다. 이러한 디지털시대는 차츰 인간의 가치 체계나 세계관을 바꾸면서 간접적으로는 역사적 사건의 진행에도 영향을 미치게 된다. 후기산업시대는 노동과 자본이 중시되었지만 오늘날은 정보와 지식으로 대표되는 지식기반시대이다. 이러한 패러다임의 변화는 21세기에 가장 중요한 도구인 컴퓨터를 중심으로 이루어지고 있는 것이다.

이와 같은 시대적 상황 속에서 문학인들의 발걸음도 점차 속도를 더해가고 있다. 이는 가상공간의 영토를 분양 받고 그곳에 자신만의 집을 설계하는 문인들의 숫자가 늘어가고 있다는 사실이 증명한다. 중요한 것은 양적 확대보다도 질적 수준이 높아지고 있다는 것이다. 오늘날 우리의 사회집단을 유지하는 거대한 힘은 '디지털(Digital)'이라는 새로운 시대정신으로부터 비롯된다. 특히 접두어처럼 쓰이는 '사이버(Cyber)'4)는 마치 '사이버리즘(Cyberism)'과 같이 그 영역을 확산하고 있다. 사이버리즘은 오늘날 시대정신으로 간주되고 있는 '디지털'이 우리 문화 전반에 침투하면서 생겨난 용어이다. 사이버리즘은 오늘날 마치 이데올로기처럼 사회 문화전반에 자리잡은 디지털 현실을 적실하게 표현한다. 필자는 이러한 사이버리즘 추종자들을 사이버리스트(Cyberist)라는 합성어 사용을 제안한 바 있다.5) 사이버리스트란 네티즌을 포함하여 디지털 현실을 문화적으로 형상화시키는 작가나 독자 모두를 포함하는 개념으로 볼 수 있을 것이다.

가상공간의 영토에는 국경이나 법률의 개념조차 존재하지 않는다. 네티즌의 성향에 따라 무엇이든지 할 수 있을 뿐만 아니라 어디든지 갈 수 있으

---

4) 사이버란 사이버네틱스의 약어이지 그 자체가 신조어는 아니다. 이는 현실적으로 어쩔수 없는 현상이지만 분명한 것은 오용이라는 사실이다. 특히 상업적으로 남용되면서 그 의미는 더욱더 모호해진다. 따라서 '사이버소설' 또한 사이버보다는 '소설'이라는 데 초점이 맞추어져야 할 것이다.
홍성태 엮음, 『사이보그, 사이버컬처』, 문화과학사, 1997, 22쪽.

5) 졸고, 「사이버스페이스, 그 새로운 문학적 영토에 대하여」, <창조문학>, 1997, 가을, 343쪽.

며 언제든지 버전업과 업데이트가 가능한 곳이다. 윌리엄 미첼은 『비트의 도시』[6]에서 자칭 인터넷에 상주하면서 생활하는 '한량'이라 말한다. 키보드는 자신의 카페이며 인프라의 조끼를 걸치고 21세기의 황금비트를 캐는 전자세계의 카우보이라는 것이다. 그에 의하면 미래의 도시는 인터넷 속에 건설된다. 그 도시는 지상 위의 그 어떤 특정한 지점에도 뿌리를 내리지 않는다. 인접성과 토지가격보다 접속성과 대역폭의 지배를 받으며 비동시적 통신이 주를 이룬다. 익명의 대리자들의 집합체들과 실체를 확인하기 어려운 분산된 주체들이 점유할 것으로 보고 있다. 그 도시의 질료는 돌과 나무가 아니라 소프트웨어라는 가상재로 만들어진다. 그리하여 산책 또한 강아지를 앞세우는 일없이 새앙쥐 한 마리면 가능하다. 마우스를 통해서 가상공간의 모든 곳을 산책할 수 있는 것이다. 이들의 항해는 클릭(Click)과 더블클릭(Double click), 그리고 드래그(Drag)로 이루어진다. 이러한 욕망의 삼각형은 자아의 욕망을 대리만족 시키기에 충분하다.

이제 우리는 게임 시사회뿐만 아니라 게임이 생중계되는 최고의 시스템과 최고의 상상력이 만나는 시대에 살고 있다. 컴퓨터 시뮬레이션의 대혁명이 일어나는 게임 시사회에서는 무비 시뮬레이션의 진수를 직접 느껴볼 수도 있는 것이다.

시간과 공간의 개념을 여지없이 무너뜨리면서 그 존재의 의미를 확장하고 있는 가상공간은 현실공간에 커다란 충격을 주고 있다. 이를 바탕으로 성장하는 인터넷은 새로운 매체의 개념을 초월하여 존재한다. 인터넷은 우리에게 새로운 양식의 정보와 생활 환경을 제공하고 있는 것이다. 최근 모든 언론이 통제된 상황에서 벌어진 코소보 사태에 대한 현장 상황을 유일하게 전세계로 알린 것도 인터넷이다. 실제로 나토가 유고공습을 실시하기 직전 코소보의 '다나'라는 소녀가 미국의 소년 페네간에게 인터넷 E-메일을 통해 코소보의 비극을 전했다는 사실이 국내 뉴스에도 보도된 바 있다.

---

6) William J. Mitchell(이희재 옮김), 『비트의 도시』, 김영사, 1999.

　가상공간의 사이버 서점 '아마존'은 책 매장이나 보관 창고도 없으면서 세계에서 가장 큰 서점으로 성장하고 있다. 전 세계의 출판사들과 네트워크로 연결하여 독자들이 주문한 책을 저렴한 가격으로 신속하게 배달하는 것이다. 아울러 구매대상 서적의 줄거리나 독자평 등 다양한 서비스를 제공할 뿐만 아니라 독자 성향을 데이터 베이스화 하기도 한다. 이는 독자 취향에 맞는 서적 정보를 제공하는 자료로 활용된다. 독자들은 시공간의 제약없이 사이버 서점 홈 페이지에 들어가 주문하고 신용카드로 결재만 하면 책은 다음날 택배로 배달된다.

　오늘날의 인터넷은 속담7)이나 유행어8)를 새롭게 탄생시키는 공간이기도 하다. 이는 기존의 속담을 패러디한 것에 불과하지만 속담은 민중의 지혜가 응축되어 널리 구전된다는 것이 시사하는 바는 매우 크다. 컴퓨터가 대중화되면서 이러한 속담이나 유행어는 점차 늘어날 것으로 보이며 우리의 언어생활에도 다양한 변화가 일어날 것으로 사료된다.

　이와 같이 컴퓨터와 통신의 결합으로 가능해진 인터넷의 양방향성과 실시간성은 시공간을 초월하여 존재하고 있다. 이러한 상황에서 도덕의 원칙들은 장소에 따라 변하고 인간의 영혼은 시대에 따라 그 본질이 달라진다는 말은 의미심장하다. 오늘날은 인간이 상상하는 모든 것이 실제의 현실로 존재할 수 있는 시대이다. 어제의 불가능이 오늘의 가능으로 변화하여 이제 더 이상 불가능이란 존재하지 않을 것으로 보인다. 설사 지금 실재화 시키지 못하더라도 시간이 모든 것을 해결할 수 있을 것이다. 이러한 문명의 발달은 인간의 상상력과 체험의 범위를 확장시키며 점점 인간에게 많은 혜택을 줄 것으로 확신하는 부분이 많다.

　오늘날 시대의 변화가 가속화되는 시점에 소설의 변화는 필연적이다. 사

---

7) '용산상가 강아지 3년이면 팬티엄을 조립한다' '재수없는 마우스 뒤로 넘어져도 볼이 빠진다' '원수는 채팅룸에서 만난다' 등이 있다.
8) '길을 가다가 예쁜여자를 만나면 다운받고 싶다' '직장상사가 보기싫을 때 삭제하고 싶다' '얼굴이 네모난 여자를 보면 가끔 모니터를 보는 듯하다' 등이 있다.

르트르의 말을 변용하면 소설은 정지할 수 없으며 정지하지 않는다. 그래서 현재의 상태에 머물지 아니하는 것이 소설이며, 현재의 상태로 있을 때 소설은 존재 가치가 없어진다. 그러나 오늘날 소설은 시대적 다양성에 흡수당하여 그 흔적조차 사라질 위기에 처해 있다. 극과 극은 통한다고 했으니 위기를 기회로 반전시켜야 할 때다. 이러한 시대적 다양성을 소설로 수용하여 소설의 씨줄과 날줄을 더욱 강화시킬 필요가 있다. 그러할 때 소설의 영역은 확장되고 소설의 역동적 생산력은 다시 부활될 것이다. 소설은 시대에 따라 진화하는 장르라는 운명을 타고났으니 이제 그 초월적이고 필연적인 상황에 힘을 실어주는 일만이 남아 있을 따름이다. 이러한 논의의 중심에 가상공간이 놓여 있으며 소설의 영역 확장 등에 기여하는 바가 많다.

이처럼 디지털시대의 컴퓨터는 삶의 모든 양식을 변화시키고 있다. 문학이 사회 현실을 인식하고 재창조한다면, 이러한 시대적 영향권에서 벗어날 수 없다. "문학을 구성하는 가치판단들은 역사적으로 가변적일 뿐만 아니라 사회의 이데올로기와 밀접한 관계"[9]를 가지고 있기 때문이다. 소설은 산업사회가 발흥한 17세기에 탄생하여 18세기에 계몽주의와 함께 성장하였다. 이후 19세기에 전성기를 유지하였으나 20세기 중반부터는 쇠락하기 시작한다. 이러한 현상은 1960년대 들어서면서 소설의 죽음이나 고갈의 주장과 맞물려 있다. 하지만 소설의 운명은 질기고 질긴 풀뿌리와 같이 존재하여 가장 경이로운 문학 형태를 갖추고 있다. 소설의 잎은 약하다고 할 수 있으나 그 뿌리는 강하다. 잎은 흔들리고 퇴색될지언정 대지에 탄탄하게 박혀있는 뿌리는 결코 흔들리는 법이 없다. 다만 대지의 변화에 따라 거기에 적응하여 생존해 가는 능력이 필요할 따름이다.

소설은 "유일하게 발전하고 있는 장르"[10]로서 그 시대의 미해결의 부분

---

9) Terry Eagleton(김명환 외 공역), 『문학이론입문』, 창작과비평사, 1996, 26쪽.

10) Mikkail Mikhailovich Bakhtin(전승희 외 옮김), 『장편소설과 민중언어』, 창작과비평사, 1988, 19쪽. 김욱동, 『대화적 상상력』, 문학과지성사, 1999. 이하 바흐친에 관련된 소설이론은 상기 책의 많은 도움을 받았음을 밝혀둠.

과 접촉하여 당대 현실을 작품에 반영한다. 그렇기 때문에 여타 장르보다도 소설은 사회 변동이나 가치관의 변화에 민감하게 작용하여 항상 삶과 유기적으로 결합되어 있는 것이다. 실로 소설의 양적 질적 변화 양상은 영상매체가 도래하면서 지평변동의 조짐을 보였으며, 0과 1의 비트[11]로 구성된 디지털시대의 컴퓨터에 의해 표면화되고 있다. 사이버소설은 "소설은 이제 장르의 확산을 통해 새로운 형태로 태어나야만 하는 시대"[12]와 맞물려, 그 출현의 개연성을 지닌다. "문학의 변화 및 발전은 세상의 변화에 영향을 받으며 그것의 성쇠는 시대적 여건과 밀접한 관계"[13]에 있다. 픽션과 넌픽션, 문학과 비문학 사이의 경계선은 고정되어 있는 것이 아니다. 이 경계선은 문학의 변화에 따라 끊임없이 발전하면서 생산적 대화관계를 유지하는 역할을 담당한다. 발전하는 문학장르 중에서 소설은 그 선두에 서 있다. 그렇다면 사이버소설은 "멀고도 거대한 문학의 운명, 즉 문학이 장차 어떻게 전개될는지를 측정하는 자료로 기여할 수도 있을 것이다."[14]

디지털시대 현실과 거리가 있는 문학은 독자와의 공감대를 형성하기 어려울 뿐만 아니라 인간의 삶을 총체적으로 조망하기가 힘들어졌다. 소설적 진정성은 동시대의 현실을 이해, 평가하고 정식화하는 가운데서 실현된다. "현실에서는 아무리 특수하고 개별적인 사건들도 결국 그 사회가 가지고 있는 보편적인 문제의 한 반영일 따름"[15]이기 때문이다. 따라서 디지털시대

---

11) 비트(Bit)는 binary digit의 약어로 정보를 나타내는 최소의 단위이다. 보통 8개의 비트가모여 하나의 문자 및 숫자를 나타낸다. 또한 전자적 방법으로 자료를 전송하는 기본 단위 또는 일정 시간 동안 전송된 자료의 양이다. 비트는 어떤 상태나 조건이 있고 없음에 의해 표현되는데, 단말기나 컴퓨터의 경우 비트는 1과 0으로 표시되며, 1은 보통 0보다 높은 전압으로 표시된다. 그리고 기억 장치나 수용할 수 있는 정보의 양을 나타내는 기본 단위이며, 2진수 1자리의 뜻으로 2진 숫자의 약자이기도 하다. 정보이론에서는 정보량의 단위로 쓰이며, 8비트는 1바이트(Byte)이다.
12) 김성곤, 「아방가르드의 죽음」, 『현대시사상』, 1994, 가을, 95쪽.
13) 劉勰(최동호 편역), 『문심조룡』, 민음사, 1996, 529쪽.
14) Mikkail Mikhailovich Bakhtin(전승희 외 옮김), 앞의 책, 54쪽.
15) 위기철, 「문학과 공동창작」, <삶의 문학> 8집, 동녘, 1988, 201쪽.

의 소설 담론은 이전 소설의 담론과 달리 새롭게 태어나지 않으면 안된다. 그래야 "동시대의 시대상을 창조하는 언어로서의 소임을 다할 수 있을 것"16)이다.

우리의 소설을 역동적으로 성장할 수 있게 했던 냉전 이데올로기와 군부 파시즘시대가 점차 소멸됨에 따라 소설은 그 방향을 상실하고 있다. 특히 "다원주의적이고 상대주의적인 가치관이 팽배해 있는 지금 낭만주의와 리얼리즘 그리고 모더니즘에 입각한 전통은 상당부분 생존력을 잃은 것처럼 보인다."17) 이로 말미암아 포스트모더니즘에 대한 기대는 크지 않을 수 없었다. 그러나 포스트모더니즘 또한 디지털시대의 모든 문화현상을 담아 내기엔 무리였다. 특히 디지털시대 현실을 문학적으로 형상화하기란 역부족이었다. 이처럼 포스트모더니즘이 반영할 수 없었던 디지털시대 현실의 결핍성은 사이버리즘을 대안적으로 모색하게 된다. 포스트모더니즘이 전위대라면 사이버리즘은 후위대로서 디지털시대의 문학현상을 재단하고 분석하는 도구로서의 역할을 다 할 수 있을 것이다. 사이버리즘은 누보 로망이나 아방가르드와도 맞닿아 내적 연관을 맺는다.18) 누보 로망이나 아방가르드 정신은 과거의 고정적인 틀의 부조리를 인식하고 과거의 고정성은 미래의 세계와 인간을 구축하지 못하게 방해하는 것에 불과하다는 것이다. 이들은 상업적으로 이용되지 못한 순수 예술에 대한 감동적 고통을 표현하고 놀랍고 대담한 행동으로 독자들에게 충격을 주지만 전통적 기법과 상투적 주제를 표현하는 작가들을 경멸하였다. 특히 문학과 독자 사이의 관계를 재조명하며 문학의 낡은 고정관념을 파괴하고, 예술가의 자기기만과 고상한 예술의 무기력함을 질타하기도 한다. 그리하여 일체의 문학언어는 변화해야 될 것이고 이미 변화하고 있다는 주장이다. 따라서 당대의 모든 허위의 개념을

---

16) 우한용, 『한국현대소설담론연구』, 삼지원, 1996, 326쪽.

17) 김욱동, 『소설의 위기』, 문예출판사, 1993, 10쪽.

18) 이하 누보로망에 대한 논의는 Robbe-Grillet(김치수 역), 『누보 로망을 위하여』, 문학과지성사, 1981을 참조함.

거부하고 예술의 혁명적 변화를 추구하는 태도를 지닌다.

디지털시대의 사이버리즘은 사이버소설의 이론적 배경을 제공하여 소설의 미래에 유토피아적 희망이나 디스토피아적 절망을 줄 것인지에 대한 잣대로의 역할을 수행하게 된다. 디지털시대는 복제기술과 현대적 개념의 컴퓨터가 출현한 1989년부터 시작된 것으로 볼 수 있다. 디지털시대는 문학뿐만 우리 사회의 모든 부분에 혁명적 변화를 일으켰다. 우리의 문학 현실은 이미 상당부분 변하고 있다. 그간 문학의 보수를 표방했던 문학잡지나 국어국문학회, 현대소설학회, 현대한국문학회 등에서도 90년대 초부터 특집으로 다루거나 학술발표회를 개최하여 디지털시대의 문학에 대한 지속적인 관심을 보이고 있다.

> 억압된 욕망의 분출로서의 문학은 선조적인 묘사를 영상이나 만화에 어울리는 묘사로 바꿈으로써 문자 문학이 가지고 있던 무겁고 반성적인 성질을 떨쳐버리고 가볍고 감각적인 성질을 띤다. 그것은 분명히 기존의 문학에 대한 근원적인 도전이고 전면적인 반기라고 할 수 있다. 그렇기 때문에 그러한 작품을 읽는다는 것은 그 자체가 하나의 모험일지 모른다. 그러나 그것을 읽어내지 않고 오늘의 소설을 이야기한다는 것은 불가능하다.[19]

인용문에서 제시되고 있듯이 문학의 무거움과 반성적 성질을 외면하고 가볍고 감각적인 것을 추구하는 것은 사이버소설의 일부일 수 있다. 그러나 모든 사이버소설이 가볍고 감각적인 것만 추구한다고는 할 수 없다. 가벼움 속에서도 무거움을 발견할 수 있고 감각적인 것 속에서도 반성적 성질을 찾을 수 있기 때문이다. 사이버소설의 속성은 분명 기존 문학에 대한 근원적인 도전이며 전면적 반기임은 분명하다. 그러나 그것은 하나의 모험은 아니다. 다만 소설의 운명을 적절하게 표현했을 따름이다. 컴퓨터의 대중적 보

---

19) 김치수, 『삶의 허상과 소설의 진실』, 문학과지성사, 2000, 361쪽.

급으로 말미암아 사이버소설은 팽창 일로에 있다. 이런 점을 간과하지 않는다면, 디지털시대의 컴퓨터에 의해 문학은 어떤 형태로든지 변모할 것이라는 전제 하에, 사이버소설을 탐색하고 정리해야할 필요성은 충분하다. 이는 우리 소설사를 더욱 풍성하게 감싸는 행위이며 소설의 생산적 대화를 위하는 일이다. 이러한 시대적 현실을 올바르게 인식하지 않고는 "인간과 세계에 대한 깊고 넓은 안목을 제공하고 미의 정체를 보여주는 문학의 본질을 되새기며 그 구현을 충실"[20]하게 할 수 없기 때문이다.

소설은 두 가지 의미의 매체에 의존하여 인간의 삶을 표현하는 양식이다. 즉, 문장형식을 갖추지 못한 상태의 어휘들과 이러한 어휘들이 결합하여 견고한 문장 형식을 만들어 내는 것이다. 견고한 문장 형식으로 창작된 작품이 독자들에게 유포되기 위해서는 문자를 이용한 인쇄매체나 디지털시대의 전파매체를 필요로 한다. 따라서 "새로운 매체의 등장은 우리를 새로운 방식을 통해 새로운 세계로 이끌고, 우리의 환경을 변화시키는 것이다."[21]

점토판이나 파피루스에 새겨졌던 문자는 인쇄술의 발달로 대량인쇄를 가능하게 하여 책의 대중화 시대를 열었으나, 디지털 컴퓨터의 CD는 책의 존립마저 위태롭게 만든다. 발터 벤야민의 기술복제시대는 니콜라스 니크로폰데에 와서는 디지털복제시대로 치환되어 무한복제시대를 연다. 디지털복제는 비용이 거의 들지 않으며, 사용의 공유성과 복수성, 재가공성이라는 특성을 지녀, 그야말로 혁명적이다. 이러한 "컴퓨터의 혁명은 정보의 작업, 전달, 생산의 모든 수단을 급진적으로 변형시키며, 점차적으로 가치의 체계, 세계관 그리고 인간 자체에 대한, 그의 존재 의미와 목적에 대한 인간의 표상"[22]마저 바꾼다. 물질적인 매체가 비물질적인 소설을 변화시키는 것과 마찬가지이다. 사이버소설은 컴퓨터라는 새로운 매체를 기반으로 하여 탄생하였고, 새로운 매체는 문학의 토대인 작가의 상상력마저 변화시킨다. 이러

---

20) 김태현, 「문학의 위기란 무엇인가」, <실천문학>, 1993, 여름, 228쪽.
21) 김성재, 「문학과 멀티미디어」, <문학정신>, 1994, 5, 10쪽.
22) A. H. Pakhtob(이득재 옮김), 『컴퓨터 혁명의 철학』, 문예출판사, 1996, 28쪽.

한 새로운 상상력을 '매체적 상상력'으로 규정할 수 있다. 매체적 상상력은 글쓰기 도구로써의 워드프로세서, 소통공간으로서의 통신공간, 새로운 현실로써의 가상현실에서 기인한다고 하겠다.

이처럼 앞으로의 문학은 디지털시대와 컴퓨터 혁명의 영향권에서 벗어날 수 없다. 컴퓨터로 대표되는 디지털시대의 매체는 작가들에게 새로운 상상력을 요구한다. 때문에 사이버소설 작가들은 새로운 매체에 걸맞는 상상력을 발휘하게 된다. 앞에서 새로운 매체, 즉 컴퓨터를 기반으로 탄생한 상상력을 매체적 상상력이라 규정했다. 그렇다면 글쓰기 도구로서의 워드프로세서, 소통공간으로서의 통신공간, 새로운 현실로서의 가상현실은 사이버소설 창작의 가장 핵심적인 부분을 담당하고 있는 셈이다. 새로운 글쓰기 도구나 소통공간 그리고 가상현실 등은 작가들의 상상력을 극대화시키기에 충분하다. 극대화된 작가들의 상상력은 작품의 불확정적 공간의 영역을 확장하여 독서행위를 지속시키는 효과를 준다. 특히 소설은 시대를 간과하지 않으며 독자를 지향하고 장르 확산을 통해 새로운 형태로 태어나야 하는 장르라는 점에서 사이버소설은 이 시대의 그 첫 자리를 차지한다.

그러나 기존의 논의들은 사이버소설을 문학의 하부구조에 종속되는 것쯤으로 인식하는 수준에 머물러 있다. 독자들의 관심이 집중되고 있음에도 불구하고, 사이버소설이 감상주의, 오락성, 상업주의와 결탁한다고 폄하하는 것은 문학 행위의 편견이거나 현실의 한 부분을 빠뜨리고 문학을 관찰하는 것이다. 사이버소설은 디지털이라는 시대적 현실을 반영할 뿐만 아니라, 문학의 위기 상황[23]에서도 꾸준하게 다산되고 있다. 그러므로 사이버소설을 기존소설의 가치를 척도로 문학적 가치의 유무를 시비하는 것보다는 문학

---

[23] 문학의 죽음이나 소설의 위기에 대한 논의는 예술의 죽음(헤겔), 철학의 종말(마르틴 하이데거), 이데올로기의 종언(다니얼 벨), 역사의 종말(프랜시스 후쿠야마), 신의 죽음(프리드리히 니체), 휴머니즘의 종말(리처드 셰크너)과 무관하지 않다. 또한 논문으로 존 바스 「고갈의 문학」(1967), 수전 손탁, 「비평에 반대하여」(1964), 루이스 빈, 「소설의 이상한 죽음」(1967), 레슬리 피들러, 「경계선을 넘고 간격을 좁혀라」(1969) 등이 있다.

현실의 한 부분임을 인정하고 정리, 검토하는 것이 보다 더 성찰적 자세라고 본다.

이미 라디오와 텔레비전은 시청자들을 자각했으며, 음악은 '예술가요'라는 새로운 장르를 만들었다. 청취자들은 클래식은 어렵고 대중가요는 상업적이기 때문에 기피해 왔던 것이 사실이다. 이러한 이중구조를 극복하기 위해 예술가요를 만든 것이다. 따라서 예술가요란 클래식과 대중가요의 장점을 수용하여 '가요 중에서도 예술성을 무시하지 않는 대중적 가요'를 말한다.[24] 결국 장르의 퓨전화로 나아가는 것이다. 사이버소설이 문학의 하부구조에 속한다는 주장을 인정한다 해도, 문화 전체의 커다란 지각변동이 일고 있는 시대임을 인식한다면, 사이버리즘과 사이버소설 연구는 필요충분 조건을 모두 갖춘 셈이다.[25]

출발점에 서 있는 사이버소설의 기존 논의가 한계를 지니는 것은 사실이지만 부분적으로는 성과를 보이고 있다.[26] 특히 "현실과 비현실의 경계가

---

24) 이러한 예는 한방이니 양방이니 하는 대립관계에서도 볼 수 있다. 한방과 양방이라는 이중적 대립구조를 벗어나 인간의 질병을 치유하기 위해 상보적 입장에서 서로 받아들이는 형국으로 가고 있다.

25) 사이버문학사를 간략하게 살펴보면 다음과 같다.
1989년 12월 국내 최초 사이버소설인 이성수의 『아틀란티스 광시곡』 등장, 1992년 5월 1일 하이텔문학관 개설, 5월 하이텔문학관에 복거일의 『파란 달 아래』 연재, 1993년 7월 하이텔 공포/SF 게시판에 이우혁의 『퇴마록』 연재, 1994년부터 년 2회 우수이용자 선정 시상 시작, 11월 『문학사상』에서 장석주 'PC통신 문학'이란 용어 최초 사용, 1995년 6월 『문학과 사회』에서 김병익 '사이버문학'이란 용어 최초 사용, 8월 『Seoul Eye』에서 통신문학 개괄적 소개, 1996년 9월 이용욱 『사이버 문학의 도전』 단행본 출간, 10월 사이버 문학 계간지 『버전업』 창간, 1996년 10월 하이텔 이용자 우수 작품집 『비트시대』 출간, 1997년 5월 하이텔문학관 개설 5주년 기념 「PC통신 문학의 현황과 전망」 심포지엄 개최, 1998년 1월 하이텔에 '한국통신작가협회' 개설, 1998년 2월 천리안 '컴퓨터문단 작가협회' 개설, 1998년 4월 천리안 컴퓨터문단 작가협회 무가 계간지 '사이버문학' 창간, 1998년 4월 하이텔 '사이버PC문단' 게시판 이 달의 작가란에 박득희 『리드미』 연재로 국내 최초 사이버작가에게 원고료를 지급함, 1998년 5월 천리안 '문학포럼' 개설.

26) 사이버소설을 주요 논의의 대상으로 삼고 있는 단행본과 문학잡지는 다음과 같

다.

● 단행본

류근조, 「소비시대의 인간과 문학」, 『소비시대의 문학』, 한글터, 1995.
김성곤, 『뉴미디어 시대의 문학』, 민음사, 1996.
우한용, 「소설담론의 문화적 환경」, 『한국현대소설담론연구』, 삼지원, 1996.
우찬제, 「오늘의 문학과 비평, 그 상황과 성찰」, 『타자의 목소리』, 문학동네, 1996.
이용욱, 『사이버문학의 도전』, 토마토, 1996.
김병익, 『새로운 글쓰기와 문학의 진정성』, 문학과지성사, 1997.
최병우, 「컴퓨터통신 문학」, 『한국 현대문학의 해석과 지평』, 국학자료원, 1997.
장석주, 「문학의 존재방식」, 『문학, 인공정원』, 프리미엄북스, 1997.
백욱인, 『디지털이 세상을 바꾼다』, 문학과지성사, 1998.
최혜실 엮음, 『디지털시대의 문화예술』, 문학과지성사, 1999.

● 잡지

<소설문학>, 1987, 4(오해석, 이유식, 한용환).
<한길문학>, 1990, 9(김성곤, 강내희, 복거일, 이하석).
<현대비평이론>, 1992, 가을(김영정, 장경렬, 구효서).
<문학정신>, 1994, 5(김성재, 김현도, 제프리 디이취).
<동서문학>, 1994, 여름.
<문학사상>, 1994, 11(김성곤, 장석주, 조기원).
<문학정신>, 1994, 4(황찬욱, 이기성, 앨빈 루, 김근태 외, 이우혁).
<문학과 사회>, 1995, 가을(정현종, 채호기, 함성호, 복거일, 이인성, 송경아, 최연지, 육상호, 성민엽).
<외국문학>, 1995, 겨울(에드워드 W. 사이드, 마커스 클라인, 레어먼드 페더만, 로버트 쿠버, 마크 아메리카, 박상화, 고영일).
<상상>, 1996, 봄. (이어령, 이인화, 김탁환)
<창작과비평>, 1996, 봄. (줄리안 스텔러브라스)
<문화과학>, 1996, 봄(심광현, 김주환, 장승권, 강내희)
<문화과학>, 1996, 여름(강내희, 심광현, 김주환)?
<문화과학>, 1996, 가을(홍성태, 백욱인, 강내희, 사이먼 페니, 홍성기, 지인서, 임현경, 서동진)
<버전업>, 1996, 가을(창간호)~1999 여름(폐간호).
<새로운>, 김영사, 1997, 창간호(강상희, 김종욱, 백지연, 정과리, 강상희, 이용욱, 송경아, 김도현, 권보드래).
<문학사상>, 1997, 6(정정호, 이용욱, 윤미정).
<오늘의 문예비평>, 1996, 여름(정형철, 황순재, 김경수, 이재현).
<오늘의 문예비평>, 1997, 여름(송경아, 이용욱, 김홍년, 황순재).
<오늘의 문예비평>, 1997, 가을(정형철, 존 바스, 몰리 아벨 트래비스, 제이 데

무너졌다는 것을 인식하여 가상현실을 현실로 의미화할 필요성을 주장하고 이러한 논의에 대한 학계의 행보가 늦다"[27]고 주장하기도 한다.

이 책은 이러한 논의를 수용하면서 사이버소설이 판소리나 마당극과 같이 자생적으로 생산되어 대중과 공유하는 유동적 장르라는 데 착안하여, 논지를 전개하는 출발점으로 삼았다. 실제로 사이버소설은 판소리나 마당극과 같이 비전문인들이 자율적으로 창작하여 인터넷이나 컴퓨터문단에 게시했다.[28]

이들의 창작 행위뿐만 아니라 작품 내용 또한 디지털이라는 시대적 상황을 가장 적절하게 표현하여, 소설은 당대 현실을 가장 잘 표현하는 유동적

이빗 볼터, 힐마 슈문트).

<한국문학>, 1997, 가을(김경욱, 임명진, 백욱인, 김도현).

<문예중앙>, 2000. 봄(복거일, 한기, 정과리).

27) 우한용, 「정보화시대의 문학의 사회적 기능」, 『제40회 전국 국어국문학 학술대회 주제발표문』, 1997.

28) 우리 나라의 대형 통신망인 하이텔과 천리안은 컴퓨터 통신의 발전을 일으킨 원동력이라고 할 수 있다. 첫 통신망은 86년에 시작한 한국 데이터 통신(현 데이콤)H-MAIL이라 할 수 있다. 한국 데이터 통신은 H-MAIL의 게시판과 전자 메일 서비스에 이어 천리안 Ⅱ라는 데이터 베이스 서비스를 실시하였다. 이러한 가운데 한국 경제 신문은 88년 KETEL이라는 통신망을 구축하여 기존의 H-MAIL과 천리안 Ⅱ는 경쟁을 시작하게 된다. 한국 경제 신문사는 한국 통신을 포함한 13개의 회사가 출자한 한국 PC 통신에 KETEL을 인계한다. 91년에 한국 PC 통신에 인수된 KETEL은 시스템을 확장하고 명칭을 KORTEL로 바꾼다. KORTEL은 한국 통신이 운영하던 HITEL과 통합하여 'HITEL'이라는 이름으로 개명된다. 피씨 서브는 천리안 Ⅱ와 PC-SERVE의 서비스를 통합하여 '천리안'이라는 명칭으로 92년 12월 1일부터 서비스를 개시하였다. 현재는 하이텔, 천리안, 나우누리, 유니텔 등이 각각의 통신망을 구축하면서 인터넷과 상호교환적으로 연결되어 있다.

천리안에는 문학/컴퓨터문단(DEBUT)을 중심으로 도서평론정보, 스크린 북 서점, 온라인 PC 도서관, 전자도서관 도깨비방망이, 푸른 산책길, SF동호회-멋진 신세계, 문학동호회, 추리문학동호회, 시인통신 동호회, 독서토론동호회 등이 있고, 하이텔에는 하이텔 문학관(LITER)을 중심으로 시사랑, 글나래, 무림동, 이야기나라, 과학소설, 환타지동호회, 독서, 창작연재, 공포/SF 등이 있다. 이러한 통신문단은 앞으로 점차 성장될 것으로 보인다. 아래에서 하이텔이나 천리안의 문단을 특별히 구분할 필요가 없다고 생각될 때는 이를 합쳐서 '컴퓨터문단'이라 부른다.

장르라는 사실을 실천하고 있는 셈이다.

오늘날 문학연구는 작가 중심에서 벗어나 점차 독자 중심으로 진행되고 있다. "독자도 작품의 일부"[29]이며 독자가 작품을 읽을 때 비로소 작품의 생명이 살아난다는 사실을 깨달았기 때문이다. 짱 롱시의 말을 빌리면 문학 작품을 이해한다는 것은 저자가 글을 쓰는 행위 속에서 의식하지 못한 것을 면밀히 조사하고 명료하게 표현하는 방법론적 기술의 이해라고 할 수 있다. 그리하여 작가가 작품을 쓸 때 의식하지 못했던 것조차 독자의 독서행위를 통하여 완성시켜 나가는 것이다.[30] 이처럼 문학작품의 "의미는 텍스트에 그 것을 영구히 새겨 넣는 저자에 의해 단 한번 결정되는 것이 아니라, 문학작 품을 개별적으로 대하는 독자에 의해 정해진다는 인식은 필연적으로 의미 와 해석의 다양성을 승인하고 해석적 다원주의의 원칙"[31]을 인정하여 한 사람의 독자로서 작품의 빈공간을 채우지 않을 수 없다. 사이버소설의 장르 적 골격이 아직도 굳어져 있지 않은 상태에서 소설이 앞으로 발전하게 될 모든 가능성을 예측하기란 쉽지 않다. 그러나 사이버소설은 앞으로 지속적 으로 성장, 발전하는 장르로 생산적 대화가 절실하다. 따라서 "저 자신의 틀 로부터조차 스스로를 해방되고자 하는 역설적 지향 속에 존재해야 한다."[32]

이 책은 이러한 원칙에 기초하여 사이버소설의 현재적 상황을 바탕으로 한 작품의 전위적 실험성과 일탈성을 검토하고, 작품이 만들어 놓은 불확정 적 공간의 효과를 탐색하면서 소설의 생산적 대화를 위하는 방식으로 전개 해 갈 것이다. 사이버소설의 가능성을 적극 활용하고 한계점은 극복하는 작 업을 통해 소설의 생산적 대화는 다시 역동성을 띨 수 있기 때문이다.

---

29) 이상섭, 『자세히 읽기로서의 비평』, 문학과지성사, 1988, 126쪽.
30) 수용미학자 볼프강 이저는 독서과정의 요소로 텍스트와 독자 간의 자유로운 개
   방성을 들고 있다. 독서과정이 전상과 후상으로 전개되고 인간의 경험구조를
   지니는 것이라면, 이러한 행위는 개방성을 필요로 한다. 작품의 개방성은 독자
   의 능력에 의해서 채워지므로 텍스트의 개방성은 독자에게 인식과 창작의 기회
   를 주고, 이곳에 문학텍스트 독서의 의의가 자리하고 있다.
31) 張隆溪(백승도 외 옮김), 『도와 로고스』, 강, 1997, 303쪽.
32) 이인성, 『식물성의 저항』, 도서출판 열림원, 2000, 143쪽.

Ⅱ. 디지털시대의 새로운 문학이론과 소설

1. 리얼리즘, 모더니즘, 포스트모더니즘, 사이버리즘

우리나라의 문학이론[1]은 1980년대 중반까지 리얼리즘과 모더니즘의 대결 구도를 견지하고 있었다. 비역사적, 비정치적, 비참여적이라는 리얼리즘 진영의 비판과 모더니즘의 연장선에 불과하다는 주장이 가열찬 가운데 새로운 이론인 포스트모더니즘은 우리 문학 속으로 침투하였다. 포스트모더니즘은 사이버리즘의 모체적 성격을 지니고 있다. 그러나 컴퓨터가 대중화되면서 인터넷 사용자수가 기하급수적으로 증가하고 현실과 가상현실의 경계가 모호해지고 있는 디지털시대 상황을 모두 반영할 수 없다는 점이 한계점으로 지적된다.

최초의 컴퓨터는 1946년 미국 펜실베니아 대학의 모클리와 애커드가 만든 애니악(Eniac)으로 알려져 있다. 이것은 오늘날과 같은 컴퓨터가 아니라 1만 9천 개의 진공관을 사용한 커다란 전자계산기에 불과했다. 문자 정보 커뮤니케이션이 가능한 컴퓨터가 등장한 것은 이보다 훨씬 뒤의 일이다. 1993년 2월 '모자익 그래픽 웹 브라우저'(Mosaic graphical Web browser)가 등장하면서 영상 및 음성 파일을 실행할 수 있는 다매체적 능력을 갖추게 된다. 그러나 현대적 개념의 컴퓨터가 출현한 것은 1989년이라 할 수 있으며 이는 사이버리즘을 태동시키는 계기를 마련하였다.

컴퓨터와 통신기술을 모태로 하는 인터넷은 1968년 미국방성 고등기술연구소(ARPA)에서 핵전쟁시에 군사명령과 통제 등을 안전하게 행하기 위해 시작되었다. 1년여의 짧은 연구 끝에 통신망(Network)을 연결하기 위한 하드웨어와 소프트웨어의 개발이 이루어져 1969년 9월에 결실을 보게 된다. 이

---

1) 문학이론 부분은 김욱동 편, 『포스트모더니즘의 이해』, 문학과지성사, 1995. 김욱동, 『모더니즘과 포스트모더니즘』, 현암사, 1996. 김욱동, 『대화적 상상력』, 문학과지성사, 1999. 공종구, 『한국 현대 문학론』, 국학자료원, 1997 등에 수록된 내용을 인용, 참조하였음.

러한 인터넷은 'TCP/IP'(Transfer Control Protocol/Internet Protocol)라고 이르는 공통 커뮤니케이션 프로토콜에 의해 연결된 많은 지역 네트워크들의 집합체라고 할 수 있다. 인터넷은 소유자 없다는 점에서 모든 사람에게 열려 있다고 할 수 있다. 다양한 정보와 양적 측면에서 풍부하다는 점이 있는 반면에 네트워크 운영이나 다양한 정보를 어떻게 찾아야 하는가에 대한 단점을 지니고 있다. 앞으로는 생물체의 특성을 갖춘 인간 대뇌의 기능과 같은 역할을 수행하는 바이오 컴퓨터와 인간의 마음까지 읽어 내는 컴퓨터의 개발이 가능할 것으로 전망된다. 뿐만 아니라 A4용지 크기에 책 한 권 정도의 두께, 1kg 이하로 가벼워진 컴퓨터가 개발되고 있다. 그리고 음성인식 컴퓨터나 키보드를 없애고 계산기 크기의 손바닥에 올려놓고 쓸수 있는 팜톱(Palm) 컴퓨터도 등장하고 있다. 이러한 컴퓨터의 무한한 성능 향상과 함께 인터넷도 끊임없이 발전할 것으로 예상된다. 따라서 우리가 일상생활 속에서 실현할 수 있는 것뿐만 아니라 실현할 수 없는 것까지 인터넷을 통하여 실현에 옮길 수 있게 될 것이다.

> 눈을 뜨면 가장 먼저 하는 일은 컴퓨터를 켜는 일이다. 물론 자기 전에 마지막으로 하는 일도 그것을 끄는 일이다. 창이 없는 이 방에서 컴퓨터는 내 창이다. 거기에서 빛이 나오고 소리도 들려오고 음악이 나온다. 그곳으로 세상을 엿보고 세상도 그 창으로 내 삶을 훔쳐본다.[2]

소설 속에 등장하는 주인공은 가상공간을 통하여 불법 복제 CD를 팔아서 생계를 유지하는 인물이다. 그의 하루는 컴퓨터를 켜면서 시작하고 켜면서 끝이 난다. 오늘날 이러한 일상을 보내는 사람은 적지 않다. 구인광고뿐만 아니라 주인공의 모든 일상은 컴퓨터 공간 속에서 이루어 진다. 그리하여 컴퓨터는 등장인물의 창의 역할을 수행하여 그 창을 통해서 자신의 모습을

---

2) 김영하, 「바람이 분다」, 『엘리베이터에 낀 그 남자는 어떻게 되었나』, 문학과지
  성사, 1999, 73쪽.

보여줄 수 있다. 이것은 바로 컴퓨터의 양방향성을 말하는 것이다. 등장인물은 컴퓨터와 모니터, 프린터, 스캐너와 더불어 재택근무를 하고 있다. 그리고 음악이나 영상도 컴퓨터와 연결해서 듣는다. 컴퓨터 통신망 구직란을 통해서 알게 된 송진영도 주인공과 유사한 인물이다. 그녀는 워드프로세서와 컴퓨터 통신 중에서 채팅을 빼면 잘 하는 것이 없다. 그러나 그녀의 컴퓨터는 종교와 친구를 대신하고 있는 것이다. 이러한 유형의 소설은 점차 증가하는 추세지만 작품에 나타난 등장인물의 행위가 일탈적이라고 생각하는 사람은 그리 많지 않다. 그만큼 우리는 부지불식간에 그 속에 빠져들고 있으며 이미 우리 생활 깊숙이 자리하고 있다는 사실을 증명해주는 것이다. 사이버리즘은 이러한 컴퓨터와 통신의 결합체인 인터넷을 기반으로 출현하게 되었다.

사이버리즘의 개념을 정립하기 위해서는 이합 핫산의 「포스모더니즘의 개념 정립을 위하여」[3]를 이어쓰고, 고쳐쓰는 방법은 매우 유효 적절하다. 먼저, 사이버리즘이라고 명명할만한 현상을 우리가 감지하는가를 살펴볼 수 있다. 그렇다면 우리 사회문화적 풍토에서 포스트모더니즘 이외의 새로운 용어를 필요로 하는가를 살펴보아야 한다. 그리고 새로운 사이버리즘이란 용어의 적절성과 사이버리즘과 포스트모더니즘의 관련성과 아울러 사이버리즘의 미학적, 인식론적, 사회적 성격까지 규명할 수 있는 윤곽을 그려내어야 할 것이다. 뿐만 아니라 사이버리즘의 개념 정립을 위해서 전체적으로 나타나는 위험성 혹은 새로운 이데올로기 창출에 대하여 관찰하는 것이 필수적이다. 이러한 문제의식을 가지고 사이버리즘에 접근하기로 한다.

먼저, 사이버리즘이란 용어는 다소 어색하고 생소한 느낌을 준다. 그렇다면 디지털시대라 불리는 오늘날의 사회문화적 변화상태를 어떻게 인식해야 할 것인가에 대한 의문이 생긴다. 1999년에는 조선일보와 인터넷, PC통신사가 공동 주최한 제1회 인터넷 서바이벌게임이 개최되었다. 게임은 인터넷만

---

3) 김욱동, 『포스트모더니즘의 이해』, 문학과지성사, 1995, 54~75쪽.

을 통하여 생존문제나 일상생활이 가능한지 측정하는 것을 최우선 과제로 삼았다. 선발된 게임 참가자 6명 전원은 목욕가운만 걸치고 게임방에 입실하여 100시간 동안 주어진 과제를 수행함과 동시에 기본적인 먹을거리와 입을 거리를 해결해야 했다. 이들은 입실한 첫날 인터넷을 통하여 주문한 식사를 해결하고 생필품을 주문하는 등 본격적으로 살아남기 위한 대책을 강구했다. 이러한 과정중에 인터넷을 통한 주문은 문제가 없었으나 배달이나 결제과정에서 문제가 있는 것으로 확인되었다. 그러나 주문한 생활 필수품들이 착착 도착되어 이를 구입하기 위해 2~3일정도 걸릴 것이라는 당초 예상을 뒤엎고 성공적으로 막을 내렸다. 이러한 실험 통하여 인터넷이 우리 생활에 필수적인 도구의 역할을 수행하고 있다는 사실을 증명할 수 있다. 아울러 인터넷은 디지털시대라는 21세기의 지식정보화 사회를 선도하는 매체로 확고한 자리매김을 할 수 있을 것으로 사료된다.

디지털시대란 라키토프의 말처럼 사회적, 테크놀러지적, 경제적, 정치적 그리고 문화적 메커니즘들이 단지 연관되어 있는 것이 아니고 용해되어 단 하나로 합쳐지는 과정을 말한다. 특히 지식의 창출, 재연구, 보존 그리고 확산을 위해 진보적으로 증대하는 정보 테크놀로지의 사용 과정이다. 그리하여 단지 생산구조와 테크놀로지의 영역뿐만 아니라, 주로 문화, 정신적 삶과 일상에서의 사회적, 경제적 관계의 영역이 철저하게 변형되는 것을 알려주는 디지털시대가 도래한 것이다. 이로 말미암아 디지털시대의 사이버리즘은 창조적이고 자유로운 개체로서의 인간의 인본성과 자기 실현의 새로운 가능성을 창출시키게 된다.

다음으로, 포스트모더니즘과 사이버리즘은 전혀 단절되어 있지 않다. 다른 문학이론이나 문예사조와 마찬가지로 범위나 영역을 한정시켜주는 의미론적인 측면에 문제점이 지적된다. 아직 학계에서도 일치된 견해가 없는 상태에서 다소 무리가 없는 것은 아니다. 사이버리즘은 생겨난지 얼마 되지 않은 용어이기 때문에 작품에서도 사이버리즘을 반영한 작품을 찾아보기 힘들 뿐만 아니라 포스트모더니즘과의 변별점도 찾기 힘들다. 모더니즘과 포스트모더니즘이 단절되어 있지 않듯이 사이버리즘과 포스트모더니즘과 긴밀한 내적 연관성을 지닌다. 모든 역사는 항상 변화를 수반하고 있듯이 새로운 문학이론은 항상 변화를 동반하고 있다. 따라서 문학이론의 내적 연속성과 단절성의 관점에서 이해하여야 한다. 연속성과 단절성은 상호 보완적 입장에 있다. 문학이 아폴론적 관점과 디오니소스적 관점 양쪽을 모두 수용하는 다성적 성격을 함의하듯이 동일함과 차이점, 통일성과 분열, 영향 관계와 적대 관계 등 상호 모순되는 요소들을 존중해야할 것이다.

　포스트모더니즘과 사이버리즘은 몇가지 유사점을 지니고 있다.

　첫째, 두 이론은 기존의 전통과 인습에 도전하는 것을 출발점으로 하고 있다. 비결정성과 비종결성, 불확정성을 함의하여 고정불변한 의미나 의도를 불가능하게 하여 중심이나 권위에 도전하고자 한다. 자아와 주관성에 대한 새로운 입장, 이어쓰기와 고쳐쓰기, 행위와 참여, 임의성과 우연성, 주변적인 것의 부상, 탈장르화나 장르확산, 자기 반영성 등에서 차별된다. 이러한 현상은 데카르트의 코기토(Cogito)와 니체의 주체4)를 허구로 파악하는 것이다. 특히 누보 로망과 같은 성격을 지녀 자아나 주체의 소멸을 출발점으로 하고 있다. 아울러 롤랑 바르트가 제기한 작가의 죽음이나 작가의 실종도 연관시킬 수 있다. 롤랑 바르트는 저자가 죽음을 맞이할 때 비로소 글쓰기가 시작된다고 했다. 하이데거 또한 언어가 글을 쓰는 것이지 저자가 글을 쓰는 것이 아니라고 주장한다. 사이버소설에서 저자의 죽음을 전제하고 있는 '집체시, 릴레이소설, 작가 X' 등의 이어쓰고 고쳐쓰고는 새로운 형식은 특성상 다른 독자들이 게시판에 올린 의견을 수용하지 않을 수가 없다. 이러한 형식은 자크 데리다의 말처럼 중심은 고정된 장소가 아니라 언어 속에서의 하나의 기능에 지나지 않으며, 초월적인 사니피에 부재가 의미화의

---

4) 이 책에서 필자가 사용하는 주체의 개념은 라깡의 전오이디프스 단계에서 말하는 타자의식 부재의 주체는 아니다. 오히려 저항과 수용이 공존하는 대화적인 주체 즉 크리스테바적 주체에 가깝다고 하겠다. 따라서 타자는 억압과 열등감으로 인한 소외된 인물로 묘사된다.

영역과 상호작용을 무한히 확장하는 것이다.

둘째, 기존 이론보다 전위적 실험성과 일탈성 그리고 행위와 참여를 중시한다. 전위적 실험성은 쉬클로프스키의 낯설게 하기나 브레히트의 소외효과, 다다이즘, 초현실주의, 누보로망, 아방가르드 등의 예술운동에서 이미 제시된 바 있다. 하지만 이들의 형식이나 기법보다 더욱 심화된 전위성과 실험성 그리고 일탈적 성격을 보여준다. 기존 이론이 고립과 무관심적 형식을 지녔다면 포스트모더니즘과 사이버리즘은 참여와 관심 실천적 행동으로 특징 지워진다.

셋째, 파편화 현상과 임의성, 우연성, 유희적 성격을 지닌다. 결합보다는 단절, 질서보다는 혼돈, 그리고 총체성이나 종합보다는 해체나 분열을 더 중시한다. 료타르가 말했듯이 총체성에 전쟁을 일으키고 여러 가지 차이점을 활성화해야 할 것이다. 두 이론은 예술을 영원 불변한 존재가 아니라 일시적이며 가변적이라는 신념에 기초한다. 이러한 예는 존 케이지의 작품 「4'33"」(1961)에서 찾을 수 있다. 작품에서 피아니스트는 닫혀진 피아노 앞에서 4분 33초 동안 그냥 앉아 있다가 일어선다. 이때 들려오는 자동차 소음이나 청중들의 기침소리 등이 음악 연주를 대신하는 셈이다. 뒤샹의 작품인 '변기'나 비디오 아티스트 백남준의 예술세계도 이러한 작품의 연장선상에서 이해될 수 있다. 이러한 논리는 모든 것이 다 예술이 될 수 있다는 것을 믿고 있는 것이다. 고전음악을 팝 음악과 결합시킨 필립 글래스의 전위음악, 칼 하이츠 스톡하우젠의 구체음악, 입체파, 미래주의, 표현주의, 다다, 쉬르에 사용되어온 Montage, Collage, 네오다다이즘, 큐르트 슈비터스의 Merg이론, 전위영화, 사진, 조형예술 등의 기법이 문학에 전용되기고 하여 창작 정신의 자유로움을 드러내고 있다. 린다 허친에 기대면 두 이론은 궁극적으로 그것이 도전하고자 하는 관습들과 전제들을 잠식하고 파괴시킬 뿐만 아니라, 그것들을 확정하고 강화시킨다. 이러한 성격은 결국 전통적인 예술의 개념을 부정하는데서 출발하여 모든 장르를 퓨전화 시키고 있는 것이다.

넷째, 계급적 질서의 붕괴와 초소설적 성격을 지닌다. 억압된 것의 복귀나 마이너리티의 부상이 그것이다. 본격문화와 주변문화 사이에 가로놓인 경계선을 건너고 간격을 메우고자 시도한 레슬리 피들러의 주장과 일맥상통한다. 외설적 상상력을 주장한 수잔 손탁이나 성의 해방과 동시에 페미니즘 운동이나 페미니즘 문학 이론도 해당한다. 초소설은 누보로망과 유사한 성격을 지니고 있다. 패더만은 초소설을 현실은 존재하지 않거나 허구화 된 틀에서만 존재하는 관점에서 보고 있다. 때문에 초소설은 더 이상 현실이나 현실의 재현이 아니라 현실을 소설을 통해 폐지시키는 양식이 되는 것이다. 그는 현실과 허구의 구분을 해체하기 위해 4가지 전제를 세우고 있다.[5]

　다섯째, 비결정성과 비종결성 혹은 불확정성이다. 핫산에 의하면 비결정성은 우리의 행동과 관념 그리고 해석 행위에 침윤되어 있으며, 그것은 곧 우리의 세계를 구성하고 있다. 따라서 다원성이나 상대성 그리고 대화주의의 다성성, 이어성, 다어성 등이 부각된다.[6] 니체의 주장처럼 절대적인 것을

---

5) 첫째, 소설의 글읽기에 있어서 독자의 참여 둘째, 그 형태에 있어서 네러티브나 플롯의 논리성으로부터의 이탈 셋째, 그 재료에 있어서 거짓말, 모방, 왜곡, 환상적 글쓰기의 사용 넷째, 소설 의미에 있어서 외관상의 무질서와 고의적인 부조리성 등

6) 바흐친은 소설에서 이어성이 조직되는 형식을 네가지로 파악하고 있다. 첫째, 언어를 희극적이거나 반어적 혹은 패러디적으로 취급하는 경우이다. 권위적이거나 공식적인 언어는 위선적이거나 허위 의식이 가득찬 편협한 언어라는 것이다. 둘째, 이야기가 화자에 의해 전달되는 경우이다. 화자가 사용하는 언어는 작가의 직접적인 언어가 아니라 누군가의 언어이다. 따라서 독자들은 두가지 층을 느끼는데 하나는 화자의 그것이고 다른 하나는 작가의 그것이다. 그리하여 이 두 언어 체계 사이에는 대화적 관계가 성립하는 것이다. 셋째, 언어가 작중 인물들에 의해 사용되는 경우이다. 바흐친은 작중 인물의 언어가 작가에게 끼치는 영향의 범위를 '작중 인물 지대'로 부른다. 작중인물지대는 작중 인물의 단편적인 말이나 다른 사람의 말에 속해 있는 분산된 말에 의해 생겨날 뿐만 아니라 어느 작중 인물의 질문이나 감탄사에 의해 작가의 말이 잠시 중단될 때에도 생겨난다. 넷째, 작품 속에 다른 장르들을 병합시키는 경우이다. 소설 속에 병합된 여러 장르들의 특유한 언어적 특징은 소설의 언어를 더욱 다양하고 복잡하게 만든다. 이에 따라 각자의 의도는 줄어들고 본래의 언어는 다른 사람의 언어로 변하는데 이를 '이중적 목소리로 된 언술'이라 부른다. 이는 동시에 두 사람의 화자를 포함하고 서로 다른 의도를 표현한다.
　김욱동, 『대화적 상상력』, 문학과지성사, 1999, 222~233쪽.

신봉하는 모든 것은 병적이기 때문이다.

여섯째, 장르 확산을 들 수 있다. 패러디나 패스티쉬를 새로운 문학장르로 인식할 때 이것은 장르 확산에 기여하는 셈이다. 패러디는 사용하는 사람에 따라 기생적 작품으로 전락하거나 경우에 따라서는 원형에 못지 않게 훌륭한 창조적인 작품이 되기도 하는 것이다. 프레드릭 제임슨은 패스티쉬가 패러디와 마찬가지로 어떤 특수한 가면의 모방이며 죽은 언어로 된 말로 인식한다. 하지만 패러디나 패스티쉬는 작품의 소재가 고갈되거나 소진되었다는데서 비롯되고 있다. 윌리엄 블레이크가 존재하는 모든 것은 이미 오래 전에 상상된 것이라 주장했듯이 포스트모더니스트나 사이버리스트들은 소재의 재생뿐만 아니라 새로운 상상력에 관심을 가진다. 그들은 과거는 병합되고 수정되며 새롭고 다른 삶과의 의미를 부여받는다는 허친의 말을 새롭게 인식한다.

일곱째, 기존 이론이 자기 외부 현실의 반영에 관심이 있다면 두 이론은 자기 반영에 관심이 있다. 자기 반영이란 문학 텍스트[7]가 텍스트 밖에 존재하는 세계를 반영하거나 재현시키는 것이 아니라 텍스트 그 자체를 반영하는 것을 말한다. 말을 바꾸면 자기 반영 소설은 그것이 창작되는 과정 그 자체를 중요한 주제로 다루고 있는 소설을 말한다. 이러한 유형의 소설을 메타픽션이라 말한다. 패트리사 워에 기대면 메타픽션은 허구와 실재 사이의 관련성에 대해 질문을 제기하기 위해 자의식적으로, 그리고 체계적으로 인공품으로서의 그 위치에 대해 주의를 환기시키는 허구적 작품을 가리키는 용어이다. 이러한 차이점 또한 고정되어 있는 것은 아니다. 시대의 변천에 따라 가변적인 것으로 어느 정도 지속되거나 소멸하기도 하는 특성을 지닌다. 따라서 사이버리즘은 포스트모더니즘의 논리적인 연속이며 계승인

---

7) 현상학적 미학에 의지하고 있는 이저는 텍스트를 작가(생산자)의 산물(생산품)에 불과한 것으로 본다. 텍스트는 독자의 독서행위를 통해서 재구성되어 '작품'(구체화된 텍스트)으로 다시 탄생한다는 것이다. 따라서 작품의 생산자는 독자가 되는데 이것은 작가가 만든 텍스트의 (독자에 의한) 구체화가 곧 작품이기 때문이다.

동시에 포스트모더니즘에 대한 비판적 반작용이다. 이러한 관점으로 볼 때 사이버리즘은 어느 한 시대를 나타내는 것이 아니라 통시적이며 공시적인 토대 위에 세워진 하나의 구조로 이해될 수 있다.

끝으로, 이러한 논의를 통해 한 시대가 과연 규명될 수 있는가 하는 시대 규명의 문제와 새로운 이데올로기를 창출하지는 않는가의 문제에 부딪힌다. 컴퓨터가 만들어 낸 전자언어는 푸코의 전자감옥 일종인 새로운 판옵티콘을 건설할 수도 있다. 그리고 컴퓨터에 대한 맹신은 전자적 애니미즘을 연상시킨다.

최근 '디지털 창비' 자유게시판에는 컴퓨니즘(Compunism)이란 제목의 글이 올라 있다.

> 직장의 풍속도가 많이 달라졌습니다. 직장의 주도권은 언제부터인지 컴퓨터를 잘 다루는 것과 그들의 윤리의식과 인성과는 전혀 무관하며, 또한 그들의 일의 성격 또한 그러한 개인의 윤리성, 도덕성과는 상관 관계가 점점 없어지는 방향으로 변화하게 되었습니다. 이젠 직장 동료와의 관계에서 가장 강한 관계 맺는 동기는 그가 얼마나 컴퓨터를 잘 알며 컴퓨터를 통해 정보를 잘 입수하며 그 정보를 잘 이용하여 일처리를 잘하여 윗사람과 동료들의 일처리에 잘 협력할 수 있는 능력을 갖고 있느냐 하는 것입니다. 그들의 사람됨은 이제 서로의 관계를 맺는데 있어 차선의 선택으로 밀려나고 있다는 생각입니다.[8]

이제 직장에서도 인간의 윤리나 도덕성과 상관없이 컴퓨터 실력이 그 사람의 모든 것을 대변하는 시대가 된 것이다. 컴퓨터를 잘 다루면 능력이 있을 뿐만 아니라 윤리나 도덕성 모두를 갖추고 있는 사람으로 평가되고 그렇지 못하면 부정적 평가를 피할 수 없다. 이러한 평가는 인위적으로 만들어지는 것이 아니라 시대의 흐름에 따라 생겨난 것이다. 문제는 컴퓨터 활용 능력이 새로운 권력을 만들어 내고 있다는 점이다.

---

8) 나정옥, 「컴퓨니즘-극단적 물신주의를 경계하며」(www.changbi.com).

컴퓨터는 인지방식에서 문자문학과 영상문학을 상호보완적으로 결합시킨다. 이것으로 인해 이미지 이데올로기라는 '이마골로지'(imagology)[9]를 창출할 수 있다. 하지만 현시점에서는 염려할만한 상황은 아니다. 오히려 신자유주의적 자본에 의한 가상공간의 잠식과 통제가 우려된다. 가상공간이 신자유주의적 자본에 의해 잠식 통제된다면 새로운 이데올로기의 출현은 명약관화한 일이다. 가상공간의 문화적 태도는 문화적 다원주의를 지향하고 있다. 그러나 문명의 해택을 받지 못하는 소외계층에 대한 새로운 권위주의가 형성될 듯하다. 가상공간의 규범 의존도는 탈규범적 성격을 지니며 카니발적 양상을 포함한다. 가상공간에서 '사이버 훌리건'으로 불리는 익명의 폭력성은 심히 우려된다. 탈시공간성을 토대로 하는 가상공간은 우리 사회에서 가장 영향력 있는 여론 형성의 장으로 자리매김하고 있다. 기존 사회의 감시와 통제에서 벗어나 하고 싶은 말을 자유롭게 할 수 있다는 것은 익명성의 매력이다. 반면에 인터넷 성폭력, 해킹, 음란물 유통, 상대방 비방, 바이러스 유포 등의 폭력성은 점차 증가하는 추세에 있다. 이러한 추세에 정부는 가상공간상 불법행위에 대한 처벌 규정 명시, 청소년 유해정보에 대한 등급표시제도입 등을 제도화한 정보통신망 이용 촉진 및 정보보호 등에 관한 법률을 개정한다는 방침을 세웠다. 이에 대해 사이버리스트들은 사실상 인터넷 검열제도인 법률 개정안 철회를 주장하면서 온라인 시위에 돌입했다. 이들은 정부의 조치를 '21세기형 독재의 부활'로 인식하고 있다. 하지만 중요한 것은 사이버리스트들이 자체적으로 정화 질서를 갖추는 것이다. 이러한 일환으로 인터넷 곳곳에서 네티켓에 대한 관심을 보여주고 있다.

　인터넷 중독증은 우리 사회의 새로운 병적 증상으로 인식되고 있다. 김주환은 자신이 제시한 "인터넷중독증 자가진단 리스트"[10]에 세 항목 이상이

---

9) 이 말은 이데올로기(imagology)와 이미지(image)의 합성어이다. 밀란 쿤데라는 광고 속의 이미지는 상품의 이미지를 팔면서, 목적의식으로 알게 모르게 사회 속에 녹아 있는 주류 정치적, 이데올로기적 이미지까지 팔아먹으면서 사회안정과 자본증식에 도움을 준다고 말했다. 이와 같이 이데올로기를 내포하고 있는 이미지를 이마골로지라고 말한다.

해당한다면 정신과 의사의 상담이 필요하다고 본다. 그는 계속해서 중독 현상을 극복하기 위해서는 무조건 사용시간을 줄여야 한다고 강조한다. 중독의 근거에는 강박성이나 소외감, 의존성, 권력에의 지향성 등 복잡한 동기가 내재해 있을 수도 있다. 또한 역으로 생각해서 인간 정신의 창조적 본성이나 탐구정신의 표현일 수도 있다는 것이다. 다시 말하면 신종질환이라는 측면보다는 인간정신의 잠재적 특성들과 새로운 디지털문화의 상호작용으로 보는 것이 무난하다는 입장이다. 치료법으로 무조건 가상공간을 떠나는 것이 상책일 수는 없다. 조금씩 접속시간을 줄여 나가는 네티즌 자신의 의지가 가장 중요하다. 결국 가상공간에서 즐기던 시간을 절약하여 현실공간의 사람들과 대화시간에 투자한다면 극복할 수도 있을 것이다.

　　"해킹보다도 손쉬운 게 컴퓨터 도청이야. 글쇠판을 사용할 때마다 전자
　　회로나 배선, 모뎀 등을 통해서 각 키마다 서로 다른 전파를 외부로 방

―――――――――――――

10) 김주환은 인터넷중독증 자가진단 리스트를 다음과 같이 제시한다.
　　① 전자우편을 확인해 봐야겠다는 강박적인 생각이 자주 떠오른다.
　　② 의식적이든 무의식적이든 손가락으로 자판을 두드리는 행동을 한다.
　　③ 예상보다 2~3배나 되는 통신료 청구서를 받아본 적이 있다.
　　④ 통신망에 매달려 있느라 잠을 못 잔다거나 식사를 거른 일이 한 번 이상 있
　　　다.
　　⑤ 스스로 컴퓨터에서 떨어지지 못해 수업을 빠뜨리거나 약속시간에 늦은 일이
　　　있다.
　　⑥ 가족이나 친구들과 자신이 통신망에서 허비한 시간의 양 때문에 논쟁을 벌
　　　여본 적이 있다.
　　⑦ 통신망에서 너무 많은 시간을 보내 학업이나 직업활동에 지장을 준 일이 있
　　　다.
　　⑧ 통신망 상에서의 대인관계가 일상생활의 실제 사람들과의 대인관계보다 더
　　　원만하다.
　　⑨ 통신망에서 머무르는 시간이 점점 더 길어지고 있다.
　　⑩ 며칠동안 통신을 사용하지 않으면 막연한 불안, 통신을 해야 할 것 같은 강
　　　박적 사고, 혹은 인터넷에 대한 환상이나 백일몽을 겪은 적이 있다.
　　김일곤, 「인터넷중독증을 치료하는 사이버닥터 김주환」, <WIN>, 1997, 3, 306
　　쪽.

> 출하게 되는데, 이 전파를 잡아내서 읽어내면 상대방이 입력한 정보의
> 내용들을 몽땅 빼낼 수가 있어."11)

인용문은 철수가 영희에게 해킹에 대해서 설명하는 부분이다. 철수는 『뉴로맨서』의 주인공인 케이스와 마찬가지로 해커12)이다. 정보를 찾아서 가상 공간에서 방랑하므로 마치 서부 개척시대의 광활한 들판을 방랑하던 카우보이와 유사한 것으로 은유되고 있다. 이들은 영웅일 수 있으나 가는 곳마다 약탈을 일삼는 침략자이기도 하다. 그리하여 깁슨은 이후의 해커 양성에 절대적 역할을 한 것으로 보인다. 해커들은 60~70년대에 컴퓨터의 기술과 지식의 한계를 극복하려는 의도에서 출현한 컴퓨터 공학도였다. 이러한 초창기 해커들은 정보와 기술은 공유되어야한다는 기본적인 인식과 이를 순수하게 탐구해야 한다는 윤리규범을 발전시킨다.

이들은 정보의 자유로운 유통은 바람직하지만, 그것이 인간의 권리를 침해할 때는 바람직하지 않다고 본다. 그리하여 개인에 따르는 권리와 하나의

---

11) 한상, 「철수가 영희를 만났을 때」, 『비트시대』, 토마토, 1996, 226쪽.
12) 다음은 나이트메어의 해커윤리이다. 나이트메어는 본명이 아니고 필명이다. 유능한 해커로 활동하고 있는 작가는 이 책의 특성상 자신의 본명을 밝히지 않은 것으로 보인다.
① 컴퓨터 소프트웨어, 시스템, 그리고 사람에게 어떤 방법으로도 해를 끼치지 말라.
② 만일 해를 끼쳤다면 손해를 배상하기 위해 필요한 조치를 취하고, 나중에 다시 그런 일이 일어나지 않도록 예방 조치를 취하라.
③ 해킹으로 자신이나 다른 사람을 위한 부당한 이익을 챙기지 말라.
④ 시스템 관리자에게 보안상의 잘못을 알려주어라.
⑤ 가르침을 요청 받았을 때 가르쳐 주고, 전파할 지식이 있다면 함께 나누어라. 꼭 필요한 것은 아니지만 친절한 행위임에 틀림없다.
⑥ 당신이 해커로서 침입하게 될 수수께끼 같은 환경을 포함하여, 어떠한 컴퓨터 환경에서라도 드러날지 모르는 당신의 약점을 자각하라. 분별있게 행동하라.
⑦ 끈기 있게 노력하되 어리석은 행동은 피하고 탐욕스런 모험은 삼가라.
Knightmare(김석태 외 옮김), 『수퍼 해커의 해킹 비밀』, 연암출판사, 1995, 390~391쪽.

집단으로서 인류에 부속된 권리로 분류된다. 모든 인류는 어떤 정보든지 공유할 수 있는 권리를 가지며 이러한 정보는 자유롭게 이동되어야 한다. 그러나 정보를 부당한 이윤이나 정치적 이익을 위해 이용해서는 안될 것이다.

해커들은 자기 자신과 컴퓨터 사이의 경계가 허물어지는 것을 최초로 경험한 사람들이다. 이제 해킹의 개념은 약탈자의 개념을 넘어서서 새로운 형태의 권력 집중을 반대하는 문화적 상징이 되고 있다. 현대 국가간의 갈등은 정보전 양상을 띠고 있다. 국가간의 빈부 격차도 정보를 많이 가졌느냐 적게 가졌느냐에 달려있다. 그만큼 정보가 중요하다는 이야기이다. 자국의 정보가 해커들에 의해서 유출당하고 타국의 정보를 입수할 수도 있다. 이러한 정보전쟁에 대비하기 위해서 국가 차원에서 해커를 양성해야 할 것이다. 정보를 빼앗기 위한 해커 양성이 아니라 침입을 방지하기 위한 예방적 차원의 해커 양성이다.[13]

이상에서는 사이버리즘의 용어의 적절성, 포스트모더니즘과의 연관성, 디지털시대 규명의 가능성 등에 대하여 살펴보았다. 이러한 논의를 바탕으로 리얼리즘, 모더니즘, 포스트모더니즘을 천착, 재구성하여 사이버리즘을 도출해보고자 한다. 이미 기존 문학이론에 대한 연구는 여러 사람에 의해서 이루어져 성과를 거두고 있다. 특히 공종구는 기존 문학이론의 차이점을 명징하게 설명하였다. 여기서는 그의 논의를 바탕으로 새롭게 이어쓰고 고쳐쓰면서 새로운 문학이론인 사이버리즘에 접근하고자 한다.[14]

제임슨의 「후기 자본주의」에 의하면 19세기말에서 20세기초는 국가 자본주의를 반영하는 문화논리가 리얼리즘이고, 20세기초에서 20세기 중반의 제국주의 자본주의 시기를 반영하는 문화논리가 모더니즘이며, 20세기 후

---

13) 우리나라에서도 청와대 전산망에 침투하여 대통령비서실의 통신 비밀번호를 숙지하고 금융기관, 정보업체 등에 청와대 명의로 자료를 요구했다가 안기부에 적발되었던 해커 김재열은 청와대 직속기구의 5급 사무관급으로 정부개혁 작업을 위해 일하게 되었다.
<중앙일보>, 1998, 4, 13-14.일자.

14) 공종구, 『한국 현대 문학론』, 국학자료원, 1997, 134~180쪽.

반 다국적 자본주의 시대를 반영하는 문화논리가 포스트모더니즘이라는 것이다. 그렇다면 사이버리즘은 20세기 끝자락인 후기포스트모더즘에서 시작하여 21세기초인 현재와 미래 즉, 디지털시대를 반영하는 문화논리로 볼 수 있다. 리얼리즘 형식은 리얼리즘 시대의 내용을, 모더니즘 형식은 모더니즘 시대의 내용을, 포스트모더니즘 형식은 포스트모더니즘 시대의 내용을 각각 반영하고 해석한다면 사이버리즘 형식은 사이버리즘의 내용을 반영하고 해석한다고 하겠다.

먼저 서사구조의 차이점을 살펴보기로 한다. 리얼리즘은 유기적 질서나 통일성을 강조하여 소설의 서사단위간에 위계질서나 상호관련성이 분명하게 존재하였다. 그리하여 유기적인 인과관계나 연결관계가 긴밀한 서사구조를 핵심원리로 하였다. 모더니즘은 이러한 유기적 질서나 통일성보다 파편화되고 단편화한 서사구조를 따른다. 포스트모더니즘에서는 더욱 파편화되고 단편화되어 유희적으로 느낌을 주는 것으로 이동하게 된다. 포스트모더니즘의 형식실험은 존 바스의 플롯 파괴기법이나 윌리엄 바러스의 무작위 기법 등을 통해서 확인할 수 있다. 특히 도날드 바슬미는 파편은 내가 믿는 유일한 형식에 해당한다는 주장을 하기도 한다. 사이버리즘은 포스트모더니즘보다 파편화 되고 단편화된 구조가 극단적으로 나타나게 된다. 그리하여 리얼리즘 소설이 완벽한 거울이라면 모더니즘 소설은 금이 간 거울이다. 그리고 포스트모더니즘 소설이 산산히 깨어진 거울에 해당한다면 사이버소설은 거울의 형체조차 알아볼 수 없을 정도로 완전히 부서진 거울이된다. 우리의 인생이 우연의 연속이듯이 소설도 비선조적인 성격을 지녀 우연성과 무질서의 연속으로 구성되어야 한다. 그리하여 기존의 리얼리즘 소설이 표방하던 소설의 현실재현은 가짜가 될 수밖에 없다. 포스트모더니즘이나 사이버리즘은 실제 인생이 하나의 혼돈이므로 당연히 직선적이고 질서정연한 서사구조는 존재할 수가 없다는 입장이다. 이러한 비선조적 서사구조는 오늘날의 시대상황이 리얼리즘 시대보다 더욱 복잡해지고 파편화되었기 때문에 나타나는 현상으로 볼 수도 있다. 소설의 서사구조가 단순하게 이야기를 구성하는 사건들의 짜임새라기보다 세계를 해석하고 조직하는 인식론적 구조와 관련되기 때문에 더욱 그러하다. 리얼리즘 소설은 상실한 질서와 총체성을 회복할 수 있다는 믿음을 가졌다. 이러한 믿음은 인간의 합리적 이성을 신뢰하는 것에서 비롯된다. 모더니즘 소설은 리얼리즘 소설보다는 덜 하지만 상실한 질서와 총체성에 대한 회복의 긍정적 전망을 지니고 있었다. 그러나 루카치는 모더니스트들은 인간의 인식능력으로는 파악이 근본적으로 불가능하다는 '불가지론'(不可知論)을 주장하기도 한다. 그래서 세계와 인간존재를 리얼리스트가 정태적으로 본다면 모더니스트들은 통태적으로 파악한다는 차이가 있다. 사이버리스트는 인간의 합리적 이성이나 질서, 총체성 회복에 대한 전망이나 믿음은 처음부터 존재하지 않았던 것으로 파악한다. 그리하여 인간의 인식능력으로는 반영대상으로서의 인간존재와 세계를 파악할 수 없다는 결론에 도달하게 되는 것이다.

두 번째는 인물의 차이점이다. 인물은 적극적 저항의지나 변혁의지의 유무에 따라 적극적 인물과 소극적 인물로 이분할 수 있다. 리얼리즘 소설의 인물들은 대부분 부정적 상황을 개선하고자 하는 적극성을 지닌다. 이러한 인물 유형이 모더니즘 소설에 와서는 부정적 환경에서 소외된 자신의 모습에 대해 내면적 성찰이나 반성하는 상태로 존재하는 소극적 인물로 변하는 것이다. 그러나 소극적 인물이라고 해서 부정적 상황을 파악하지 못하는 것은 아니다. 적극적이고 구체적인 행동을 부여주지 않는다는 차이만 존재한다. 모더니즘 소설의 인물은 루카치의 지적처럼 처음부터 고독하고 비사교적이며 다른 인간들과 정상적인 사회적 관계를 맺을 수가 없는 인물이다. 다른 사람과의 접촉은 피상적이고 우연적인 방법으로만, 존재론적으로 말하면 회고적 반영에 의해서만 가능해진다는 것이다. 따라서 적극적 저항의지나 변혁의지를 보여주지 못하고 회의와 자아성찰만 반복하면서 사회현실에 뿌리를 내리지 못하고 방황하는 인물로 제시된다. 그러나 리얼리즘 소설과 모더니즘 소설의 인물의 공통점이 없는 것은 아니다. 그것은 일관성이나 정체성으로 자신들만의 고유한 성격과 가치관을 지니고 상황에 따라 적절하게 대처한다는 것이다. 인물의 일관성이나 정체성은 포스트모더니즘이나 사이버리즘에 오면 더욱 약화된 모습을 보인다. 사이버소설의 인물들은 자신의 고유한 정체성을 가지지 않기 때문에 고유한 이름 없이 등장하기도 한다. 앞에서도 말했듯이 세계가 혼돈스럽고 무질서하기 때문에 소설 속에 등장하는 인물도 무질서하고 불안정한 존재가 될 수밖에 없는 것이다. 사이버소설은 객관적 진리 자체를 인정하지 않는다. 아울러 기존의 가치규범이나 도덕, 진리를 진지하게 받아들이길 거부하면서 오히려 자신들의 사고나 행동을 제한하는 억압기제로 인식한다.

세 번째는 서술층위의 차이점이다. 단순한 서술구조는 고정된 한사람의 초점인물이 보여주는 이야기 내용을 단일한 시각과 목소리를 지닌 한사람의 서술자가 평면적으로 서술하는 것이다. 이러한 서술자는 대부분 권위적으로 독자위에 군림하는 경향이 있다. 3인칭 전지적 작가 시점을 취하면서 서술자는 마치 신과 같은 위치에서 군림한다. 리얼리즘 소설은 대부분 단순한 서술구조를 지닌다. 복잡한 서술구조는 이야기를 보여주는 초점인물이 핵심인물과 같은 특정한 인물 한 사람에게만 고정되어 있지 않다. 서술자와 초점인물이 수시로 바뀌면서 서술하는 입체적 서술구조를 갖는다. 이러한 유형의 서술구조에서는 초점인물이 분산되기도 하고 서술자가 서술주체와 서술대상의 역할 동시에 담당하기도 한다. 따라서 서술자는 자신의 목소리를 낮추고 이야기 내용에 노골적으로 개입하는 것도 꺼린다. 서술자는 독자와 대화하는 입장에서 자신의 입장을 드러나지 않게 나타내는 것이다. 제임슨의 말처럼 소설의 집에는 창문이 하나만 달려있지 않고 수백 만개나 달려있다. 이 말은 소설에 나타난 세계는 바라보는 독자의 관점에 따라 그 의미가 얼마든지 달라질 수 있다는 뜻이다. 모더니즘이나 포스트모더니즘, 사이버리즘은 복잡한 서술구조를 지니고 있다. 사이버리즘은 포스트모더니즘보다 더욱 복잡한 서술구조를 지닌다고 하겠다. 이러한 차이는 객관적 실재에 대한 인식론적 토대의 차이 때문에 생겨난 것이다. 초점인물과 서술자의 이동의 빈번함, 복수적 시점의 입체적 활용, 다양한 목소리의 서술적 개입, 권위성의 상실이 그것이다. 사이버소설은 객관적 실재란 처음부터 존재하지 않는 것으로 보고, 자신의 창조를 통하여 끊임없이 새로운 세계를 건설하고 수정하고 다시 건설하는 인간의식만이 존재하는 것으로 인식한다.

모더니즘이나 리얼리즘이 질서나 총체성에 대한 향수를 지녔다면 포스트모더니즘과 사이버리즘은 더 이상 질서나 총체성에 연연하지 않게 된다. 다만 파편화된 현실의 모습을 있는 그대로 인정하고 제시하며 포용할 뿐이다. 수용미학주의자들이나 바흐친 등에 볼 수 있는 다원주의, 상대주의는 사이버리즘의 근원적 토대를 형성하였다.[15] 말하자면 작가보다 독자를 중요시하여 작품의 중심에 놓고 있는 것이다. 작가는 더 이상 독자에게 진리를 구현할 수 없기 때문에 독자보다 우월한 지위에 있지 않게 된다. 현실 재현의 문제에서도 사이버리즘은 '제시의 현현'에서 벗어나 현실을 불확정적으로 인식한다. 리얼리즘과 모더니즘의 대립은 '모방 이론'과 '차이 이론'의 대립으로 파악할 수 있다. 그리하여 모더니즘은 문학의 고립과 비인간화를 초래하였으며 리얼리즘은 문학의 이념화와 경직화를 만들어 냈다. 하지만 포스트모더니즘과 사이버리즘은 모방이론과 차이이론의 조화와 화해를 희망한다. 로지의 말을 변용하면 포스트모더니즘과 사이버리즘은 리얼리즘도 모더니즘도 아니고, 반리얼리즘도 반모더니즘도 아니며, 다만 리얼리즘과 모더니즘을 극복하려는 태도를 갖고 있는 것이다. 모더니즘은 일탈, 동시성,

---

15) 이저는 텍스트와 독자의 유대 관계는 다음과 같이 기술하고 있다.
　첫째, 문학텍스트의 특수성을 이와 다른 종류의 텍스트들과 구별해 봄으로써 대략 그 윤곽을 잡아보는 것이다. 둘째, 문학텍스트들의 기초적인 효과조건들을 열거하여 분석해 보는 것이다. 이 작업에서 중요한 것은 문학텍스트 속에 들어 있는 서로 상이한 여러 가지 미확정성의 정도와 이것이 이루어지게 되는 유희의 유형들이다. 셋째, 18세기 이래의 문학 텍스트에서 관찰해 볼 수 있는 미확정성의 점진적인 증가 현상에 대한 해명을 시도해 보아야 한다. 특히 현대문학에서 늘어가는 미확정성의 확대가 무엇을 뜻하는가를 밝혀 보아야 한다. 미확정성은 텍스트와 독자와 관계를 변화시킨다. 텍스트가 결정성을 잃으면 잃을수록, 독자는 이것의 가능한 의도를 함께 완성시키는데 적극적으로 참여하게 된다. 차봉희 『문예사조 12장』, 문학사상사, 1981, 85쪽.

비이성주의, 반환상, 자아 반영, 메시지로서의 매개체, 정치적 초연성, 도덕적 엔트로피에 접근하는 도덕적 다원주의만 가르친다고 존 바스는 지적했다. 그러나 사이버리즘은 이것을 종합하고 초월하는 역할을 수행한다.

네 번째는 텍스트 성격의 차이점을 살펴본다. 닫힌 텍스트는 독자에 대해 절대적 권위를 지닌 작가가 독자들에게 텍스트의 의미를 일방적으로 전달하는 방식의 텍스트이다. 이러한 텍스트의 의미는 고정적이고 작가는 생산자이고 독자는 소비자에 불과하다. 닫힌 텍스트는 작가와 독자의 상호소통이 거의 불가능하고 텍스트의 의미는 작가에 의해서 정해지기 마련이다. 따라서 독자의 상상력은 근본적으로 차단되어 소극적인 독자로 전락하고 만다. 그리하여 독자는 고정적 의미를 전달받는 수동적 독자가 되는 것이다. 이러한 독자의 역할은 열린 텍스트에서 달라진 모습을 보이게 된다. 닫힌 텍스트에서 작가와 독자의 관계가 수직적이었다면 열린 텍스트에서는 수평적 구조로 변한다. 그리하여 텍스트의 의미 생산에 작가와 독자가 함께 참여하게 된다. 따라서 작가의 권위가 줄어드는 대신 독자의 권위가 상승하여 민주적이고 수평적 위계질서가 재편성된다. 리얼리즘 소설이 닫힌 텍스트라면 모더니즘, 포스트모더니즘, 사이버리즘적 소설들은 열린 텍스트 성격을 지닌다. 텍스트의 개방 정도로 따진다면 사이버소설이 가장 열려있는 텍스트인 것이다. 신처럼 군림했던 리얼리즘 작가들은 독자와 완전히 단절된 상태에 있었다. 그리하여 작가의 창조적 재능이나 문학적 상상력은 절대적일 수밖에 없는 것이다. 모더니즘 시대 작가들은 리얼리즘 작가들과 차이는 있지만 어느 정도의 지위는 상실하게 된다. 그러나 일반 평범한 독자들이 이해할 수 없는 모호한 형식적 장치를 소설에 도입하여 작가와 독자의 경계를 더욱 견고하게 만들었다. 그리하여 문학적 엘리트주의나 문화적 귀족주의라는 비판이 나오기도 했다. 따라서 모더니즘 작가의 권위는 절대적일 수는 없었다. 그러나 모더니즘 시대 사람들의 객관적 진리에 대한 생각은 서서히 변화하였다. 그들은 객관적 진리는 존재하지 않고 다만 상대적이고 주관적 진리만 존재한다고 믿었다. 이러한 논리는 포스트모더니즘 시대로 오면서 작가의 지위를 상실시키고 만다. 그것은 독자들의 의식 수준 향상과 과학기술의 발달에 기인하는 바도 없지 않다. 따라서 객관적 진리와 신적 작가는 불신을 면치 못한다. 포스트모더니즘 작가들은 서술내용에 대하여 판단을 유보하거나 적극적인 개입을 삼가고 독자들에게 위임하는 경향을 지닌다. 이러한 경향이 사이버리즘에 오면 극단적으로 이어진다. 사이버리즘에서는 컴퓨터를 중심으로 한 PC통신이나 인터넷의 대중화로 독자와 작가의 양상이 양방향성으로 변한다. 독자와 작가의 양방향성을 기반으로 공동창작 형태를 띤 집체시나 릴레이소설, 하이퍼픽션 등의 장르가 출현하고 있는 것이다.

이러한 특성의 사이버리즘은 바흐친에 기대는 부분이 많다.16) 그는 언어의 절대적 단일성을 모노글로시아(單語性)로 표현했다. 이는 자신의 언어만이 유일하게 완전하고 진실된 언어로 보고, 자신의 언어를 어디까지나 동질적인 것으로 파악하는 것이다. 이러한 언어적 의식에서 카니발적 웃음과 언어의 상호작용은 의식의 전환을 가져오게 하였다. 바흐친은 패러디를 긍정적으로 수용하여 현존하는 모든 직설적인 장르, 언어, 스타일, 목소리에 웃음이라는 일종의 교정방법과 비판을 부여해주는 것으로 본다. 그리하여 사람들은 이런 범주 밑에 숨어 있는, 다른 방법으로는 포착될 수 없는 모순적인 다른 실재를 경험할 수 있게 되는 것이다. 패러디는 언어의 절대적 권위를 파괴하는데 있어 웃음과 풍자를 중요한 무기로 삼는다. 단어성의 세계가 만들어 낸 언어의 벽을 무너뜨림으로써 소설 장르가 탄생하였다. 단어성의 세계는 패러디와 언어의 상호작용에 의해서 파괴된다. 언어와 문화가 상대방에게 서로 활기를 불어넣는 곳에서 언어는 전혀 다른 것으로 바뀐다. 본래의 성격이 변하여 서로 상대방 언어에게 활기를 불어넣어 주는 개방적인 언어의 세계가 생기는 것이다. 바흐친은 한 언어가 다른 언어와 맺고 있는 상호작용을 폴리글로시아(多語性)로 표현한다. 언어의 상호작용은 단일한

---

16) 김욱동, 앞의 책, 222~226쪽.

문화 체계 안에서뿐만 아니라 한 언어 안에서도 발생한다. 다시 말하면 언어는 내적으로 같은 언어 안에서도 서로 분화되고 다른 여러 층으로 구분된다는 것이다. 그는 이러한 내적분화 현상을 헤테로글로시아(異語性)로 부른다. 이어성은 다어성과 더불어 단어성의 반대 개념이라 할 수 있다.

이러한 이어성과 다어성이 사이버소설에 투영되어 나타난다. 사이버소설은 내적으로 분화되고 다양한 언어를 사용함으로써 하나 이상으로 다양하게 분화된 언어로 이루어져 있다. 따라서 다양한 사회적 언어 유형 그리고 예술적으로 조직된 다양한 목소리로 발언하게 된다.

궁극적으로 사이버리즘은 문학이론을 중심으로 나타나지만 거시적 차원에서 문화이론으로 보는 것이 바람직하다. 문학은 문화와 불가분의 관계를 맺으면서 항상 그 중심에서 구심점 역할을 수행했기 때문이다. "문학은 문화의 총체성을 구성하는 일부이며 그것은 이런 총체적인 문화의 맥락"[17]에서 연구되어야 할 것이다.

> 사이버스페이스는 사이버네틱 기술로 만들어 낸 사이버네틱 스페이스인 반면 사이버 픽션은 결코 사이버네틱 기술로 써 낸 사이버네틱 픽션이 아니라, 단지 사이버네틱 스페이스를 배경으로 하는 픽션이란 사실이다. 우리가 정의하려는 사이버리즘 문학이란 용어 또한 사이버네틱 기술로 제작되는 문학이기 보다 이미 사이버네텍 기술로 구현된 사이버 스페이스에서 이루어지는 문학을 일컫는 말이다.[18]

> '사이버문학'이란 용어 자체가 명사적인 성격을 강하게 띠고 있는 탓에 전형적인 작품이 부재한 상황에서 펼쳐지는 사이버문학 논의가 이론 위주의 공허한 발언으로 오해받고 있으며, 그 명사적인 성격이 총체적으로 규정되지 못하고, 논자들의 시각에 따라 개별 논의에 그치고 있다. 지금 우리는 자본주의사회에서 정보화사회로 넘어가는 과도기에 위치

---

17) 위의 책, 273쪽.
18) 김홍년, 「사이버 스페이스와 사이버리즘 문학」, <하이텔>(go liter).

해 있다. 모든 문화 예술 패러다임들이 새로운 모색을 하고 있고 문학
역시 예외는 아니다. 그러나 과도기기 위치해 있기 때문에 이 모색의 정
체성은 동사형이라는 실천적인 성격을 띄고 있다. 따라서 '사이버문학'
이라는 용어가 생래적으로 안고 있는 결과론적인 부담으로는 실천적인
성격을 명확하게 문맥화 시킬 수 없다는 판단 하에 논자는 '사이버리즘'
이라는 새로운 용어를 제안하고자 한다.[19]

  상단부의 인용문에서 김홍년의 사이버리즘은 그가 지속적으로 주장했던
통신문학 이론과 연결된다. 그는 가상공간내에서 창작, 유통되는 문학을 통
신문학으로 보았고 사이버리즘은 통신문학의 이론적 정립을 위해서 만들어
낸 이론이라기 보다는 통신문학이란 용어를 단지 사이버리즘 문학으로 환
치한 것이 불과하다. 그렇기 때문에 사이버리즘 문학이란 사이버네틱 기술
로 제작되는 문학이라기 보다는 이미 사이버네틱 기술로 구현된 가상공간
에서 이루어지는 문학을 일컫는 말이 되는 것이다. 그러나 사이버리즘은 정
치, 경제, 사회, 문화, 예술 등 디지털시대의 모든 부분에서 나타나고 있는
일종의 주의(主義)이다. 그리하여 하나의 사상이며 학설이고 사물의 처리
방법의 개념으로 파악한다. 그렇다면 사이버리즘은 사이버문학을 포용하는
상위개념으로 보아야 할 것이다. 사이버리즘은 크고 넓은 외연(外延)의 개
념으로 사이버문학은 그 속에 포함된 예술의 영역 일부에 불과한 개념이다.
따라서 사이버소설은 사이버리즘의 하위 개념일 뿐만 아니라 사이버문학의
하위개념이 되는 셈이다.
  하단부의 인용문은 사이버문학 평론가 이용욱이 사이버문학 작품 부재의
현실, 비평의 미흡함과 아울러 명사적 성격이 강하기 때문에 동사형인 새로
운 '사이버리즘'으로 자리바꿈을 시도한 대목이다. 이 구절에서 중요한 것
은 마치 사이버문학과 사이버리즘을 별개의 영역으로 파악하고 있다는 사
실이다. 그러나 사이버리즘은 문학을 포함한 사회 모든 영역의 새로운 패러

---

19) 이용욱, 「사이버리즘이란?」, <하이텔>(go liter).

다임이다. 따라서 사이버리즘과 사이버문학은 전술한 것처럼 상하위 개념으로 인식하여 상호간의 대화주의를 지향해야 한다. 한편 그는 사이버문학을 주창하면서 명사가 아니라 유기체적 동사형의 문학이라고 여러 차례 논의한 바 있다. 작금의 문예운동사를 살펴보면 새로운 문학이론이 생겨날 때 작품이 선행하고 이론이 뒤따라 가라는 법은 없었다. 작품이 선행하지 못하면 이론이 앞질러 작품의 창작의 나침반 구실을 할 수도 있는 것이다. 그리고 '사이버리즘'이란 용어는 주지하듯 필자를 포함한 여러 논자에 의해서 주창된바 있다.

이용욱은 사이버리즘을 리얼리즘이나 모더니즘과 마찬가지로 하나의 단일한 개념이 아닌 다양한 개체적 의미들의 복합적 실체로 보아야 한다고 주장한다. 아울러 새로운 문학 환경이 요구하는 다양한 자기 갱신력의 실천적 양상을 포괄하는 일련의 문학 흐름을 지시하며, 문예사조로 파악하기보다는 하나의 문학이론으로 한정하고 있다. 그러나 사이버리즘은 문학운동일 뿐만 아니라 문예사조로 인정해도 손색이 없다. 우리의 모든 삶이 이미 디지털시대 속에 깊숙하게 자리잡고 있기 때문이다. 사이버리즘은 포스트모더니즘이후를 대신할 수 있는 유일한 문예사조로서 포스트모더니즘과 지속적인 상호교호 속에서 성장, 발전할 수 있다. 주지하듯 포스트모더니즘이 주체성, 리얼리티, 상상력의 틀을 전복했듯이 사이버리즘은 주체의 분열, 리얼리티의 확장, 소통구조의 변화라는 특징을 지니고 있다. 누보로망이나 아방가르드적 전위적 실험성과 끊임없는 자기 갱신력과 디지털시대 전반을 반성적 차원에서 문학적으로 승화시키는 작업이 절실하다. 디지털 시대정신과 조응하면서 새로운 인간관과 세계관을 정립할 수 있는 계기를 마련하는 것 또한 중요하지 않을 수 없다.

이상에서 살펴본 것처럼 사이버리즘은 일시적 문화현상이 아니다. 문학을 포함한 우리 사회의 모든 부분이 지향하고 있는 디지털 시대정신으로 볼수 있다. 그렇기 때문에 사이버리즘을 부정하는 것은 오늘의 현실을 부정하는 것과 마찬가지다. 소설의 형식이나 기법은 생래적으로 역사 속에서 존재하며 반드시 변화하는 특성을 지닌다. 사이버리즘은 소설의 연속성, 단절성, 통시성, 공시성을 모두 포용하고 있다. 수잔 손탁이 말한 통합적인 감각이나 피들러의 경계선을 넘고 간격을 메워야하는 필요성은 충분하다. 발트 벤야민의 아우라는 사물이 자신의 유일성 속에 현상할 때 그 사물의 현상 작용을 형성하는 어떤 원근이자 거리이다. 말을 바꾸면 가짜에 대립되는 개념 즉 예술작품이 향유하는 역사적 유일성과 진품성을 이른다. '아우라의 상실'은 디지털시대에도 유효하다. 예술 작품의 아우라가 상실된 상황에서 소설은 모두 다소간 리얼리즘적이고 모더니즘적이며, 다소간은 포스트모더니즘적이며 또 다소간은 사이버리즘적인 것이다.

2. 디지털시대의 도래와 사이버소설의 등장

우리는 지금까지 '사이버'라는 용어를 '가상'이라는 말로 사용했다. 이 말은 사이버네틱스(Cybernetics) 즉, 인공두뇌학에서 유래되었으며, 1948년 노버트 위너가 처음 사용했다. 사이버를 논의한다는 것은 사이버네틱스를 논의하는 것과 다르지 않다. 노버트는 기술적 측면에 한정해서 사용했지만 H. 프랭크는 정보의 수집과 시간, 공간적 전달 및 이용이라고 정의하고, F.V 쿠버는 다양한 현실세계에서 유기체와 기계의 공통된 모델을 추구하는 것으로 보았다. G. 클라우스의 말처럼 사이버는 우리의 기술로나 자연에서 아직까지 실현하지 못한 구조와 기능의 관계 또는 제어 및 조절과정에 관한 공통된 원리를 인간의 인식과정과 컴퓨터의 인공지능과의 공통점을 탐구하는 것으로 보아야 한다. 그러므로 사이버라는 용어는 디지털시대와 밀접한 정보를 통한 정치, 경제, 사회, 문화 등의 교량 역할을 하여 사이버소설의 개념파악에 중요한 단서를 제공한다.

사이버리스트의 급속한 증가추세에서도 알 수 있듯이 가상공간은 사회의 모든 부분에서 역량을 키워가고 있다. 가상공간이란 물리적으로 존재하지 않고 서로 원격지에 떨어져 있으면서도 현실세계처럼 각종 정보의 교환은 물론 대화 및 문학작품까지 창작할 수 있는 논리적 가상공간을 의미한다. 특히 그 공간은 "가상현실에서 자기자신과 가상현실이 일체가 된 느낌을 강하게 줄 수 있는 새로운 매체"[20]의 공간이다. 그 곳은 분명 가상공간이지만 이용자들은 실제적 삶의 요소가 존재하는 또 다른 사회로 인식하고 있다. 국내 PC통신망뿐만 아니라 전세계를 하나로 연결하는 인터넷을 통하여 사회전반에 걸쳐 다양하고도 광범위하게 존재한다. 특히 인터넷은 이데올로기와 국경을 초월하며, 인류에게 무한한 가능성과 정보를 제공하여 탈시공간적 지구촌을 건설하고 있다. 아울러 컴퓨터와 컴퓨터의 원거리 통신망을 이용한 직접적인 소통공간의 역할은 그야말로 모든 길은 로마로 통하는 것이 아니라 가상공간으로 통하게 한다.

김병익은 『무서운, 신세계』[21]에서 컴퓨터와 같은 새로운 매체 개발이 문학에 미치는 영향을 예리하게 설명해 내고 있다. 첫째, 컴퓨터의 워드프로세서에 의한 글쓰기는 종래의 육필 작업 시절과 다른 문체를 개발할 것이다. 결국 작품의 창작과정에 기여하여 작품의 수정과 교정을 용이하게 한다. 이로 말미암아 창작의 속도는 높아지고 작품의 다산을 가능하게 할 수 있는 것이다. 창작 속도가 높아지기 때문에 문장이 간결해지고 사건전개가 매우 빠르게 진행된다.[22] 그리고 데이터 베이스 기능을 이용하여 시간을 절약할 수 있으며, 대량의 정보를 가공하고 복제하여 "패러디나 패스티시 등

---

20) Sandra K. Helsel 외(노용덕 옮김), 『가상현실과 사이버공간』, 세종대학교 출판부, 1994, 5쪽.
21) 김병익, 『무서운, 신세계』, 문학과지성사, 1999, 139~163쪽.
22) 시계를 보았다. 여덟시 정각. 이크. 나는 슬쩍 아래층 쪽을 내려다보면서 갈등했다. 할 수 없군. 나는 신발이 벗겨진 발을 살짝 당겨보았다.(발은 내 얼굴 높이에 있었다). 여보세요. 발가락이 꿈틀거렸다. 말이라고 할 수 없는 신음도 흘러나왔다. 살아 있는 모양이었다. 하지만 그를 구해낼 힘도 시간도 없었다. 이거 봐요. …… (중략) ……. 나는 한달음에 1층까지 내려왔다. …… (중략) ……. 할 수 없군 나는 버스 정류장까지 달려갔다. 버스는 오지 않았다.
김영하, 『엘리베이터에 낀 그 남자는 어떻게 되었나』, 문학과지성사, 1999, 102쪽.

의 일탈적 작품"[23]을 생산할 수도 있다. 디지털시대의 새로운 소설 제작 기법인 시뮬레이션 기술에 의한 무한 복사와 무한 재생은 타인의 작품을 자신의 작품으로 변용시킬 수 있다. 작가의 이름만 달리하고 작품을 그대로 복제한다는 것은 문제가 되지 않을 수 없다. 그러나 패러디는 소설 속에서 심미적 전경의 한 양식으로 이해되어야 한다. 패러디란 선행의 형식들에 의해 스스로 반문함으로써 새롭게 창조되는 역사의식을 가진 특수한 형식으로 "하나의 진지한 양식"[24]이라 하겠다. 김성곤은 패러디란 앞선 시대나 작가의 작품이 확신하고 있는 것의 허실이나 미처 보지 못한 것들을 흉내내어 깨우쳐 주는 것으로 인식하고 있다. 원본의 작가가 놓친 것에 대한 심미적 탐구의 자세는 패러디 작가의 역할에서 가장 중요하다고 하겠다. 생산적 패러디는 또 하나의 창작물로 보아야 한다. 요약이 제2의 창작이라면 생산적 패러디도 요약 이상의 창작적 가치를 지니며 작가 상상력의 결과물이라 하겠다. 패러디에서 독자의 역할을 무시해서는 안된다. 원전의 독자는 작가로 변신하여 또 다른 패러디를 만들어 내기 때문이다. 원전에 보이는 부족함과 시대정신을 복합적으로 수용하여 새로운 패러디를 생산한다. 독자로서의 작가, 작가로서의 독자는 작품의 공동창작자인 작독자가 되는 셈이다. 그러므로 작품의 패러디는 표절과 구분되며 당대 현실을 조명한다는 점에서 새로운 창작물 이상의 의미를 지닌다고 할 수 있다. 둘째, PC통신 등의 새로운 매체에 의한 문학 행위는 새로운 다중의 필자와 독자와 유통 회로를 가질 것이며, 그것은 문학의 민주화와 혹은 우중화를 가져올 수 있을 것이다. 셋째, 컴퓨터와 통신의 결합으로 사이버문학은 통신 가입자들에 의한 쌍방향 집필 혹은 집단의 창작을 가능케 하며, 그것은 하이퍼픽션과 같은 새로운 창작 형식을 만들어낼 것이다.[25] 이러한 유형의 작품은 적층적인 구술문학

---

23) 우한용, 「컴퓨터 시대의 소설 환경」, <소설과 사상>, 1994, 봄, 244쪽.

24) Linda Hutcheon(김상구 외 옮김), 『패로디 이론』, 문예출판사, 1992, 164쪽.

25) 우한용은 소설의 위기는 기존 소설양식의 파괴보다는 작가와 독자 사이의 의식의 공동기반이 와해에 기인하는 것으로 보아 작가와 독자의 양방향성에 주목한다.

적 성격을 강하게 지닌다. 이를 월터 J. 옹은 "이차적인 구술성"[26]이라 말한다. 2차적 구술성은 그 속에 사람들이 참가한다는 신비성과 집단의식을 가지며 고유한 감각을 키우고, 현재의 순간을 중히 여긴다. 이는 일차적 구술성에 의해 구성된 이야기에 바탕을 두고 생겨났지만 인상적이고 이미지적인 변형들로 보고 있다. 그는 일차적인 구술문화에 입각한 사고와 표현의 특징을 9가지로 설명해낸다.[27] 1차적 구술성이 2차적 구술성으로 옮겨가면서 변화된 상황 몇 가지를 생각할 수 있다. 1차적 구술성은 전자적 장치에 바탕을 두고 있기 때문에 인쇄본이 없어진다는 전망이다. 그러나 컴퓨터 화면보다는 출력물을 선호하는 현실에서 보자면 이러한 전망은 전망이라는 한계를 벗어나지 못한다. 새로운 매체는 옛 매체를 보완하거나 변형시키는 역할을 수행한다. 앞으로 인쇄는 전자장비의 도움을 더 많이 필요로 하지만 이러한 가운데 정보량도 증가하게 된다. 정보가 많아질수록 인쇄된 활자의 생산량도 증대된다. 컴퓨터는 쓰기에서 시작하여 인쇄에서 더 발전한 말의 순차적 처리와 공간화를 더욱 강화시킨다. 2차적 구술성을 지니는 컴퓨터의 다매체성은 그 속에 사람들이 참가한다는 신비성을 가지며, 고유한 감각을

우한용, 「허구적 상상력으로 역사 읽기」, <문학정신>, 1992, 9, 70쪽.
사이버소설의 양방향성은 문학적 진정성을 추구하는 데 장단점을 내포하지만 열린 문학 형식을 지향한다는 점에서 긍정적으로 이해해야 할 것이다. 이러한 양방향성은 기존의 매체에서도 볼 수 있다. 시종 일방향적 성격을 띠던 라디오는 시청자들의 편지나 전화를 수용한다. 또한 텔레비전은 시청자들을 직접 출연시키고 설문지를 통해 연속극의 진행 방향을 결정하기도 한다. 아울러 텔레비전 화면에 출연자의 생각이나 대화를 자막이나 만화 형식의 말풍선으로 처리하여 양방향성을 지향하여 시청자들의 관심을 유도하기도 한다. 이러한 현상은 기존 매체의 일방향성이 시청자들에게 일방적 시청을 강요했다는 반성과 더불어 상호소통을 통해서 이러한 한계를 극복하고자 하는 의도로 보인다.

26) Walter J. Ong(이기우 외 옮김), 『구술문화와 문자문화』, 문예출판사, 1995, 204쪽.
27) ① 종속적이라기 보다는 첨가적이다. ② 분석적이라기보다는 집합적이다. ③ 장황하거나 '다변적'이다. ④ 보수적이거나 전통적이다. ⑤ 인간의 생활세계에 밀착된다. ⑥ 논쟁적인 어조가 강하다. ⑦ 객관적 거리 유지보다는 감정이입적 혹은 참여적이다. ⑧ 항상성이 있다. ⑨ 추상적이라기보다는 상황의존적이다. 위의 책, 60~92쪽.

키우고 현재의 순간을 소중히 여긴다. 그러나 이 구술성은 의도적이고 스스로 의식하는 구술성으로 쓰기와 인쇄의 사용에 기초하고 있다. '지구촌'이라는 말에서도 느낄 수 있듯이 이차적인 구술성은 강한 집단의식을 만들어 낸다. 우리는 의식적으로 한사람의 개인으로서 사회적인 의식을 가져야만 한다. 넷째, 이럴 경우 문학은 작가의 독자적인 창작이며 작품에는 그의 서명이 있어야 한다는 근대 문학의 기초 개념이 전복될 것이고, 인격권과 재산권을 가진 저작권 개념, 다시 말하면 '저자'의 개념도 크게 흔들릴 것이다. 그러나 문제는 작가나 독자의 상상력에 있다. 디지털시대가 만들어 낸 디지털 리얼리즘은 문학의 새로운 리얼리티를 창출하게 된다. 가상공간을 토대로 하는 작가의 창조적 상상력은 인문적 상상력과 과학적 상상력 및 추리적 상상력을 상보적으로 결합시켜 소설의 영역을 확장하는 역할을 수행하게 되는 것이다.

김병익은 과학기술의 영향과 탈이념화와 소비 사회화라는 변화 속에서 앞으로 우리 문학은 어떻게 변화될 것인가에 고민하고 있다.[28] 그의 주장처럼 우리문화의 중심에 자리하던 본격문학이 쇠퇴함과 동시에 작가의 권위 또한 상실된다. 그러나 문학의 권위가 해체됨으로써 문학의 민주화나 생활화가 도래하여 대중 독자, 대중 작가시대를 열게되는 현상은 긍정적 측면으로 보아야 할 것이다. 대중들에게 즐거움을 주는 엔터테인먼트 문학이라 하

---

28) 첫째, 문학적 주체가 역사, 현실, 변혁 등 '큰 이야기'로부터 개인, 욕망, 꿈과 같은 미시 권력의 '작은 이야기'로 옮겨간다. 둘째, 이 경향은 PC문학의 새로운 개발과 보조를 같이 하면서 근대 문학의 기초인 리얼리즘으로부터의 탈피를 유도한다. 셋째, 풍요한 소비 사회 속에서 문학은 대중의 읽을거리로 자리잡으며 에로소설, 추리소설, SF 등 엔터테인먼트로서의 장르가 왕성해질 것이다. 넷째, 이럴 때 문학은 창작과 수용에서 생산과 소비의 시장 메커니즘에 종속되고 광고와 유통에 크게 영향받는다. 다섯째, 이래서 문학은 문화 산업의 한 부문으로 내려앉고 작가는 영상 문화를 비롯한 그 문화 산업의 한 창의적 기능인으로 자리매김될 것이다. 여섯째, 이것은 작가가 위대한 정신이라는 전래의 위엄과 영광으로부터의 퇴위를 의미할 것이고 그래서 문학은 문화의 중심으로부터 변두리로 밀려날 것이다.

더라도 뛰어나고 훌륭한 문학은 없어지지 않는다. 시대가 변화하면서 문학
에 대한 기존의 고정되고 편협한 인식 또한 변화하지 않을 수 없기 때문이
다. 이러한 가운데 문학의 새로운 정체성과 진정성은 자생적으로 자리잡게
될 것이다. 그는 문학의 새로운 진정성을 김영하의『나는 나를 파괴할 권리
가 있다』에서 찾고 있다. 이 작품은 기존의 성윤리나 죽음에 대한 인식을
바꾸어 놓고 있다. 사랑의 운명 대신에 사랑의 게임을, 휴머니즘 대신에 자
살을 안내하는 등장인물이 등장한다. 인공적인 문화공간을 배경으로 하는
작품에서 죽음은 TV로 생중계되는 일종의 포르노그라피에 불과하다. 활자
로 기억하기보다는 이미지로 기억하게 되는 습벽을 가진 세대이지만 진실
은 사람을 불편하게 만들지만 거짓말은 사람을 흥분시킨다고 주장한다. 격
세지감(隔世之感)이라 했던가. 하지만 그는 앞세대와 후세대의 공감의 영역
안에서 상통하는 정서적 반응을 문학의 진정성으로 부른다. 아울러 세계 자
본과 신적 존재를 도모하는 과학과의 겨루기를 통하여 문학의 진정성을 찾
고자 한다. 그의 말처럼 삶의 의미와 세계의 허위에 대한 각성은 어느 시대
에든 있어왔고 기능해왔기 때문에 앞으로도 존재할 것이므로 문학의 진정
성이라는 이름으로 쟁투하게 된다.

　　이처럼 가상공간에서 실재화되고 있는 가상현실은 소설에도 여러 가지
영향을 미치고 있다. 원관연은 「디지털 문화 예술의 발전에 관하여」[29]에서
과학기술이 예술에 영향을 주는 유형을 세 가지 형태로 분석하고 있다. 먼
저, 과학의 신이론, 발견에 의한 자의적 영향이다. 과학의 신이론이나 새로
운 발견이 예술가의 이성과 감성에 직간접적으로 영향을 주어 작품에 반영
되며 새로운 예술 작품이 창조되는 원동력이 된다는 것이다. 다음으로는 과
학 기술에 의한 타의적 변화를 꼽는다. 과학 기술의 발전은 예술가로 하여
금 변화하기를 강요한다. 실례로 산업 혁명에 의한 대량생산이 수공예의 퇴
조를 가져왔으며, 사진 기술의 발달이 회화 기법의 입지를 약화시켰다. 마

---

29) 최혜실 엮음, 『디지털 시대의 문화 예술』, 문학과지성사, 1999, 176~183쪽.

지막으로 과학 기술에 의한 새로운 도구의 출현이다. 과학 기술의 발전이 예술가에게 새로운 연장, 도구, 재료 등을 제공해 예술가의 표현 영역이나 새로운 기법, 새로운 예술 양식의 출현을 가능하게 한다는 것이다. 뿐만 아니라 그는 컴퓨터가 예술에서 차지하는 위상을 분석했다. 그것은 새로운 도구로서의 컴퓨터, 매체로서의 컴퓨터, 예술 행위자로서의 컴퓨터를 말한다.

새로운 도구로서의 컴퓨터는 예술가의 창조력을 극대화시키고 생산성을 향상시킨다. 매체로서의 컴퓨터는 새로운 예술 형태를 만들어 낸다. 활동사진 기술에 의해 영화를 만들고 매체 기술에 의해 비디오 예술이 생겨났다. 그리고 예술 행위자로서의 컴퓨터는 아직 현실화 된 상태는 아니지만 인간의 창조성이나 지능, 의식, 감정 등 인간 내면에 관련된 모델링할 만한 계산적 이론이 연구된다면 가능할 수도 있다는 것이다.

디지털시대 컴퓨터를 매개로 나타나는 새로운 문학은 사이버문학으로 귀결된다. 우리나라에서 사이버문학이란 용어를 처음 사용한 사람은 김병익이다.[30]

> 컴퓨터는 붓 또는 타자기나 볼펜으로 하는 글쓰기와 달리, 경쾌하고 묘사적인 단문체의 문장을 만들어낼 것이라는 예상을 넘어, 이제는 하이퍼픽션 또는 사이버문학의 개발을 가능하게 하였다(밑줄 필자).[31]

그는 사이버문학을 하이퍼픽션과 동일개념으로 보고 있다. 여기에 대해서는 다른 장에서 다루겠지만 하이퍼픽션은 사이버문학과 동일개념으로 보기 보다는 사이버문학의 하위장르로 보는 것이 적절하다. 하지만 하이퍼픽션은 사이버문학의 특징을 가장 잘 표현하고 있다. 하이퍼픽션은 작가가 발표한 몇 줄기의 줄거리를 독자가 임의로 선택해서 독서하며 미완의 공백은

---

30) 하이텔, 천리안을 기준으로 우리나라 최초의 사이버소설을 찾아본다면, 1989년 12월부터 천리안 게시판에 연재되기 시작한 이성수의 『아틀란티스 광시곡』으로 보는 것이 타당하다.

31) 김병익, 『새로운 글쓰기와 문학의 진정성』, 문학과지성사, 1997, 24쪽.

독자가 채워가면서 독서하는 것을 바탕으로 한다. 작가의 창작에 독자가 참여할 기회를 갖게 되어 사건과 사건의 인과관계라는 리얼리즘을 벗어나 열린문학 형식을 지향한다고 하겠다. 아울러 실제의 사건과 인물을 접하는 것이 아니라 의사현실(擬似現實)을 체험하여 문학은 현실을 반영한다는 리얼리즘의 논리는 거부될 것으로 예상할 수 있다.

바흐친은 문학의 비종결성, 비결정성을 중시하고 하였다.[32] 그의 주장은 이 세상에는 결정적인 것이라고는 아무 것도 없다는 것이다. 세계는 열려 있을 뿐만 아니라 자유롭다. 모든 것은 아직도 미래에 존재하며 그것은 앞으로도 항상 미래에 존재하게 되는 것이다. 이러한 논리는 전술한 것처럼 포스트모더니즘을 넘어 사이버리즘으로 귀결된다. 문학적 권위나 독단주의를 벗어나 열린문학을 지향하여 문학이론의 새로운 지평을 제시한 것이다. 그는 대화성을 강조하여 문학의 상대성과 다원성을 중시하고 있다. 이것은 문학이 '이것이냐, 저것이냐'를 떠나 둘다 모두를 포함하는 논리와 마찬가지이다. 따라서 의미의 최초나 최종은 없다. 이해될 수 있는 모든 것은 항상 의미라는 쇠사슬의 한 고리로서 다른 의미 사이에서 존재하며, 총체성 속에서의 의미만이 오직 유일하게 진실될 수 있다. 역사적 삶에서 이런 쇠사슬은 무한히 끊임없이 계속되며, 따라서 그 쇠사슬의 개별적 고리는 마치 이 세상에 다시 태어나는 것처럼 거듭 새롭게 되기 마련인 것이다. 결국 바흐친의 상대성과 다원성의 개념은 절충주의나 변증법과는 달리 전체성(全體性)의 개념으로 이해해야 한다.

> 사이버문학은 '통신 내부'와 '통신 외부'라는 공간적 경계와는 무관하게 작가가 실제 현실뿐만 아니라 의사현실까지도 포함하는 새로운 시대의 리얼리티를 담아내려는 확고한 작가 의식 하에서, 커뮤지네이션(통신적 상상력commugination)을 통한 주제적 소재적 세계를 구축한 문학을 일컫는다.[33]

---

32) 김욱동, 앞의 책, 270~275쪽.

인용문은 사이버문학을 통신공간 내부로 제한하지 않고 의사현실까지도 새로운 리얼리티로 담아내자는 의미이다. 그는 자유로운 실험정신과 금기에 대한 도전으로서의 작가정신을 중시하고 있다. 아울러 양방향성과 통신적 상상력에 집중하여 가상공간과 현실공간의 경계를 인정하지 않는다.

김병선은 "컴퓨터로 쓰여진 문학, 컴퓨터통신을 통해서 제공되는 문학, 컴퓨터에 관한 문학"[34]을 컴퓨터문학으로 본다.

> PC통신문학이란 한마디로 문학과 컴퓨터가 결합되어 나타난 새로운 창작방법과 유통양식의 문학이라고 말할 수 있다. 소박하게 말하자면 컴퓨터를 글쓰기의 도구로 이용하는 것뿐만 아니라 컴퓨터 통신망을 통해 발표되고 읽혀지는 문학을 PC통신문학의 범주에 넣을 수 있을 것이다.[35]

장석주는 문학과 컴퓨터가 결합하여 창작방법과 유통양식이 변화될 것이라는 것을 예상한다. 특히 워드프로세서를 이용하거나 통신공간에서 유통되는 작품을 'PC통신문학'으로 보고 있다. 컴퓨터문단[36]에서 발표되는 소설이 특이하고 흥미롭고 자극적이며 충격적인 소재, 감각적이고 간결한 구

---

33) 이용욱, 앞의 책, 95쪽.
34) 김병선, 「정보화 사회의 문학」,『정보문화의 달 기념 학술대회발표요지』, 1995, 6.
35) 장석주, 「글쓰기의 혁명적 전환」, <문학사상>, 1994, 11, 117쪽.
36) 컴퓨터문단에는 다음과 같은 연재 규약을 정하고 있다.
　① 개인의 창작물로 만들어졌다고 보기 어려운 것. 일례로 내용전개, 시대설정 등이 기존 소설, 영화, 만화 등의 다른 매체 작품과 유사하여 작가의 독창성을 찾기가 어려운 것.
　② 사건진행에만 치우쳐 독자로 하여금 글의 창작성이나 미학, 읽는 즐거움을 배제한 줄거리를 읽는 느낌이 들도록 하는 작품.
　③ 글 내용과 무관한 불필요한 폭력적, 성적묘사, 선정적인 제목 등의 미풍양속을 저해하는 작품.
　④ 작가의 무성의로 내용전개에 모순을 주거나, 독자에게 무의미하게 느껴질 수 있는 작품 등을 연재에서 제외시키고 있다.

어체의 문체, 빠른 사건 전개, 예기치 않은 급박한 반전, 가벼운 주제라는 특징들을 공유하고 있다고 본다. 아울러 일회적, 아마추어 수준을 벗어나지 못하고, 여전히 문학의 하부구조에 종속된다는 것이다. 그러므로 "문학이 인류의 정신적 자산으로 빛을 발하며 남도록 만든 그 심오함에 도저히 미치지 못하고 있고, 기존의 문학만큼 독자들의 의식을 뒤흔드는 충격"[37]을 주지도 못한다.

김홍년은 개인용 컴퓨터와 통신망과의 연결이 보편화됨에 따라 컴퓨터로 쓴 글을 통신망을 통해 소통하는 통신망 상의 문학을 가리켜 "통신문학"[38] 이라고 규정한다. 그가 규정한 통신문학은 '컴퓨터 통신 문학'을 줄여 말하는 것이다. 통신문학은 문학이 새로운 소통공간에 적응해 가는 과정에서 나온 개념이기 때문에 언젠가는 '통신'이라는 접두어는 사라지고 문학으로 변화될 것으로 보아 한시적 용어로 사용하고 있다.

황순재는 「통신문학의 정체성을 위하여」에서 활자문학과 통신문학을 이별하고 있다.[39] 이러한 구분하여 매우 탁월하게 보이지만, 사이버소설을 통신공간 내부에서만 존재한다고 규정함으로써 상호보족이 아닌 이항대립구조로 논의한 점이 한계로 보인다. 다시 말하면 사이버문학 대신에 통신문학

---

37) 위의 책, 120쪽.
38) 김홍년, 「통신 문학에 대해」, <하이텔>(go sg86).
39) 표현되는 약호 : 활자, 리얼리즘(자연주의)/아스키 코드, 하이퍼 리얼리즘(테크노 리얼리즘), 표출공간 : 평면적 실재공간/입체적 가상공간, 소통 양상 : 단선적, 일방적/복합적 양방향적, 작가-독자의 관계 : 수직적, 권위적/수평적, 민주적, 원전의 권위 : 정전주의, 반(反)-구술문학적/탈정전주의, 구술문학적, 독서의 정치학 : 신체 참여의 정치학, 외디푸스적/신체 부재의 정치학, 전(前)-외디푸스, 인지방식 : 문자문학, 이데올로기(Ideology)/영상문학, 이마골로지(Imagology)), 재현방식에서 비현실, 개인적 주체와 사회적 주체의 귀환루프/가상현실, 개인적 주체와 개인대체적 주체의 귀환루프, 자아와 타자의 관계 : 타자성을 극복/동일성을 실감한다. 기호적 관심 : 응고된 랑그학, 실재의 이미지화/유동하는 빠롤학, 이미지의 실재화, 문학적 태도 : 문화적 권위주의/문화적 다원주의이다. 반응 : 간접적, 추수적/직접적 동시적이다. 규범에의 의존도 : 친규범적, 의식(ritual)적/탈규범적, 카니발carnival)적이다.
황순재, 「통신문학의 정체성을 위하여」, <오늘의 문예비평>, 1996, 여름, 33쪽.

이라는 용어를 규정하고 보았을 때만 가능하다는 뜻이다. 그렇다고 전혀 무의미한 개념은 아니다. 그러나 사이버소설은 활자/아스키 코드, 평면적/입체적, 실재공간/가상공간이라는 대립항을 넘나들면서 존재한다. 따라서 사이버소설의 표현되는 약호는 활자와 아스키 코드를 포함하며 하이퍼 리얼리즘 혹은 테크노 리얼리즘을 포괄한 개념인 디지털 리얼리즘으로 명명될 수 있다. 표출공간은 평면적 실재공간 뿐만 아니라 입체적인 가상공간에서도 표현된다. 하지만 이러한 경향은 점차 입체적 가상공간을 지향할 것이다. 소통 양상에서 복합적이고 양방향적 성격을 지닌다. 작가와 독자의 관계로는 기존의 권위주의적 경향에서 점차 벗어나 탈권위로 나아가며 작가와 독자의 경계선이 점차 소멸되는 양상을 드러낸다. 이러한 경향은 집체시, 릴레이소설, 하이퍼픽션 등의 집단창작 형식에서 이미 실험되었다. 결국 문학판은 작가와 독자의 토론장이 되는 것과 마찬가지다. 원전의 권위는 정전주의에서 탈정전주의로 나아가며 구술문학적 성격도 나타난다. 바르트는 컴퓨터 사용은 절돈과 정돈이 그 요체라고 말했다. 황창욱의 말처럼 누구든지 원한다면 컴퓨터 통신망에 발표된 다른 사람의 글을 자신의 워드 프로세서에서 편집대기 상태를 만들 수 있다. 사이버소설은 최종편집이란 존재하지 않는다. 따라서 작가의 글을 독자들이 자유롭게 첨삭할 수 있는 셈이다. 원본에 대한 첨삭의 가능성은 가상공간의 저작권 시비로 나아갈 수 있으나 새로운 문학 기법적 차원으로 이해되어야 한다.

　이상에서 살펴본 바와 같이 김병익과 이용욱은 사이버문학이 현실반영이라는 리얼리즘을 거부하면서 존재할 것이라는 입장이다. 그러나 김병선, 장석주, 김홍년, 황순재는 사이버소설을 컴퓨터문학, PC통신문학으로 개념을 규정하여 통신공간 내부로 한정하여 통신이라는 순수성을 강조하였다. 이와 같은 논리에서 'PC통신문학, 통신문학, 컴퓨터통신문학, 전산망문학, 컴퓨터문학, 전자문학, 워드프로세서문학' 등의 용어가 나왔다. 이러한 용어들은 컴퓨터통신 공간 내부라는 공간적 지엽성을 벗어나지 못한다. 따라서 필자는 컴퓨터문단에 등장하는 소설은 디지털시대를 반영하여 가상공간뿐만 아니라 현실공간에서도 생산, 소비되고 있기 때문에 '사이버문학'이라는 용어가 타당하다고 생각한다.

사이버소설은 "소재적 상상력(material commugiation)과 의식적 상상력(consciousness commugiation),"[40]을 중시한다. 소재적 상상력은 디지털시대 상황을 새로운 문학이 보여주는 소재적 차원의 상상력이다. 의식적 상상력은 디지털시대 상황이 작품으로 형상화 될 때 나타나는 주체와 타자의 정체성이 혼란되는 양상을 말한다. 이 두가지 상상력을 포괄해서 "매체적 상상력"[41]으로 불리기도 한다. 이를 바탕으로하는 사이버소설은 창작, 소통, 상상력면으로 조망할 수 있다.

첫째, 창작면에서 주변 / 본격이라는 이분법을 벗어나 인과성과 개연성에 집착하지 않으며 전위적이고 실험적 성격을 지닌다. 글쓰기의 비주체성을 지향하고, 전위적이고 실험적인 작가 정신을 중요시한다. 키보드와 워드프로세서는 새로운 필기도구라는 차원을 넘어 전자언어를 만들어 낸다. 전자언어로의 글쓰기는 주체와 타자가 확연하게 구별되지 않으므로써 데카르트적 이원론은 거부된다. 마크 포스트의 말을 빌리면 컴퓨터의 모니터장치는 손으로 쓴 기록과는 달리 텍스트를 탈인간화시키고 모든 개인성의 흔적을 글에서 제거시킨다. 그리고 글자표시 또한 탈개인화를 지향한다. 문학 생산수단이 구어에서 문어로 변화되었을 때와 마찬가지로 종이에서 모니터로의 변화도 또다른 형질변화를 초래하고 있다. 따라서 사이버소설은 작가 정신을 바탕으로 전위적이고 실험적이면서 문학성을 상실하지 않는 특징을 지닌다.

둘째, 소통면에서는 통신공간과 현실공간 모두를 수용하는 양방향성, 실시간성, 익명성이라는 디지털 소통을 지향한다. 바흐친에 기대면 디지털 소통은 마을의 공유지처럼 독자와 작가가 서로 공유하게 된다. 그러므로 문학

---

40) 이용욱, 『사이버문학의 도전』, 토마토, 1996, 192~193쪽.
41) 이용욱, 「정보화시대의 문학, 그 문학적 상상력의 세 가지 토대」, <하이텔>(go sg86).

은 독백이나 제창이 아닌 협연과 합창이 가능하여 함께 더불어 하는 협동과 나눔의 문학 또는 '보는 문학'에서 '하는 문학'으로 변화되기도 한다.

셋째, 상상력면에서는 현실/가상현실을 포괄하여 물질뿐만 아니라 비물질까지도 현실로 보아 새로운 디지털 리얼리티를 담아 내는 작품을 말한다.[42] 현실과 가상현실을 구분하지 않는 탈시공간성을 지향하여 의사현실까지 현실로 보아 디지털 리얼리티를 창조하고 있다. 디지털시대에는 현실이 아닌 것은 더 이상 없는 것처럼 보인다. 가상공간은 가상현실이 아니라 또다른 현실이며, 현실 안에 존재하는 현실 속의 현실이다. 특히 현실의 물질과 가상현실의 비물질의 경계마저 분명하게 구별되지 않는다. "가상현실의 세계가 보편화되거나 현실세계와 동등한 비중을 지니게 될 때, 문학적 상상력은 지금까지 우리가 생각지도 못했던 전혀 새로운 형질을 갖게 될 것"[43]이다.

아래에서는 사이버소설의 특징을 서사구조, 인물, 서술층위, 텍스트 성격적 측면에서 살펴보고자 한다. 첫째, 서사구조인 면에서는 플롯 파괴기법이나 무작위 기법을 이어받고 있다. 비선조적이고 우연성과 무질서의 연속으로 나타날 뿐만 아니라 더욱 복잡해지고 파편화된 서사구조를 보여준다. 이러한 서사구조는 세계와 인간을 동태적으로 보고 인간의 합리적 이성이나 질서, 총체성 회복의 가능성을 믿지 않는데서 기인하고 있다. 결국 인간의 인식 능력으로는 반영대상으로서의 인간존재와 세계를 파악할 수 없다는 것이다. 둘째, 인물면에서는 적극적 인물보다는 소극적 인물을 지향한다. 인물의 일관성이나 정체성은 점차 약화되기 때문에 작품에서 고유한 이름이 없는 인물이 등장하기도 한다. 이러한 현상은 세계 자체가 무질서하기 때문

---

42) 사이버소설이 갑자기 나타난 장르라고 보기는 어렵다. 컴퓨터의 개발이 하루아침에 이룩된 것이 아니듯이 사이버소설 또한 마찬가지이다. '있을 법한' 현실에서 벗어나고자 했던 독자와 작가들의 노력이 총체적으로 실현된 것으로 보인다. 오늘날까지 고전으로 전해지는 『금오신화』, 『홍길동전』, 『구운몽』 등은 그야말로 탈리얼리즘 성격의 전형을 보여주고 있다.

43) 이용욱, 위의 글.

에 작품 속의 인물들도 불안정해 질 수밖에 없다는 주장에 기인하고 있다. 그리하여 기존의 가치규범이나 도덕, 진리는 억압기제로 존재하게 된다. 셋째, 서술층위에서 독자 위에 군림하던 권위적 작가의 위치는 상실된다. 복잡한 서술구조를 가지면서 초점인물이 분산되고 작가는 서술주체와 서술대상의 역할을 동시에 수행하기도 한다. 객관적 실재란 존재하지 않는 것으로 보고 새로운 세계를 끊임없이 건설, 수정하는 인간의식만이 존재하는 것이다. 결국 초점인물과 작가의 빈번한 이동, 복수 시점의 입체적 활용, 다양한 목소리의 서술적 개입, 권위성 상실로 귀결된다. 넷째, 텍스트 성격에서는 열린 텍스트를 지향한다. 열린 텍스트는 작가와 독자에게 열려 있을 뿐만 아니라 언어에 대해서도 그러하다. 내적으로 분화되고 다양한 언어를 사용하여 이어성과 다어성을 지향한다. 기존의 수직적인 작가와 독자의 관계는 수평적으로 변하고 텍스트의 의미생산에 작가와 독자가 함께 참여하여 작독자를 만들어 낸다. 패러디, 집체시, 릴레이소설, 하이퍼픽션 등의 양식에서 볼 수 있듯이 오히려 작가의 권위가 상승하는 추세에 있다.

사이버소설이 기존의 소설과 변별될 수 있는 특징은 디지털시대 상황과 "새로운 가치관과 새로운 상상력"[44]을 근간으로 탈시공간성을 함의한 새로

---

44) Log out, 「<버전업>이 생각하는 '사이버문학'」, <버전업>, 1997, 가을, 394~
    395쪽.
    계간지 <버전업>1.1은 1996년 9월에 창간되었다. 편집주간은 이용욱이며, 편집
    위원은 김영하, 변정수, 신주영, 전사섭, 한정수였다. 이후 1998년 여름엔 이용
    욱, 김소연, 전사섭만이 남았으나, 기획자원으로 박덕규, 권성우 등이 동참했고,
    독자들의 참여가 점차적으로 증가 추세에 있었다. 특히 계간지 발행시마다 객
    원 편집위원을 모집하여 편집의 양방향성을 통한 객관성을 도모하였다. 또한
    "Login/Logout, Here's, Benchmark, Net-climbing, Hyper-Exit, 작가 X" 등 다양하고 실
    험적인 기획도 돋보였다. 그러나 <버전업>3.4(통권 11호, 1999년 여름호)까지
    출간하고 폐간되었다. 이후 웹진 전환을 시도하고 2000년 3월에 오픈할 예정이
    었으나 현재(2000년 8월)까지 그 모습을 드러내지 않고 있다.
    웹진 <버전업>(http://www.versionup.net) 전환을 시도하고 있는 <버전업>의 도
    전의식과 실험정신은 우리 한국문학사에 신선한 충격이다. 그러나 속도를 무시
    할 수 없는 <버전업> 특성상 3개월에 한 번씩 출간되는 계간지의 지면은 처음
    부터 부적절할 것이었다고 할 수 있다. 뿐만 아니라 기존의 종이로 출간되던 전

운 리얼리티를 개척했다는 점이다. 새로운 리얼리티는 "사이버 정황에 입각한 혼돈의 질서화 양상과 그것과 대결하려는 인간적 감각의 양상 사이의 혼돈스런 갈등으로 이루어질 것"[45)으로 보인다. 작가들은 가상과 현실을 혼돈하게 되고 문학작품 또한 "안정된 의미나 절대적인 가치"[46)가 약해진다. 이는 허구와 현실 사이의 관계는 그냥 있는 관계가 아니라 상호 소통의 관계라는 이저의 주장에서도 증명된다. 현실이 소설보다 더 소설적인 디지털시대의 리얼리티는 객관성을 상실하여 작가의 창조적 상상력에 의해 재창조될 뿐만 아니라 재생산된다

사이버소설은 미확정적이고 유동적인 성격을 지녀 전위적이고 실험적이다. 전위예술이란 결코 완성될 수 없는 것으로, 완성된 전위예술은 전위예술의 범주를 벗어나는 것이다. 사이버소설 역시 완성을 향해서 나가는 데 문학적 의의가 있다. 이 말은 다분히 아방가르드적 성격을 지니고 있다는 의미이다. 의미가 확정되는 순간 아방가르드적 성격이 사라지듯이 사이버소설이 완성되는 순간 사이버소설은 소멸하고 진정한 소설만 남게 될 것이다.

그러면 이러한 사이버소설을 형성하게 된 이론적 배경을 살펴보기로 한다. 사이버소설이 형성된 배경은 무엇보다도 디지털시대를 적실하게 표현하고 있는 사이버리즘이 대두한 사실에서 찾을 수 있다. 사이버리즘은 작가들을 상상력 빈곤에서 탈출시켰고, 글쓰기의 대중화를 가능하게 하였으며 주변문학과 본격문학의 경계를 해체하였다. 이러한 사이버리즘은 우리 문학 풍토의 거대한 변화의 힘으로 작용하여 궁극적으로 사이버소설을 형성하는 바탕이 된 것이다.

먼저 현실공간의 리얼리티를 바탕으로 하는 작가의 상상력이 빈곤을 면

통 문학에 저항을 종이책으로 시도한다는 자체가 모순을 동반하였다. 문학의 대중화를 표방하면서 유료 계간지를 선택하다가보니 독자층이 한정될 수밖에 없었다. 이제 웹진으로 오픈을 한다면 인터넷의 유기체적 성격으로 말미암아 사이버문학은 점차 확산될 것이다.

45) 우찬제, 『타자의 목소리』, 문학동네, 1996, 220쪽.
46) 김성곤, 『포스트모더니즘과 미국소설』, 열음사, 1993, 55쪽.

치 못하여 문학의 위기를 맞고 있다는 점이다. 이데올로기와 파시즘이 해체되면서 위대한 사회주의 리얼리즘의 승리라고 했던 엥겔스의 예언은 빗나가고 만다. 현실에서 '있음과 있을 수 있음'만이 작품의 리얼리티를 살릴 수 있다는 생각은 작가들의 창작활동에 가장 큰 장애요인이었다. 그리하여 작품이 사실인 것처럼 보이기 위해 노력하지 않을 수 없었으며, 이는 작가의 문학적 상상력을 제한하게 되었다. 다시 말하면 작가들은 현실세계에서 있을 법한 허구를 바탕으로 한 문학적 상상력이 그 한계에 도달했다는 것을 인식한 것이다. 작가는 허구성과 사실성의 경계가 불분명해진 현재의 소설적 상황을 직시하여 현실뿐만 아니라 의사현실이라는 새로운 리얼리티까지도 작품에 담아내야 한다. 작가의 상상력이란 현실을 뛰어넘고 현실을 노래로 부르는 이미지를 만들어 내는 능력이며 "하나의 상태가 아니라 인간의 실존 그 자체"[47]이기 때문이다. 문학의 독자 부재 현상은 어제오늘의 이야기는 아니지만, 이러한 현상이 점차적으로 심각성을 더해가고 있다.『제6회/1999년 국민독서실태조사』[48]에 의하면 1996년과 비교할 때 학생 독서율은 2.8% 감소했고 독서량은 평균 2권이 줄었다. 특히 초등학생의 경우 1996년 대비 년 5권이나 미치지 못했다. 그리고 성인은 10명 중 2명은 한해 한 권의 책도 독서하지 않는 것으로 나타났다. 인쇄매체를 접촉하는 시간이 점점 줄어드는 대신 영상매체 접촉시간은 늘어가는 추세이다. 여가 활용시 독서의 비중도 그리 높지 않는 것으로 나타났다. 성인 대부분은 여가를 텔레비전 시청 22.6%, 책읽기 6.8%, 신문/잡지읽기 9.5%, 수면/휴식 9.3%의 순서로 보내는 것이다. 따라서 문학은 있음과 있을 수 있음의 한정된 영역에서 벗어나 새로운 리얼리티를 꾸준하게 탐색해야 할 것이다.

다음으로 컴퓨터가 대량 보급됨에 따라 글쓰기가 대중화되고 있다는 점이다.

사회는 "과거가 아니라 현재에서 맺어지는 사회계약이며, 그 속에서 기존

---

47) 곽광수,『가스통 바슐라르』, 민음사, 1995, 36쪽.
48) 윤청광 외, 앞의 책.

의 규칙은 그것이 공정하고 정당하다고 생각될 때만 지켜지는 것"[49]이라면, 컴퓨터는 사회와 계약을 맺은 새로운 규칙의 성격을 지녔다고 하겠다. 컴퓨터의 역할은 비디오나 텔레비전에 비교가 되지 않을 만큼 혁명적이다. 컴퓨터의 출현이 혁명적이라는 것은 "컴퓨터가 하나의 도구거나 대상의 성격에서 그치는 것이 아니라, 제 스스로 주체가 되어 인간과 상호작용을 하려고 기도한다는 사실에서 기인하는 것"[50]이다.

컴퓨터의 등장과 글쓰기의 대중화는 작품의 생산과 유통, 수용에 영향을 미친다. 아울러 작가의 이름을 축소하고 문학성을 약화시켜 문학을 단순한 유희적 소비대상으로 전락시키기도 한다. 기존의 작품은 창작 → 출판 → 구입 즉, 작가의 손에서 출판사로 넘어온 원고는 조판과정을 거치고, 인쇄소, 제책사를 통하여 제작이 완성되면 총판, 도매상, 소형 서점을 통하여 독자에게 전달되었다. 반면 사이버소설은 이러한 복잡한 유통질서를 작가 ↔ 독자라는 직접적이고 양방향적인 방법으로 간소화시키고 있다. 이는 독자가 작가의 창작품을 컴퓨터문단으로 실시간에 접할 수 있기 때문에 가능해진 것이다. 그러므로 작가의 의도와는 무관하게 출판사의 요구대로 움직일 필요가 없고, 베스트 셀러의 조작은 어렵게 된다.

끝으로 주변문학과 본격문학[51]의 경계가 해체되고 있다는 점이다.[52] 주

---

49) Daniel Bell(서규환 역), 『정보화사회와 문화의 미래』, 도서출판 디자인 하우스, 1992, 71쪽.
50) 우찬제, 앞의 책, 198쪽.
51) 본격문학이란 용어는 김동리에 의하여 '본령정계의 문학'이라는 의미로 사용되었다. 이는 참여문학에 대립되는 개념인 순수문학과 유사하지만 문학의 하위범주로 인식되는 주변문학과 대치된다고 하겠다. 이러한 용어 속에는 전체주의적 의미를 함의하고 있으며 문학의 기득권을 유지하려는 의도도 보인다. 그렇다면 사이버문학은 주변문학과 관련된다고 할 수 있으나 본격문학에서 말하는 문학의 하위범주로 보아서는 안될 것이다. 이러한 오류가 있음에도 불구하고 이 책에서는 논의 진행상 본격/주변문학이라는 용어를 사용하고자 한다.
52) 본격/주변의 경계의 모호성은 다음과 같은 작품이 본격문단에서 인정받았다는 사실에서도 증명된다.
추리소설로 볼 수 있는 김성종의 『최후의 증인』은 1974년 〈한국일보〉 창간 20

변문학은 문학의 권위를 파괴해야한다는 문학적 반성에서 출현하였다. 문학의 권위를 인정하던 시대가 전체주의적 산물이라면 이러한 권위가 해체된 시대는 문학의 민주주의를 인정하는 다원화된 시대에 비유할 수 있다. 주변문학은 소수의 엘리트보다는 다수의 대중을 지향하고 있다. 르봉은 지금까지 노쇠한 문명을 철저히 파괴하는 것을 대중의 명백한 과업으로 보았다. 그리하여 대중의 속성을 파괴성에서 찾았으며 대중에 의해서는 아무 것도 창조할 수 없는 것으로 파악했다. 그러나 파괴와 창조는 동전의 양면이다. 파괴가 있을 때 만이 창조의 힘은 강하게 발휘될 수 있는 것이다.

> 작가도 안팎으로 도전받고 있다. 내부적으로는 기억력과 필체와 과정을 상실해가며 노이로제 증상을 키운다. 일주일치 시간을 블랙홀에 빼앗기고, 현실성을 비웃는 볼거리에 빼앗기고, 시행착오만을 반복적으로 요구하는 퀴즈 프로그램에 빼앗긴다. 잠재적 독자가 소멸해가면서 전혀 색다른 소설의 탄생을 강요하는 독자가 늘어간다. …… (중략) ……. 도서 중에서도 국내물, 국내물 중에서도 문학류, 문학류 중에서도 시, 소설…… (중략) ……. 안 팔린다. 독자가 없다는 얘기다.[53]

문학을 대신할 수 있는 매체가 다양하게 나타남에 따라 기존의 본격문학만으로 대처하기에는 역부족이다. 주변문학과 본격문학의 상호소통이 필연적인 상황이다. 특히 홀퀴스트는 소설을 초장르로, 게리 솔 모슨은 반장르로 인식하고 있다. 이러한 주장을 수용해보면 소설화 과정만 거친다면 시, 희곡뿐만 아니라 편지, 일기 등의 비문학적 장르까지도 문학의 영역으로 끌

주년 장편소설 모집에 당선되었고(김성종, 『최후의 증인』 상·하, 고려원미디어, 1996) 과학소설로 분류되는 유성식의 「아주 사소한, 류씨 이야기」는 1993년 <동아일보> 신춘문예 단편소설부문 당선작이다(『1993 신춘문예』, 예하, 1993.). 또한 윤명제의 「개마고원」도 마찬가지로 과학소설이지만 1991년 <한국일보> 신춘문예 단편소설부문에 당선되었다(1991년 『신춘문예』, 예하, 1991).

53) 구효서, 「뛰는 독자, 걷는 작가」, <현대비평과 이론>, 1992, 가을/겨울, 50~52쪽.

어들일 수 있다. 제임슨 또한 오늘날 현저해진 본격예술과 주변예술 사이의 혼합현상을 예고하고 있다. 전통적 엘리트 문학의 영역을 보존하며, 복잡하고 까다로운 독서에 치중하던 본격문학이 주변문학과 경계선 긋기가 곤란한 지경에 도달했다는 것이다.

그렇다면 사이버소설은 우리 문학에서 어느 위치에 놓아야 하는가에 대한 의문을 가질 수 있다. 사이버문학은 아무래도 주변문학에 가깝다고 하겠다. 전술한 것처럼 본격문학과 주변문학의 경계가 점차로 모호해져 가는 현실에서 사이버문학은 양쪽 문학 진영을 타고 넘나들고 있다. 그리하여 주변/본격이라는 경계를 허물어 버리는 속성을 지닌다. 사이버문학은 주변문학과 본격문학의 경계 양쪽을 이어주는 징검다리 역할을 수행하고 있는 셈이다. 기존소설이 권위와 특권을 지닌 지배 계급의 문학 장르라면 사이버소설은 피지배 계급인 주변 문학 장르에 가깝게 된다. 기존소설이 지배 계급에 의해 인정된 공식적 장르라면 사이버소설은 지배 계급의 권위와 특권을 파괴하는 비공식적 장르이다. 그렇다고 이러한 모든 문학을 사이버문학으로 규정할 수는 없는 일이다. 징검다리를 통하여 양쪽의 대화가 가능하여 시간이 지날 수록 하나로 통일된 양상을 보일 것이다. 결국 디지털시대 현실을 문학적으로 가장 잘 형상화한 작품을 사이버문학 범주의 첫 자리에 올릴 수 있다.

이상에서 말한 바와 같이 사이버소설은 창작면에서 주변/본격의 이분법에서 벗어나 인과성과 개연성에 집착하지 않고 전위적이며 실험적인 아방가르드와 누보 로망 정신을 중시한다. 글쓰기의 주체와 타자의 관계를 모호하게 하지만 결코 문학성을 소홀히 하지 않는다. 소통면에서는 가상공간과 현실공간을 모두 수용하여 탈시공간성, 양방향성, 실시간성, 익명성, 이어성, 다어성, 다성성을 지향한다. 결국 보는 문학에서 하는 문학으로 인식의 전환을 가져온다. 상상력면에서 물질뿐만 아니라 비물질까지 현실로 보아 디지털 리얼리티를 지향한다. 디지털 리얼리티는 현실과 가상의 경계를 절묘하게 넘나들어 가상현실을 현실세계와 동등한 입장에 있게 하는 것이다.

이러한 사이버소설은 서사구조적 측면에서 비선조적이며 우연성과 무질서로 나타나 파편화된 구조를 나타낸다. 적극적 인물보다는 소극적 인물을 선호하고, 권위적인 작가가 사라져 열린텍스트를 지향하고 있다.

　이러한 논의를 고려하여 사이버소설의 개념을 규정해보면 다음과 같다.

　사이버소설은 포스트모더니즘 이후의 디지털이라는 시대적 상황을 인식한 개념인 사이버리즘에서 생겨났다. 그러나 포스트모더니즘과 완전히 단절되어 있다고는 말할 수 없다. 전통과 인습에 도전한다는 측면, 전위적이고 일탈적인 실험성과 행위와 참여의 중요성, 파편화 현상, 임의성, 우연성, 유희적 성격, 계급적 질서의 붕괴와 초소설적 성격, 비결정성, 비종결성, 불확정성, 장르 확산, 자기 반영에 대한 관심에서 그러하다. 전자적 애니미즘과 새로운 이데올로기, 사이버 홀리건, 인터넷 중독증 등은 사이버리즘이 극복해야 할 한계점으로 볼 수 있다. 사이버리즘이 정치, 경제, 사회, 문화 등 모든 영역을 아우르는 개념인 데 비하여 사이버소설은 문학적 측면을 한정해서 나타내는 용어이다. 사이버소설은 서사적 측면에서 느슨한 플롯과 비선형적 구조로 나타나 형체조차 알아볼 수 없는 완전히 부서진 거울의 양식을 지닌다. 소극적 인물의 등장으로 일관성이나 정체성이 약화되고 기존의 가치규범이나 도덕, 진리를 자신들의 사고나 행동을 제약하는 억압기제로 인식하는 것이다. 서술층위는 복잡한 양상을 보이고 모방이론과 차이이론의 조화와 와해를 희망하고 있다. 아울러 일탈, 동시성, 비이성주의, 반환상, 자아 반영, 메시지로서의 매개체, 정치적 초연성, 도덕적 엔트로피를 종합하고 초월하는 역할을 수행한다. 텍스트 성격에서는 열린 텍스트 성격을 지녀 독자와 작가의 상호소통과 이어성, 다어성을 지향하고 있다.

Ⅲ. 사이버소설의 미학적 전개 양상

Ⅰ. 가상공간, 그 새로운 문학적 영토

1) 열린 문학공간의 무한 증식성

가상공간은 볼 수도 없고 실제로 존재하지도 않지만 존재하는 듯이 느껴지는 비물질적이고 탈시공간적인 공간이다. 특히 "무제한적 지식, 탈중앙집중화, 공간이동, 소유제도의 광범위한 배합, 재량권의 증대, 주문할 경우 편리함, 흐름, 유통 그리고 섬세한 조율, 사체와 자발적 지원자, 제2물결로부터의 해방, 제3물결을 타기,"[1] "시뮬레이션, 상호작용, 인공성, 몰입, 원격현전, 온몸몰입, 망으로 연결된 커뮤니케이션"[2] 등으로 표현되기도 한다. 이러한 성격은 문학의 새로운 영토라는 점에서 사이버소설 창작에 기여하는 바가 크다.

사무엘 테일러 코울리지는 "이상세계의 어조와 분위기를 확산시켜 주변의 형상과 사건과 상황을 감싸는 독창적 능력, 아울러 그 세계의 깊이와 넓이를 확산시키는 독창적 능력"[3]을 강조한다. 독창적 능력이란 상상력을 말하는 것이며, 현실세계가 감추고 있는 초월적 진리를 드러내는 것이라고 할 수 있다. 유협은 시간과 공간을 초월하는 작품구상을 강조하고, 육기는 "예술 구상 과정 중 감정과 대상이 결합함에 있어 상상력의 작용"[4]이 가장 지대하다고 보았다. 이처럼 상상력은 문학작품 창조에 절대적으로 기여할 뿐만 아니라 신이 인간에게 부여한 은총 중에 하나라고 하겠다. 이러한 상상력을 현실에 적용시킬 때 단순히 부조리한 현실을 도피하는 것이라기보다

---

1) 진보와 자유재단(홍성태 엮음), 「사이버스페이스와 미국의 꿈」, 『사이버공간, 사이버문화』, 문화과학사, 1996, 19쪽.
2) Michael Heim((여명숙 옮김), 『가상현실의 철학적 의미』, 책세상, 1997, 182~189쪽.
3) Samuel Taylor Coleridge(장경렬 외 편역), 「상상력, 그 비밀을 찾아서」, 『상상력이란 무엇인가』, 살림, 1997, 21쪽.
4) 위의 책, 264쪽.

는 탈출하기 위한 하나의 시도로 보아야 한다.

쥘 베른의 소설『달나라 여행』의 주인공들이 달에 간 것은 1870년이었고 인간이 실제로 달에 간 것은 1969년이다. 영화는 소설보다 늦은 1902년 조르쥬 멜리에스 감독의 [달세계 여행]에서 처음 시도되었다. 또한 폴 베호벤 감독의 [토탈리콜]은 2075년이라는 미래에 배경을 둔 영화로 지구와 지구의 식민지가 된 화성이 주무대로 등장한다. 화성에 대한 인간의 호기심은 2075년이 되기도 전에 1997년 미국의 화성 탐사선 패스파운드호에서 충족되었다. 이처럼 인류는 끊임없이 유토피아, 멋진 신세계를 지향하여, 1980년대 윌리엄 깁슨5)의 소설『뉴로맨서』6)에서 가상공간이 현실로 출현하였다. 가상이 현실로의 치환되는 것은 작가의 문학적 상상력에 기인하는 바 크다. 인간이 달뿐만 아니라 화성에까지 갈 수 있다는 사실은 맥루한 식으로 말하면 인간의 발의 확장으로 볼 수 있다. 점차 인간의 발은 무한대로 확장될 것으로 전망된다. 따라서 작가들의 상상력은 과학자들의 상상력을 앞질러 가고 있다고 단정할 수도는 있을 것이다.7)

---

5) 윌리엄 깁슨은 1948년 미국에서 태어났다. 그러나 어머니의 죽음으로 인하여 청소년기를 넘기기도 전에 캐나다로 이주했다. 어머니의 죽음은 그가 학교에서 퇴학당하는 계기를 마련했으며, 캐나다 토론토의 반문화 거리를 떠돌아다니게 하였다. 이러한 반문화의 영향은 컴퓨터 해커 등의 언더그라운드의 세계를 보여 주게 된다. 그는 1984년『뉴로맨서』, 1986년『카운트 제로』, 1988년『모나 리자 오브드라이브』삼부작을 발표했다.『뉴로맨서』발표 당시 워싱턴 포스트지는 '만화경처럼 화려하게 펼쳐지는 퇴폐적인 피카레스크 소설! 놀라운 걸작, 이 시대가 낳은 최첨단의 소설이다'라고 평했다.

6) 정정호는 뉴로맨서의 의미를 다의적으로 파악하고 있다. '뉴로(Neuro)＋맨서(mancer)'는 신경조직을 만들고 관리한다는 의미다. 그리고 '뉴로(Neuro)＋로맨서(romancer)'는 신경조직을 가진 낭만적인 대화와 사랑을 할 수 있거나 그러한 이야기를 만들어내는 존재이기도 하다. 따라서 죽은 사람과도 이야기할 수 있는 몽상가이거나 마법사라고도 할 수 있다. 아울러 '뉴(New)＋로맨서(romancer)'가 신낭만주의자라면 가상공간에서 로맨틱한 사랑을 즐기는 네티즌들의 신사랑법이라 하겠다. 여기서 말하는 신사랑법이란 컴퓨터통신의 대화방에서 볼 수 있는 온라인 미팅이나 오프라인 미팅 등을 의미한다.
정정호,「'사이버스페이스 소설'의 미학과 정치학」, <문학사상>, 1997, 40～52쪽.

이와 같이 동서를 막론하고 인간의 상상력은 창조적으로 진화했다. 인간의 상상력은 가상공간을 창조하고 소설의 공간적 배경을 확장하여 열린 문학공간으로 자리매김하고 있다.

> "사이버스페이스. 여러 나라의 수십 억에 이르는 정규 기사와 수학 개념을 배우는 어린이들이 매일 경험하는 공감각적 환상……. 인간 조직 속에 들어 있는 모든 컴퓨터 뱅크로부터 끌어낸 데이터의 시각적 재현. 상상을 뛰어넘는 복잡성. 정신 속의 공간 아닌 공간을 꿰뚫는 혹은 데이터의 성군과 성단 사이를 배회하는 광성들. 시가지의 불빛과 같이 멀어져 가는……."[8]

주지하는 바와 같이 가상공간은 사이버네틱스에서 나왔다. 사이버네틱스는 1948년 노버트 위너가 정보의 커뮤니케이션과 통제를 중심으로 생물의 반응과 기계의 작동을 통일적으로 설명하기 위한 자신의 이론을 가리켜 처음 사용한 말이다. 이는 조타수, 즉 배의 키를 잡는 사람을 뜻하는 그리스어에서 비롯되었다. 이 후에 조종술내지 통치술을 의미하는 용어로 확대 사용하게 된다. 깁슨은 가상공간을 '모든 컴퓨터 뱅크로부터 끌어낸 데이터의 시각적 재현' 혹은 '정신 속의 공간 아닌 공간을 꿰뚫는 혹은 데이터의 성군과 성단 사이를 배회하는 광성'으로 표현했다. 아울러 매트릭스(Matrix), 넷(Net)의 개념으로 인식하였다. 그는 매트릭스를 원시적 아케이드 게임과 초

---

7) 쥘 베른은 가정을 거의 떠난 일이 없는데도 불구하고 2만 마일의 해저나 전세계, 나아가서는 달세계까지도 그 상상력이 미치고 있었다. 그가 작품에서 언급했던 잠수함은 이미 현실로 성취되었다. 인간의 상상력은 반드시 현실적으로 성취된다는 말을 부정하기는 어렵다. 존 메이스필드는 '인간의 육체는 불완전한 것이고 그의 마음은 믿을 만한 것이 못되나, 상상력은 인간을 위대한 것으로 만들고 있다'고 말했다. 불의 발견이나 자동차의 발명 또한 인류의 상상에 의해서 성취된 것이다.
Alex F. Osborn(한국생산본부 역), 『독창력을 길러라』, 한국생산본부, 1972, 23~25쪽.
8) 윌리엄 깁슨(노혜경 옮김), 『뉴로맨서』, 열음사, 1996, 80쪽.

기의 그래픽 프로그램과 머리에 쓰는 잭을 이용한 군사적 실험에 그 기원을 두고 있다. 이는 고정되어 있는 컴퓨터와 휴대용 컴퓨터의 연결을 통해 구축된 네트워크와는 다른 말이다. 특히 그는 '데이터 뱅크, 넷 가동, 컴퓨터 해킹' 등을 묘사하기 위해서 다양한 기술적 은유와 폭넓은 컴퓨터 은어를 쓴다.

즉자성과 즉물성을 특징으로 하는 최영미의 「Personal Computer」[9]는 애인이나 친구보다도 더 친절하고 인간적이다. 컴퓨터는 관대할 뿐만 아니라 주인에게 질문을 하며 시비를 따지기도 한다. 정중하게 거절할 줄도 알고 가끔은 바이러스에 감염되어 주인의 애정을 원한다. 그러나 뜻이 이루어지지 않는다면 쿠데타를 일으킨다. 쿠데타는 주인과 종의 자리가 전도될 수도 있다는 것을 의미한다. 주인이 주인으로서의 임무를 성실하게 수행하지 않는다면 종(컴퓨터)이 주인(인간) 자리를 대신할 수도 있다는 경고이다. 모든 것이 상대적이듯 편리한 만큼의 불이익은 존재하는 것이다. 하지만 최영미의 컴퓨터는 주종관계의 의미보다는 성교까지 가능한 인간적 대상으로 묘사된다.

하재봉의 「비디오/퍼스널 컴퓨터」[10]에서 작가의 사유는 컴퓨터의 스위치를 올리는 순간부터 작동된다. 흰 종이와 펜이 대신하던 작가의 사유가 종이는 모니터로 펜은 키보드로 대치된다. 작가들이 작품을 구상하는 공간이 컴퓨터 앞으로 자리바꿈을 한 것이다. 작가의 부화되지 못한 욕망과 도덕적 관점에서 비난받아야할 삶의 흔적조차 컴퓨터의 Delete키가 해결한다. 컴퓨터는 지상의 모든 도시에 연결될 뿐만 아니라 지하의 세계로까지 그 영역을 확대한다. 그러나 모든 것은 컴퓨터의 스위치를 ON하는 순간부터 시작된다. 작가는 누군가에 의해 사육되는 것이다. 작가의 기계적 사고 즉, 모든 것이 컴퓨터에서 비롯된다는 생각은 인성파괴나 절망적 모습으로 드러나기도 한다. 그러나 이러한 작가의 절망적 세계는 '땅 밑의 태양을 밝히고 미래의 태아들'을 통해 진정한 희망으로 열려 있다.

---

9) 최영미, 『서른, 잔치는 끝났다』, 창작과비평사, 1994, 76쪽.
10) 하재봉, 『비디오/천국』, 문학과지성사, 1995, 13쪽.

인간은 영화 [ET]에서 맨 처음 외계인과 만난다. 그전까지는 외계인에 대한 두려움과 혐오감으로 일관했다. 그러나 '이티'를 만난 후부터 인간은 외계인에 대하여 어느 정도의 호감을 갖게 되었다. 인간이 되고 싶어하는 아이작 아시모프의 『200살을 맞은 로봇』이나, 『블레이드 러너』에 나타나는 사이보그의 눈물은 인간과 외계인, 인간과 사이보그(과학기술)의 경계를 허물어 버린다. 특히 『블레이드 러너』에 등장하는 기계 복제인간 레이첼은 인간과 같은 휴머니티를 가지고 있으며, 자신이 진짜 인간이라고 믿고 있다.[11]

컴퓨터의 가상공간은 사이버 스타 '아담'을 만들어 내기도 한다.[12] 이는 일본의 사이버 연예인 다테 교코, 미국의 다목적 사이버 배우 저스틴, 영국의 사이버 모델 라라 크로프트 등에 이어서 탄생되었다.[13] 사이버 스타들은 인간과 비인간의 경계마저 위태롭게 만들지만, 국경 없는 가상공간을 제한 없이 넘나들어 현대인의 고독함을 채워줄 대안으로 여겨지기도 한다.

가상공간이라는 새로운 문학적 영토는 『뉴로맨서』에서 처음으로 발견되

---

11) 텔레비전 광고에서도 인간과 기계 또는 우주인과의 상호소통성을 확인할 수 있다. 예를 들면 휴대폰 모토로라의 광고나 PCS폰 LG싸이언의 광고에서 인간과 기계(우주인)의 상호소통을 통한 친밀감을 느낄 수 있다.

12) 우리나라에서 아담보다 먼저 태어난 사이버스타는 '주키(Jukey)'이다. 주키는 1996년 4월 1일 인터넷 음악방송 'NT라디오스테이션'의 개국과 함께 이 방송국 DJ로 탄생한다. 주키는 컴퓨터상에서 말을 하지 못하고 문자로 자신의 메시지를 전할 뿐이다. 그러나 주키 덕분에 'NT라디오스테이션'이 마이크로소프트사에 의해 96년 최고의 웹페이지로 뽑히기도 했다.
<중앙일보>, 1998년 3월 3일자.

13) 코드명 K, 나이 20세, 178센티의 키에 68킬로그램의 체중, 고향은 가상공간의 네트웍 EDEN, 반인반마의 켄타우르스의 전설을 이어받은 인물로 인간을 사랑하여 인간이 되고 싶어하는 사이버 인간이다. 아담은 현실세계로 나와 인간에 대한 못다 한 그리움이나 슬픔을 노래로 전한다. 그는 첫 음반 '제네시스'의 예약주문이 7만장을 넘었고 인터넷 홈페이지 조회수가 한달 반만에 12만회를 기록하는 인기를 누리고 있다. 또한 매니저사인 (주)아담소프트는 (주)LG생활건강과 계약을 맺고 음료수 광고모델로 출연을 시키기도 한다. 신인가수의 CF출연료가 1천만원선인 데 비해 아담의 출연료는 2천 5백만원 선으로 파격적 대우를 받고 있는 셈이다. 점차 인공지능이 발전하면서 스스로 판단하고 행동하는 캐릭터까지 등장할 것으로 예상된다.

었다. 이는 콜럼부스가 신대륙을 발견한 것과 같다. 이 작품은 당시 문학의 하위범주로 인식되던 과학소설을 본격문학 궤도로 진입시켰다는 평가를 받기도 했다. 깁슨의 놀라운 상상력은 구름이나 저녁 노을까지 가상현실로 창조하고, 작품의 불확정성을 확대해 독자 참여의 공간을 넓힌다. 문학작품의 불확정성은 이저의 「텍스트의 호소구조」에 잘 묘사되고 있다.[14] 그는 문학작품에서의 불확정성은 텍스트와 독자간의 가장 중요한 전환요소로 지적한다. 다시 말하면 불확정성은 독자도 항상 함께 계산되어 있는 텍스트 구조의 기본적인 바탕이 되고 있다는 것을 가리킨다. 바로 이 점에서 문학텍스트들은 어떤 의미를, 또는 진리를 표현해 정식화하고 있는 텍스트들과 구분된다. 그러므로 텍스트의 의미는 '독자의 상상력 속에' 있다고 할 수 있다.

원칙적으로 의미와 진리는 문학텍스트들의 역사성으로 인해 침해받지는 않는다. 물론 문학텍스트들도 여기서 벗어나 자유스러울 수 있는 것은 아니지만, 그들의 실제성이 독차의 상상력 속에 있기에, 문학텍스트들은 원칙적으로 그들의 역사성에 역행할 수 있는 보다 더 좋은 기회를 가지고 있는 셈이다.

박태균의 「지옥의 들녘에서」도 작품의 불확정성으로 인한 빈자리는 독자의 몫으로 남아 있다. 작품은 비가 내리는 공원의 공중전화 박스 속에서 누군가에게 전화를 하고 있는 사람과 눈길이 마주침에 대한 묘사로 구성된다. 눈길의 마주침은 결코 우연일 수 없지만 작가는 "우연일 수도 있을 것이다"로 서술한다. 작가는 결코 확정적인 서술을 하지 않는다. 마치 서술문장에 대해서 자신이 없다는 말투이다. 이러한 책임을 회피하는 자신 없는 말투와 '것이다, 것이다' '일이다, 일이다'식의 다소 지루한 표현은 작가를 숨기고 독자를 드러내는 서술방식이다. 노자는 『도덕경』에서 아는 자는 말하지 아니하고 말하는 자는 알지 못한다고 했다. 너무 자신만만한 작가는 도리어 독자를 위축시킬 수도 있기 때문이다. 다시 말하면 적극적인 독자 참여를

---

14) 차봉희, 앞의 책, 82~108쪽.

유도하려는 작가의 문학적 장치로 볼 수 있다.[15]

빈자리들은 텍스트를 받아들일 수 있는 것으로 만들고, 독자로 하여금 독서 중에 일어나는 텍스트의 낯선 경험을 자기 개인적인 것이 되도록 한다. 낯선 경험을 자기 것으로 만든다는 것은 텍스트의 구조적 본질이 지금까지 알지 못했던 것을 자기 고유한 '경험의 역사'에 연결시키는 것이다. 이것은 독서행위에서 의미의 생성을 통해서 이루어진다. 다시 말하면 독서행위에서 소설의 개방성은 채워질 수 있다는 것이다.

이미 많은 사이버리스트들은 현실세계보다 가상공간에 더 많은 관심을 갖고 있다. 백욱인의 말과 같이 가상공간에서 인간은 생각과 마음에 따라 여러 가지 다양한 정체성을 가질 수 있으므로 성과 인종 등의 장벽은 더 이상 의미가 없어 보인다. 현실세계의 제도와 가치규범의 영향력이 미비하여 생각의 교환과 공유만이 새로운 공동체를 이루는 근거가 된다. 맥루한이 지적한 것처럼 전지구는 '지구촌'을 형성하여 무한한 가상공간을 항해한다. 가상공간을 항해하는 사이버리스트들은 그야말로 새로운 지구적 문화를 창조하고 있는 셈이다.

1996년 2월 8일 스위스의 다보스에서 전자프론티어재단(EFF)의 공동 설립자인 존 페리 바를로[16]는 전자민주주의를 위한 「사이버스페이스 독립선언문」을 선언했다. 이는 미국에서 1996년 2월 7일 클린턴이 통신법 수정안에 서명한 바로 다음날이었다. 바를로가 인터넷에 「사이버스페이스 독립선언

---

15) 이러한 유형은 김영하의 작품에서도 자주 나타나고 있다. 그의 작품『엘리베이터에 낀 남자는 어떻게 되었나』에서 작가나 작중인물도 그 남자가 어떻게 되었는지 알지 못한다. 「사진관 살인사건」에서도 살인 용의자는 체포되지만 사진사의 아내와 정명식의 관계를 미궁속에 빠진다. 「비상구」에서 폭력적 주인공은 자신의 비상구를 알지 못한다. 「바람이 분다」에서도 바람만 불뿐 주인공이 여자를 만날지 못 만날지는 아무도 알지 못한다.

16) 바를로는 저작권에 대해서 판권에 전혀 신경 쓰지 않고 자신의 이름조차 남기지 않아도 된다고 한다. 그는 '디지털 저작물에서 저작자의 이름을 밝히고 원문에 훼손이 가지 않고 상업적 용도로 쓰이지 않는 한도 내에서 복제를 허용한다'라는 단서조차도 거부한다. 즉 모든 정보를 공유하자는 의도다.

문」을 올리자 수백 개의 사이트(Site)[17)에서 복사하여 게재하였다. 이러한 바를로의 행위는 가상공간의 자유를 위해 노력하는 독립운동가와 유사하다.

바를로는 이 글 서두에서 "산업세계의 정권들, 너 살덩이와 쇳덩이의 지겨운 괴물아. 나는 마음의 새 고향 가상공간에서 왔노라. 미래의 이름으로 너 과거의 망령에게 명하노니 우리를 건드리지 마라. 너희는 환영받지 못한다. 네게는 우리의 영토를 통치할 권한이 없다"라는 결의에 찬 주장을 하였다. 그야말로 가상공간의 독립을 선언한 것이다. 그는 현실세계를 육체만이 머물러 있는 곳으로 인식한다. 그리고 가상영토에 대한 한치의 간섭이나 통치를 거부하고 육체와 정신을 이분화 시킨다. 육체는 현실공간에 정신은 가상공간에 존재하는 데카르트적 이원론은 아이러니가 아닐 수 없다. 이들 스스로 육체가 있는 곳에 자신들은 존재하지 않는다고 말한다. 자신들의 정신이 존재하는 가상공간에서는 인종, 경제력, 군사력, 태생 따위의 특권이나 편견이 없다는 것이다. 법적인 개념의 적용을 인정하지 않고 비선형, 비물질적 존재로 완성된 전자민주주의 공간으로 인정받고 싶어한다. 이들은 색깔도 무게도 없이 빛으로 여행하는 비트의 전지구적 대화를 원한다. 아톰에서 비트로의 전환은 아날로그에서 디지털로의 전환과도 유사하다. 오늘날 우리가 대하는 신문, 잡지, 책 등은 아직 아톰의 형태로 전달되는 편이다. 하지만 앞으로의 인터넷이라는 정보고속도로는 무중량의 비트를 빛의 속도로 우리에게 전달할 것이다.

열린 문학공간의 사이버소설은 인간의 상상력을 최대한 자유분방하게 펼쳐 보인다는 점에서 여느 예술분야 못지 않게 독특한 미학체계를 구축해 나가고 있는 장르라 하겠다. 여기서 발현되는 상상력은 기존의 상상력과 비교할 수 없을 만큼의 극대화된 모습을 보여줄 것이다. 폴 클레가 지적한 것처럼 예술은 눈에 보이는 것을 재현하는 것이 아니라, 눈에 보이지 않는 것을 보이게끔 하는 것이다. 마찬가지로 가상공간은 실재공간은 아니지만 새로

---

17) 사이트란 통신망의 측면에서 볼 때 분산 데이터 베이스 시스템을 구성하는 한 요소를 말한다.

운 문학적 공간으로 자리매김하고 있다.

따라서 사이버리스트들은 가상공간을 창조적 상상력을 자극하는 절대자유의 논리적 공간으로 인식한다. 현실공간보다 더욱 인간적이고 공정한 무한증식적 공간이라는 것이다. 신과 이성의 경계가 점차 무색해져 감에 따라 컴퓨터는 신과 이성의 몫을 대신하며, 사이버 스타는 인간과 비인간의 경계마저 위태롭게 만든다. 인간은 지구상에 존재하는 모든 것에 대한 우월감을 주장하기에 앞서 미래사회를 긍정적으로 맞이할 열린 마음을 가져야 한다. 가상공간에 생겨난 사이버문학은 마치 구술문학처럼 자생적 성격이 매우 강한 특징을 지닌다. 따라서 문학 주체자들이 이 공간을 어떻게 운용하느냐에 따라 열린 문학공간이거나 닫힌 문학공간일 뿐만 아니라 옥토가 될 수도 있고 박토가 될 수도 있을 것이다.

2) 새로운 구술문학적 형태

기원전 3,000년경 수메르 인들이 만들어 사용한 쐐기모양의 가장 오래된 문자는 컴퓨터라는 새로운 매체에 의해 비트 /디지털화 되고 있다. 이러한 환경은 모든 생활체를 둘러싸고 직접 간접으로 영향을 주는 자연, 또는 사회적 조건이나 형편을 반영하여 마치 시대정신처럼 활성화되고 있다.

비트(Bit)와 디지털(Digital)은 아톰(Atom)과 아날로그(Analog)의 대립되는 개념으로 인식된다. 아톰의 세계는 물리적인 한계를 지니고 있다. 책은 해상도가 높지만 운반과 보관이 어렵고 절판될 수도 있다. 그러나 디지털 책은 컴퓨터를 통해 보아야한다는 어려움은 있지만 운반과 보관이 용이하고 절판될 염려가 없다. 비트는 0과 1[18]로만 이루어진다. 0과 1 두 가지 숫자로 나타내는 기수법인 이진법으로 구성되는 것이다.

비트는 서로 다른 가치를 지니며 사용자에 따라 그 가치가 달라지기도 한다. 우리가 맨눈으로 볼 수 있는 세계는 연속성을 지닌 아날로그 공간이다.

---

18) 여기서 1, 2, 3, 4, 5는 각각 1, 10, 11, 100, 101이 된다.

시침과 분침 그리고 초침으로 돌아가는 시계를 통해 가장 대표적인 아날로 그 형태를 관찰할 수 있다. 여기에는 질서와 순서가 선행하여 선형성적 성 격을 발견하게 된다. 디지털시계에 12시 59분 59초는 존재하지만 59초에서 13시가 되는 과정은 시각적으로 볼 수는 없다. 이와 같은 불연속적이고 비 선형적 성격을 지닌 디지털은 방송의 시청자들에게 수준 높은 화상과 음향 을 제공하기도 한다. 지금까지의 일방향적인 방송이 아날로그적 상황이라 면 시청자가 주문하거나 선택해서 시청할 수 있는 것은 양방향적인 디지털 방송을 이른다. 점차로 아날로그 방송은 디지털 방송으로 변모된다는 것은 틀림없는 사실이다.

　니콜라스 니크로폰데의 말처럼 비트는 먹을 수도 없고 배고픔을 멈출 수 없 다. 그러나 이를 기초로 하는 디지털시대는 마치 자연과 같이 존재하여 부정할 수도 멈출 수도 없는 양상으로 나아가고 있다. 특히 "탈중심화(Decentralizing), 세계화(Globalizing), 조화력(Harmonizing), 분권화(Empowering)"[19]의 특질은 디 지털시대를 가속화시키는 요인이 된다.

　산업시대가 아톰이 지배하던 시대였다면 디지털시대는 비트가 지배하는 시대이다. 아톰이 전파를 사용한다면 비트는 광섬유를 사용한다. 정보의 운 송측면에서 볼 때 전파 사용을 가랑비에 비유할 수 있다면 광섬유는 소나기 와 마찬가지이다. 시간과 공간을 초월하여 존재하고 있는 비트는 개인의 개 성을 존중하여 '진정한 개인화'로 나아가고 있다.

　시대적 대명사로 일컫는 인터넷의 진정한 가치는 정보 제공의 측면보다 는 이로 인한 새로운 공동체를 조성한다는데 있는 것이다. 디지털시대의 매 체는 단순한 메시지가 아니라 메시지의 구현이 된다. 컴퓨터의 작동방법이 손끝의 감각에서 목소리를 옮겨간다는 것은 사용의 편리함뿐만 아니라 구 술성의 도래를 의미한다. 말은 표정, 몸짓과 마찬가지로 인간의 커뮤니케이 션의 본질적인 것이다. 말을 인식하는 컴퓨터가 등장한다는 것은 몸짓이나

---

19) Nicholas Negroponte(백욱인 옮김), 『디지털이다』, 박영률출판사, 1995, 218쪽.

표정을 인식하는 컴퓨터의 표면화를 예고하는 것이기 때문이다. 이로 본다면 점차 인간과 컴퓨터간의 인터페이스가 사람과 이야기하는 것만큼 쉬워질 것이다.

매체란 인간들 상호간의 정보전달 및 의사소통의 기계적 또는 물질적 수단이라는 통념적인 의미이다. 다니엘 벨에 의하면 컴퓨니케이션(Compuication)이란 컴퓨터와 커뮤니케이션의 합성어로서, 컴퓨터라는 도구의 정보처리기기가 보편화하는 동시에, 통신기술과 접목되어 커뮤니케이션 도구로 기능전환되는 것을 말한다. "미디어는 메시지다". "미디어는 마사지다"[20]라고 설파한 허버트 먀살 맥루한은 메시지보다는 매체에 그 비중을 둔다. 기의보다는 기표를 더 강조하는 것이다. 이러한 맥루한의 견해는 토니 슈와르츠의 『미디어 제2의 신』[21]에서 광고접근법으로 단순하고 평범한 상징을 사용하고 메시지를 상징에 결부시키야 한다는 주장에서도 보여진다. 또한 그는 전자 매체는 물질적이자 비물질적인 것으로 그것은 어디에나 있는 동시에 아무 데도 없으며, 언제나 있는 동시에 결코 존재하지 않는다고 말한다. 그것은 바로 공간을 차지하지 않는 동시에 모든 공간을 차지하고 있는 육체와 분리된 존재라 할 수 있는 영혼을 말하는 것이다.

디지털시대는 맥루한의 '매체'를 '컴퓨터'로 환치시켜 컴퓨터가 바로 메시지이며 마사지가 된다. 신이 인간을 지배한다고 믿었던 시대에서 이성이 신의 자리를 대신하였으나 그것도 이제는 한계에 도달한 것이다. 독일의 실존주의자 니체는 근대의 극복을 위해 "신은 죽었다"고 선언하여 인간은 권력에의 의지를 구체화하는 초인이라는 이상을 향하여 끊임없이 자기 극복을 하여야 한다고 주장했다. 하지만 컴퓨터의 등장으로 사물의 이치를 논리적으로 생각하고 판단하는 이성의 시대조차 막을 내리고 있다.

언어는 인간의 의사소통에 필수적인 요소이다. 이러한 언어의 시간적, 공

---

20) 여기에 대해서는 M. McLuhan 외(김진홍 역), 『미디어는 맛사지다』, 열화당, 1988. M. McLuhan(박정규 역), 『미디어의 이해』, 삼성출판사, 1989를 참고할 수 있다.
21) Tony Schwartz(심길중 역), 『미디어 제2의 신』, 도서출판 리을, 1994, 20쪽.

간적 한계를 극복하기 위해 문자가 생겨났다. 조르쥬 장[22]은 문자의 역사를 6,000년이라는 장구한 세월이 일구어낸 인류의 서사시로 인식하고 있다. 그리하여 문자는 인류문명의 주춧돌이며, 그 역사는 인류가 물려받은 기억의 총량으로 보았다. 그러나 디지털시대는 활자 매체의 위기의 시대다. 새로운 파피루스라 할 수 있는 컴팩트 디스크(CD), 비디오 디스크(VD), CD-I(대화형 CD)용 컴팩트 디스크로 대표되는 광디스크가 이를 대신 수행한다. 맥루한의 제자 월터 J. 옹은 『구술문화와 문자문화』에서 구술성과 문자성의 차이를 인식하기 시작한 것은 겨우 전자시대에 와서야 가능했다고 말한다. 문자문학은 유동적 언어를 고정화시켜 하나의 작품에 대해 절대적 권위를 부여하는 닫힌 문학를 구현했으나, 롤랑 바르트[23]나 옹[24]은 견해를 달리해서 열린 문학를 지향한다. 이들은 "누구나 작가가 될 수 있으며, 텍스트는 자유로이 고쳐질 수 있고 문학은 언어만의 것으로부터 풀려난다"[25]고 본다. 이러한 언어의 유연성은 "기존 문자언어의 확실성과 구체성"[26]을 교란시킨다.

  인간의 전달매체는 "입말(선사시대) → 글말(역사시대) → 인쇄매체(근대사회) → 전자매체(대중사회) → 디지털미디어(탈역사시대)"[27]로 변천되어 왔다. 하지만 각 시대별로 입말, 글말, 인쇄매체, 전자매체, 디지털매체는 단절되어 있는 것이 아니라 공존하면서 변화한다는 사실을 인정해야 할 것이다. 소설의 소통을 화자와 청자, "작가와 독자의 대화관계"[28]로 볼 때 구술문학시대로 갈수록 작가와 독자의 사이는 가깝고 기록문학시대로 올수록 그 거리는 멀어진다. 말은 전달자와 수신자가 현존할 때 가능하지만, 글은 어느 한쪽이 부재해도 가능하다. 마크 포스트는 푸코의 담론이론에서 발신자와

---

22) Georges Jean(이종인 옮김), 『문자의 역사』, 시공사, 1995, 12쪽.
23) Roland Barthes(조종권 역), 『영도의 에크리뛰르』, 도서출판 동인, 1994, 24쪽.
24) Walter J. Ong(이기우 외 옮김), 앞의 책, 13~29쪽.
25) 김병익, 앞의 책, 75~78쪽.
26) Mark Poster(김성기 옮김), 『뉴미디어의 철학』, 민음사, 1994, 6쪽.
27) 김주환, 「정보양식의 변화와 문화변동」, <황해문화>, 1996, 여름, 44쪽.
28) 권희돈, 『소설의 빈자리 채워읽기』, 양문각, 1993, 148~165쪽.

수신자의 현존/부재라는 변별성이 전자적으로 매개된 언어의 출현이 갖는 중요성을 과소평가하고 있다고 지적한다. 다시 말하면 전자적으로 매개된 언어는 그 패러다임의 확장에 지나지 않는다는 것이다. 그러나 "발신자와 수신자 간의 시공간 거리는 말에서 글로의 변천을 통해 더욱 커지지만, 정보양식의 출현과 함께 거리라는 기준은 예전에 가졌던 규정력을 잃게 된다."[29] 작가와 독자의 대화관계를 정리하여 말하면, 입말시대에는 양자가 같은 시공간에 존재했으며, 글말시대나 인쇄매체시대에는 양자 사이의 시공간이 매우 멀어졌고, 전자매체시대를 거쳐 디지털매체의 시대에 와서는 양자 사이의 시공간의 거리가 다양한 형태를 띠기 때문에 소통관계 또한 다양한 양상을 갖게 된다.

주지하는 바와 같이 사이버소설은 다분히 구술적이며 독자와 작가가 함께 하는 공동창작 형식을 띤다. 작가와 독자의 경계가 무너지고, 물리적으로 먼 거리에 있는 양자 사이가 정신적, 정서적으로는 구술문학시대처럼 가까운 거리에 있기 때문이다. 사이버소설은 특성상 게시판에 올린 다른 독자들의 의견을 수용하지 않을 수 없기 때문에 구술문학과 같이 적층적으로 이루어질 수밖에 없다. 이야기를 전승하는 구연자나 독자들은 이야기를 단순화시키는 특성을 지닌다. 마찬가지로 대부분의 사이버소설도 속도를 요하는 매체의 특성상 간결성과 명료성을 생명으로 한다. 아울러 향유계층으로 볼 때, 사이버소설과 구술문학은 공통적으로 기득권 세력의 권위에 대한 저

---

29) 마크 포스터의 정보양식 개념은 문화변동의 해석과 문화의 진로를 예측하게 하는 중요한 단서를 제공한다. 정보양식은 새로운 문화 변동의 메커니즘으로 전자적으로 매개된 커뮤니케이션 체제를 말한다. 전자적 커뮤니케이션에 의해 매개되는 사회관계가 오늘날 사회적 삶의 하부구조를 구성한다는 말이다. 이것은 과거의 생산양식에 못지않는 정보양식이라는 것이다. 생산양식이 인간의 욕구를 충족시키는 대상물을 만들어내고 교환하는 방식을 말한다면 정보양식은 상징적 기호들을 매개로 하여 의미를 소통하고 주체를 구성하는 방식을 이른다. 그는 전자적 커뮤니케이션 매개는 현대사회의 조직을 바꾸고 인간 상호작용의 구조를 변형시킨다고 말한다.
Mark Poster(김성기 옮김), 앞의 책, 163쪽.

항의식을 지닌 일반 대중이 대부분이다. 따라서 사이버소설이나 구술문학은 대중의 필요에서 자생된 작품이라 하겠다.

음악을 리듬 예술이라 하고 미술을 점과 선의 예술이라 한다면 문학은 언어예술이다. 구술문학은 기록되지 않은 말로 된 문학이므로 시간과 공간의 제약을 받는 일회적 문학이라 할 수 있다. 그러므로 원칙적으로는 완벽한 전승이란 있을 수 없으며 대량 복제 또한 불가능하다. 그러나 컴퓨터의 다매체적 기능은 무한 복제와 영구 보존을 가능하게 하고 구술문학의 약점이었던 시간과 공간의 한계를 극복한다. 문학작품의 독서는 작가와 독자가 대화하는 것과 유사하다. 구술문학시대로 갈수록 작가와 독자의 사이는 가깝고 기록문학시대로 올수록 그 거리는 멀어진다. 다시 말하면 작품과 독자의 심미적 거리가 멀어져 독자의 역할이 커진다는 것이다. 그러나 디지털시대의 사이버문학은 독자와 작가가 함께 하는 집단창작 형식을 띤다. 이러한 형식은 가상공간에서 이루어지고 있는 '집체시'나 릴레이소설식의 '이어쓰기나 고쳐쓰기' 그리고 계간지 <버전업>에서 볼 수 있는 '작가 X' 이벤트 유형이 해당된다. 작가 X는 익명의 작가들의 작품을 독자들이 평하는 형식이다. 이는 작가의 명성과 권위를 해체하여 독자들의 사전지식을 되도록 억제하고자 하는 의도에서 시도되었다. 독자는 작가의 작품을 대할 때 부지불식간에 작가의 명성이나 권위의 지배아래 독서하게 된다. 그러나 미셸 푸코는 그의 저서 『What Is Autuor』에서 저자는 어느 한 작품을 채우는 의미작용의 무한한 근원이 될 수 없다고 주장한다. 명성이나 권위를 탈피한 독서는 작품에 대한 가치 평가나 감동을 더욱 불확정적으로 만드는 열린 독서형식이다.

문자텍스트는 작가의 이름을 명시하고 변형을 허용하지 않았으며 그 자체가 완결된 정전이라 할 수 있다. 완결된 정전은 작가에 대한 권위를 부여하였으며 언어의 유동성을 고정시키는 역할을 하게 된다. 촘스키의 말처럼 언어란 인간에게만 갖추어져 있는 정신의 특성 곧 인간의 정수(精髓)인 것이다. 송무가 정리한 것처럼 기존 정전은 백인-남성-중산층의 인종-성-계급 편향을 가지고 있다. 그렇기 때문에 지배 구조의 혜택을 누리는 문화 매개자들에 의해 지배 권력에 유리하게 선정됨으로써 피지배 집단들의 비판적인 저자들을 정전에서 제외시킨다. 아울러 선택/배제의 원리가 읽기 방식에도 적용되어 지배 이데올로기를 규범적이고 보편적인 가치로 내면화시키는데 이용하였다. 이러한 사고는 결국 다른 문화 체험과 가치를 열등화시키고, 백인-남성-중산층의 지배를 정당화함으로써 그 구조를 지속시키는 데 이용된 것이다.

구술문학은 화자의 목소리에 의존하는 경향이 있어 화자와 청자의 수용 양상에 따라 끊임없이 변화함으로 적층적 특징을 지닌다. 이를 사이버소설로 적용하면 화자는 작가가 되고 청자는 독자로 치환된다. 작가와 독자의 지속적 대화를 통하여 작가의 창작에 많은 부분 영향을 미친다. 뿐만 아니라 독자가 작가가 되고 작가가 독자가 되는 그 유래를 찾아보기 힘든 현상이 출현하기도 한다.

> 컴퓨터 통신망에 발표된 글들은 독자들이 직접 자신의 컴퓨터에 입력할 수 있다. 즉 누구든지 원한다면 컴퓨터 통신망에 발표된 다른 사람의 글을 자신의 워드프로세서에서 편집 대기 상태를 만들 수 있다는 뜻이다. 작가의 글을 독자들이 자유롭게 첨삭할 수 있다는 것이다. 이는 일종의 저작권 침해이다. 하지만 현재의 통신문학의 작가들은 자신의 글에 대한 저작권 개념이 거의 없는 상태이고, 통신 문학의 독자들은 그들 스스로가 작가이기도 하기 때문에 미진하다 싶은 글들을 첨삭하게 될 가능성은 항시 존재한다. 하나의 글에 대한 여러 판본이 존재할 수도 있으리라고 보여진다. 새로운 구전문학이다.[30]

> 화자의 입에서 전해지는 구술문학이 항상 변화의 가능성을 내포하듯이 사이버문학 역시 편집대기상태에 있다. 청자가 화자로 변하는 순간 구술문학은 새로운 화자의 역량에 따라 새로운 이야기로 다시 태어난다. 언제나 편집대기상태로 존재하는 'Hwp화일'은 새로운 작가(작가로 변한 독자)의 능력에 따라 재탄생의 과정을 겪게 되는 것이다. 재탄생된

---

30) 황찬욱, 「PC문학」, <문학정신>, 1994. 4. 10쪽.

> 작품은 뫼비우스의 띠처럼 이어져 결국 원본 혹은 정전의 가치는 무화
> 되고 만다. 그리하여 "객체인 화면-주체인 글쓰기-말하기-사고하기의 제
> 과정의 융합, 또는 혼합, 대체현상이 나타난다."[31]

종이책으로 저장, 보급되던 문자언어는 디지털 컴퓨터에 의해 창조되는 전자언어로 인하여 그 권위가 점차 약해지고 있다. 하지만 전자언어는 문자언어의 구술성과 문자성이라는 바탕 위에서 이루어진다는 사실을 간과할 수 없다. 강내희는 전자언어를 '시청각언어, 영상언어'[32]로 인식하여 문자언어가 막을 내린 것은 아니지만, 새로운 지형을 형성하고 있다고 한다. 전자적 시청각 언어는 문자언어와 유사하다. 그러나 영상언어는 문자언어와 달리 시각과 청각을 함께 아우르는 시청각 언어로 기능한다고 본다. 그리고 영상언어의 시각언어 부분도 더 이상 문자로만 구성되는 것이 아니라 이미지가 첨가되고 이미지는 청각 및 동화상의 지원을 받아 오늘날 가장 영향력 있는 언어로 군림한다고 지적한다. 이러한 주장은 마크 포스트의 견해와 비교될 수 있다.[33] 그는 말은 실제 행위의 시간/공간 좌표에 의해, 글은 책과 종이면의 시간/공간 좌표에 의해 각기 틀 지워지지만, 이는 모두 재현의 논리에 이바지한다고 본다. 반면에 전자언어는 이전의 모든 언어형태들을 재고하게 하며 사회와 언어에 대한 개방적 이해를 강조한다. 따라서 전자언어는 재현의 논리를 따르지 않는다. 그것은 어디에나 있는 동시에 아무 데도 없으며, 언제나 있는 동시에 결코 존재하지 않는 것이다. 그것은 실로 물질적이면서 비물질적인 양상을 띤다고 하겠다.

그는 구어와 문자언어와 전자언어 사이의 관계는 단선적인 역사의 궤적을 따른다고 말한다. 그러나 구어, 문자언어, 전자언어 사이는 단선적이라기보다는 복선적이다. 점차 전자언어 성향이 강하게 나타나지만 구어나 문자

---

31) 심광현, 「데크노문화의 '이중구속' : 생태론과 인공지능의 유토피아/디스토피아」,
     <문화과학>, 1995. 겨울. 32쪽.
32) 강내희, 앞의 책, 71쪽.
33) Mark Poster(김성기 옮김), 앞의 책, 159~164쪽.

언어의 역할 또한 무시할 수 없기 때문이다. 이러한 변화와 더불어 언어행위는 공간을 확장하고 전송시간을 단축시키게 된다. 전자매체는 계몽주의적 인간관 다시 말하면 자신의 환경을 점차로 지배하여 그것을 자신의 목적 아래 굴복시키는 초자연의 힘을 지닌 유령 같은 이성관에 저항을 시도하는 것이다. 말은 메시지의 전달자와 수신자가 현존하는 가운데 행해지지만 글은 어느 하나가 부재하는 가운데 행해지는 커뮤니케이션이다. 글은 저자의 말주변과 상관없이 존재하며 일시적인 감정이 아닌 냉정한 성찰의 여지를 만든다. 그것은 기록물이기에 물질적이고 안정적으로 메시지를 반복해서 제공할 뿐만 아니라 인간의 반성적 사고를 위한 기회를 제공하기도 한다. 그러나 글이든 말이든 일종의 제도 행위이며 또 하나의 도구에 불과하다. 발신자와 수신자 간의 시공간적 거리는 말에서 글로의 변천을 통해 더욱 커지지만, 정보양식의 출현과 함께 거리라는 기준은 예전에 가졌던 규정력을 잃게 된 것은 분명하다. 전신, 전화, 라디오, 텔레비전, 테이프 기기, 컴퓨터, 통신 위성 등에서 그 예를 들 수 있다. 전자적 언어 상황은 언어에서 고정된 시공간의 좌표에다 규정력을 주던 분석틀을 전복시킨다. 그리하여 르네상스 시대의 원근법이나 계몽주의 이성의 모방적 리얼리즘의 좌표속에 어떠한 준거도 갖지 않는 그런 사회와 언어에 대한 이해를 개방한다. 주체와 객체, 인간과 자연, 또는 본질과 실존은 더 이상 대립적이지 않게 되는 것이다. 결국 정보양식은 이전의 모든 언어형태들을 재고하게 한다. 말은 실제행위의 시간/공간 좌표에 의해, 글은 책과 종이면의 시간/공간 좌표에 의해 각기 틀지워진다. 이 모두 재현의 논리에 이바지 한다. 이와 달리 전자언어는 재현의 논리를 따르지 않는다. 그것은 어디에나 있는 동시에 아무 데도 없으며, 언제나 있는 동시에 결코 존재하지 않는다. 그것은 실로 물질적이자 비물질적인 시뮬라크르[34)]와 같은 존재이다. 포스터는 기존의 방송 모델에 입

---

34) 시뮬라크르는 보드리야르가 주장한 개념으로 네가지 특징을 지닌다. 첫째, 이미지는 사실의 반영이라는 점이다. 둘째, 이미지는 사실을 감추고 변질시킨다는 점이다. 셋째, 사실성의 부재를 은폐한다는 점이다. 넷째, 이미지가 사실과 아무

각한 매체를 제1매체 시대로, 이후의 인터랙티브 모델에 입각한 매체를 제2매체 시대로 규정한다. 제2매체 시대는 인터넷이나 가상 현실 같은 전자 매체 산물이 우리의 소통관습을 변경시킬 뿐만 아니라 우리의 정체성을 재규정하게 된다는 것이다.

노르베르트 볼츠[35]는 마샬 맥루언이 말한 구텐베르크-은하계와 이별을 고하고 있다. 이러한 종말은 하이퍼미디어이론이라는 새로운 형태의 지식 디자인으로 나타난다. 그는 예술은 말레비치이래로 언제나 새로운 커뮤니케이션적 테크놀로지들에 대해 개방적인 것으로 본다. 따라서 예술은 자기 스스로가 아직도 그렇게 하고 있는지에 대해 항상 되물어보아야 한다고 주장한다. 매스미디어들은 세계 사회의 급속한 커뮤니케이션적 통합을 주도하고 있다. 모든 것에 침투하고 있는 팝음악인 바이브레이션에 대해, 그리고 유명 브랜드에 대한 컬트(숭배)적 소비 행위에 대해서도 세계 커뮤니케이션이라는 지위를 확고히 해주고 있는 전자 장치들의 상호융합은, 오래 전부터 더 이상 언어를 필요로 하고 있지 않다고 단언한다.

빌렘 플루서에 기대면 글자를 새겨 파는 철필은 맹수의 송곳니와 같다. 그리고 새겨 파는 각명문자를 쓰는 사람은 마치 송곳니로 물어뜯는 호랑이와 같다. 그는 형상들을 갈기갈기 찢어놓기 때문이다. 이미 플라톤은 문자가 기억력을 약화시키는 아편과 유사하다고 경고했으며 진리는 문자화 불가능성을 역설한 바 있다. 그는 로고스 진리와 맞상대를 이룰 수 있는 그런 '문자'는 존재하지 않는다고 보았다. 소크라테스 또한 파이드로스에게 정신생활에 있어서 문자의 유용성과 단점을 지적하였다. 인간들은 새로운 기억 저장 매체인 문자를 신뢰함으써 기억력을 소홀히 취급하여 인간의 망각을 촉발하였다는 것이다. 그렇기 때문에 토이트 신이 치료와 마술의 수단이라고 칭찬했던 문자라는 영약은 정신의 독극물로 판명된다.

런 관계를 맺지 않는 상태, 다시 말하면 이미지 자신이 시뮬라크르가 되는 상태라는 점이다.

35) Norbert Bolz(윤종석 옮김), 『구텐베르크-은하계의 끝에서』, 문학과지성사, 2000.

자크 데리다는 플라톤과 더불어 문자의 추방이 시작되었다고 인식한다. 그는 새로운 매체와 컴퓨터 테크놀로지, 광섬유와 거대한 텔레마틱 네트웨크의 등장과 함께 선형적 문서 기록이 사멸하고 있고, 전자적 저장 테크닉 덕분에 새로운 형태의 행이 없는 문서가 자리를 잡고 있는 것으로 보았다. 때문에 오늘날 우리는 우리가 생각하는 바를 더 이상 글이나 책으로 나타낼 수 없다는 것이다.

컴퓨터 화면의 워드프로세서 작업은 발터 벤야민에 의해서 예언 되었다. 그는 손으로 쓰는 글쓰기의 종말을 새로운 매체에 특징적인 형국의 발흥으로서 파악한다. 활판 인쇄적 구성들의 정밀성이 문필가가 쓰는 책들의 구상들에 직접 관계한 이후부터는, 타자기 때문에 문필가가 손에 펜대를 잡는 것이 낯선 것으로 여기도록 하고 있다. 추측컨대 이 경우에 우리는 다양한 디자인의 문자를 가진 새로운 체계들을 필요로 할 것이다. 그 체계들은 친숙한 손을 대신해서 명령하는 손가락으로 신경 전달 기능을 정착시킨다. 여기서 말하는 명령하는 손가락이란 컴퓨터 키보드를 두드리는 손가락을 말한다. 그리하여 가르키고 글씨를 쓰는 손이 매체 기술에 의해 종래의 부담에서 해방되기 시작한 이후부터, 말은 더 이상 인간의 말이 아니라 정보가 된다. 따라서 N세대 아이들은 더 이상 책에 몰두하지 않고 영상화면에 집착한다. 현실성의 개념은 기능의 개념으로 대체되었고, 형태구성이 등급에 따른 분류와 인과성을 대체하며, 의미는 효과 속에서 소멸되고, 미세한 튜닝이라는 것이 변증법적 종합의 과제를 넘겨받는다. 사유는 점점 더 인간이 순차적인 작업 처리방식으로써는 더 이상 대응할 수 없는 인스턴트적 요구 조건들에 종속되고 있다. 그리하여 맥루한 식으로 말하면 우리는 다시 아이콘으로 돌아가는 것이다. 빌렘 플루서 또한 글쓰기를 시대에 뒤떨어진 낡은 인간 존재의 골동품적 동작이라고 하면서 이로부터 작별을 고한다. 점점 더 중요해지는 엘리트의 공식적 사고는 사이버네틱적인 데이터 뱅크들과 계산 장치의 프로그램 속에서 표현된다. 루만의 주장처럼 최종적인 단어는 존재하지 않는다. 끊임없는 수정이 텍스트 처리의 일상으로 된다.

구술문학은 공동체속에서 생성되고 발전하였으며 다시 재생되었다. 노르베르트 볼츠가 지적한 것처럼 디지털시대는 고대의 부족적 형제애와 근대의 보편적 형제애 단계를 지나 새로운 형태의 공동체 형태를 맞이하게 되었다. 이 새로운 공동체 형태란 전자적 네트워크에 의해서 유도된 조직적 이웃애를 말한다. 오늘날 인터넷상의 조직적 이웃애와 NGO가 만날 때 "전자 아테네"36)가 출현하게 된다. 전자 아테네는 그리스 도시국가인 아테네 시민들이 광장(Agora)에 모여 토론을 통하여 문제를 스스로 해결한 시민주권자들의 자치에 기인하는 말이다. 인터넷이 바로 새로운 토론의 광장이 되었다는 것이다. 대의적 민주주의 결함에 대해 많은 사람들이 회의를 느낀지는 이미 오래다. 이는 우리가 뽑은 대표자들에 대한 실망에 기인한다. 이것의 대안으로 전자 아테네가 나왔으며 이를 '심의(審議) 민주주의론'(Deliberative democracy)이라 칭하기도 한다. 심의 민주주의는 문학의 민주주의를 지향하는 사이버소설이 나아갈 방향을 제시하고 있다.

디지털 컴퓨터간의 인터페이스는 사람과 사람 간의 대화를 수월하게 만든다. 특히 화상통신은 기존의 전화와는 달리 마치 서로 마주보며 이야기하는 것과 흡사하다. 이를 바탕으로 한 사이버소설의 무한 증식성과 실시간성, 양방향성은 독자와 작가의 대면적 만남을 일상화 시킨다. 이러한 가운데 이어쓰기나 고쳐쓰기가 가능하게 되어 새로운 구술문학적 가능성은 더욱 확대된다. 편집대기상태에 있는 사이버소설은 정전의 가치를 무화시켜 열린문학을 지향하고 있다. 그리하여 문자는 인간의 기억력을 퇴화시키는 것으로 치부되고 '언어는 존재의 집'이라고 말했던 하이데거의 언어관 또한 그 유효성을 의심하지 않을 수 없게 되는 것이다.

3) 전자언어와 키보드적 조어법

오늘날 워드프로세서는 글쓰기의 필수품이 되고 있다. 키보드에 배열된

---

36) <중앙일보>, 2000년 8월 30일자.

자음과 모음 그리고 다양한 기호들은 그림문자(스마일리)[37]를 만들어 내고 워드프로세서는 하나의 프로그램으로써 새로운 글쓰기를 유도하였다. 실로 워드프로세서가 글쓰기 환경에 미친 영향은 막대하다. 첫째, 글쓰기가 편리해져서 누구나 쉽게 창작할 수 있는 기회를 주어 작품의 다산을 예고하였다. 둘째, 보관이 용이하며 보관 장소를 많이 차지하지 않는다. 따라서 책은 디스켓이나 CD[38]로 저장하고 그 공간을 독서실 등으로 활용할 수 있다. 셋째, 필체의 개성이 무화되기는 하지만 악필이나 명필을 떠나 다양한 서체를 제공하여 필체에 대한 자부심을 심어주기도 한다. 이러한 긍정적인 요소가 있는 반면에 부정적 측면도 없는 것은 아니다.[39] 첫째, 초고, 정서를 거친

---

37) 그림문자를 살펴보면 다음과 같다.

':-)(즐겁다), X-((아프다), :-P(메롱), =:-i(펑크족), =:-』(펑크족이 웃는 모습), 8-)(안경), 8-:-)(안경을 위로올림), :-'(담배를 핌), (^ ^);(창피하다), \./(화난 모습), .- (조용히 있음), ^_~(윙크하는 모습), ^o^(야 신난다), 0.0(놀란 모습), @_@(눈이 돌아갈 정도로 정신없다),^_^(즐겁다), v_v(졸립다), -_-(흥미없다)' 등이 있다. 앞의 ':-), X-(, :-P, =:-i, =:-』, 8-), 8:-), :-''는 측면형이고 뒷부분의 '(^ ^);, \./, .-., ^_~, ^o^, 0.0, @_@, ^_^, v_v, -_-' 등은 정면형이다. 측면성은 얼굴을 옆으로 표현한 것이라면 정면형은 앞에 살펴보아도 알 수 있는 표정이다. 이를 좀더 구체적으로 분류해 보기로 한다.

① 미소/웃음 : :-)(미소), :-D(웃음), ;-)(윙크), $-)(무언가(돈)를 얻었을 때), ^ ^;(멋쩍은 웃음), ^_^ (흐뭇 하게 웃는 모습), :-)=(턱 수염의 미소), :@)(돼지 코의 미소), :*)(어릿광대 미소), 8-)(둥그래진 눈의 미소), P-)(해적 애꾸눈), B-)(안경낀 미소), :-{)(코수염 있는 미소), {:-)(머리카락이 있는 미소), K:-)(학사모를 쓴 미소), d:-)(모자쓴 미소), (:-)(두건이나 자전거 보호모 미소)

② 슬픔 : :-((찌푸리다/찡그리다), :-(0)(고함치다), :"-((울음), T.T(눈물)

③ 측면얼굴 : "^U(돌려진 얼굴), :^Y(돌려진 무표정한 얼굴), :^r(혀를 내민 메롱), :^"(접혀진 얼굴)

④ 기타 : --+(훑겨보는 눈), 0.0(놀라는 표정), :-P(혀를 내밀며 놀림, 메롱), :-P'(메롱＋침), :-l(녹초가된 얼굴), :- ◇ (깜짝 놀란), :-((충격 받은), :-ozz z z Z Z(지루한 따분한), :-C(믿을 수 없는, 턱이 떨어진), ^@@^(돼지코), :- * (Kiss)

한국PC통신, <꿈따라>, 1998, 2-3, 12쪽 참조.

38) CD(Compact disk)는 보통 지름 12cm 정도의 플라스틱 원판으로 여기에 알루미늄 금속 표면을 입혀 정보를 저장한다. 이 정보는 레이저광을 통해 읽을 수 있는데 비접촉식으로 정보가 재생되므로 디스크 마모가 되지 않는 장점이 있다. CD 1장에는 문자만 기록한다면 4백쪽짜리 책 6백권을 저장할 수 있다.

다음 퇴고에서 느끼는 글쓰기의 성취감을 빼앗아 간다는 것이다. 둘째, 우리의 기억 세계가 화면 단위로 나누어지게 되어 어떤 말을 했는지조차 잊어버려 사고의 단편화를 조장한다. 셋째, 프린터를 통해서 출력된 글에서는 개성과 감정이 없다는 점이다. 그리하여 친필원고에서 볼 수 있는 작가의 느낌과 감정이 사라지고 만다. 결국 글쓰기의 대중화를 지향하지만 작가의 사고를 아날로그에서 디지털적 사고로 변화시켜 글쓰기의 일관성을 훼손시킨다. 특히 사고의 단편화를 조장하고 작가의 정체성을 위태롭게 한다. 그런데도 불구하고 오늘날 컴퓨터 사용자 80%이상이 워드프로세서를 사용하는데 활용하고 있다. 누구도 워드프로세서를 버리고 다시 육필로 돌아가기는 힘들다. 오히려 위와 같은 부정적인 면이 극복될 때 더욱 유용한 글쓰기 도구가 될 수 있을 것이다.

스티븐 화이트는 워드프로세서로 작업하지 않는 작가는 가난뱅이거나 바보일 것이라고 선언한 바 있다. 반면에 고어 비달은 워드프로세서가 문학을 없애 버리고 있다고 말한다. 하지만 두 사람의 주장은 흑백논리를 벗어나지 못하고 있다. 하임의 말처럼 유리컵이 반쯤 채워져 있다고 할 수도 있고 반쯤 비워져 있다고 할 수도 있다. 결국 컵 속의 어떤 내용물이 들어 있는가 하는 것이 더 중요하다. 138개월 동안 141권의 책을 써낸 바 있는 아이작 아시모프는 컴퓨터 앞에 앉아 있을 때라야 가장 빠르게 작업할 수 있다고 말한다. 글쓰기에서 글치기, 한 손으로 잡고 힘을 가해 여러 가지 형태로 만들어 낸 글자는 필압의 산물이다. 그러나 이제는 양손의 모든 손가락을 활용하여 손끝으로 톡톡 두드리기만 하면 된다. 디지털 필기는 손 필기보다 물리적 힘은 들 덜지만 정신을 집중하게 한다. 워드프로세서의 여러 가지 기능과 컴퓨터의 세밀한 특성이 정신을 집중시키는 것이다. 모니터에서 깜박이는 직사각형의 커서는 우리의 조증(躁症)을 심화시킨다. 실제로 워드프로세서에서 글치기를 중단할 때 커서는 직사각형의 커서이지만 글치기를

---

39) 장경렬, 앞의 책, 32~46쪽.

시작하면 정사각형으로 변한다. 직사각형보다는 정사각형이 훨씬 더 안정감이 있다.

중요한 것은 워드프로세서가 단순한 타자기의 역할만을 수행해서는 안된다는 것이다. 오늘날 컴퓨터의 워드프로세서는 타자기의 기능을 훨씬 넘어서고 있다. 기차가 교통혁명을 이루었다면 워드프로세서는 지식혁명을 달성했다는 말이 시사하는 바는 크다. 더글라스 엔젤바트는 우리가 컴퓨터와 협력하여 기호를 잘 다룰 수 있다면 우리의 사고력을 향상시켜 줄 것으로 확신한다.[40] 이러한 주장은 인터넷과 같은 전지구적인 통신망을 이용한 글쓰기를 말하는 것이다. 하임이 말했듯이 글쓰기란 우리의 생각을 바깥으로 드러내고 심적인 내용을 비판, 분석하기 위한 1차적인 방법이다. 컴퓨터 글쓰기는 의미보다 정보를 강조하는 것이다. 정보가 의미를 앞질러 간다는 말은 정보에 접근할수록 의미가 줄어든다는 말이다. 얼마나 많은 정보를 가지고 있는가가 아니라 내가 필요한 정보가 얼마나 있는가가 중요하다.

컴퓨터의 키보드에 의해 만들어진 전자언어와 새로운 조어법은 문학작품에 그대로 투영되어 나타나기도 한다. 이러한 현상을 키보드적 조어법이라 명명하고 디지털 사고의 한 가지 표현 방식으로 볼 수 있다. 일탈적 맞춤법과 대화방 명령어 사용, 언어의 축약이나 연음, 빈번한 의성어와 의태어 및 생략법 사용, 전자문자 등의 활용이 여기에 해당한다. 이는 키보드를 토대로 발생하였으며 고정된 문자언어의 한계를 벗어나고 있는 듯하다.

아래에서는 전자언어와 키보드적 조어법이 작품 속에 투영되는 방법의 가능성과 한계점을 살펴보기로 한다.

첫째, 컴퓨터통신 공간의 채팅에서 가장 어려운 점은 대화방의 명령어 숙지이다. 특히 이러한 명령어가 영어로 표기되어 있기 때문에 더욱 그러하다. 각 공간마다 유사한 명령어도 있지만 대부분 다르게 표기되어 있다. 통

---

40) 프리드리히 니체는 페터 가스트에게 보낸 편지 중에서 '우리가 쓰는 글쓰기 도구가 우리 사고에 함께 가담한다'라고 주장했다. 하이테크 또한 디지털 물결이 자신의 글쓰기 방식을 변화시키고 있다는 예상을 하였다.

일되지 않은 일반, 이동 및 대화방의 명령어는 작가들의 작품 창작을 방해하는 요인으로 작용한다. 이러한 명령어가 통일될 때 통신이 대중화될 뿐만 아니라 사이버소설 창작에도 도움이 된다. 사이버소설은 컴퓨터통신상에서 사용되는 명령어들이 명령어의 고유기능을 넘어서 마치 기존 언어처럼 활용된다. 물론 언어의 본질적 기능으로 보면 일종의 기호 보조수단에 불과할 수 있겠지만 사이버소설에서는 또 다른 의미를 지닌다.

대화방의 명령어가 소설에 그대로 투영됨은 대중적 공감대가 형성되기는 어려울 것이다. 왜냐하면 컴퓨터통신을 할 수 있는 독자가 한정되어 있고 일탈적 글쓰기 양식을 해석하는 독자들이 많지 않기 때문이다. 따라서 작품의 내용이 대중적인 반면에 작품을 이끌어가고 있는 서술방식은 한계를 지니게 된다.

> 나는 이 아이디의 주인과 아이디가 사라졌음이 분명한데도 이따금씩 몽유병 환자처럼 채팅실을 떠돈다. 강물보다 더 푸른 모니터의 민지의 환한 웃음이 나타나기를 바라며 / wh ANTIGONE, /fi ANTIGONE, /in ANTIGONE /to ANTIGONE를 입력하고 엔터키를 두드려댄다.[41]

인용문과 같은 서술방식은 채팅을 할 수 없는 독자라면 도저히 그 내용을 이해할 수 없을 것이다. 아이디가 통신공간에서 대리주체라는 것을 알고 있다 하더라도 설민지의 아이디(ANTIGONE) 앞에 나타나는 'wh, fi, in, to'[42] 등의 용어를 해석하기란 쉽지 않을 것이다.

하재봉의 「갱스터스 파라다이스」에서는 대화방 명령어뿐만 아니라 대화방의 일부가 작품에 가감없이 삽입되어 나타난다.

---

41) 황승우, 『접속』 1권, 움직이는 책, 1997, 10~11쪽.
42) 대화방 명령어 중에서 'wh + ANTIGONE'는 설민지가 대화방 어느 방에 있는지를 찾을 때, 'fi + ANTIGONE'는 대화방에 설민지가 접속하고 있는지 확인할 때, 'in+ANTIGONE'는 설민지를 초대할 때, 'to + ANTIGONE'는 설민지와 단독으로 이야기 하고자 할 때 사용하는 명령어이다.

‘정상이용자가 아닙니다. XCODE.’
pf XCODE
하이텔가족 XCODE(박종우)님을 소개합니다

----

(1) 최근종료시간 : 1996/ 02/ 23 00:07:34
(2) 이용자   상태 : 지로사용기간경과자
(3) 생   일 : 1966년 03월 09일
(4) 직   업 : 회사원
(5) 하고   싶은말 : 0

[ENTER]를 누르십시오.
번호/명령 (H, GO, HI, Z, X)[43]

인용문은 대화방의 내용을 복제하여 작품 속에 그대로 옮겨 놓은 것이다. 이것은 기존의 작품에서는 볼 수 없었던 유형으로 독자들에게 참신함을 줄 수 있다. 이러한 서술법은 앞으로 많은 작가들이 작품 창작에 활용할 것으로 예상된다. 위의 인용문은 주인공이 「깡패들의 천국」이란 시나리오를 접수하고 난 후 ‘pf(profile)’[44]을 통하여 작가를 검색한 결과이다. 이름은 박종우이며 아이디는 ‘XCODE’로 나타났다. 그리고 최근 종료시간, 이용자 상태, 생일, 직업 등의 정보를 얻을 수 있다. 특히 지로사용기간이 경과된 자로 비정상이용자임이 확인되었다.

둘째, 채팅을 하면서 자신의 머리 속에서 생각하고 있는 언어를 키보드로 신속하게 전달하려는 욕망은 자연스럽게 언어의 축약이나 연음을 만든다.[45] 예를 들면, ‘안냐세요(안녕하세요), 어솨요(어서오세요), 만찬어(많지

---

43) 하재봉, 「갱스터스 파라다이스」, <버전업> 1. 3, 1997, 봄, 331~332쪽.
44) 프로필이란 다른 사람의 정보를 확인할 수 있을 뿐만 아니라, 자신에 대한 모든 정보를 기록하는 것으로 다른 사용자에게 자신의 정보를 알릴 수 있다. ‘pf’를 입력하고 상대방의 아이디를 쓰면 상대방의 신상을 볼 수 있고, 그냥 ‘pf’라고 입력하면 접속하고 있는 자신의 공개된 신상내용을 볼 수 있다.
45) 넘 좋다(1권 12쪽), 어소세요(1권 34쪽), 마자~~~(1권 37쪽), 모예요??????????(1

않아요), 이짜나여, 잇잔아요(있잖아요), 모예요(뭐예요)'나 '으더케 아라쩌 (어떻게 알았어), 왜 부짜바(왜 붙잡아), 아지도 모타는 절 자바주셔서 감사! (알지도 못하는 저를 잡아주셔서 감사합니다)' 등의 말이 등장하기도 한다. 또한 줄임말과 명사형으로 끝을 맺는 생략법도 생겨나 '마즘(맞다), 겜잼업 (게임이 재미없다)'으로 표기된다.

셋째, 의성어나 의태어 사용이 빈번하다.[46] 웃음을 표현하는 데는 '흐흐, 킥!, 쿠쿠, 히~' 울음은 '흑흑, 으앙~' 놀람은 '쨔당, 쿠당, 까악, 윽' 실망은 '쩝!, 크으~' 생각중일 때는 '음 음냐, 흠~' 등으로 표현한다.

넷째, 위에서 언급한 축약이나 연음 그리고 의성어, 의태어 등은 일반독 자들도 쉽게 이해할 수가 있다. 그러나 암호문 형태의 기호와 그림으로 만 든 그림문자는 일반독자들의 이해를 넘어선다.[47] 웃는 얼굴을 표현한 데서 유래한 말인 그림문자는 키보드에 나타나는 여러 가지 기호들을 조합해서

권 52쪽), 글쿤요(1권 55쪽), 넵...(1권 125쪽), 구여워~(1권 125쪽), 미오??..『--미 워!, 오예욧??????(1권 126쪽), 미쵸?~(1권 126쪽), 그쵸?, 시러서(1권 128쪽), 구도 기『--구더기!!(1권 129쪽), 증말, 삐 인냐??(1권 167쪽), 안바꼬(1권 173쪽), 조하 요!(1권 187쪽), 조하조하~~~~~~(2권 20쪽), 고진말!(2권 21쪽), 실쿠나(2권 60쪽), 몽총이!(2권 132쪽) 아라찌???(2권 133쪽), 거부기(2권 221쪽), 디게(2권 228 쪽) 이상은 『접속』에서 보이는 것이며, 이러한 대화방 언어를 구체적으로 살펴 보면 다음과 같다.
20000(이만 안녕), CU(see you), 빠2(안녕), invu(I envy you), 설(서울), cus(because), 토욜(토요일), oic(oh, I see), 중딩(중학생), 고딩(고등학생), 대딩(대학생), 노딩(나이 많은 사람), 4(for), btw(by the way), 야남(야한 남자), bbl(be back later), 몰팅(몰래하 는 채팅), 취팅(술마시며 하는 채팅), 방가(반가워요), 어솨요(어서오세요), 글쿤요 (그렇군요), 당근(당연하죠)
한국PC통신, 앞의 책, 12쪽.

46) 킉킉.., 풋풋(1권 35쪽), 켁~~~~, 쿠쿠(1권 37쪽), 픗픗(1권 42쪽), 크크(1권 48 쪽), 킥킥(1권 49쪽), 앗!......(1권 52쪽), 꾸뻑~(1권 53쪽), 후훗(1권 61쪽), 아 하......(1권 62쪽), 쪼오옥~~~~(1권 167쪽), 크흐~~~~~~~~~(1권 176쪽), 엥?(2권 133쪽), 푸히, 히힛히~(2권 240쪽). 괄호 속은 『접속』의 쪽수를 말함.

47) 앙???, 잠수하러왔나??????????????(1권 34쪽), ??????????(1권 52쪽), ♡봄꽃♡(1권54 쪽), ???!!!(1권 73쪽), ...!(1권 89쪽), ^%^(1권 167쪽), ^-^『--요게 나야~(2권 61쪽), 하품~~~(2권 133쪽), 안녕~~~~~^_^~~~~~(2권 156쪽). 괄호 속 은 『접속』의 쪽수를 말함.

사람의 얼굴표정을 나타내는 것이다. 이러한 그림문자로 사용자들의 여러 가지 표정을 나타낸다. 상대방의 신속한 반응을 요구하는 대화방에서는 자신의 표정을 일일이 서술할 수 있는 시간적 여유가 없다. 따라서 키보드에 있는 기호들을 조합해서 자신의 표정을 만들어 문자문학의 제약을 뛰어넘는다. 작품에서 그림문자는 작가나 독자에게 모두 편리한 부호라 하겠다. 물론 의미파악이 어려울 수도 있지만 관심을 집중하면 충분히 이해할 수 있다. 하지만 해독이 불가능한 암호문 형태의 그림문자는 문학적 효과를 반감시킬 수밖에 없을 것이다.

그림문자를 작품에 직접 활용하여 창작할 때, 사건 진행의 속도감을 더해준다. 뿐만 아니라 기존 문자문학에서 문자로만 전달되던 작품의 서술이나 묘사방법에 그림문자가 첨가되면서 기존 독자들의 호기심을 불러 일으킨다. 따라서 문자와 회화가 결합한 만화 형태의 소설이 창작될 수도 있을 것이다. 랜달 P. 해리슨이 말했듯이 만화는 말과 그림을 묶어 독특한 목적을 수행하는 의사소통의 한 유형이다. 하지만 오늘날은 하나의 예술로 인정받으며 발전하고 있는 장르라 하겠다. 소설이 문자의 구속성을 벗어나려는 차원으로 회화를 소설로 삽입하는 것은 그림이 중심이 되는 만화와는 다르다. 이러한 예는 김수경의 『ㅈ유종』에서 찾을 수 있다.

> '자, 이것 보세요. 내 귓볼에 ♥를 그려 놓았어요. 이건 지금 내게 사랑이 필요하다는 기호예요. 여기 뺨에 그려놓은 █은 내가 자주 따뜻한 커피나 차를 원하기 때문이에요.'[48]

> '16개의 ♂♀의 사체들이 해부대 위에 누워 있었고'[49]

이와 같이 그림으로 표현된 부분은 '하트마크, 컵, 남녀'라는 기존의 문자

---

48) 김수경, 『ㅈ유종』, 열음사, 1990, 127쪽.
49) 위의 책, 149쪽.

언어로 서술하는 것보다 더욱 선명한 이미지를 독자들에게 전한다. 이로 인하여 독자들은 독서과정의 지루함을 느끼지 않게 된다.

장윤현 감독의 [접속]은 컴퓨터통신과 전자문자를 실험적으로 시도한 영화이다. 새로운 감성의 러브스토리를 발언하고 있는 이 작품은 컴퓨터통신으로 사랑을 주고 받는다. 아이디 '여인2와 해피랜드'가 익명의 공간인 가상공간에서 처음 만나 모든 장애물을 극복하고 현실공간에서의 만남을 이룬다는 줄거리로 진행되는 영화이다. 영화가 성공한 이유로 1백만명 이상의 사이버리스트들에게 공감대를 형성했다는 점, 컴퓨터통신에 홍미를 가지고 있는 일반 관객들의 호기심을 충족시켰다는 점 등을 지적할 수 있다. 특히 영화 화면에 컴퓨터 모니터를 그대로 크로즈 업하여 새로운 영화기법을 보여주고, 크로즈 업된 모니터 속의 문자 양쪽을 의도적으로 감추어 관객들의 상상력을 자극시킨다.

컴퓨터통신에서 제공되는 편지읽기, 보내기, 보관하기 기능 등이 영상으로 처리되기도 한다. 또한 두 사람의 최초 만남을 영화 마지막 부분까지 끌고 가는 지연기법이나 전자문자를 화면으로 보여주는 등 기존 영화와 다른 방식을 제공한다. 영화에서 인물이 해야하는 대사를 컴퓨터 모니터가 대신하고 컴퓨터 모니터에 나타나야할 문자가 등장인물의 대사로 처리되는 이중적인 대사기법은 소설에서 참조할 만하다. 특히 영화가 끝난 다음 퀴즈를 내어 관객들에게 새로운 양방향적 홍미를 불러 일으키기도 한다. 전자문자가 영화화면에도 등장하는 현실에 소설 창작에도 적극적으로 활용되어야 할 것으로 보인다.

키보드적 조어법은 『접속』에서 꼬꼬가 승우에게 보내는 편지에 그대로 표현된다.

작품을 통하여 대화방의 이야기가 아니라 편지인데도 불구하고 대화방의 언어가 가감 없이 나타나고 있는 것을 확인할 수 있다. 문장이 간결할 뿐만 아니라 '쪼오옥~~~이나 사랑……'등에서 말줄임표를 남발하고 있으며 의성어나 의태어가 빈번하게 쓰인다. 이러한 현상은 키보드적 조어법이 가상공간의 대화방이나 편지쓰기에 한정된 용어가 아니라 현실의 언어생활에서도 커다란 영향을 끼칠 것으로 예상할 수 있다.

키보드적 조어법에 대한 지적은 크게 부정적인 견해와 긍정적인 견해 두 가지로 대별된다. 먼저 부정적인 견해는 예의에 벗어난 말투를 사용한다는 것과 이것이 우리의 문법체계를 혼란시킨다는 점이다. 또한 대화방에서의 음란한 대화나 욕설이 난무하고 모르는 사람에게 시비걸기 등도 문제다. 신조어가 생겨나기도 하고 한 문장에 반말과 극존칭, 표준말과 사투리가 공존한다. 이러한 전자언어는 영상세대 특유의 감각적 표현, 기존 권위에 대한 거부, 현실성과 경제성의 강조라는 특징으로 요약될 수 있다. 이정민은 「청소년들의 언어생활과 사고구조와의 관계」에서 기존의 틀을 깨는 자유분방한 문자생활이 일상의 다른 규칙까지 깰 수 있다는 생각을 갖게 될 위험이 있다고 말하고, 논리와 문법을 갖추지 못한 즉흥적인 언어는 이지적이고 원숙한 사고에도 부정적 영향을 끼칠 수 있다고 지적한다. 김민은 「PC통신에서 나타나는 청소년 언어유형 분석보고」를 통해 통신언어의 특징은 의미표현을 간단히 요약하는 간략화, 많은 의미를 한 단어로 집약시키는 축약화, 시간과 노동을 효율적으로 절약시켜야 하는 경제성 원칙으로 정리된다고 말한다. 특히 맞춤법에 익숙하지 못한 학생들에게 혼란을 일으킬 수 있다는 것이다. 이러한 언어적 특징은 청소년들이 지니는 감각적이고 직설적이며 개성을 추구하는 영상세대적 특징을 나타내는 것으로 볼 수 있다. 이처럼 전자언어에 대한 부정적 견해도 있지만 키보드적 조어법이 일상언어에 끼치는 악영향은 그리 심각하지 않다. 일부 어법에 맞지 않는 말도 있지만 대부분의 조어들은 키보드의 영향과 소리나는 대로 적는 데서 비롯된 것이다. 재미와 정감을 앞세우다 보니 자연스럽게 유행어가 되었다. 언어는 자의적으로 생성 → 발전 → 소멸의 과정을 겪으므로 가치가 있는 말이라면 정상언어로 흡수될 것이고 그렇지 못한 언어는 자연 도태될 수밖에 없을 것이다. 언어는 자생력을 가지기 때문에 인위적으로 조정하기 어렵기 때문이다.

이상과 같이 컴퓨터의 키보드에 의해 생산된 일탈적인 조어법은 디지털적 사고의 한가지 표현방식이다. 일탈적일 뿐만 아니라 참신하고 사건 전개의 긴박감을 더해준다. 반면에 대중독자들의 작품 이해에 방해가 될 수도 있다. 사이버소설이 대중 지향적이라면 암호문 형식의 전자언어보다는 대중독자들의 이해가 가능한 것으로 제한하여 선택해야할 것이다. 시대가 변함에 따라 작품 속에 컴퓨터나 삐삐, 핸드폰 등이 소설의 소재로 흔히 등장한다. 그러나 대화방을 중심으로 나타나는 키보드적 조어법 그리고 그림문자가 작품 속에 그대로 서술됨은 흔한 편이 아니다. 이는 컴퓨터가 대중화 되고 사고방식에 디지털적 사고가 유입되면서 가능해졌다. 키보드적 조어법을 비롯하여 그림문자를 이용한 새로운 글쓰기는 작품의 의미를 압축적이고 함축적으로 전달한다. 따라서 독자들의 관심을 유발할 뿐만 아니라 다양한 문학을 가능하게 하여 궁극적으로 문학의 영역을 확장할 것으로 보인다.

2. 주체와 타자의 정체성 혼돈

1) 타자의 복권과 주체의 파편화

가상공간에 나타나는 언어의 유연성은 기존 문자언어의 확실성과 구체성을 흔들어 놓는다. 그리하여 새로운 커뮤니케이션 경험은 인간과 새로운 리얼리티 사이의 상호작용을 가능하게 한다. 이 거대한 변화는 산업혁명과도 같이 혁명적이다. 새로운 언어 형태는 사회적 관계망과 그 속에서 구성되는 주체 모두를 변모시키기 때문에 주체에 대한 기존의 사유방식도 달라지지 않을 수 없는 것이다. 따라서 생산양식은 정보양식으로 대치되고 다중적이고 분산적이며 탈중심화된 다소 혼란스런 주체가 나타난다.

플라톤이 그의 『공화국』에서 시인을 추방한 것은 이성의 힘으로 억압해야할 감성으로 남성을 여성이나 어린아이처럼 울거나 웃게 하였기 때문이다. 플라톤의 이러한 행위는 하나의 이데아는 신만이 볼 수 있다는 논리로 이성 중심주의의 근본이 되어 왔고 서구 합리주의의 기틀을 마련하였다. 그

러나 문학은 억압된 타자의 감성을 드러내는 역할을 감당해야 한다.[50]

　　타자란 누구인가. 우리의 인식 주체 속에는 이성으로 제어되지 않는
　이물질이 있기에 대상의 욕망을 주체의 욕망과 일치시킬 수 없다. 이 상
　상계적 환상은 늘 상징계에 의해 방해받고 우수리를 남긴다. 이 우수리,
　이물질이 타자이다. 인식 주체는 대상을 완전히 자신과 일치시키거나
　소유하거나 파악하지 못한다. 그것은 늘 우수리를 남기며 인식의 범위
　를 벗어난다. 그러기에 타자를 열등하지 않고 다만 다를 뿐이라고 인정
　하는 것이다.[51]

　권택영은 타자의 명수로 도스토예프스키를 꼽는다. 그의 작품에서 저자
는 인물을 보기만 하는 게 아니라 보여지기도 하고 인물들 사이에서도 서로
보고 보여진다는 것이다. 그가 말하려는 것 이외에 말해지는 것이 있다는
것을 밝혀주고 있다. 이것을 바흐친은 '갈림 언어' 혹은 '다음성 소설'이라
했다. 내부에 있는 나와 나 아닌 것, 즉 타자의 목소리를 끊임없이 듣는 것
이다. 그가 지적한 것처럼 중세에는 본격 문학형식과 함께 주변적 형식도
발전하였다. 이러한 주변 문학은 유럽소설의 이후의 발전에서 지대한 중요
성을 지니게 된다. 여기에 등장하는 세가지 인물유형은 악한, 광대, 바보 등
이다. 이들은 유럽소설의 발전에 결정적인 영향을 미쳤다. 이러한 세 인물
은 이 세계 속에서 '타자'가 될 권리, 즉 현존하는 인생의 범주들 중 어느
하나와도 협력하지 않을 특권을 지닌다. 악한은 그를 현실에 묶어 두는 일
정한 유대를 간직하고 있는 반면, 광대와 바보는 '이 세상 사람이 아니며',
때문에 그들 자신만의 독특한 권리와 특권을 소유하고 있다. 이들은 삶에
참여하지 않아도 될 유서 깊은 바보의 특권을 통해서, 그리고 그의 유서 깊
은 거친 언어를 통해서 민중과 유대를 맺는다.
　타자란 자아와 다른 이질성 혹은 자아와 거리를 두는 자기 반성적인 것으

---

50) 권택영, 「현대문학과 타자의 개념」, <현대시사상>, 1996. 겨울, 97~111쪽.
51) 위의 책, 110~111쪽.

로, 총체성이나 주체의 동질성을 무너뜨리는 요소이다. 주체 속에 존재하는 타자는 대상을 고정불변적 요소로 보는 것을 방해한다. 실존주의 혹은 모더니즘은 주체가 품고 있는 타자성을 밝혔으나 전통이나 신화 등 더 큰 총체성에 타자를 귀속시키려 했다. 후기 프로이트는 초자아를 상정하여 타자의 왕으로 군림한다. 포스트모더니스트 자크 라캉은 주체의 해체라는 타자의 시대를 열었다. 모더니즘의 반발, 극복, 반성에서 나온 포스트모더니즘은 억압된 타자를 드러내고 그 목소리를 듣는 것이다. 사이버리즘에서는 타자를 복권시킬 뿐만 아니라 타자를 억압한 주체를 파편화시켜 버린다. 타자가 부각되면서 반면에 작가의 목소리와 권위가 줄어들게 된다. 신과 같이 군림했던 작가가 줄어드는 대신에 독자의 지위는 향상되었다. 존 파울즈의 말처럼 작가와 독자의 미학적 거리를 없애고 작품이 전개되는 가운데 고정된 작가와 등장인물을 파괴하고 있다. 선형적 텍스트 또한 비선형적으로 변하여 결말이 몇 개씩 제시되곤 하였다. 이를 바르트는 기존의 읽는 텍스트와 변별적으로 쓰는 텍스트로 인식한다. 수동적 독자에서 능동적으로 참여하는 독자상을 보여 준 것이다. 이러한 유형을 달리 메타 픽션이라 하기도 한다. 메타픽션은 사실주의를 패러디하여 소설의 다원화와 탈이념을 제시하여 결국 타자의 귀환을 의미하는 것이다.

　프로이트는 신경증 환자를 치료하면서 인식의 주체 속에 무의식이라는 타자가 존재한다는 것을 증명했다. 꿈은 억압된 무의식의 표출이며 억압된 무의식은 예술로 승화되거나 위대한 문화를 창조하기도 한다. 라캉은 상상계와 상징계 사이에서 타자가 생겨하는 것으로 인식했다. 그는 어린아이가 어머니를 자신의 욕망을 완벽히 충족시킬 수 있는 대상으로 보는 단계를 상상계로 본다. 그러나 어린아이가 이러한 나르시시즘적 단계를 벗어 나면서 상징계로 들어선다. 원초적 욕망을 억압하는 상징계와 무의식의 상상계가 교차 반복되면서 실재계가 나타난다. 라캉이 실재계로서 인식 주체 속에 타자를 밝혔다면 데리다는 중심을 해체하여 억압된 타자를 밝힌다. 데리다가 억압된 타자를 복권시킴은 중심 우월의 관계에서 공존의 관계를 보여주는 것이다. 그리하여 타자를 인정하는 것은 동일시가 아니고 차이를 받아들이는 것으로 본다. 따라서 타자는 주체 속의 이물질이고 지금까지 억압되어온 계층이며 참사랑에서의 연인이다. 타자는 그저 타인이 아니라 인간의 욕망과 권력이 억압하여 없는 것 같지만 분명 있는 어떤 것이다. 이 타자는 에드워드 사이드의 『오리엔탈리즘』[52]의 흑인, 여성, 소수 민족의 문학이며 사이버소설이 지향하는 바이다.

펠릭스 가따리와 안토니오 네그리가 『자유의 새로운 공간』에서 말했듯이 사회적 상상력은 오로지 근본적 변화를 통해서만 스스로를 재구성할 수 있다. 주변적 주체들의 해방 경험들의 물리적, 신체적, 조형적 그리고 외적 측면들은 똑같은 방식으로 표현과 창조의 새로운 형식을 위한 재료가 된다. 바로 여기에서, 우리는 반란을 일으키고 있는 주체들의 추동력 아래에서, 변형과 커뮤니티적 삶의 새로운 권리가 출현하고 있다는 징후들을 더 많이 발견할 수 있다.

주체라는 말은 희랍어 'Subjectum'에서 나왔다. 이 말은 '아래에 존재하는 것', 혹은 '감추어진 것'이란 뜻이다. 아리스토텔레스는 주체를 형식이나 외형을 초월하는 본질적인 실체로 인식하였으며, 데카르트는 주체를 실존하는 자의식으로 개념화하여 스스로 내면 속에서 자신의 실체를 자각하고 발견할 수 있는 실체를 주체로 보았다. 푸코는 주체를 의식과 관련된 정체성의 문제와 밀접하게 연결되며, 통제나 규율을 통해서 타자에게 복속당한 상태를 가르킨다. 구조주의 이후의 인간관은 탈중심화된 주체론으로 대표된다. 이는 기존의 자유주의적 휴머니즘과 대립되는 개념으로 주체를 구조의 산물 혹은 효과에 불과하다고 보는 것이다. 라캉은 주체는 언어 혹은 의미화 체계로서의 상징적 질서에 의해 구성되는 것일 뿐 독자적인 자아 혹은 영혼이라는 휴머니즘 개념을 허상에 지나지 않는다고 말했다. 특히 '나'라는 개념은 의미화의 체계에 의해 구조화된 것이지 데카르트적 사유주체의

---

52) Edward W. Said(박홍규 역), 『오리엔탈리즘』, 교보문고, 1995.

선험적 초월성은 환상에 불과한 것으로 인식한다. 그리하여 인간의 자율성, 통일성, 일관성의 원리로서의 의식을 부정하고 있다. 이러한 해체이론의 중심은 차이들의 체계로서 언어 속의 기능에 지나지 않는 것으로 보아 의미화작용의 무한한 상호작용만이 가능할 뿐이라는 논리라 할 수 있는 것이다.

이정우는 들뢰즈적인 주체를 노마드적 주체로 인식하고 있다.[53] 기존의 사회적 구조에서는 이름과 자리를 동일시하는 것을 하나의 관례로 생각하고 있다. 그리하여 이러한 사회적 구조틀에서 벗어나는 것은 그 사회의 틀을 전복하는 것과 마찬가지다. 그러나 노마적 주체는 이러한 체계의 격자를 가로지르는 주체이다. 즉 자리나 이름을 거부하면서 사회적 격자를 가로지르는 사람을 이른다. 그는 가르지르기의 두 가지 계기를 동시에 포함하는 것으로 보고 있다. 소요(逍遙)와 투쟁이 그것이다. 소요하면서 투쟁하고 투쟁하면서 소요하는 것이 노마드적 주체의 기본이념이 되는 것이다. 이러한 노마적 주체의 기본이념은 사이버소설이 적극 수용해야할 부분이다. 투쟁하면서 소요하고 소요하면서 투쟁한다는 것은 작품을 창작하면서 소요하고 소요하면서 창작하는 것과 마찬가지다. 이러한 논리는 글쓰기의 생활화를 지향하여 결국 글쓰기의 대중화에 기여한다.

마크 포스트의 지적처럼 전자글쓰기는 주체를 분산시켜 그것이 과거 전자 이전의 글에서 수행했던 바 하나의 중심으로 기능하지 못하게 된다.[54] 따라서 컴퓨터는 글의 물질적 흔적을 지워 탈물질화 시킨다. 컴퓨터 화면에 나타나는 글자는 인광물질로 이루어져 있다. 그리하여 종이 위에 기록된 글자보다 수정이나 삭제가 용이하다. 인광물질은 음극선관의 내벽에 칠하는 백색물질로 전자가 이곳에 충동하면 약간 동안 빛을 내고, 이 한점 한점이 모여 화면의 밝은 화상으로 표현된다.

작가는 공간적 가변성과 시간적 동시성의 의미에서 정신의 내용이나 구어와 유사한 재현물을 마주하게 된다는 것이다. 작가와 글 즉 주체와 타자

---

53) 이정우, 『시뮬라크르의 시대』, 거름, 1999. 197~201쪽.
54) Mark Poster(김성기 옮김), 앞의 책, 187~243쪽

는 서로 근접하여 동일하게 나타난다. 따라서 타자인 화면과 주체인 글쓰기
는 단일의 가변적인 모사물로 합체되는 것이다. 컴퓨터 글은 주체와 타자를
나누는 경계선 위에 위치하여 모호성을 띠게 된다. 여기서 포스터는 컴퓨터
와 인간 사이에 거울상 효과라는 용어를 만들어 낸다. 거울상 효과는 글의
주체를 이중적으로 만들고 인간은 기계의 비물질성 속에 자신이 있음을 인
식한다. 워드프로세서는 필사와는 달리 텍스트를 탈인간화시키고 모든 개
인성의 흔적을 글에서 제거시킬 뿐만 아니라 탈개인화시킨다.

> 컴퓨터로 쓰고 플로피디스크에 저장한 소설과 손으로 쓴 (타이프친
> 것도 포함하여) 필사본 소설을 비교해 보자. 여기서는 필사본 원고가 원
> 본으로서 가치를 갖는다. 학생과 선생은 그러한 원본을 참고하면서 저
> 자의 의도에 좀더 근접하고 그 속에서『진짜』텍스트를 발견하거나 그
> 텍스트의 변모과정을 식별하리라고 기대한다. 텍스트의 작성과정은 저
> 자가 원고를 쓰면서 지우고 바꾸고 빼고 여백에 쓰는 등의 미세한 변경
> 들에서 가시적으로 드러난다. 이 같은 원본성의 표시들을 찾기 위해 수
> 집가나 도서관은 상당한 금액의 대가를 치른다. 이에 비해 플로피디스
> 크에 담긴 어떤 파일에 그와 비슷한 대가가 치러진다고 생각할 수 없는
> 데, 그 이유는 플로피디스키에서는 원본성, 진정성, 개별성의 흔적이 봉
> 쇄되기 때문이다.[55]

데리다가 말하는 텍스트는 책 속에 담긴 고정된 의미와는 달리 이해된다.
책은 기호의 내용이나 의미를 중시하고 백과사전과 같은 정리된 구획을 치
고 주인과 저자의 갖는다. 그러나 텍스트는 고정된 구조물을 벗어나 자기
안과 밖의 경계를 무의미 하게 만든다. 시간과 공간의 복합체 속에 존재하
는 무엇이든지 텍스트로 간주된다. 결국 컴퓨터 글쓰기는 글자를 탈물질화
하여 기록된 것과 글쓰는 주체를 새로운 단일체의 시뮬레이션으로 합체시
키지만, 다른 한편 그것이 남기는 표시들, 그리고 플로피디스크에 담긴 파

---

55) 위의 책, 214~215쪽.

일들 속에 있는 기록자의 개인성을 교란시키기도 한다. 그리고 마침내 집단적 저작의 새로운 가능성을 창출한다. 마크 포스터는 컴퓨터 글의 형태들은 주체에 대해 다음과 같은 효과를 발휘하는 것으로 보고 있다.

1. 이들은 「주체의」 정체성이 그 역할을 자유자재로 수행할 수 있는 새로운 가능성을 마련한다.
2. 이들은 성별의 역할을 제거함으로써 의사소통을 탈성별화한다.
3. 이들은 기존관계의 위계서열을 교란시키고 이전에는 적합하지 않던 기준에 따라 의사소통을 다시 배열한다. 그리고 무엇보다 주요한 것은,
4. 이들은 주체의 위치를 시공간적으로 바꾸어 놓음으로써 주체의 분산은 가져온다.[56]

가상공간의 대화방에는 언어 폭력이 난무한다. 이는 주체의 정체성 흔적이 보이지 않는 익명성 때문이다. 주체의 익명성은 타자에게 영향을 미쳐 타자의 정체성 또한 없는 것이나 마찬가지로 인식한다. 대화방의 정체성은 전자통신망과 컴퓨터 기억장치 속에 분산되므로 주체는 포스터의 말처럼 픽션작가의 위치에 놓인다. 픽션작가란 자신의 감정, 욕구, 생각, 욕망, 사회적 위치, 정치관, 경제적 형편, 가족상황 등 전체 인간적 속성에 기반하여 인물을 꾸며내는 사람이다. 여기서 사용되는 문자언어는 라캉이 말하는 상상계와는 차별적이다. 라캉의 상상계는 거울상 단계에서 형성되는 것으로 이 단계를 거치면서 주체는 중심을 잃고 자신으로부터 소외된다. 소외된 주체는 은폐되고 미정성 상태에 있기 때문에 컴퓨터시스템이나 의미론적, 이데올로기적, 문화적 특성으로 인하여 제약을 받게 된다. 반면에 하나의 주체는 다변화되어 여러 정체성을 만들어 낼 수도 있다. 전자식 상호연결은 새로운 형태의 글쓰기, 상호작용, 의사소통을 매개로 하여 주체/언어간의

---

56) 위의 책, 221~22쪽.

지배적인 접촉영역의 지형을 뒤흔들 것이다.

전위적 실험성을 바탕으로 하고 있는 송경아는 가상공간에서 각광을 받아왔고 본격문단에서도 인정받는 작가다. 특유의 상상력과 감수성이 예민한 신세대의 의식은 독자들의 관심대상이다. 김윤식은 "송경아는 푸른색 컴퓨터 앞에 앉아 무한 우주 여행에 나아가고 있다. 그 다음 시대를 열어 나가고 있음에 주목하지 않는다면 우리는 아마도 많은 것을 놓칠지도 모른다"[57]고 주장한다. 최성실은 작가 신경숙, 공지영 세대와 송경아, 배수아, 박성원, 백민석 세대의 차이를 논하면서 이들에게 소설은 이미 있음직한 어떤 이야기가 아닌 것으로 한다. 단지 가면이고 거짓말이며 언술행위에 불과하다는 주장이다. 이들에게 소설이란 시뮬레이션 즉 하나의 '모의 시험'인 것이다.

「책」은 화자 '나'가 책장을 정리하다 숨진 어머니가 책으로 변해 꽂혀 있음을 알게 된다는 비현실적 소재로 시작되며 교통사고로 숨진 어머니의 생애를 내용으로 담고 있다. 주인공은 어머니가 아버지 아닌 다른 남자와 관계를 가져 나를 태어나게 했다는 출생의 비밀을 알게 된다.

> 정말로 많은 사람들이 왔다. 아버지 쪽 친척들, 연락을 끊지 않고 살아온 아버지의 친구들, 어머니의 친척들, 어머니 동창들, 어머니가 가르치던, 코를 훌쩍거리며 노란 국화를 들고 오는 국민학교 3학년짜리 아이들, 어머니의 동료 교사들, 어머니가 다니던 교회 사람들.[58]

> 정말로 많은 사람들이 왔다. 아버지 쪽 친척들, 연락을 끊지 않고 살아온 아버지의 친구들, 어머니의 친척들, 어머니 동창들, 어머니가 가르치던, 코를 훌쩍거리며 노란 국화를 들고 오는 국민학교 3학년짜리 아이들, 어머니의 동료 교사들, 어머니가 다니던 교회 사람들.[59]

「책」은 내용상으로나 기법상으로 기존의 작품과는 변별되는 디지털적 사

---

57) 송경아, 『책』, 민음사, 1996, 표지의 말.
58) 위의 책, 10쪽.
59) 위의 책, 11쪽.

고를 내포하고 있다. 인용문에서 볼 수 있듯이 어머니가 교통사고로 사망하고 난 후 방문한 사람들을 서술하는 장면에서 같은 문장을 두 번 반복하기도 한다. 이러한 기법은 무한 복제가 가능한 디지털시대의 워드프로세서가 만들어 낸 새로운 형식이다. 'Ctrl-C'와 'Ctrl-V'는 순간적이고 실시간적으로 무한 재생을 가능하게 한다. 따라서 작가의 실수도 아니며 출판사의 편집과 정상 오류 또한 아니다. 다만 많은 사람들이 참석했다는 것을 강조하기 위한 사이버소설적 기법이라 하겠다. 이 책을 작성하면서도 위에 인용한 똑같은 인용문을 두 번 반복해서 서술할 필요는 없었다. 위의 인용문을 한 번 서술한 다음 그대로 복사해서 아래 인용문을 만들었다. 이는 펜으로는 불가능하여 똑같은 인용문을 두 번 서술할 수밖에 없다. 우한용의 지적처럼 컴퓨터를 이용하여 상황을 설정하고 설정한 상황에 조작자가 참여한다. 뿐만 아니라 자기 역할을 한다면 홍길동과 성춘향의 기막힌 연애를 만들어낼 수도 있고, 선덕여왕을 사랑하다가 가슴에서 불길이 솟아올라 타죽은 신라 시대의 지귀(志鬼)를 불러다가 채털리 부인을 파트너로 '붙여주는' 일도 가능할 것이다. 앞으로 이러한 기능을 이용하는 작가는 지속적으로 우리가 전혀 예상치 못했던 새로운 양식 작품을 만들어 낼 수도 있을 것이다.

> 나는 그 책을 발견했다. 그 책은 지금까지 내 방 어디에도 존재하지 않던 책이었다. ……(중략)…….
> 그 책은 어머니였다.
> 어머니가 쓴 책이거나, 어머니에 관한 책이라는 의미가 아니다. 죽음 후에 어떤 경로를 거쳤는지 알 수 없지만, 어머니는 한 권의 책으로 변해 내 방 책장 속에 들어와 있었다.[60]

그 책은 어머니의 죽음 후에 발견된 것으로 어머니 자체이거나 어머니의 일부이다. 존재하지 않던 책이 존재한다는 것은 무생물이 생물화 되어감을

---

60) 위의 책, 16쪽.

말하는 것이다. 책은 무생물이라 스스로 영양을 섭취할 수 없고, 생장, 번식의 가능성도 없다. 하지만 유생물에 해당하는 인간이 독서를 함으로써 지식을 쌓아 자아를 확립하고 세계관을 정립할 수 있다면 생물의 개념으로 파악할 수 있다. 이처럼 사이버소설은 생물과 무생물의 경계를 해체시키는 방향으로 나아갈 것이다.

「책」은 그 자체로 점점 두꺼워 지는 자생적 성격을 지닌다. 처음엔 한 권에 불과하던 책이 두 권, 세 권으로 불어나 책장 절반을 차지할 정도가 되었다. 무생물인 책은 점차 생물化 되어 방바닥으로 내려오기도 한다. 이는 무생물이었던 책이 생명을 가짐을 의미한다. 무생물에 불과한 책이 기존의 고정되고 정석화된 아날로그적 기법이라면 생물로서의 책은 이러한 기법을 거부하고 비선형의 디지털적 기법을 지향하여 작가의 상상력을 극대화시킨 결과로 볼 수 있다. 그야말로 상상력은 사실의 세계에 얽매이지 않고 사실들을 마음대로 변형하여 사실보다 아름답고 다양하게 만드는 디지털적 즐거움이다. 이와 같이 작가의 디지털적 상상력은 죽은 어머니를 한 권에서 여러 권의 책으로 변신시켜 나간다.

> '책, 수많은 책들. 전부 내 삶에 관한 책들을 쓰는 거야. 위조본, 복사본, 파본, 앞의 반은 똑같고 뒤의 반이 틀린 두 개의 책, 같은 내용을 다루면서 문체가 다른 책들, 한 장이 틀린 책, 단어 하나가 틀린 책, 글자 하나가 틀린 책, 판본이 다른 책, 장정이 다른 책, 수많은 책을 쓸 거야. 그래서 어떤 게 진짜 나-책인지 어떤 게 가짜인지 구분하지 못하게 만들 거야'.[61]

책의 한 글자 한 글자는 숨진 어머니의 삶과 작가의 삶을 변형시킨다. 영원의 기록에 대항해서 의미 없는 기록을 만들고 변조한다. 어느 것이 가짜고 어느 것이 진짜인지 알지 못하게 만들겠다는 것이 작가가 지향하고 있는

---

61) 위의 책, 34쪽.

바다. 그리하여 삶의 실체와 자기 정체성에 대해 끊임없이 회의하는 작가의 내면을 표현하고 있는 것이다.

작가가 만들고자 시도하는 책은 해독되기를 거부하는 코드이며 읽히기를 거부하는 책이다. 책은 순차적 선형성에서 벗어나 비선형적으로 바뀐다. 이는 시작과 끝이 없음은 물론이고 정해진 이야기도 없는 텍스트를 의미한다. 독자가 읽기를 시도하는 곳이 바로 시작이며, 읽기를 마치는 곳이 바로 끝이다. "책, 씌어진 글, 언어 등에는 변형이 예정되어 있어야 한다"[62]고 하지만 우리의 소설 전통은 이러한 사실을 부정하여 왔다. 그러나 책을 읽는다는 것과 글을 쓴다는 것은 오래 전에 작가들의 정신 속에 존재하던 것 그대로 서술하는 것을 의미하지는 않는다. 디지털시대 이전부터 기술의 발명이나 전파의 사용, 이미지의 도전에서 글쓰기의 변화를 예감했다고 할 수 있다. 해독되기를 거부하는 디지털시대의 글쓰기는 단선적 의미를 부정하고 다양한 의미로 무수히 복제될 수 있다. 진짜가 가짜가 되고 가짜가 진짜가 되기도 한다. 진짜와 가짜를 구분할 수 없는 '나-책'의 의미는 세 가지로 파악된다. "우선 의문을 허용하지 않는 정전(正典)의 권위를 부정한다고 볼 수 있다. 둘째, 죽음의 권위에 대한 도전이라고도 할 수 있다. 셋째, 사물을 재현하는 언어의 권위에 대한 비판이다. '나-책'이 타인에게 읽혀질 수는 있으나, 단일하고 고정된 의미로 귀결될 수는 없다. 왜냐하면, 기호는 최종적인 의미, 시니피에를 지니지 않기 때문이다."[63] 이러한 사실은 실제와 비실체 또는 이미지의 혼란을 초래하며 텍스트의 물질성과 비물질성뿐만 아니라 가상과 현실의 경계마저 해체하고 있는 셈이다.

작가는 사회격변기를 살아가는 젊은 세대의 정체성을 다각도로 조명한다. 실제 사는 것보다는 그런 삶에 대해 책을 써나가는 것이 더 미학적 완성도가 높다는 창작관을 보여준다. 더구나 시간과 공간을 자유롭게 넘나들며

---

62) Maurice Blanchot(최윤정 옮김), 『미래의 책』, 세계사, 1993, 323쪽.
63) 황국명, 「90년대 소설의 환상성, 그 상상력의 모험」, 『다매체시대의 글쓰기』, 세종출판사, 1998, 320쪽.

직접체험보다는 간접체험인 독서에서 얻은 상상력을 작품으로 형상화하고
자 한다. 하지만 송경아는 진지함과 장인의식, 뛰어난 문장력과 무한한 상
상력 등 작가로서의 요건을 골고루 갖춘 작가로 평가된다.

> 체험에서 글쓰기의 재료를 얻는다는 것은 지난 세대들의 한계라고 생
> 각합니다. 물론 직접적인 체험을 바탕으로 했을 때 보다 진솔한 글이 나
> 올 수야 있겠지요. 하지만 개인의 경험 세계는 아무리 밀도가 있는 형태
> 로 이루어졌다 하더라도 주관적일 수밖에 없을 것입니다. 그보다는 오
> 히려 다양한 간접체험이 보다 풍요로운 상상력의 원천이 되지 않을까
> 합니다.[64]

전술한 것처럼 송경아는 간접체험이 직접체험보다 더 풍요로운 상상력의
원천으로 인식한다. 그리하여 '소설은 직접체험의 산물'만을 고집할 수 없
는 것이다. 「책」에서도 삶의 체험보다는 책에서 얻는 상상력과 탈시공간성
을 중요한 문학적 모티브로 사용하였다. 그는 사이버소설이든 본격소설이
든 모든 글쓰기 작업이 추구하는 미학의 세계는 단일하다는 입장이다. 그래
서 아직은 문학의 유통 부문보다 책, 문헌 등의 알찬 정보를 빠르고 쉽게
확보할 수 있는 공간으로서 가상공간의 필요성을 역설한다. 하지만 작가들
에게 정보를 제공하는 공간적 역할보다는 문학적 미학의 세계로 접근하려
는 노력이 필요하다. 기존의 본격문학에서 미학의 세계로 접근해 가는 과정
상 문제가 있다고 볼 때, 이를 수정, 보완하는 측면에서 작품의 형식과 내용
적 측면의 변화는 절실히 요구되는 부분이다.
　따라서 "컴퓨터 글쓰기는 글쓰는 주체를 해체시켜 새롭게 구성한다고 할
수 있다. 주체의 해체는 부르조아 사회의 덕목인 개인주의에 저항하는 것으
로 배타적 이원대립구조를 해체하는 것과 같다. 이러한 해체 구조는 결국

---

64) 고규홍, 「PC통신문학, 독자 영향 큰 쌍방문학시대 열어」, <WIN>, 1996, 8, 307
　　쪽.

총체적인 통일된 주체가 사라진 이질적인 것이 공존하는 다원성으로 나아
간다. 주체는 분산과 복수화, 탈중심화를 향한 경계 지대에서 새로운 글쓰
기를 체험한다. 주체는 무수히 분산된 복수 자아들과 타자들, 그리고 컴퓨
터라는 '큰 타자'와 상호작용하면서, 혹은 경쟁하면서 메시지를 생산해 낸
다."[65] 주체는 상호작용과 경쟁을 반복하여 대동주체로 나아가는 것이 바람
직하다.[66] 대동(大同)은 공자가 예기의 예운 편에서 한 말이다. 큰 도가 행해
지는 세상에서는 천하가 온 세상 사람들의 것으로 돼 있어, 어진 이와 능력
이 있는 자를 가려서 제왕의 지위를 전하고 신의와 친목을 두텁게 하였다고
전한다. 그리하여 서로가 긍휼히 여기는 마음을 갖고 대문을 열어놓아도 도
둑 걱정을 하지 않는 세상을 말한다. 이런 세상이 된다면 주체와 타자의 차
별은 존재하지 않을 것이고 서로가 사랑하여 존엄한 존재가 될 것이다. 결
국 대동주체는 개별 주체들의 권리의식을 조화롭게 통합해 보다 차원 높은
공동체를 이루자는 것이다. 따라서 사이버소설은 소외된 타자를 복권시켜
대동주체로 나아가야 한다는 점을 간과해서는 안된다.

2) ID의 익명성과 모나드적 주체

가상공간의 탈시공간적 성격은 불교의 공(空)개념과도 유사하다. 공개념
은 일체를 종(縱)으로 전달하는 시간적 원리인 무상(無常)과 횡(橫)으로 연결
하는 공간적 원리인 연기(緣起)가 중심에 있을 때 표현되는 것이다. 아무 것
도 없다는 것은 가득찬 것이고 가득찬 것은 아무 것도 없는 상태를 의미하
는 것이다.

장자의 호접몽(胡蝶夢)에서 볼 수 있는 탈시공간성은 가상공간과 밀접한
연관을 내포한다. 장자의 꿈속의 세계는 자유롭게 움직일 수 있는 이상세계
인 가상공간이라 할 수 있다. 꿈속에서 나비로 변한 장자는 자유를 마음껏
누린다. 이상세계에서는 예법, 제도의 속박이나 관료들의 억압, 수치심과 의

---

65) 우찬체, 앞의 책, 208쪽.
66) <중앙일보>, 2000년 9월 6일자.

식주도 자연적으로 해결된다. 시간과 공간의 제약을 받지 않고 자신의 의지대로 행동할 수가 있기 때문에 자신이 장자인지도 모른다. 즉, 자신의 존재를 망각하고 이상적 인격인 무기(無己)를 실현한 것이다. 현실적 관점으로 장자는 장자이고 나비는 나비지만 그가 말하는 탈시공간적 개념인 도(道)의 관점에서 보면 장자와 나비의 개념은 불분명해진다. 이와 같이 소요유(逍遙遊)의 경지에서 사람은 주관상에서 물질과 나를 없애고 물화(物化)가 된다. 결국 나비가 장자이고 장자가 나비인 것이다. 현실적 관점에서는 장자가 나비의 꿈을 꾼 것에 불과하지만 중요한 것은 도를 깨달은 사람만이 이러한 기묘하고 아름다운 꿈을 꾼다는 점이다. 그는 시간과 공간을 초월하여 시작도 없고 끝도 없는 것을 도의 개념으로 파악한다. 장자는 현실의 세계에는 근본적으로 자유가 존재하지 않는 것으로 인식하였지만 꿈속에서 절대 자유를 성취한 것이다.

이처럼 가상공간은 가상현실에서 자기자신과 가상현실이 일체가 된 느낌을 강하게 줄 수 있는 새로운 매체의 공간이다. 가상공간이 만들어 내는 가상현실은 점차 실제현실과 그 영역이 모호해지고 있다. 따라서 가상공간은 소리 없는 혁명을 일어 키고 있다고 해도 과언이 아니다. 기술이 원하는 바를 현실적으로 구현하는 것이라면, 가상현실의 기술적 최종목표는 인간의 오감뿐만 아니라 말초신경까지 만족시켜 주는 것이다. 이미 영국에서는 사이버펑크 파티에서 거리감과 입체영상을 제공하는 전송장치인 '브레인머신'을 통해 자신이 주문한 환각 체험을 실험한 바 있다. 그들의 육체는 비좁은 공간에 누워있지만 정신은 꿈의 매혹적인 해변에 가있을 수도 있는 것이다. 가상공간과 현실공간의 혼돈은 소위 리니지 게임에서도 증명된다. 이 게임은 만화 리니지(Lineage)를 바탕으로 국내 게임업체가 개발하여 98년부터 상용서비스를 시작한 온라인 게임이다. 12개의 서버에 서버당 최대 3천 명이 동시에 인터넷에 접속하여 게임을 할 수 있다. 주로 자신의 캐릭터로 상대방과 싸우는 게임이다. 하지만 서로 동맹을 맺거나 전쟁을 하면서 가상사회인 '리니지 월드'를 정복하는 내용으로 구성되어 있다. 게임을 하면서 상대방의 가상 캐릭터가 입고 있는 가상갑옷이나 투구, 칼 등을 몇십 만원씩에 거래하기도 한다. 게임은 분명 가상공간에서 하지만 거래는 현실공간에서 이루어진다. 경제적으로 어려운 일부 게이머들은 가상무기를 빼앗거나 훔치기도 하는 것이다. 이러한 실례는 가상과 현실의 경계 해체를 실제 증명하고 있는 셈이다. 가상과 현실의 모호성은 가상공간이 하이퍼 세계로 발전하면서 더욱 심화된다. 하이퍼 세계는 자크 아달리가 만든 용어로 현실세계의 시뮬레이션으로 혹은 현실세계의 보완으로 가상세계에서 이루어지는 경제, 정치, 사회, 문화 활동의 총체를 일컫는다.

'아이디'(Identification)[67]는 기표의 일종으로 이것으로 상대방의 성별이나 신분 등을 판별할 수는 없다. 다만 아이디 속에 내포되어 있는 단어의 의미를 통해 성의 구별이나 신분 등을 추측할 수 있을 뿐이다. 아이디는 '진짜 나'와 대립하는 개념이 아니라 '또 다른 나'이다. 나이면서 진짜 나라고 할 수 없는 아이디는 라이프니츠가 말한 모나드와 유사하다. 모나드적 아이디는 자아의 분열과 해체를 야기할 수도 있다. 이러한 생각은 나를 고정된 실체로 볼 때만 가능하다. 나라는 존재는 상황에 따라 유동적이고 다면적이며 스스로 변화하는 과정에서 정체성을 찾는다. 스스로 갱신하고 다양성의 갈등 속에서 나와 타인의 조화를 이끌어 낼 수 있다. 그러할 때 우리 문학은 참다운 민주주의로 나아갈 수 있는 것이다.

라이프니츠의 형이상학설 전부를 단자론(Monadology)이라 지칭할 수 있다.[68] 그는 이를 통하여 단자(Monad)들의 체계를 기술하려 했다. 단자론이란 수학상의 용어로 '1' 또는 '단위'를 뜻하는 그리스어 'Monas'에서 나왔다. 이 말은 '수도원의, 수도자, 독점'을 의미하기도 한다. 라이프니츠는 모든 존재의 기본 실체는 단순하고 불가분한 것이며 이를 모나드라 명명했다. 모나드

---

67) ID번호는 식별번호로 번역하기도 한다. 이는 미국 MIT의 포러스터에 의해 제안된 산업역학이론에서 도입되었다. 복수의 사용자를 갖는 컴퓨터시스템에서 이용하는 식별번호로, 이 번호에 의해서 사용자를 구별하고 사용요금을 계산한다. 이 번호는 기밀성이 없고 패스워드(Password)는 기밀성을 지닌다.

68) Michael Heim(여명숙 옮김), 앞의 책, 161~177쪽.

는 원자와는 달리 비물질적인 실체로 그 본질적인 작용은 표상(表象)으로 정의된다. 표상은 외부의 것이 내부의 것에 포함되는 것이다. 모나드는 이 작용에 의해서 자신의 단순성에도 불구하고 외부의 다양성에 관계를 가질 수 있다. 모나드에 의해 표상되는 다양성이란 세계 전체를 뜻한다. 모나드는 각기 독립되어 있고 상호간에 인과관계를 지니지 않는 특성이 있는 것이다. 하임은 단자론을 컴퓨터 매트릭스를 지지할 수 있는 존재자의 본성으로 개념화 한다. 단자론은 어떻게 가상공간이 네트워크화되고 컴퓨터화된 존재들로 득실거리는 더 큰 세계를 수용할 수 있는지에 대한 방법을 암시하고 있는 것이다. 단자론의 독립성은 '혼자 있음이나 고독'을 의미한다고 하겠다. 단자들의 활동은 내재적이며 자신의 욕구와 관념에 대한 투사행위만 가능하다. 각각의 개별단자들은 중앙시스템 단자의 덕택으로 다른 단자들과 조화를 이루면서도 각자 자기만의 분리된 삶을 살아간다. 따라서 주체 스스로는 타자의 역할을 대신하고 있는 것이다. 주체와 타자의 구별이 불분명해짐으로써 인과성이 상실되고 비선형성을 지향하게 된다. 라이프니츠의 단자론은 가상공간의 카오스적 혼돈 상태를 보여주는 것이다. 가상공간의 고립된 주체는 점차로 현실공간의 면대면(眠代眠)의 상호소통을 방해하게 된다. 때문에 공동체는 점점 그 세력을 잃어가고 부수적인 것이 되고 만다. 하지만 가상공간의 아이디와 현실공간의 주체는 각각 독립되어 있지만 상호보완적 상태로 존재한다. 하나이면서 둘이고 둘이면서 하나인 것이다.

김영하의 「바람이 분다」에서 주인공이 불법복제 CD를 팔면서 노마드적 주체로서의 아이디의 익명성은 활용된다. 빌린 주민등록번호와 이름으로 아이디를 만들어 사용하다가 일정한 시간이 지나면 바꾸는 것이다. 주인공과 등장인물인 송진영은 컴퓨터 게임에 몰입한다. 혼자서 하기도 하고 둘이 같이 즐기기도 한다. 그들은 격투사가 되기도 하고 비행기 조종사로 변신하기도 한다. 미녀 격투사로 변신한 송진영은 주인공을 구타하기도 한다.

왜 이렇게 살아요? 어느 날 그녀가 물어왔다. 예상치 못한 질문이어서

나는 조금 당황하여 그녀를 보았다. 그녀의 눈은 화면 속에 고정돼 있었
고 손은 열심히 키보드 위에서 놀고 있었다. 이렇게 사는 게 어떤 건데
요? 나 역시 같은 자세로 되물었다. 화면 속의 내가 그녀의 턱을 갈겼다.
그녀의 에너지가 줄어들었다. 그녀는 두 걸음쯤 물러나 앞차기와 돌려
차기로 반격을 가해왔다. 나는 재주를 넘으며 뒤로 피했다. 내가 사장님
이라면 이렇게 안 살 것 같아서요. 그녀가 다가와 업어치기로 나를 메치
고는 다시 발길질을 해댔다. 화면 속의 그녀가 피를 흘리고 있었다. 그
럼 진영씨는 어떻게 살 건데요? 저요? 저는 이 컴퓨터 같은 걸 다 팔아
서 여행을 갈 거예요.[69]

　두 사람의 대화는 컴퓨터 게임을 하면서 진행된다. 몸은 현실공간에 있지
만 정신은 가상공간에 더 집중되고 있다. 현실공간의 대화는 가상공간의 게
임을 통해서 전달되기도 한다. "왜 이렇게 살아요?"라는 물음에 가상공간의
나는 그녀의 턱을 갈겼다. "이렇게 사는 게 어떤 건데요?"라고 말하는 순간
가상공간의 그녀는 앞차기와 돌려차기로 반격한다. 이후 주인공의 재반격
이 시작되고 가상공간의 그녀는 피를 흘리며 쓰러진다. 그녀가 원하는 것은
컴퓨터를 팔아 여행을 가자는 것이었다. 이로 말미암아 주인공은 배낭을 메
고 비행기를 타는 상상을 하기 시작한다. 그러나 혼자 떠나는 것이 아니라
그녀 함께 하는 여행을 원한다. 여행의 의미는 밀폐된 공간의 탈출이며 타
자에 대한 배려이다. 여행의 준비는 끝났다. 그러나 동행할 그녀는 오지 않
고 바람만 분다. 주인공은 혼자라도 여행을 떠날 결심을 하지만 다시 게임
에 몰두하고 만다. 그는 여행이냐 게임이냐 라는 선택의 귀로에 서 있다. 여
행이 가상공간을 벗어나는 것이라면 게임은 더욱 집중하는 것이다. 이 두
가지의 공간 속에서 번민하는 주인공은 오늘날 모나드적 주체의 고민과 일
치한다.
　그의 또 다른 작품 「삼국지라는 이름의 천국」[70]은 두 개의 자아가 공존하

---

69) 김영하, 「바람이 분다」, 앞의 책, 82쪽.
70) 김영하, 「삼국지라는 이름의 천국」, 『호출』, 문학동네, 1997.

여 모나드적 주체의 양상을 드러낸다. 나는 자동차 외판원이지만 또 다른 나는 컴퓨터 게임 <삼국지>에서 수십만 대군을 마음대로 조종하는 유비이다. 자동차 외판원과 유비는 시간적으로나 신분상으로 동격이 될 수 없다. 자동차 외판원이 광장에서의 자아에 비유된다면 천하를 호령하는 유비는 밀실에서의 자아를 의미한다. 그리하여 광장은 부업의 공간으로 밀실은 직업의 공간으로 치환된다. 직업에 충실하는 사람은 부업에 신경쓰지 않는 법이다. 현실공간으로 비유되는 광장에서 탁월한 역량을 발휘하는 선배 김상근이나 대머리에 반골인 지점장의 잔소리도 그에겐 아무짝에도 쓸모없는 것에 불과하다. 그에게 중요한 것은 가상공간에서 즐기는 컴퓨터게임이다. 가상공간의 컴퓨터 게임에서 이루어지는 일련의 사건들이 현실공간에서 일어나는 일보다 더 중요하다. 그는 출근하자마자 집으로 돌아와 컴퓨터 게임을 한다. 그리고 퇴근시간에 맞추어 마을버스를 타고 다시 출근을 한다. 출근을 하면서도 그의 머리 속엔 다음 게임의 작전을 구상하고 있다. '오나라를 침략을 해야하는가, 강화조약을 맺어야 하는가'가 가장 중요한 관심사인 것이다. 차는 한 달에 한 대만 판다. 한 달에 한 대만 팔면 해고는 면하기 때문이다.

> 싸움은 끝났다. 모니터는 황혼이 지는 무렵, 망나니에 의해 목이 떨어지는 유비의 모습을 삼차원 그래픽으로 보여준다. 그는 한동안 그 모니터를 망연히 바라본다. 그리고는 고리 모양으로 걸려 있는 넥타이를 꺼내 목에 건다. 그리고 천천히, 아주 천천히 목을 조인다. 때묻은 셔츠의 깃이 그의 목에 완전히 밀착할 때까지. 그런 후에 그는 컴퓨터의 전원을 끄고 자신의 방을 한번 둘러본다.[71]

유비는 소설 『삼국지』 원본에서는 죽지 않지만, 게임 <삼국지>에서는 죽는다. 게임 속의 나는 관우의 배신을 도저히 용납할 수 없었다. 자신을 죽

---

71) 위의 책, 173쪽.

여서까지 배신에 대한 대가를 치루고 싶었던 것이다. 여기서 진정한 광장과 밀실의 변증법적 상황을 엿볼 수 있다. 자유로운 표현과 강한 주장 그리고 성숙하기 위한 열정을 엿 볼 수 있는 것이다. 게임 속의 관우의 배신은 현실공간의 김상근이나 지점장의 배신과 동일시 된다. 김상근은 그가 계약하기로 했던 자동차를 가로채 자신의 실적으로 만들었고, 지점장은 실적을 끌어올리기만을 강요한다.

인용문에서 컴퓨터 게임 속 즉, 가상공간에서 죽어가는 또 다른 자신을 모나드적 주체는 다성적 정체성을 말하는 것이다. 가상공간은 새로운 인간의 개념을 요구한다. 현실공간의 '나'와 가상공간의 '나'가 존재하여 다양한 정체성을 소유하게 되는 것이다. 현실공간의 '나'는 하나에 불과하지만 가상공간의 '나'는 다중인격적이다.

가상공간의 밀폐된 자아의 죽음을 경험한 주인공은 고리모양으로 걸려 있는 넥타이를 때묻은 샤츠에 메고 집을 나선다. 여기서 고리모양의 넥타이는 '빈익빈 부익부'라는 모순된 자본주의를 말한다. 모순된 자본주의라는 사회구조 속에서 샤츠에 묻은 때처럼 살아갈 수밖에 없는 자신을 반성적으로 사유하고 있는 것이다. 샤츠의 때는 언제나 씻겨질 가능을 내포한다. 하지만 씻겨질 가능성보다도 더 중요한 것은 그가 살아 있다는 것과 출근을 시도하고 있다는 사실이다.

한상의 「철수가 영희를 만났을 때」는 제목의 일상성과 작품 구조의 불안정성 및 비논리성이 약점일 수도 있다. 하지만 철수와 영희의 만남이 가상공간의 대화방에서 이루어진 점은 컴퓨터통신이 작품 소재로 널리 활용되고 있다는 사실을 증명해 보인다. 컴퓨터가 만들어낸 대화방과 노마드적 아이디의 익명성, 채팅중독, 해킹 등의 새로운 소재는 문학의 영역을 확대시키고 있다.

작품의 제목은 로브 라이너 감독의 영화 [해리가 샐리를 만났을 때][72]를

---

72) 이 영화 또한 우디 알렌 감독의 영화 [애니홀/77]을 패러디한 작품이다.

차용한 것으로 보인다. 영화에서는 '남녀 사이에 우정이란 존재하는가'라는
주제를 놓고 합리적이고 이성적으로 접근하고 검증한다. 자존심이 강한 여
기자 샐리와 남녀는 진정한 친구가 될 수 없으며 여자는 남자의 소모품이라
고 생각하는 해리는 각각 철수와 영희의 성격과 유사하다. 컴퓨터 프로그래
머인 철수는 컴퓨터통신에 접속을 하고 가상공간인 대화방으로 들어간다.

> ##김철수(COM10) 님이 입장하였습니다##
> 이영희(KUKUKU) 어서와요!!!
> 김철수(COM10) 반가와요, 영희님.
> 이영희(KUKUKU) 프로젝트 96을 개발하느라구 무척 바쁘겠어요.
> 김철수(COM10) 괜찮아요. 요즘은 영희님과 대화하는 게 저의 유일한 즐
> 거움인데요.
> 이영희(KUKUKU) 이쁘게 봐주셔서 고마워요.
> 김철수(COM10) 영희님은 좋은 분 같아요. 좀더 가까운 사이가 되었으면
> 좋겠어요.
> 이영희(KUKUKU) 저도 그러구 싶어요, 하지만……
> 김철수(COM10) 내키지 않는다면 할 수 없죠.[73]

  인용문은 가상공간이 창출한 대화방 풍경의 일부분이다. 대화방에서 채
팅을 하기 전에 컴퓨터에 모뎀이 연결되어 있는가, 통신프로그램은 설치되
어 있는가를 확인해야 한다. 이러한 것이 기본적으로 갖추어졌을 때 컴퓨터
로 전화를 걸어 채팅할 수 있다. 대화방에서는 통신회선으로 접속된 두 개
의 컴퓨터 사용자들이 키보드를 통해서 서로 대화하는 것처럼 메시지를 주
고받는 것이다. 한 쪽에서 타이핑한 내용이 다른 쪽 컴퓨터의 화면에 그대
로 나타난다.
  컴퓨터통신을 통한 철수와 영희의 대화는 신상명세를 중심으로 전개되어
상대방에 대한 호기심을 표출한다. 모나드적 아이디로 대표되는 익명성은

---

73) 한상, 앞의 책, 219쪽.

상대방을 자극하여 강도 높은 호기심과 관음증을 발동시킨다. 일상적으로 사람을 만난다는 것은 상대방과 직접 대면하는 것이 보통이다. 하지만 컴퓨터통신에서의 만남은 간접적일 수밖에 없다. 물론 간접적인 만남을 통해 직접적인 만남을 이룰 수도 있다. 이를 오프라인 미팅이라 하고 통신상의 만남을 온라인 미팅이라고 한다.

그러나 온라인선상에서의 미팅은 대부분 일회적 만남이 대부분이다. 철수와 영희의 만남도 다분히 일회적 성격을 지니고 있다. 이러한 성격은 철수의 행동에서 발견된다. 그는 영희 외에도 컴퓨터통신을 통해 혜숙, 미영 등의 이성 친구를 사귀고 있었다. 하지만 그는 새로운 대상을 찾아 방황한다. 이는 익명성의 작용을 받는 모나드적 주체의 공통점이라 할 수 있다.

실체가 존재하지 않는 가상공간에서의 도덕이나 윤리는 크게 작용하지 않으며, 현실공간에서의 만남 또한 드물게 이루어진다. 그러나 철수와 영희의 만남이 현실공간에서 성취됨에 따라 이러한 선지식은 빗나간다. 선지식이란 이해되는 내용(의미)의 선취를 뜻한다. 칸트는 자아가 경험적 인식에 속하는 것을 선험적으로 인식하고 규정할 수 있게 하는 모든 인식을 선취라고 했다. 선지식은 의미의 선취가 선행되어야 하며, 선험적으로 타고난 능력에 의해 주어진 인간 속의 어떤 것에 의해서 작품의 의미를 미리 예상할 수 있는 사고의 내용을 말한다. 그러므로 대화방에서의 만남은 일회성을 지녀 현실공간에서는 만날 수 없다는 선지식은 재고의 대상이 아닐 수 없다.

『접속』에서도 모나드적 아이디의 익명성은 작품을 반전시키면서 문학적 효과를 높여 준다. 작가의 말과 같이 그들의 존재는 문학적 도전이며 파괴이고, 그들의 행위는 문학이 아니라 단지 문화적 행위이며, 그들에게 그 어떤 사랑의 행위는 없으나 그들은 분명 사랑하고, 그것은 이 시대의 현실이다.

이 작품도 컴퓨터를 매개체로 한 가상현실의 공간이며 익명의 방인 대화방을 중심으로 주인공 황승우(bombee)와 설민지(ANTIGONE)의 낭만적 연애담으로 전개된다. 주인공과 설민지를 중심 이야기로 하여 황승우와 현옥, 여왕, 꼬꼬 사이에서 일어나는 이야기를 삽입한 삽화 형식으로 구성되어 있

다. 특히 비밀스런 연애담과 익명의 대화방은 소재와 공간의 의미로 개연성
을 높여준다. 작품은 황승우와 가깝게 지내던 형 상한이 죽었다는 사실을
전하면서 시작된다. 상한은 이미 컴퓨터 통신으로 현옥을 사귀었고, 그녀는
임신 중이었다. 상한과 현옥은 결혼까지 약속했지만 예상하지 못한 상한의
죽음은 또 다른 사건을 잉태하였다. 상한의 죽음을 알 수 없었던 현옥은 대
화방에서 상한의 아이디[bombee]를 쓰는 승우를 상한으로 잘못 알고 접근한
다. 하지만 승우로서는 현옥을 알 도리가 없다. 왜냐하면 익명의 숲으로 지
칭되는 대화방에서는 상대방 얼굴이 중요한 것이 아니라 모나드적 아이디
가 현실공간의 실제와 이름을 대신하기 때문이다. 사실 상한이 사용했던 아
이디는 승우의 아이디였다. 따라서 상한은 빌린 승우의 아이디 'boombee'로
만 현옥과 채팅을 했기 때문에 현옥이 승우를 상한으로 착각하는 것은 당연
하다.

> # 99 비공개 (3) (ANTIGONE) 빛을 찾아서……
>
> 인연이란 그런 것이었을까. 특별한 방 제목도 아니었다. 그런데도 나
> 는 무엇에 끌리기라도 한 듯이 그 방을 훔쳐보고 싶었다. 그래서 /ST99
> 명령을 내렸다. 세 사람의 이름과 아이디가 한 줄로 떠올랐다.
>
> # 99 비공개(3) (ANTIGONE) 빛을 찾아서……
> 설민지(ANTIGONE) 김은영(freegirl) 이세옥(redcaption)[74]

인용문은 두 사람이 처음 만날 때의 장면이다. 기존소설이라면 기차간이
나 바닷가 혹은미팅 등 구체적인 공간적 배경이 있겠지만 가상공간에서의
만남은 인용문에서와 같이 이루어진다. 이러한 만남은 우연이긴 하지만 같
은 시간에 접속을 해야하고 같은 방에 들어가야 한다는 시공간의 내적연관

---

74) 황승우, 앞의 책 1권, 29쪽.

을 지니기도 한다.

사고를 당하여 집에서 쉬고 있던 황승우는 컴퓨터통신 중에 설민지를 만나게 되었다. 컴퓨터가 없었더라면, 컴퓨터가 있더라도 통신을 하지 않았다면 만남은 이루어질 수 없었을 것이다. 설민지가 만든 #99번 방은 '비공개방'이다. 채팅은 공개와 비공개로 할 수 있지만 다수의 사람들과 공개적 대화를 하려면 공개방을 만들면 된다. 그러나 소수의 사람들과 비공개적 만남을 원한다면 비밀번호를 정해 비공개방을 만들어야만 한다. 설민지는 '빛을 찾아서'라는 비공개방을 개설하여 황승우를 만나게 되었지만 만약 그녀가 '미리내여! ˜'라는 비밀번호를 알려주지 않았더라면 두 사람의 만남은 불가능했을 것이다. 두 사람을 대신하는 모나드적 아이디 'bombee와 ANTIGONE'는 다만 아스키 코드에 불과할 뿐 두 남녀의 실체를 나타내는 것은 아니다. 황승우가 여자일 수도 있고 설민지가 남자일 수도 있는 것이다. 다만 방의 말머리에 붙어있는 '빛을 찾아서'라는 문맥과 서로의 아이디에서 느낄 수 있는 정보가 전부이다. 황승우의 아이디인 '봄비'라는 의미와 설민지의 아이디 '사라져 가는 것 즉 죽음을 부정'하는 이미지가 서로의 마음을 끌리게 한 것이다. 따라서 가상공간의 모나드적 아이디의 익명성은 직감과 영감까지 중요한 역할을 감당한다고 할 수 있다.

가상공간에서 시작된 승우와 은아의 만남은 현실공간으로 이어진다. 승우는 은아를 대화방에서 만난 단순한 상대자로 생각하지만 은아는 사랑한다는 자신의 속마음을 고백하게 된다. 이들은 어두운 모텔에서 만나 얼굴도 모른 채 섹스에 열중하지만, 섹스가 끝나고 불을 켜는 순간 승우는 놀라지 않을 수 없었다. 은아가 바로 대화방에서 자신과 가깝게 지내던 꼬꼬였다. 승우는 속은 것이고 꼬꼬는 속인 것이다. 가상공간의 익명성은 자신에 대한 이성적 매력을 느끼지 못하는 승우를 소유할 만큼 위력적이며 작품의 극적 반전의 기회를 제공하였다.

대화방에서 상한은 'boombee'로만 현옥은 자신의 아이디인 'loveSPED'로만 존재한다. 전술한 것처럼 이러한 모나드적 아이디의 익명성은 키보드를 치는 속도에 따라 현실공간에서 소극적 성격을 가진 인물도 적극적으로 변모할 수 있게 한다. 반면에 현실공간에서 적극적 성격의 인물도 키보드를 치는 속도가 느리다면 소극적 성격으로 전이된다. 특히 아이디의 이미지는 나의 실체를 대신하는 대리주체로 일상생활에서 느끼지 못하던 자신감을 발동시키기도 한다. 자신의 얼굴을 숨길 수 있다는 익명성은 현실공간에서의 대화보다는 선정적이고 적극적이며 솔직함을 보이기도 한다. 문자(아스키 코드)로의 대화라는 한계를 지니긴 하지만 밤을 지새우면서까지 통신을 하며, 하루만 하지 않으면 병적 증세를 보이는 네티즌이 있는 것을 보면 관심을 기울어야할 공간이라는 것은 자명해진다.

작품에서 황승우와 설민지의 채팅은 무려 6시간이나 지속된다. 가상공간의 중독성은 네티즌들에게 새로운 고민거리를 제공한다. 이는 현실세계를 그대로 재현할 수 있는 다매체로 인간의 오감을 자극하기 때문이라는 것이 통설이다. 이러한 중독증에 대비하기 위하여 인터넷 웹사이트가 개설되기도 했다. 여기에 접속하면 인터넷 중독에 대한 정의와 판단기준, 여러 가지 금단증세, 중독의 이유 등에 대한 자세한 설명을 볼 수 있으며 자가 진단도 가능하다. 중독증세는 기존의 알콜중독이나 약물중독과는 차이를 보이지만 중독이라는 측면에서는 유사한 특징을 보인다는 것이다.

「창문없는 방」에서 주인공 김민철은 컴퓨터통신을 통하여 임용진을 만난다. 김민철은 임용진의 입을 통하여 남한 공산당이 1970년 초반까지 존재했다는 사실을 알게 된다. 대부분의 사람들은 지리산 빨치산의 존재가 남한 공산당의 최후로 인식하고 있다. 따라서 임용진의 이러한 주장은 독자들을 긴장시킨다. 임용진은 계속해서 빨치산이 전멸한 후 어렵게 소집된 당원이 1954년 당시 약 10여명 정도였으며, 이들이 남한 공산당의 깃발을 다시 들었다고 말한다. 수적으로 빈약한 출발과는 달리 1970년대에는 노동자, 학생, 변호사, 정치인을 포함해서 3천여명이 넘었다는 서술은 독자들의 긴박감을 자아낸다.

임용진이 김민철에게 실토를 하게된 동기는 두 사람이 다 알고 있는 '먹방' 때문이었다. 하지만 임용진이 인식하는 먹방과 김민철이 알고 있는 먹방은 다르다. 임용진의 먹방은 자신이 수감되었던 방을 의미하고, 김민철의 먹방은 이 작품의 제목과 연관될 수 있는 '창이 없는 방'이라는 뜻이다. 창이 없는 방이란 바로 익명의 가상공간이다. 두 공간은 인간이 인위적으로 만들어 낸 공간이라는 공통점을 지닌다. 다만 현실의 감방은 육체를 구속하지만 가상공간은 정신을 구속하는 편이다. 주인공의 회상에서도 나타나지만 스스로 원하는 감금일지라도 시간이 지남에 따라 자유를 찾는 것은 당연하다. 제레미 벤담의 「판옵티콘」[75]은 전자감옥을 상징적으로 인용할 때 자주 거론되는 용어이다. 주지하듯 한 지점에서 감옥 내부를 전체적으로 다 보이도록 만든 건물을 말한다. 수감자들은 중앙의 감시자를 볼 수 없고, 옆칸의 다른 수감자도 볼 수 없지만 항상 자신은 감시당하고 있다고 느낀다. 디지털시대의 전자주민카드는 인간을 감시하는 도구라는 점에서 판옵티콘과 유사하여 전자감옥으로 비유될 수 있다. 완벽하다고 믿었던 판옵티콘의 실패는 앞으로 전개될 전자감옥의 허실을 미리 예견하게 한다.

임용진은 자신의 경솔함을 인정하지 않고 역사의 기록을 위해 사실을 고백했을 뿐이라고 하여 역사적 당위성까지 주장한다. 그는 일방적으로 통신을 끊고 일주일 후에 만나자는 전자우편을 김민철에게 보낸다.

나는 지금도 타자를 치면서 감회에 젖어있을 임용진의 얼굴을 떠올려 보았다. 근육이 그대로 드러난 앙상한 얼굴에 단단한 턱, 아마 잠시 컴퓨터 너머 창을 바라보며 눈시울이 붉어지고 있을지도 몰랐다. ……(중략)…….

"김민철씨?"

돌아다 보니 대학 3, 4학년 쯤 되었을까 싶은 예쁘장한 여학생이 내 옆에 서 있었다.

"네……, 그런데요."

---

75) Lydia Alix Fillingham(박정자 옮김), 『미셸푸코』, 도서출판 국제, 1995, 130쪽.

대답을 하면서 갑자기 불길한 생각이 들었다. 임용진이 갑자기 쓰러진
것이 아닐까, 그래서 손녀가 대신 나온 것이 아닐까.…… (중략) …….
"만나보고 싶었어요. 제가 임용진이에요."76)

위의 인용문 상단부는 컴퓨터통신을 하면서 자의적으로 그려본 임용진의
모습이다. 이미 노인이 되었을 임용진은 그야말로 전형적 공산주의자의 모
습일 것으로 생각한다. 과거의 감회에 젖어 있을 임용진의 앙상한 얼굴과
단단한 턱은 그의 이미지를 그대로 묘사한 것이다. 이러한 생각으로 임용진
을 만난 주인공은 자신의 선지식을 수정하지 않으면 안되었다. 자신의 기대
지평(사전지식)이 가상공간의 모나드적 아이디의 익명성에 의해 완전히 배
반당하는 순간으로 현실과 비현실이 교차, 혼동되는 지점이다. 야우스는 독
자의 기대를 문학작품의 구성요소로 보기도 한다. 기대지평에는 선험적이
고 상식화되고, 이미 습득된 지식 모두가 포함되어 있다고 하겠다. 여대생=
임용진은 전혀 예상하지 않았던 현실이었다. 이러한 순간 독자들의 극대화
된 긴장감은 해소되고 카타르시스를 경험한다. 카타르시스를 통하여 마음
속에 억압되어 있던 감정은 소멸된다. 이러한 상태에서 오는 균형감과 안정
감은 우리 인간의 정신적 건강에 도움을 준다고 할 수 있다. 임용진은 소설
을 쓰고 있는 여대생이었다. 그녀는 소설 속에서 할아버지, 아줌마, 남학생
으로 변신할 수도 있는 것이다.

요컨대 노마드적 주체로서의 아이디는 가상공간을 무법천지로 만들 수
있는 가능성이 없는 것은 아니다. 그러나 독자들의 창작 심리를 유발시키기
도 하고 문학작품의 새로운 소재로서 기여하는 바가 크다. 컴퓨터가 만들어
낸 대화방과 노마드적 아이디의 익명성, 채팅중독, 해킹 등은 소설의 새로
운 소재이다. 가상공간의 아이디는 타자에 대한 배려와 다성적 정체성을 지
닌 주체로 기능한다. 그리하여 현옥의 혼란과 임용진의 배신은 가능했다.
특히 키보드를 치는 속도에 따라 소극적인 성격이 적극적인 성격으로 변화

---

76) 이태직, 「창문없는 방」, <하이텔>(go story)

하기도 한다. 통신중독이라는 새로운 고민거리를 제공하기도 하지만 가상
공간과 현실공간의 상호작용으로 극복할 수 있을 것이다. 대화방과 노마드
적 아이디의 익명성에 의한 반전은 작가의 창작역량을 높여주어 기대 이상
의 효과를 얻게 된다. 따라서 앞으로 작가들이 주목해야할 부분이라 하겠
다. 가상공간의 모나드적 아이디에는 육체의 흔적을 찾기는 어렵다. 인종,
성별, 나이 등의 현실공간이 고정된 관념은 무효화되고 만다. 기존의 나만
을 인정하던 단성적인 주체는 또 다른 나를 인정하는 다중주체 혹은 복수주
체로 변신을 시도한다. 이러한 과정을 통하여 고정 불변한 나는 유동적이고
다면적 상황에서 스스로 변화하면서 새로운 정체성을 찾게 되는 것이다.

3) N세대와 새로운 정체성

세대란 어떤 연대(年代)를 갈라서 나눈 층으로 약 30년을 한 구분의 연령
층으로 나눈다. 'N세대'(Net Generation)란 인테넷 세대를 말하는 것으로 돈
탭스콧의 『N세대의 무서운 아이들』[77]에서 언급 되었다. 그가 말하는 N세
대는 디지털시대에 자라나는 아이들 즉 4세부터 20세전후를 말한다. 이들은
인터넷으로 대표되는 가상공간의 주역으로 성장하고 있다. 그의 말대로 N
세대들은 디지털과 네트워킹 기술의 영향력 아래 성장하면서 물리적 시공
간의 개념을 무의미하게 만들어 버리는 새로운 차원의 시공간의 개념을 인
식하고 있다. 박노해[78]는 N세대를 신세대 개념에 포함시켜 논의한다. 이들
문화의 특징은 3N, 다시 말해 새것(New), 지금(New), 네트워크(Net)로 여기
에는 긍정성과 부정성이 공존하고 있다. 그야말로 인간은 고립된 개인이 아
니라 관계의 그물망 속에서 존재한다. 점점 세상이 복잡해지고 정보가 넘쳐
나는 미래에는 내가 독립적으로 잘 하는 노하우 능력을 갖는 것보다 '누가
잘하는 사람인지', 문제를 해결할 답과 내용이 '어디에 있는지'를 알고, 서
로 연대하고 조화를 이루는 능력이 더 중요해질 수밖에 없다. 결국 우리가

---

77) Don Tapscott(허운나 외 옮김), 『N세대의 무서운 아이들』, 물푸레, 1999.
78) <중앙일보>, 1999년 5월 31일자

자기 자신을 변화시킬 용기와 의지가 있느냐가 중요하게 되는 것이다.

최근의 텔레비전은 일방향에서 양방향으로의 변화를 추구하고 있다. 이러한 노력에도 불구하고 그 영향력이 점차 줄고 있음은 불가피한 상황이다. 컴퓨터가 텔레비전 앞에서 시간을 보내는 사람들을 빼앗아 가기 때문이다. 텔레비전의 수동적 성격과 진부한 특징으로 인하여 점점 텔레비전에서 멀어지고 있다. 텔레비전을 떠나는 이들은 컴퓨터 앞에서 인터넷과 게임에 몰입하고 있는 것이다.

오늘날은 정적인 텔레비전에서 동적인 인터넷으로 매체가 이동하는 시대인 것이다. 텔레비전의 일방향성은 사람을 멍청하게 만들지만 인터넷의 양방향성은 정신을 집중하지 않으면 활용할 수가 없게 한다. 앨버트 프리모는 다음 세기엔 인터넷이 텔레비전, 라디오, 신문 등 기존 매체와 어깨를 겨루는 주류 매체로 성장할 것으로 예상하고 있다. 이미 인터넷의 매체적 확장은 기존의 주류매체와 비교할 수 없을 만큼 성장하고 있는 현실에 직면하고 있다. 인터넷은 상호의사 교류의 형태인 양방향성을 취하며 전세계 어느 곳, 누구와도 소통할 수 있기 때문이다.

인터넷에 정보쓰레기가 많다고 하지만 그것은 가공하지 않은 데이터를 말하는 것이다. 가공과 정리작업을 거친 데이터이어야만 정보의 가치를 지닌다. 정보는 그 자체로 지식이 될 수 없다. 의미를 분석하고 해석과정을 거치면서 지식이 되는 것이다. 돈 탭스콧은 '평가 시스템'이 쓰레기 정보를 예방할 수 있을 것으로 판단하고 있다. 평가 시스템이 신뢰성이 있고 정확한 정보를 찾고자 하는 모든 사람들에게 지침서를 제공한다는 것이다. 월드와이드웹의 발명자 팀 베르네르 리는 이러한 정보를 위한 정보의 탄생을 새로운 문명의 시작으로 인식하고 있다.

문화게릴라로 지칭되는 김영하는 386세대이면서 N세대와 유사한 기질을 보인다. 특히 그의 작품에 등장하는 인물들은 대부분 N세대적 특징을 지니며 작가를 대변하는 편이다. 그는 가상공간을 통해 작품을 발표했으며 현재도 미완성의 글을 가상공간에 올린 뒤 독자들과의 상호소통을 유도하고 있다. 인터넷 홈페이지를 통해 독자의 의견을 듣고 작품을 수정하는 것이다. 그는 문학상 시상대에 귀거리를 달고 오를 만큼 자유분방하게 살아간다. 이러한 일탈적인 행동에서 그 놀라운 상상력이 발현되는 셈이다. 그는 소설쓰기의 매력을 다른 사람과의 협업없이 혼자 세계를 만들어 자신의 방식대로 세상을 향해 얘기하는 것으로 본다. 더구나 현실공간의 자연보다 오히려 가상공간을 더 중요시 여긴다. 탁 트인 들판보다도 글자가 빽빽한 컴퓨터 모니터를 보는 것이 더욱 마음이 편하다는 입장이다.

그는 자신이 가장 즐기는 경계는 '현실과 상상 사이의 경계'라고 공공연히 말한다. 때문에 몸으로 경험하지 않았다고 해서 리얼리티가 없다고 보는 현실적 관점을 부정하는 것이다. 386세대가 즐기던 흑백 모니터의 갤로그나 슈팅게임이 칼라 모니터와 3차원 그래픽의 스타크래프트 등으로 바뀌었지만 양세대는 여전히 게임에 집착한다는 특징이 있다. 이들은 폭력적인 컴퓨터 게임을 좋아하면서도 나쁜 영향을 받지 않았다고 말한다. 오히려 생활 속에서 받은 스트레스를 풀 수 있다는 것이다. 양세대는 영상매체의 영향권에서 벗어나지 못하며 급격하게 변화되는 통신수단을 경험하고 있다.

그의 『엘리베이터에 낀 그남자는 어떻게 되었나』에서는 N세대 주인공 정수관이 등장한다. 이 작품은 주인공이 엘리베이터에 낀 남자를 본 아침부터 저녁까지의 이야기로 전개된다. 속도감 있는 전개는 독자들의 독서행위를 지속시킬 뿐만 아니라 긴장 속으로 몰아 넣는다. 면도하는 도중에 면도기의 절단, 엘리베이터에 낀 남자 발견, 지갑 없이 버스 승차, 교통사고, 성희롱자로 오해받음, 엘리베이터에 갇힘, 브리핑후의 핀잔 등의 일련의 사건은 하루동안 감당하긴 너무나 벅찬 일이었다. 이러한 유형의 작품에서 독자들의 다음 장면에 대한 호기심이 지속되기는 마련이다. 하지만 끝장면까지 엘리베이터에 낀 남자가 어떻게 되었는가에 대한 정답은 없다. 무관심한 현대인의 일상사를 보여주면서 이웃에 대한 관심을 촉발시켰지만 그 관심의 대가는 너무 가혹하였다. 더구나 사람들은 주인공에게 있었던 일에 대하여 믿어주지 않는다. 이 작품은 N세대의 가치관과 세계관을 보여주고 있다. 이웃에 대한 무관심과 서로 신뢰하지 않는 극단적 개인이기주의를 발언하고 있는 셈이다. 우연은 우연으로 끝났을 뿐 필연이 개입될 여지가 존재하지 않는다. 그렇기 때문에 작품은 완전히 밀폐된 N세대의 일상사를 보여주면서 반성의 경종을 울리고 있는 것이다.

그러나 "극단적 독립심, 감정적, 지적 개방성, 포용성, 자유스러운 표현과 강한 주장, 혁신, 성숙하기 위한 열정, 탐구심, 성급함, 기업적 이익에 대한 민감성, 사실 확인과 신뢰"[79]라는 N세대의 문화적 특징은 새로운 정체성을 만들어 낸다.

김영하는 호출기나 컴퓨터게임, 광고, 비디오 아트에서 영감을 받은 메타포와 상징을 통해 현대의 일상을 해부한다. 그의 작품 「호출」은 N세대가 주동인물이며 제재로 호출기가 사용되었다. 작품의 전개부분부터 호출을 할 것인가 말 것인가로 긴장감을 자아내지만 끝내 호출은 이루어지지 않고 호출할 대상조차 허구로 판명된다. 호출기는 있지만 호출에 응할 사람이 없는 것이다. 오직 자신뿐이다. 호출기는 그 누구에게도 준 적이 없는 작가의 상상 속에서 발생된 사건에 불과하다. 소유자인 자신의 점퍼 속주머니에 있었던 것이다. 이 작품은 '풍요 속의 빈곤'이라는 말처럼 밀폐된 공간 속에서 살아가고 있는 현대인의 비극을 암시하고 있다. 하지만 이러한 비극은 비극 자체로 끝나지 않는다. 전술한 바와 같이 N세대는 간섭을 싫어하는 강한 독립심을 지니고 있다. 수동적으로 받아들이기만 하던 기성세대와는 달리 이들은 인터넷을 여행하여 스스로 정보를 탐색하면서 적극성을 길렀다고 하겠다. 정보의 홍수에 빠져 허득이지 않고 자신에게 적당한 정보를 선택할 수 있는 판단력을 갖추고 있다는 사실이 중요하다. 더구나 이들은 인터넷과 상호작용을 하면서 고립되지 않고 상대방을 이해하는 포용력까지 갖추고 있다. 인터넷의 양방향성은 자기소외의 상태를 벗어나 개성이나 인격 그리고 새로운 주체성을 만들어 내고 있는 셈이다.

---

79) Don Tapscott(허운나 외 옮김), 앞의 책, 125∼141쪽.

그의 작품은 말한 바와 같이 N세대가 주인공으로 등장하며 주로 일탈적인 소재가 채택되어 본격문단에서는 가벼운 것으로 치부된다. 작가는 현대인은 모니터가 주도하는 삶에 빠져 있다고 본다. 인간이 모니터를 만들고 조정하는 것이 아니라 그 반대라는 것이다. 그는 모니터를 켜야만 마음의 안정을 얻는 N세대들의 삶을 문학적으로 형상화시킨다. 하지만 독자대중의 목소리를 놓치지 않고 가벼움 속에 무거움을 포용하여 삶에 대해 반성적으로 사유하고자 한다.

작가는 80년대 대학시절에 시위대에 참여하여 민족의 주체성을 정립하고자 했다. 그러나 90년대를 살아가면서 역사와 시대와 민족의 개념틀이 자신을 떠난 것으로 생각한다. 이는 활시위는 당겨졌지만 겨눌 과녁이 없다는 말이다. 최루탄 연기가 사라진 상황에서 활시위는 더 이상 팽팽해질 당위성이 없어진 것이다. 그에게 중요한 것은 거대담론이 파편화 된 상황의 빈자리를 어떻게 채울 것인가이다. 그리하여 기존의 리얼리즘 소설을 부정하는 자리를 자신의 출발점으로 삼았던 것이다. 아울러 컴퓨터의 끊임없는 버전업 욕망이나 작품에 등장하는 가벼운 소재들을 현대인의 삶을 효과적으로 파악할 수 있는 매개체로 보고 있다. 그는 철저히 당대적인 작가가 되고자 한다. 주지하듯 이 시대의 시대정신은 디지털이다. 이러한 시대정신을 충족시키기 위해서는 창조적일 뿐만 아니라 전폭적 상상력을 발휘하는 것이 필수적이다. 그가 가상공간의 문학영토에서 탄생하였다는 것과 그의 작품이 기존의 보편적 인식의 틀을 파괴하고 나왔다는 것은 우리 소설사의 커다란 문학적 사건임에 틀림없다. 문학의 역사를 되돌아볼 때 기존의 인습을 파괴하지 않고서는 성공적인 작품이 생산된 경우는 드물다. 기존의 틀에 저항하고 대결하는 정신에서 위대한 작품이 탄생되기 때문이다.

김영하는 소설을 창작하거나 살인을 하는 것이 이 시대에 신이 되고자 하는 사람이 갈 수 있는 길로 본다. 이러한 그의 생각은 실제 작품에서도 그대로 투영되어 나타난다. 작품의 등장인물을 작가나 살인자 또는 살인보조업자로 형상화시키는 것이다. 『나는 나를 파괴할 권리가 있다』[80)]에 등장하는 주인공의 직업은 자살보조업자이다. 정확히 말한다면 다른 사람이 자살하도록 도와주는 역할을 수행한다. 주인공을 자살보조업자로 설정함은 그야말로 신이 되고자 하는 강렬한 욕망을 표출하여 인간의 새로운 정체성을 만드는 것과 다르지 않다.

모리스 블랑쇼는 문학이란 죽을 권리라고 말한다. 그에게 문학이란 불꽃이다. 마치 한 자루 촛불이 자신을 태워 어둠을 밝히듯이 살아있는 불꽃은 육신을 불살라 생명을 얻는 것이다. 삶과 죽음은 항상 교차된다. 삶이 곧 죽음이요, 죽음이 곧 삶인 것이다. 이른바 '색즉시공 공즉시색'(色卽是空空卽是色)이다. 그리하여 죽음의 매혹을 통해서만이 순수한 삶의 노래가 시작되는 것이다. 그것을 통해서만이 우리의 삶의 모험을 무한히 이야기할 수 있기 때문이다.

우리 소설사가 죽음에 대해 인색한 태도를 보인 것은 사실이다. 이러한 죽음의 문제를 수면위로 끌어올려 미학적으로 접근하고 있는 소설적 태도는 높이살 만 하다. 금기에 대한 타파의 욕망은 평범한 모든 작가에게 주어지는 것은 아니다. 김영하는 죽음의 충동을 한국적 특질이라 말한다. 미학적 죽음에 대한 관심은 현대를 선과 악, 진실과 거짓보다 미와 추라는 개념틀의 시대로 인식하기 때문이다. 그는 우리 소설사가 뜨거운 감자로 취급하는 죽음의 문제에 대해 심도있게 접근하고 있는 것이다.

그의 대부분 작품은 죽음의 미학을 다루고 있다. 달리 말하면 미학적인 죽음을 맞이하고자 한다. 죽음이야말로 인간이 자신의 정체성을 증명할 수 있는 유일한 길이라는 입장이다. 그의 작품에 등장하는 살인자들은 흉악한 범죄자의 차원을 벗어나고 있다. 작가나 시인, 평론가, 은행원, 회사원 등 일상적 인물 모두가 살인자가 되는 것이다. 그러나 그는 결코 죽음 예찬론자는 아니다. 그렇다고 죽음을 두려워하지도 않는 것으로 보아 죽음을 우리의 삶의 일부로 파악하고 있는 셈이다. 살아가면서 죽음을 생각하지 않는 사람

---

80) 김영하, 『나는 나를 파괴할 권리가 있다』, 문학동네, 1996.

은 없을 것이다. 작품에서 현대인의 죽음에 대한 욕망 즉 죽음에 대한 병리적인 집착을 부조리한 상황으로 표현하고자 한다. 하지만 작품에 설정된 죽음은 주인공을 벗어나 있다. 그는 자신의 소설 인물들은 자신을 애무하는 나르시스트들이라 말한다. 그들은 달리는 차창 밖으로 사라지는 풍경을 보듯 현실의 파편만 바라본다는 것이다. 하지만 등장인물들의 편집증을 통해 우리 사회 저변의 문제에 천착하고 있다.

크리스토퍼 라쉬는 모든 시대가 독특한 병리 형태를 발전시키고 있는 것을 사회의 저변에 있는 성격 구조를 과장된 형태로 표시하기 때문인 것으로 보고 있다. 아울러 소유욕, 일에 대한 광적인 몰두, 그리고 관능의 맹렬한 억제를 자본주의 체제와 관련된 나르시시즘적 특질로 파악했다. 더구나 '세네트는 나르시시즘이란 자기 예찬보다는 자기 증오와 더욱 많은 공통점을 가지고 있다는 점'을 상기시킨다. 이는 바로 "나르시시즘은 본질적으로는 자기 사랑이라기 보다는 공격적 충동에 대한 방어임을 드러내"[81]는 것이다. 이러한 나르시시스트는 자기 승화에 대한 노력이 결핍되어 있는 듯이 보인다. 하지만 나르시시스트가 밀실로 들어감은 다시 광장으로 되돌아오기 위한 과정에 불과하다. 광장에서 밀실로의 공간이동은 퇴행을 의미하는 것은 아니다. 오히려 금제와 범제의 변증법적 행위를 보여주는 것과 마찬가지다.

이러한 인물들은 남진우의 말처럼 허무주의의 깊숙한 세례를 받았으면서도 감상적인 상실감이나 냉소주의로 치닫지는 않는다. 이는 그의 작품에서 주인공은 죽지 않고 보조인물만 죽는다는 데서도 확인된다. 주지하는 바와 같이 그의 주인공은 여행을 하거나 소설쓰기를 시작하면서 새로운 정체성을 재구성하는 것이다.

황세연의 『나는 사랑을 믿지 않는다』[82]에서 내가 믿지 않는 대상은 신일

---

81) R. Christopher(최경도 역), 『나르시시즘의 문화』, 문학과지성사, 1989, 51~52쪽.
82) 황세연의 『나는 사랑을 믿지 않는다』는 홍익출판사와 천리안이 제정한 제2회 컴퓨터통신문학상으로 선정되었다가 1996년에 출간된 작품이다. 문학상 수상 당시의 제목은 『붉은 비』였으나 출간하면서 제목을 바꾸었다. 이 작품은 1995년 9월 14일부터 동년 11월 1일까지 천리안에 연재되었다. 컴퓨터통신문학상 수상

수도 있고, 인간일 수도 있다. 작품에 등장하는 주인공 강진숙과 강거북은
원초적 죄를 타고난 일란성 쌍둥이 사내아이다. 하지만 진숙은 여자로 거북
은 남자로 생활해야 한다는 신탁을 받는다. 고아나 다름없이 생활하던 중에
거북은 급류에 휩쓸려 실종되고 진숙은 사촌인 가은과 살아간다. 진숙은 대
학에서 학생운동을 하던 조국발의 사랑을 받지만 신체적 여건 때문에 뜻을
이루지 못해 성형수술과 성전환 수술을 받고 돌아온다. 이후 미모의 여성을
골라 잔인하게 죽이는 연쇄살인 사건이 일어난다. 경찰은 이 사건을 해결하
지 못하여 사건은 오리무중에 빠진다. 이러한 상황에서 범죄 심리 전문가인
김세준은 논문 자료 수집차 귀국하고 최반장에게 정신병의 유전성과 범죄
유전론, 범죄 환경론, 범죄의 자아 의지론에 대하여 강의한다. 또한 자신의
본명은 강거북이며 연쇄 살인사건이 강진숙에 의해 저질러졌음을 밝힌다.

원초적인 차별에 대한 투쟁은 끝나지 않았다.
― 시지프 ―83)

「제도적인 것은 폐지되었겠죠. 하지만 원초적인 것은 폐지되지 않았다
고 봅니다. 부모나 환경을 잘 만난 사람은 그로 인해 출발부터 유리한
조건에서 시작하겠지만, 반대로 부모가 못나고 못가진 죄로 그 자식이
불리한 조건에서 불이익을 받는 것은 연좌제가 아니라고 봅니까?」……
(하략)……84)

위의 인용문은 강진숙에 의해 방송국이 전소되고 난 후 작품의 결말부분

작품으로 선정되기까지의 경위를 살펴보면 심사위원간의 이견이 많았음을 알
수 있다. 컴퓨터문학상과 추리문학상이 유사해져 차이점이 없다는 지적이다. 다
시 말하면 이 작품은 추리문학상으로 적당하다는 것이다. 추리적 성격을 지닌
작품이라고 문학상에서 제외됨은 옳지 못하다. 문학상을 받을 수 있는 작품은
문학장르에 구분 없이 작품의 문학성 유무에 그 기준이 있어야 할 것이다.

83) 위의 책, 325쪽.
84) 위의 책, 11쪽.

에 나오는 구절로, 원초적 차별에 대한 투쟁을 계속할 것이라는 의지를 드러내고 있다. 경찰은 방송국이 전소될 때 강진숙도 같이 죽었다고 결말을 내렸지만 시지프의 편지가 배달된 것이다. 시지프는 진숙이 살인을 하고 난 후 남기던 별칭이다. 카뮈는 시지프를 가장 인간답다고 표현했다. 카뮈의 말대로라면 신을 속였다는 죄로 바윗돌을 정상에 올려야만 하고 올려놓으면 다시 산 아래로 굴러 내려가고 또 올려야만 하는 모순을 되풀이하는 인간이 가장 인간답다는 이야기다. 신의 입장에선 가장 무익한 노동을 되풀이하는 인간이지만 카뮈는 고차원적인 충실함을 인간에게 가르치고 있다. 자신의 노동이 의미 없음을 인식하기보다는 정상을 향해 꾸준하게 노력하는 그 자체에 인간의 행복이 있다는 말이다. 일란성 쌍둥이로 태어나면서 형이었기 때문에 여성적 삶을 강요받았던 강진숙은 분명 시지프와도 같은 원죄를 지녔다.

강진숙은 자신을 사랑하던 조국발과 임정현의 죽음을 경험했다. 그는 자살을 생각하지 않을 수 없었다. 선천적으로 타고난 신체적 여건 때문에 사랑을 받아들일 수 없었으며, 두 남자를 죽음에 이르게 했기 때문이다. 자살한다는 것은 신에 대한 일종의 반항이다. 신의 피조물이길 거부할 뿐만 아니라 부정하는 것이며 원죄를 거부하는 행위라 할 수 있다. 진숙은 자살하지 않는다. 자신이 자살하고 난 후의 세상은 신의 특혜를 받은 자들만의 것이 될 것이라는 예상 때문이다.

이 작품의 특성은 신에 의해 주어진 원죄를 거부하고 인간의 새로운 정체성을 찾는 것이다. 원죄를 거부한다는 것은 신을 부정하고 인간의 정체성을 재구성한다는 뜻으로 이해할 수 있다. 신에 의해서 운명 지워진 자신의 권위에 대한 저항이다. 강진숙이나 임정현은 공통적으로 신을 믿지 않으므로 현실사회 또한 인정하지 않으려 한다. 이러한 사고방식을 지닌 이들은 현실에 적응할 수 없을 뿐 아니라 현실을 벗어나기도 어렵다. 현실을 벗어난다는 것은 죽음을 의미한다. 임정현은 죽음을 당하지만 강진숙은 자살을 하거나 타살되지 않는다. 신에 의해 버림받았다고 믿는 강진숙은 신의 권위에 도전하여 새로운 정체성을 찾고자 한다. 그녀의 행위는 컴퓨터 글쓰기와 내적 연관성을 지닌다. 컴퓨터를 매체로 하는 새로운 글쓰기는 진숙이 원죄를 거부하듯 현실공간을 과감하게 벗어나야 한다.

사이버소설 중에서 가장 화제가 되었던 작품은 이우혁의『퇴마록』[85]이라는 것을 부인할 수 없다. 1백만 권 이상 판매되었기 때문에 본격문단에 충격을 가한 작품으로 평가할 수 있다. '퇴마록 신드롬'은 N세대의 특징과 독서 방향을 적절하게 제시하였다. 현실에서 주체를 잃어버린 N세대의 자아들은 가상현실에서나마 자기 정체성을 찾으려 한다. 다양한 심리적 압박이나 스트레스에 시달리는 디지털시대의 자아들은 항상 욕구불만이며, 이러한 불만을 대리 만족하고자 하는 욕망은 끊임없이 반복된다. 또한 컴퓨터문단에 작품을 올리는 즉시 나타나는 독자의 실시간적 반응도 퇴마록 신드롬 창출에 일조했을 것으로 분석된다.

『퇴마록』은 이우혁의 첫 작품으로 '재미'를 강조하는 창작관에 주목해 볼 만하다. 왜냐하면 아무리 좋은 작품이라도 독자가 흥미를 느낄 수 없다면 무용지물일 뿐이며, 작품이 독자에게 말을 걸어올 때 비로소 참된 문학의 장이 열리기 때문이다. 작가 또한 "아무리 훌륭한 문학성을 가진 작품이라도 재미가 없다면 독자에게 다가갈 수 없다"[86]고 주장한다. 아울러 허황되

---

85) 『퇴마록』은 1993년 7월 하이텔문학관의 '납량특집란'에서 첫선을 보였다. 이후 94년 1월에 국내편 1. 2권이 동시에 출간된 뒤 95년에는 『퇴마록 해설집』이 출간되기고 했다. 그리고 2000년 3월에 말세편 3권을 끝으로 대단원의 막을 내렸다. 『퇴마록』은 국내편 3권, 세계편 4권, 혼세편 6권, 말세편 3권 등 총 16권이 종이책으로 출간되었다.

86) 이우혁은 작품 서문에서 "『퇴마록』은 괴기소설이나 심령소설이라는 사람도 있고, 무협지 같다는 의견도 많다. 또는 심리적 글이라는 말도 있고, 휴머니즘 소설(?)이라는 소리도 들어 보았다.…… 중략……. 우리가 살고 있는 이 시대, 이 장소에서 벌어지는 일들이다. 또한 거짓말처럼 들릴지도 모르지만, 현재까지 알려져 있기는 하나 대부분 사람들이 믿어주지 않았던 사건이나 수법, 주술 등을 모두 실존하고 있는 것이라 가정하고 글을 썼다. 내 스스로 창작이라 언급한 몇 가지의 주술 등을 제외하고는 동, 서양의 종교나 전설, 또는 사례담 등에 나와있는 것들을 토대로 삼았고, 참고문헌도 절대 소설과 같은 순수 창작물은 이용하

게 생각될지 모르는 이야기들에다 자신이 느낀 감정이나 사건 등을 결합시키려는 시도가 자신이 한 일의 전부였다고 말한다. 허황된 것이 가상이라면 작가가 한 일은 이를 실존화 시키는 작업이다. 그는 가상을 실존화 시키면서 작품의 휴머니즘적 성격을 투영하였다. 작품 내용 중에는 흥미위주로 사람을 죽이는 잔혹한 장면이 거의 없다는 점에서도 인간성을 존중하고 있다는 것을 증명할 수 있다. 실제로 휴머니즘으로 대표되는 인간주의, 인문주의, 인본주의는 인간다움을 존중하는 것이라 할 수 있다. 휴머니즘은 중세 이래 신학 중심의 학문체계에 반대하여 좀더 인간다운 학문을 위해 출현하였다. 키케로가 인간다움이란 말을 처음 사용할 때 인간성의 이상 전체를 의미했던 것이 아니라 다만 문명인만이 가질 수 있는 우아함 정도의 의미였다. 그러나 이러한 좁은 의미에서 인간다움의 본질은 자기중심이나 자국중심주의에서 벗어나 자기 초월의 의지를 표출함으로써 자기를 실현해 나가는 것으로 전이된다.

　작가는 대중들이 관심을 갖는 신비적 요소에서 소재를 찾고 사건 전개방법으로 역전구조를 빈번히 사용한다. 평범한 독자들이 무섭게 여기는 귀신은 무섭지 않게 나타내고 오히려 사람을 무섭게 서술하고 있다. 작품에는 수많은 각주가 붙어 있으며, 작가는 악령이나 시체역으로 등장할 인물의 이름을 공개적으로 모집하여 독자가 직접 작품에 참여하도록 유도하였다. 이러한 각주 사용이나 등장인물명, 독자의 참여를 요구하는 것 등을 통하여 작품의 실험정신을 엿볼 수 있다. 전통적인 의미의 글쓰기와 독자의 기대지평[87]을 파괴시키면서 새로운 문학적 사건을 만들어 내었다. 아울러 낯설고

지 않았다. 그러한 허황되게 생각될지 모르는 이야기들에다 본인이 느낀 감정이나 사건 등을 결합시키려는 시도가 내가 한 일의 전부였다고 생각한다"고 말한다.

87) 기대지평이란 야우스가 수용미학이론에서 말하는 개념이다. 즉 창작 작품에 대하여 수용자(독자)가 지니고 있는 이해의 범위(한계)를 가리킨다. 이는 체험의 지평, 전통의 지평, 이해의 지평 등으로 구분되기도 한다. 수용미학은 이 기대의 지평을 이해하는 것, 구별하는 것, 분석하는 것, 그리고 구성요인을 밝히는 것이다. 따라서 작품 수용이란 작품이 전제하고 있는 '기대의 지평'을 재구성하는

이질적인 소재와 극적 반전, 상식을 뒤엎는 사건 전개, 서스펜스 등이 독자의 흥미를 끌었다. 이 작품은 퇴마사(退魔師)들이 악령이나 사악한 주술에 걸려 고통받는 사람들을 도와준다는 내용으로 서술된다. 카톨릭에서 파문당한 50대의 박윤규 신부, 동생을 잃고 복수를 꿈꾸며 기공술과 무예를 연마한 청년 이현암, 부적술과 주술에 능한 고아소년 장준후, 투시력을 발휘하는 처녀 현승희가 주인공으로 등장해 국내는 물론 세계 각국을 손바닥처럼 돌아다니며 활약하여 시공간의 개념을 무색하게 한다.

작가는 무협소설과 유사하다는 독자들의 반응에 무관심한 편이다. 독자들이 소설을 보고 재미있다고 생각하면 그것으로 만족한다는 태도다. 작가는 소설을 쓰기 위해 200여 권의 관련서적을 독파했다고 한다. 술과 섹스 등의 장면도 나타나지 않는 것으로 보아 기존의 무협소설과는 다르다. 사회가 안정된 선진국일수록 과학소설이나 추리 공포물에 관심을 가진다는 것은 사실이다. "선진국은 추리소설류의 출판이 상당부분을 점하고 있으나, 러시아나 중국을 비롯한 동구권 사회주의 국가에서는 불모지"[88]로 남아 있다.

조선일보에서는 『퇴마록』을 1995년에 가장 실망한 책으로 선정하여 독자들의 광적 열기와는 대조적인 통계 수치를 발표했다. 이러한 통계 수치의 조사방법상에 문제가 없지 않다. 친숙한 독서 지평에 익숙한 독자들은 새로운 작품에 대하여 저항하는 독자 성향을 지닌다. 기존 독서 형태에 안주하고 싶어하는 심리를 지속하면서 새로운 것을 받아들임은 현재 자신의 상실을 의미한다는 착각에 빠진다. 하지만 퇴마록 신드롬은 이러한 독자 성향의 한계를 극복하고 N세대 독자들의 독서 지향점을 사이버소설이라는 새로운 장르로 전이시켰다. 이러한 과정에서 독자들은 자신의 정체성을 스스로 탐색할 수 있게 되는 것이다.

것을 전제로 한다.

차봉희, 『현대문예사조 12장』, 문학사상사, 1981, 254~255쪽.

88) 정영자, 「21세기, 한국문학의 역할과 책임」, 『제2회 국제문학 심포지엄 논문집』, 한국비평문학회, 1996, 53쪽.

이처럼 디지털시대 이전의 "주체는 대면적 상호작용에 의해 주체의 위치가 공동체내에서 정확히 규정되기도 하고, 개인적 정체성이 추상적 상호작용의 그물 속에서도 그 특성을 명세화하는 육체의 흔적"[89]을 남겼다. 그러나 N세대의 주체는 "육체의 흔적을 요구하지 않으며, 익명성의 보장 속에서 타자화된 형태로 정체성을 재구성"[90]할 수 있는 것이다. 글쓰기의 타자화와 작가의 주체성 훼손은 주체의 소멸이라는 부정적 측면보다는 역동적인 복수 주체의 다성적 글쓰기라는 긍정적 측면으로 이해되어야 한다. 결국 N세대의 "자아는 끊임없이 어떤 부재를 향해"[91]지속적으로 움직이는 것이다.

N세대는 인간의 원죄를 거부하며 있을 법한 현실을 바탕으로 하는 글쓰기의 과감한 탈출을 시도한다. 아울러 원죄를 거부하고 인간의 정체성을 탐구하며, 디지털시대의 새로운 질서를 구해 내고 있다. 그들은 이러한 작업을 통하여 인간의 상실된 정체성을 새롭게 재구성하고 있는 것이다.

3. 디지털 리얼리즘과 재현의 확장

1) 새로운 현실성과 소설적 진정성

가상공간은 전자장치의 도움이 필요하다는 의미에서 전뇌공간(電腦空間)으로 번역하기도 한다. 이 공간은 인간의 두뇌와 컴퓨터 및 통신망을 전자장치로 연결하여 만들어 낸다. 여기에 필요한 도구가 심스팀(Simstm)이다. 이것은 깁슨의 『뉴로맨서』에 나오는 용어로 육체를 벗어나 정신의 세계로 몰입할 수 있게 하는 기구이다. 가상공간은 현실이 아니라 두뇌 속에 펼쳐지는 또 다른 우주를 뜻한다. 여기서 말하는 또 다른 우주란 우리의 상상 속이나 환상 속을 말하는 것이다. 하지만 오늘날의 가상공간은 현실공간과

---

89) 박형준, 앞의 책, 20쪽.
90) 위의 책, 21쪽.
91) 김정란, 「미완의 테트락티스, 또는 비어있는 중심」, 『비어있는 중심 : 미완의 시학』, 언어의 세계, 1991, 49쪽.

별반 다르지 않다. 가상공간이라는 새로운 현실은 기존 현실보다 더욱 그럴듯함으로 다가오고 이를 우리는 초현실, 디지털 리얼리티 또는 디지털 자연으로 명명한다. 새로운 현실은 "코스모스보다 카오스를 사랑하고 즉시적이고 동시적이다. 상상하기를 좋아하고 꿈과 현실의 경계를 넘나든다. 놀이를 통해 문제에 접근하고 이미지와 실체 사이의 경계를 허문다. 시공간을 넘나들며 지금, 여기를 중시하며, 재주술화(再呪術化)"[92]의 과정이다.

현실공간의 물질성은 실재가 존재하므로 우리가 직접 볼 수 있고 만질 수도 있다. 그러나 가상공간의 비물질성은 실재가 존재하지 않으므로 볼 수도 만질 수도 없으며 인식의 의식으로만 경험할 수 있다. 디지털 컴퓨터는 비물질적이며 인간의 의식으로만 느낄 수 있는 시뮬라르크한 가상공간을 가상현실[93]로 바꾼다. 가상현실은 현실공간에서 보는 것과는 차별되는 '보는 방식'을 지닌다. 이는 인간의 인지과정과 이해방식에 여러 가지의 변화를 제공한다. 현실과 가상현실은 점차 탈시공간화 양상을 띠고 있으며, 이제 의사 체험인 가상 체험을 현실이 아니라고 자신 있게 말할 수도 없게 되었다.[94] 김명관에 의하면 가상현실은 몰입, 항해, 대화식이라는 특성을 지니

---

92) 정진홍, 『아톰 @ 비트』, 푸른숲, 2000, 43쪽.

93) 가상현실은 전자기술에 의한 3차원적 영상, 음향 등으로 가상을 실제의 세계처럼 경험할 뿐만 아니라, 촉감과 냄새까지도 현실처럼 느낄 수 있다. 브렛 레오라드 감독의 영화 [론머 맨]은 가상현실을 실제로 보여주고 있다. 컴퓨터와 통신의 결합이 낳은 가상공간에서 펼쳐지는 가상현실의 신기술을 적극 활용하였다. 작품성이나 완성도의 문제가 없지 않지만 가상현실을 활용했다는 점만으로도 관객들의 관심을 끌기에 충분하다. 여기서 가상현실은 인간 정신 진화의 핵심 기술로 인식되고 있다. 지능을 최대한 증폭시키고 염력까지 터득한 주인공 죠브는 다만 한 가지만은 갖추지 못했다. 그것은 인간의 심성이었다. 인간의 지식은 기술을 통해 무한히 진보할 수 있지만 지혜에 의해 순화되어야 한다. 죠브의 한계는 가상현실을 유토피아로만 본 것에 있다. 따라서 망상에 빠진 죠브는 이성을 찾아야 하지만 무지보다 지혜를 소중히 여긴다면 이 기술은 인간을 노예화시키는 게 아니라 인간정신을 해방시킬 것은 자명하다.

94) 휴고 건즈백은 유아기적부터 「해저 2만리」나 「타임머신」을 보면서 성장하였기 때문에 자신의 소설적 아이디어를 제공받았다고 한다. 아서 클라크는 아폴로계계획이 실행에 옮겨지기 전에 「우주로의 서곡」이라는 작품에서 달을 탐사하는

고 있다. 몰입은 현재 사용하는 시스템에 사용자가 몰입되어서 머리로는 가상이라는 것을 알아도 몸의 모든 기관은 현실과 혼란을 일으키는 상태를 말한다. 항해란 가상 시스템 내부를 사용자가 자유롭게 돌아다니는 것이다. 그리고 대화식이란 사용자의 요구에 따라 시스템이 반응하여야 하는 것을 말하며 이것은 다매체시스템의 특징이기도 하다.

가상공간은 『뉴로맨서』의 주인공인 케이스의 정신과 몰리의 육체 속에서 펼쳐지는 가상현실인 것이다. 이들은 신체의 각 부위를 플라스틱 외과수술로 마음대로 교체할 수 있으며, 자신의 두뇌에 이식된 소켓에 전극을 꽂음으로써 곧바로 가상공간의 세계로 접속된다. 실제 접속 상황은 영화 [론머맨]이나 [코드명 J] 등에서 확인할 수 있다

가상현실은 실제는 없지만 거기에 있는 것 같은 임장감(臨場感)을 느낄 수 있게 한다. 인간의 오감(五感)을 만족시킬 수 있을수록 가상현실에서 '가상'이라는 말의 의미는 퇴색되어 간다. 우리는 영화나 소설에 몰입할 때 주인공이나 등장인물이 자신을 대변하고 있는 듯 느낀다. 이러한 현상은 소설보다 영화가 더욱 그러하다. 그것은 주위환경 즉 음침한 분위기와 서라운드 음향 그리고 대형 화면의 조합으로 만들어지는 것이다. 등장인물과 자신이 동일시됨으로서 자신을 점차 화면이나 작품 속으로 빠져들게 한다. 그 속에 몰입할수록 현실을 망각하게 되고 작품과 자신을 일치시키게 된다. 이러한 일체감은 컴퓨터가 만들어 낸 가상현실의 초보적 경험의 일종으로 볼 수 있을 것이다.

랜들 월셔는 가상공간을 가상현실과 일체감을 강하게 느낄 수 있는 새로운 매체로 보고 있다. 가상공간의 핵심기술은 1960년부터 개발되었다. 오늘날 가상공간이 많은 사람들에게 주목을 받고 있는 것은 '개인용 컴퓨터의 성능 향상, 상대적으로 저렴하고 강력한 3차원 영상 처리기, 사람과 컴퓨터

구체적 계획까지 수립했다. 소설에서 다루어졌던 주요 내용들이 현실적으로 실현되는 경우는 허다하다. 따라서 누구라도 '현실적으로 실현가능성이 없다'고 말할 수 없는 현실을 반영하고 있는 것이다.

간의 관계에 대한 재고(再考)'를 꼽을 수 있다.

　가상현실은 컴퓨터의 기술을 응용하여 실제가 아닌 인공적인 환경을 구축한다. 종합적인 컴퓨터 그래픽을 이용하여 가상환경을 창조하는 것이다. 이 시스템에서 머리부착형 영상장치나 비디오 영상중첩출력장치, 신체동작 추적장치와 같은 인터페이스를 사용하면 1인칭 경험도 가능하다. 1인칭 경험은 우리가 소설이나 영화와 같은 제3자적 입장에서 경험하는 간접체험과는 다르다. 1인칭 경험은 일종의 직접체험으로 볼 수 있다. 물론 현실에서의 완전한 직접체험과는 차별되지만 이를 통하여 인간은 새로운 체험을 할 수 있게 된다. 예를 들면 제한된 메모리의 영역을 확장하여 사용하기 위한 기법을 활용하는 것과 마찬가지이다. 이를 가상메모리라 부르며 실제는 존재하지 않지만 존재하는 듯 여긴다. 실제 메모리의 크기는 고정되어 있지만 고속의 하드 디스크를 사용하여 마치 프로그램이 매우 큰 메모리를 소유하고 있는 것처럼 사용하는 것이다.

　　아마도 VR의 본질은 궁극적으로 기술 분야에 자리하는 것이 아니라 예술의 영역에, 그것도 최상의 예술 영역에 놓여 있을 것이다. VR의 궁극적인 약속은 통제나 탈출, 또는 오락이나 통신을 위한 쓰임새보다는 실재에 대한 우리의 자각을 변형시키고 일깨우는 일일 것이다.[95]

　마이클 하임은 가상현실을 형상적으로(주관과 독립해서 객관적으로) 인지되거나 허용되지는 않지만 본질적으로 또는 효력을 미치는 면에서 존재하는 실제적인 사건, 사물 또는 일의 상태로 해석한다. 사실상은 그렇지 않는 사건이나 사물이지만 효력 면에서는 실제적이라는 것이다. 그는 가상현실의 본질을 7가지 개념으로 인식한다. 그것은 시뮬레이션, 상호작용성, 인공성, 몰입, 원격현전, 온몸몰입, 망으로 연결된 환경 등이다.[96]

---

95) Michael Heim(여명숙 옮김), 앞의 책, 201쪽.
96) 사용자의 온몸 행동이 컴퓨터로 생성된 이미지들과 결합하여 단일 현전을 날조

아드로노는 『부정변증법』에서 예술은 가장 높은 정신에 있어서조차 가상이라 주장한다. 그러나 예술의 불가항력적 부분인 가상은 가상이 아닌 것을 통해 예술에 주어진다고 했다. 따라서 초월적인 것을 반영하고 있지 않은 인간이나 사물에게는 아무런 빛도 비치지 않는다. 여기서 가상이란 비가상의 기약되는 것과 마찬가지이다.

현실이란 바로 눈앞에 사실로서 나타나 있는 사물이나 상태 또는 기능적 존재에 대한 현재적(顯在的)존재를 말한다. 아울러 생각의 대상이 되는 객관적이고도 구체적인 존재라 할 수 있다. 우리는 현실 속에서 오감을 작동시켜 냄새를 맡거나 맛을 보고 소리를 듣고 피부로 느끼며 시각적으로 볼 수 있는 것이다.

단백질과 핵산으로 구성된 인간의 지능은 대체로 30억년 전부터 환경에의 적응으로 진화된 것으로 보는 것이 통설이다. 이러한 인간의 지능은 컴퓨터를 만들어 내고 이제는 본질적으로 금속과 전자서지(Surge)로 구성된 인공지능(AI)까지 현실화 하였다.[97] 결국 컴퓨터의 개발이 가속화 될 수록 현

해낼 때를 인공현실, 사용자가 스크린 위의 마우스를 이리저리 움직여 건물 속으로 들어가거나 모니터에 있는 가상 휴지통을 버리거나 할 때 상호작용성을 느끼게 된다. 가상의 휴지통은 보기 흉하거나 악취가 나지는 않지만 우리는 실제 현실에 존재하는 휴지통이나 마찬가지로 상호작용을 하게 된다. 사용자가 3차원으로 애니메이트된 세계를 볼 수 있게 하는 헤드-마운티드 디스플레이를 썼을 때를 몰입, 여러 사람이 동시에 하나의 가상세계에 들어갈 수 있는 환경을 망으로 연결된 환경, 로봇이 실제 세계 속에서 거리상 멀리 떨어져 있는 사용자의 대리인에게 영향을 미치는 동안, 사용자는 가상세계 내에 현전하고 있다고 느끼는 공간을 원격현전이라 한다. 그리고 시뮬레이션은 모의실험으로 번역된다. 이는 각종 현상이나 대규모적 시스템을, 그 수학적 모델을 이용하여 모의하는 것이다. 그 목적은 현상이나 시스템 판단 외에 운전이나 조종훈련에 활용된다. 비용이나 시간, 위험성 등으로 실행하기 어려운 것이나 실험적으로 할 필요가 있는 것이 대상이 되는 것이다. 오늘날은 군사적 목적뿐만 아니라 의학 및 오락부분에도 응용되고 있는 실정이다.
위의 책, 182~204쪽.
97) 이러한 인간 지능발달의 산물인 컴퓨터는 하드웨어의 기술 발전에 따라 제5세대로 구분할 수 있다. 제5세대 컴퓨터는 인공지능을 이용한 '꿈의 컴퓨터'로 불려진다. 병렬 처리 컴퓨터와 인간의 뇌의 구조를 이용한 신경망 컴퓨터 개발의

실은 제고의 대상이 될 수밖에 없으며, 이미 영화는 현실의 개념을 넘어서 존재하고 있다.

「Kill Switch」는 윌리엄 깁슨과 톰 매독스가 공동으로 쓴 시나리오이다. 이 작품은 X파일에서 [인터넷 미스터리][98]라는 제목으로 국내에서도 방영된 바 있다. 인터넷의 창시자로 불리는 갤먼이 의문의 죽음을 당하면서 시작되는 작품은 컴퓨터에 주인공의 영혼을 주입하여 영원한 사랑을 나눈다. 사랑 이야기로 전개된다. '킬 스위치'는 갤먼이 인터넷 망에 풀어놓은 인터로킹 바이러스를 없애는 프로그램이다. 인터로킹 바이러스는 인터넷 망을 통하여 진화하면서 전 세계의 컴퓨터에 침입한다. 뿐만 아니라 휴대폰을 도청하고 레이저 광선에까지 도전한다. 갤먼은 바이러스를 제거하려다가 바이러스가 동원한 갱단에 의해 죽은 것이다. 컴퓨터 천재로 등장하는 에스더 또한 바이러스를 제거하려하지만 바이러스의 저항에 부딪힌다. 바이러스를 제거하기 위해 컴퓨터를 작동시키면서 자신의 애인 데이빗의 혼이 컴퓨터 안에 들어있는 사실을 인지한다. 그리하여 에스더는 자신의 기억과 의식을 컴퓨터에 이식하여 연인과 영원히 사는 길을 택한다.

기존소설의 리얼리즘 개념과 비교되지 않는 이 작품은 인간은 과연 컴퓨터에 영혼을 입력하여 그야말로 '인터넷 속의 영생'을 누릴 수 있을 것인가 라는 주제를 담고 있다. 여기에 대해 최우형은 정보저장기술과 뇌 모델링 기술이 발전하면 충분하다는 입장이다. 트랜지스터가 개발된 이후 불과 20

세대를 말한다. 광소자, 조셉슨 소자, 바이오 소자 등이 개발되어 실용화된다면 처리속도는 현재의 속도보다 더욱 빨라질 것이다. 특히 5세대 컴퓨터는 4세대까지 프로그램을 작성해서 처리하던 방식을 벗어나 음성을 인식하고, 우리가 사용하는 언어로 컴퓨터를 활용할 수 있게 된다. 이러한 컴퓨터의 특성으로는 정확성(신뢰성), 대용량의 기억성, 신속성, 처리의 다양성, 자동성 등을 들 수 있다. 인간의 감각기관인 눈, 귀, 코, 피부는 컴퓨터의 입력 장치가 대신하게 되었다. 그리고 인간의 두뇌는 컴퓨터의 주기억 장치, 연산 장치, 제어장치가 손과 입, 발은 출력장치가 매체의 기록은 컴퓨터의 보조기억장치가 대신하는 것이다.

98) 이 작품은 스탠리 큐브릭 감독에 의해 영화화 되었다. 큐브릭은 이미 [2001년 오딧세이]에서 인공지능 컴퓨터를 등장시켜 세인의 주목을 받았다.

년만에 펜티엄Ⅲ칩이 나왔듯이 현재 초보수준인 뇌신경 모텔칩을 계속 집적하면 언젠가는 인간의 뇌를 만들어 낼 수 있을 것으로 보고 있다. 단백질로 구성된 두뇌의 활동을 전기 신호로 복사하는 것이 가능하여 디지털로 바꿀 수 있다면, 컴퓨터가 스스로 인식하는 능력을 어떻게 가질 것인가만이 문제가 된다는 것이다.

졸라는 소설가를 인간과 인간의 정념을 고발하는 심문검사들과 마찬가지로 본다. 그리하여 인간의 온갖 억누르기 어려운 감정을 억압하고 객관성이나 리얼리티에 치중한다는 것이다. 그는 여기서 말하는 객관성이나 리얼리티는 환상에 불과하다는 입장을 보인다. 롤랑 부르뇌프와 레알 월레는 모파상의 『피에르와 장』의 서문을 예로 들면서 리얼리즘과 대립하고 있다. 진실을 보여준다는 것은 사실의 평범한 논리에 따라 진실에 대한 완전한 환상을 제공하는 것으로 인식한다. 여기서 의미하는 진실은 객관성의 리얼리티를 말한다. 이는 작가의 개성에 따라 상대성을 띠는 것으로 시대나 장소에 따라 모호한 개념으로 볼 수 있다는 것이다. 롤랑 바르트는 리얼리즘은 사물의 복사일 수는 없고 다만 언어의 지식일 뿐이라 말했다. 가장 리얼리스틱한 작품은 현실을 그린 작품이 아니라 세계를 내용으로 삼아 언어의 비현실적인 현실을 가능한 한 가장 깊숙이 천착하는 작품으로 여긴다. 따라서 내용은 사실세계의 구조, 즉 세계의 실제 존재와는 아무 상관없는 것이 된다.

위에서 말했듯이 지금까지 작가는 독자를 계몽하고 교화, 선도하는 입장에서 있었다고 해도 과언이 아니다. 이러한 작가의 권위는 사실주의적 현실을 재현하는 것과 무관하지 않다. 그야말로 현실을 있는 그대로 반영한다는 것 자체가 하나의 허구인 셈이다. 현실의 재현이라는 문제는 작가들의 상상력을 약화시켰을 뿐만 아니라 독자의 권한을 위축시키는 결과를 초래했다. 독자는 문학작품을 통하여 상상력을 마음대로 펼칠 권리가 있기 때문이다.

가상공간의 출현은 맨눈으로 볼 수 있던 현실의 범위를 확대시키고 있다. 최혜실의 말처럼 맨눈으로 볼 수 있는 것만 현실이라고 주장하던 시대는 지났다. 작가들은 가상공간에서의 경험을 자연스럽게 소설로 형상화시키게 된다. 이제 누구라도 현실성이 '있다, 없다'를 자신 있게 주장할 수는 없다.

> 독자는 이 황당한 소설을 읽으면서 자신이 체험한 시뮬레이션 게임의 체감도를 떠올리며 소설을 재구해낸다. 리얼리즘 소설의 독법에서 이 세계는 황당하고 허무맹랑할 것이다. 그러나 시뮬레이션 게임에서 관객은 그가 체험하는 우주 여행을 현실로 감지한다. 이 엄청난 몰입은 종래의 책읽기에서는 일어날 수 없는 것이었으나 이제 많은 독자들은 독서의 순간에 자신이 전에 체험한 사이버 공간을 연상하며 독서를 즐긴다.99)

이제 독자들은 작가가 어떠한 비현실적 소재를 선택해도 수용할 자세가 되어 있다. 하나의 문학작품은 완성품이 아니라 독자와의 소통내용을 구체화하여 작품으로 완성시켜 나간다. 특히 디지털시대의 독자들은 과거에 자신이 체험한 가상공간을 연상하면서 독서 행위를 진행한다는 것이다.

리얼리즘이 우리 소설에 공헌한 바를 인정하더라도 지나치게 성장했다는 것을 부인할 수 없다. 현실을 바탕으로 한 측면만을 강조한 나머지 환상적, 경이적 리얼리즘의 위축을 가져왔다는 말은 설득력이 있다. 디지털시대에는 작품의 현실성 문제를 벗어난 새로운 리얼리즘이 요구된다. 전통 리얼리즘이 역사와 현실에 대한 비판과 진실과 인간성을 추구했다면, 디지털 리얼리즘은 리얼리즘이 가장 낮은 차원에서, 지적 유희와 전문 지식을 조합하는 수법으로만 적용되고 있다는 비판을 받는다. 그러나 전통 리얼리즘이나 디지털 리얼리즘이 추구하는 것은 역사와 현실에 대한 비판과 진실과 인간성을 추구한다는 유사성을 갖는다. 다만 맨눈으로 볼 수 있는 현실범위의 확대와 그것을 추구하는 소재와 기법상의 변별성만 있을 뿐이다 그렇다면 가상공간에서 경험할 수 있는 가상현실은 독자들에게 현실감 있게 다가갈 수

---

99) 최혜실 엮음, 앞의 책, 252쪽.

있는 토대를 마련한 셈이다. 우리는 이미 나보코프의 작품을 통하여 허구적 리얼리즘 또는 디지털 리얼리즘을 경험한 바 있다. 문제는 작가의 역량이다. 이제 소설적 상상력은 열린 사고를 바탕으로 시공간을 초월하여 존재할 때이다.

소설은 옛날부터 씌어지던 의미와 소위 개화 이후 서양의 근대문학을 받아들이면서 영어의 'Novel'이나 불어의 'Roman'을 옮긴 말의 의미로 구분된다. 반고(班固)는『한서예문지(漢書藝文志)』에서 소설가라는 것은 대개 패관에서 비롯된 것으로 소설이란 길에 떠도는 이야기와 항간에서 들을 수 있는 것으로 꾸며서 만들어진 것이라고 한다. 다시 말하면 소설가인 패관이 거리나 골목에서 떠도는 이야기를 길에서 듣고 길에서 이야기하는 대로 지어낸 것을 소설로 정의하고 있는 것이다. 이로 볼 때 소설의 저변에는 허구성이 깊게 깔려있음을 확인할 수 있다.

> 근대소설의 특징은 그 허구성에 있다. 한동안 소설을 사회의 거울이요, 시대의 그림이라고 하여 소설의 사실성(actmuality)을 중시한 때도 있었지만 오늘날 소설이 현실 그대로의 복사일 수는 없고, 어디까지나 작가의 주관을 통한 새로운 창조요 환상을 만들어 내는 것이라는 주장이 지배적이다.[100]

이러한 주장에서 소설은 사실성보다는 허구성의 의미를 강조하고 있음을 알 수 있다. 소설은 인생이나 사회를 재현해 내는 거울이라기보다는 나름대로 굴절시키는 스펙트럼에 비유된다. 여러 문학 장르 중에서 소설은 가장 발전한 장르라고 하겠다. 이러한 소설의 생리가 유동적이며 역사적 발전과 무관하지 않다는 것은 주지의 사실이다. 소설의 발전 가운데서 근대에서 거론된 소설의 사실적 진실 문제는 끝임없는 논쟁거리였다. 그래서 근대작가들은 자신의 소설이 허무맹랑한 것이 아니고 실제 있었던 이야기라고 꾸미

---

100) 한국현대소설연구회,『현대소설론』, 평민사, 1994, 15쪽.

지 않을 수 없었다. 이러한 사실은 소설사적으로 작가 자신의 작품이 실제로 일어났거나, 일어날 가능성이 높다는 점을 강조했다는 것을 의미한다. 작품의 사실성에 대한 집착은 소설발전의 가장 큰 장애물이었다.

최인훈101)은 예술은 꿈의 효과를 높이기 위해서 적어도 예술을 감상하는 동안에는 현실의식을 전적으로 배제해야 한다고 말한다. 그리고 예술의 감상에서도 집중적으로 꿈의 상태에 머무는 훈련을 함으로써 예술의 즐거움을 극대화할 수 있다고 본다. 작품과 현실을 동일시하는 사고방식은 결코 예술의 즐거움을 극대화할 수 없다는 말이 된다. 인간의 현실적 행동은 언제나 그 행동에 대한 꿈에서부터 출발하며, 예술이라는 모습에서 묘사된 꿈은 그것을 현실에서 실천하려는 의지를 자극하기 때문이다. 모든 예술은 작가가 창작한 인공적 꿈이라고 할 수 있다. 상상력은 현재의 지각에는 존재하지 않는 사물이나 현상으로 과거의 경험이나 관념에 의하여 새로운 형태로 재구성되는 정신작용이기 때문이다. 로보그리예의 누보 로망에서도 리얼리즘의 문제에 대하여 심각하게 접근하고 있다. 만일 리얼리즘이 가능하다고 할 때 그 리얼리즘은 현실의 복사일 수도 있는 것이 아니라 형태의 생산일 수 있는 것이다. 이때 형태들이란 현실과 유사 관계를 갖는 것이며 현실의 은유적 관계를 갖는 것이 된다. 말라르메는 단어들이란 사물들이 아니라 사물들을 없애는 것으로 보았다. 모든 사물을 명백한 상태에 놓아 두고자 하는 것이 아니라 반투명 혹은 불투명의 상태에 놓아 두고자 한다. 이는 사물을 제도적인 장치를 통해서 보는 것이 아니라 그 장치로부터 해방시키고자 하기 때문이다. 그렇다면 사물 불모망성으로 인하여 문학은 어떤 리얼리즘을 들고 나오든간에 전체적으로 하나의 상상적인 것이 되는 것이다.

새로운 현실이 추구하는 소설의 진정성은 작가의 창조적 상상력에 의지하고 있다. 상상력은 사이버소설 창작에 절대적으로 기여한다. 블레이크가 주장한 것처럼 상상은 영혼의 감각으로 상상력만이 본질적 실재에 도달할

---

101) 최인훈, 「예술이 추구하는 길」, 『길에 관한 명상』, 청하, 1989, 199~200쪽.

수 있다. 실재에서 부족한 것을 완전하게 꾸밀 수 있는 것이 창조적 능력이
다. 프랭크는 인간의 창조란 순전히 인간 상상의 작품이며 상상에 의해서만
인간의 참된 본질이 표현될 수 있는 것으로 본다. 바슐라르에 의하면 상상
력은 절대적으로 인간의 정신작용 위에 군림한다. 미는 상상력의 가장 탁월
한 활동 자체이므로 상상력은 하나의 상태라기보다는 끊임없는 변화과정이
다. 미의 기반이 되고 있는 현실성이란 개인의 체험과 관련이 있으므로 절
대적으로 규정되는 것이 아니라 상대적이기 때문이다. 그리하여 상상력은
인간을 인간으로서의 존재를 넘어서 초인으로 기능하게 하는 것이다.

인류의 매체는 이미지로 출발하여 문자로 변화되었다가 디지털 컴퓨터라
는 매체에 의하여 다시 이미지 시대로 순환하는 모습을 보인다.[102] 디지털
적 상상력이 이미지를 만날 때 문자의 한계는 극복될 수 있다. 이미지는 심
상(心象), 영상(映像), 표상(表象)을 뜻하는 말로 쓰인다. 시각적 이미지는 인
간의 마음 속에 그려지는 사물의 감각적 영상을 나타낸다. 특히 작가가 사
물을 감각적으로 묘사하기 위하여 은유적으로 표현하기도 한다. 처음에는
기억이나 사상에 한정하는 용어였으나 점차 넓은 의미로 사용되었다. 오늘
날은 비직관적 내용뿐만 아니라 감정을 수반한 내용, 주관의 평가가 들어있
는 내용에 대해서도 이미지라는 용어를 사용한다. 디지털 상상력을 기초로
쓰여진 작품은 이미지 속에 서사를 내포한다. 이미지 글쓰기에서 언어는 조
롱당하고 대화는 경멸받기도 하지만, 이러한 조롱과 경멸이 언어로 씌어진

---

102) 정종진은 시에서 감각적 호소가 될 수 있는 요소를 구미 쪽에서는 이미지라고
　　부르는데 심상 또는 사상으로 번역한다고 지적하고, 동양권에서는 고대문예이
　　론에 의상(意象)이라는 어휘로 논의했다고 주장한다. 또한 그는 의상의 기초가
　　되는 것은 물상(物象)으로 보고 의상은 의(意)와 상(象)의 결합으로 시인의 정의
　　(情意)와 사물의 형상이 융합하는 것으로 여긴다. 그는 계속해서 원행패의 『중국
　　시가 예술연구』의 말을 인용하여 '의상이란 주관적 정의에 녹아든 객관적 물상
　　이며, 혹은 물상에 힘입어 표현해 낸 주관적 정의이다'라고 정의를 내린다. 결국
　　그는 현대시 이론에 줄곧 쓰여 왔던 이미지 또는 심상(心象)이란 어휘를 의상으
　　로 대치할 것을 제안한다. 심상(mental picture)보다는 의상이란 전통 용어가 개념
　　상 훨씬 진폭력이 있다고 본다.

다는 사실은 아이러니한 일이다. 존 버거가 이미지에 집착하는 반면에 롤랑 바르트는 "우리가 아무리 이미지의 세계에 둘러싸여 있다고 하더라도, 결코 글쓰기의 세계에서 벗어날 수는 없을 것"[103]이라고 주장한다.

박태균의 「가장 먼 곳보다 먼」, 「지옥의 들녘에서」, 「해협」 등의 특징은 서사 중심이 아니라 이미지 중심으로 서술되고 있다는 것이다. 가스통 바슐라르는 문학의 이미지는 다른 것을 의미하고 달리 꿈꾸게 해야 한다는 점에서 이중의 역할을 수행해야한다고 말한다. 또한 문학의 이미지에 선행하는 현실은 존재하지 않으며 상상력은 문학적 이미지와 친밀한 것으로 판단한다. 사이버소설의 이미지는 디지털적 사고를 토대로 명향성(鳴響性)을 지향하며 전자언어의 혁신적 기능을 수행하고 있는 셈이다.

박태균의 작품은 영화에서 주로 사용되는 보여주기 기법을 차용하여 '소설 보여주기'라는 새로운 실험에 도전한다. 문학에서 자극적 실험성은 작품의 질을 높이는데 필수 요건이다. "자극을 끊임없이 받아들인다는 것은 그만큼 인간의 영육이 활기차다는 것일 뿐만 아니라 정보가 충분하게 되고 상상력도 풍부"[104]하도록 하는 것이다. 소설 보여주기 기법은 이미지 자체를 통하여 서사적인 면을 읽어 내는 형식을 말한다. 정근원은 영상언어는 문자언어에 비해 인지 과정 중에서 누릴 수 있는 행동의 자유도가 훨씬 높은 것으로 본다. 이러한 인식은 아른하임이 예견한 영상언어의 사유화가 가능하다는 주장과 같은 맥으로 이해할 수 있다. "언어와 마찬가지로 영상도 일상생활 속에서 반복을 통한 숙달을 통해 사유화되는 구조적으로 동일한 과정을 밟기 때문이다. 그리하여 아른하임은 문자언어 시대의 시각은 감각적 요소들을 기계적으로 기록하는 측정과 확인의 도구에 불과하여 개념은 지각에서 이탈되어 사고는 추상적인 쪽으로 치우쳤다고 비판했었다."[105]

---

103) Roland Barthes(김인식 편역), 『이미지와 글쓰기』, 세계사, 1993, 211쪽.
104) 정종진, 『한국 현대시의 이론』, 태학사, 1994, 99~100쪽.
105) 정근원, 「영상세대의 출현과 인식론의 혁명」, 『다매체시대의 글쓰기』, 세종출판사, 1998, 41쪽.

미망으로서의 희망처럼 빨간 바탕과 하얀 글씨의 작은 간판이 달린 그 주점 앞에서, 궁극적 질료로서의 절망처럼 하아얀 심연을 일별하는 일이다. 하수 처리장과 아파트가 있는 곳을 빠져나온 후, 이끼 긴 옹벽과 어느 찻집 사이의 도로변에 서서, 빗방울이 떨어졌다. 그리고 그때 공원의 꼭대기 위에서 순수하고 불멸한 비탄처럼 하아얀 구름 한 조각이 흘러갔다. 다시 빗방울이 떨어진다. 축축한 잿빛 보도의 위 검은 전깃줄들에 매달린, 본질로서의 고통처럼 둥글고 투명한 물방울들이 떨어진 것이 아니라, 다시 비가 한두 방울씩 내리기 시작했고 그것은 곧 다시 그치기도 하였다.[106]

"사물을 본다는 행위는 언어보다 선행한다."[107] 이는 마치 어린이가 말할 수 있기 전에 사물을 인식하는 것과 마찬가지다. 존 버그는 언어는 우리들이 그 세계를 보고 있고, 그 세계로 둘러싸여 있다는 사실을 부인할 수 없다고 했다. 과거의 어떠한 유적이나 문헌보다도 당시 사람들을 둘러싸고 있는 세계에 대한 직접적 증언을 제공하는 것은 바로 이미지인 것이다. 그리하여 이미지는 언어보다도 정확하고 풍부한 '말로 만들어진 그림'이라고 하겠다. 물론 작품의 상상력이나 표현력을 도외시하는 것은 아니다. 작품의 상상력이나 표현력이 풍부할수록 작가의 시각적 체험을 더욱 깊게 하는 것이다. 박태균은 「가장 먼 곳보다 먼」의 첫 구절 다섯 문장에서 일곱 개의 이미지를 독자들에게 전달한다. '빨간 바탕, 하얀 글씨, 하아얀 심연, 하아얀 구름, 잿빛 보도, 검은 전깃줄, 투명한 물방울'이라는 색채를 통하여 독자들의 독서행위를 경쾌하게 자극하고 있다.

피버. 비랜은 고대의 색채표현 양식은 신비주의 및 삶과 죽음이라는 요소와 관련된다고 본다. 단지 감각적 즐거움을 주는 것에서 벗어나고 있다. 다시 말하면 "창조라는 난해한 작용을 해명하고 그 창조작업에 개성적, 인격적 의미를 부여하기 위한 상징적 의의에 더 큰 관심을 두었던 것"[108]이다.

---

106) 박태균, 「가장 먼 곳보다 먼」, 『비트시대』, 토마토, 1996, 145쪽.
107) John Berger(편집부 역), 『이미지』, 동문선, 1996, 24쪽.

색채어의 빈번한 사용은 자칫 관념적으로 흐를 수도 있다는 작품의 약점을 객관적으로 승화시키는 역할을 한다. 따라서 작가의 색채어 중심의 영상적 이미지는 미망으로서의 희망인 "생존하라, 생존하라, 단지 생존하라"[109]는 내적 독백으로 귀결된다.

「해협」에서도 비는 계속 내리지만 작가의 서술은 내리는 비에 한정되지 않는다. 내리는 비는 촉각적 이미지에서 비 냄새라는 새로운 후각적 이미지로 발전된다. 이는 촉각이 후각화로 전이되면서 공감각적 이미지를 드러낸 것이다. 작품에 나타나는 텔레비전에서 레이저 쇼를 중계한다는 말은 거짓이었다. 최첨단 과학기술의 산물인 레이저가 비춰져야 할 옥상에는 다만 뿌옇게 소나기만 내린다. 다만 회색 시멘트 건물의 처마 밑에는 하얀 비둘기 한 마리가 비를 피할 뿐이다. 바보상자 텔레비전이 사람을 속이기는 식은 죽 먹기다. 옥상 위의 거짓 레이저 쇼는 독자들의 시선을 집중시키기 위한 이마골로지에 불과하다. 비 냄새를 풍기며 내리던 비가 뿌연 소나기로 변화된 것은 촉각에서 청각으로 그리고 시각적 이미지로 변화하는 과정을 보여주는 것이다. 작가는 이야기를 생략하는 대신에 공감각적 이미지를 통해 독자들의 상상적 이미지를 확대하고 있다.

주지하는 바와 같이 디지털시대의 사이버소설은 새로운 리얼리티를 창조한다. 문학이 사실, 진실, 진리 추구라는 변천과정의 역사를 지녔다면 디지털시대의 리얼리티는 변화되어야 할 것이다. 아울러 "예술가의 체험을 기초로 한 사회적 현실의 생활형태에 대한 형상적 인식"[110]에서도 벗어나야 한다. 리얼리티는 '사실을 보여준다기보다 사실의 환영'을 보여줌으로 "사실을 전달하는 독특한 창안으로 보기보다는 <개연성>, <박진감>등의 문학적 이념의 전통에서 보는 것"[111]이 타당하다. "리얼리티란 일반적으로 말하

---

108) Faber Biren(김화중 옮김), 『색채 심리』, 동국출판사, 1991, 19쪽.
109) 박태균, 앞의 책, 146쪽.
110) 伊東 勉(서은혜 옮김), 『리얼리즘이란 무엇인가』, 청년사, 1992, 116쪽.
111) 이상섭, 『문학비평용어사전』, 민음사, 1992, 117쪽.

는 뜻의 현실, 어떠한 주관으로부터도 독립적으로 존재할 수 있는 객관적 사실을 의미하는 것이 아니라 우리에게 중요하다고 판단되는 것 혹은 문제들을 지칭함에 지나지 않"112)기 때문이다. 특히 작품의 초시공간의 개념, 과학 기술문명에 대한 비판적 접근, 미래사회에 대한 전망 등이 그러하다.

가상공간은 작가들의 상상력을 해방하는 논리적 공간이다. 이를 토대로 하는 사이버소설은 "새로운 인식의 영역"113)과 "새로운 의미의 리얼리즘과 인간해방"114)을 지향한다고 하겠다. 이제 리얼리티는 현실의 재현을 벗어나 새롭게 무장하여 소설의 진정성에 도달하여야 한다. 이미지 또한 언어와 상보적으로 결합함으로써 "문화의 생산과 소비, 문화의 전문가와 비전문가, 창조자와 소비자의 개념"115)이 모호해지고 있다. 경계의 모호함에 안주하지 말고 이미지와 언어의 장점을 최대한으로 활용하여 우리 문학의 새로운 활력제로서의 역할을 수행해야 할 것이다. 현실적으로 불가능한 것이라도 최소한 미래에 실현 가능하다는 예측을 할 수 있게 해야한다. 이렇게 될 때 우리는 미래에 대한 동경으로 인한 확장된 상상력을 갖게 되고 소설의 진정성에 그만큼 접근하게 될 것이다.

2) 소설언어와 과학기술의 결합

소설언어와 과학기술의 결합은 주변문학으로 인식되고 있는 과학소설116)

---

112) 박이문,『문학과 철학』, 민음사, 1995, 98~99쪽.
113) 김성곤, 「SF문학, 어떻게 볼 것인가」, <외국문학>, 1996, 겨울, 43쪽.
114) 김성곤, 「SF, 새로운 리얼리즘과 상상력의 문학」, <외국문학>, 1991, 봄, 27쪽.
115) 김우창 외,『이미지는 어떻게 살고 있는가』, (주)생각의 나무, 1999, 61쪽.
116) 과학소설(SF)은 'scinentifiction'이라는 말에서 유래한다. 이 용어는 미국의 휴고 건즈백이 처음으로 사용하였으나 이후 SF를 'Speculative Fiction'으로 달리 풀이하고 있다. 오늘날 마치 고유명사처럼 사용되는 SF는 '공상과학소설'로 불린다. 당시 일본에서 가장 대표적인 SF잡지인 <SF 매거진>은 미국의 잡지 <Fantasy and Science Fiction>을 주로 번역해서 내용을 채웠다. 여기서 공상과학소설이라는 말이 유래되어 일어 번역자들에 의해 우리나라로 들어왔다. 그러나 SF의 정확한 우리말 표현은 '과학소설'이다.
　　박상준,『멋진 신세계』, 현대정보문화사, 1992, 39쪽.

을 창작하는 것과 마찬가지다. 하지만 과학소설은 디지털시대에 가장 각광받는 장르가 될 수 있다. 이는 사이버소설이 과학기술적 소재를 가장 많이 반영하고 있다는 사실에서도 증명된다. 점차로 과학기술의 지식이 대중화되어가고 사회 변화 속도가 빨라지면서 작가들은 과학기술에 관심을 보이기 시작한다. 독자 또한 대중매체를 통하여 과학상식을 습득하고 핵이나 환경문제, 그리고 유전공학에 대한 관심이 높아 졌다.

> 이제 바야흐르 재현 또는 표현된 것을 더불어서 비로소 실존하게 되는 리얼리티를 우리들은 가상현실에서 향유하게 되는 것이다. 가상현실은 그 동안의 예술사가 내적으로 소망해 온 또 다른 리얼리티다. 실존하지 않는 <유토피어>가 이제 예술을 위해 실존하는 <유토피어>가 된 것이다. 새로운 과학의 진전은 새로운 <문화통합>이며 <인간성 통합>이라는 과제를 인간들에게 부담시켜야 했던 것이다. 기술과 손잡은 과학은 영혼과 정서의 주체인 인간과 더불어서 서로 견제하고 서로 보완하여야 했던 것이다.117)

기존의 리얼리티는 가상현실로 인하여 새롭게 인식되고 있다. 실존하지 않았던 유토피아조차 예술을 위해 혹은 인간을 위해 실존하는 유토피아로 치환된다. 그리하여 과학의 발달은 새로운 문화의 통합뿐만 아니라 인간성의 통합을 우리의 과제로 남기게 되는 것이다. 지금까지 과학소설은 주변문학으로 치부되어온 것은 사실이다. 그러나 디지털 컴퓨터가 만들어 낸 가상공간에 의해서 사이버소설의 핵심 장르로 자리잡고 있다. 가상공간은 불특정 다수의 사이버리스트들에게 열려있다는 것이 장점이다. 열린공간의 열린문학은 마치 구술문학처럼 적층적 성격을 나타내기도 한다. 사이버문학은 문학의 마이너리티가 주축을 이루듯이 구술문학은 일반 민중을 대상으로 성장하였다. 이는 기존의 기득권 층에 해당하는 보수 양반층에 대한 저항의 하나로 여겨진다. 사이버문학이 아마추어리즘을 지향한다고 볼 때 이

---

117) 김열규, 「정보화사회와 문학」, 『인제대인문사회과학논총』 4권 1호, 1997, 8쪽.

들은 일반 민중과 별반 다르지 않다. 구술문학이나 사이버문학은 민중의 필요에서 출현한 자생적 성격을 지닌다. 특히 사이버문학은 기존 작품 창작의 두려움을 대폭 해소시켜 주어 문학의 대중화에 기여하고 있다. 장덕순에 의하면 구술문학은 말로 된 문학이기 때문에 문학이 아닌 말은 제외된다고 한다. 그리하여 구비 가운데 설화, 민요, 무가, 판소리, 민속극, 속담, 수수께끼는 문학이지만, 욕설, 명명법, 금기어 등은 문학으로 인정하지 않는다. 그러나 사이버문학은 근본적으로 문학의 영토를 확장하려는 성질을 지닌다. 현실과 가상의 경계를 넘나드는 창조적 상상력을 바탕으로 모든 장르를 문학의 영역 안으로 흡수하려 한다. 기존 문단에서 정당한 평가를 받지 못했던 추리물, 과학소설, 환타지, 무협지를 비롯하여 유머서사물까지도 문학의 영역 안으로 흡수한다. E. D. 허쉬는 『What Isn't Literature』에서 문학이란 무엇인가를 묻지 않고 "문학이 아닌 것은 무엇인가?"라고 말한다. 그는 한 문화에서 가르치고 읽고 보존할 가치가 있는 모든 텍스트를 문학으로 보자는 의도를 지니고 있다. 사이버문학은 그 동안 문학의 귀족층들이 향유해 온 본격문학뿐만 아니라 일반대중들이 향유해 온 대중문학 중에서도 디지털시대 현실을 반영한다면 그 범주에 포함해야 할 것이다.

"훌륭한 문학작품은 참여이자 순수이고 순수이자 참여"[118]라면 본격문학은 주변문학이고 주변문학은 본격문학으로 환치될 수 있다. 그렇다면 본격/주변이라는 이분법적 소모전보다는 당대 현실의 시대정신을 포착하여 그것을 문학작품으로 형상화시킬 때 문학적 가치는 발휘된다. 오늘날은 컴퓨터를 토대로 하는 디지털 현실이 시대정신으로 부각됨에 따라 가장 과학적 소설이 가장 본격적 소설이 될 수 있다. 여기서 말하는 시대정신은 디지털시대의 부족한 부분을 채울 수 있다는 데서 나온 개념이다. 김성곤의 말처럼 오늘날은 주제면에서 과학과 테크놀로지에 대한 비판, 타자(외계인 또는 외부 세계)에 대한 이해, 미래에 대한 비전, 그리고 문명과 자연에 대

---

118) 정종진, 『힘의 문학으로 가는 길』, 태학사, 1993, 38쪽.

한 성찰이 필요하다. 아울러 기법면에서는 시간과 공간의 초월, 과거와 미래의 연결, 의식과 무의식의 혼합, 그리고 순간과 영원의 합일이 요청된다고 하겠다.

쥘 베른, H. G. 윌스, 잭 런던 등은 과학소설의 선구자라 할 수 있다. 하지만 아이작 아시모프나 아서 클라크에 이르러 본격적 작품 활동이 시작되었다. 특히 브라이언 올디스는 우주에서 인간의 정의와 그 위상을 혼란스럽지만 진보하는 지식 안에서 추구하는 것을 과학소설이라 주장한다. 현실적으로 실현될 수 없는 허무맹랑한 공상소설이 아니라 실현 가능한 소설이기 때문이다. 따라서 과학소설은 "그 시대의 특징과, 특정한 시기의 가치관과 관심"119)을 재현한다고 하겠다.

항공우주학을 전공한 김도현120)은 『로그인』을 통하여 문학과 과학의 접목을 시도하여 사이버소설의 지향점을 발언하고 있다. 작품에서는 식민지적 과학을 과감하게 벗어나 민족자립과학을 이룩하려는 젊은 과학기술도들의 이야기에 초점을 맞추고 있다. 20세기말에 과학에서의 자립을 추구하고 있다는 점은 나름대로 의미가 있다. 특히 작가가 관심을 기울이고 있는 문학과 과학의 접목 문제는 사이버소설이 지향하는 바이며, 주변/본격 사이에 존재하는 빗금의 제거작업이 『로그인』에서 발견되는 핵심이다.

> 과학기술과 문학과 정치와 그 모든 것이 행복하게 결합하는 지점, 그곳에서만 사람은 전인(全人)으로 존재할 수 있을 것입니다. 인문과학과 자연과학의 편협한 울타리를 넘어 과학기술자와 인문주의자가 같은 언어로 이야기할 수 있게 되는 날, 그제서야 인류는 참된 진보에 대해 희망을 가져도 좋을 것입니다. 그래서 저는 절박한 심정으로, 제 영혼의 젖줄인 문학의 힘을 빌려, 과학기술자의 육성으로 말하고 싶었습니다.121)

---

119) Robert Scholes 외(김정수 외 옮김), 『SF의 이해』, 평민사, 1993, 252쪽.
120) 김도현은 1992년 <창작과비평> 겨울호에 단편 「흐린, 새벽노래」를 발표하면서 등단하였다.
121) 김도현, 『로그인』, 창작과비평사, 1996, 326쪽.

인문주의자와 과학기술자가 같은 언어로 대화할 수 있을 때 인류의 진보는 희망적이라는 말이다. 작가는 문학의 힘 즉 소설의 언어로 과학기술의 명암을 조명한다. 작품을 관통하고 있는 것은 우리의 과학을 외국에 의존할 수 없다는 민족자립과학의 정신이다.

작품의 주요 등장인물인 강호, 진석, 형준, 상범, 수종은 항공우주공학과 실험실에 근무하는 석, 박사과정의 연구자들이다. 이들은 위성의 국산화를 위한 프로젝트에 참여하고, 프로젝트를 성공시키기 위해 노력한다. 특히 로켓과 위성체 운동방정식의 해석을 맡지만 만족스런 결과를 얻지 못한다. 과거 정권의 요직에 있던 홍순욱은 미국의 휴즈사와 단합하여 위성기술의 독자개발을 반대하면서, 수입하여 사용하는 것이 더 경제적이라는 주장을 편다. 이러한 사고 방식은 연구자들에게 잘못된 데이터를 제공하게 하고, 데이터에 오류가 있기 때문에 결과는 나쁠 수밖에 없었다. 이러한 일련의 사건으로 홍순욱으로 대표되는 위성운용연구쎈터가 젊은 연구원들이 근무하는 우주연구소를 흡수 통합하려는 조작극이었다는 사실이 밝혀졌다. 일개 대학부설 기관에 불과한 위성운용연구쎈터가 국책 연구소인 우주연구소를 통합한다는 것은 이치에 맞지 않는 발상이다. 위성운용연구쎈터가 위성기술의 독자개발을 반대한다는 입장을 눈치챈 상범은 해커인 태원에게 위성운용연구쎈터를 해킹하자고 제의한다. 하지만 태원은 해커의 윤리를 내세워 반대한다. 해커는 정보공개라는 대의를 위해서만 일을 한다는 것이다. 하지만 해커들은 근본적으로 닫힌 공간에 대한 불만을 가지고 있다. 때문에 위성운용연구쎈터를 해킹하게 되고 연구소 통합의 정보를 알게 된다. 쉽게 말하면 자신들의 연구실적이 저조해서 통합되는 것이 아니라, 이미 조작된 사실임을 안 것이다. 결국 이들은 우주연구소와 위성운용연구쎈터의 통합 행사가 이루어지는 행사장에서 휴즈사와 위성운용연구쎈터 사이에 오고간 전자 우편 내용을 공개하자는 의견을 제의한다. 정식 참가가 허용되지 않았지만 이들은 행사장에 입장하여 메가폰을 잡는다. 이들이 메가폰을 잡고 새로운 출발을 하고자할 때 상징탑에 새겨진 비둘기가 양각된 깃털을 퍼덕이며 날아올랐다. 젊은 연구원들의 정의와 대의를 위한 용감한 행위에 대해 지금까지 화석화되었던 평화의 상징인 비둘기가 힘찬 비상을 한 것이다.

작가는 이상과 같은 민족자립과학이라는 이야기를 독자들에게 전하면서도 핵심은 다른 데 두고 있다. 그것은 주지하는 바 인문주의자와 과학기술자의 결합이다. 임규찬의 말과 같이 작가는 우리 소설계에서는 보기 드물게 공학도 출신이자 앞으로도 과학기술자로서의 삶을 살아갈 연구자이기 때문에 문학적 상상력과 과학적 상상력의 결합을 실현시킬 수 있는 충분한 가능성을 지니고 있다.

> 한가한 시간을 즐기며 서가들 사이를 배회하던 내 눈에 아서 클라크. 로버트 하인라인. 그리고 아이작 아시모프의 책들 사이에 다소곳이 꽂혀 있는 내 책이 이내 발견되었던 것이다. 나는 내 소설이 그런 평가를 받아야 한다고 생각하지 않고 있었으므로(내 소설은 미래가 아닌. 93년의 어느 날을 배경으로 하고 있으며, 상상 속에서 만들어진 그 어떤 장치도 사용하고 있지 않다) 내 책을 거기서 뽑아서 옮겨놓았다.[122]

작가는 자신의 작품이 과학소설로 평가받는 것에 대해 불만을 토로한다. 『로그인』이 과학소설로 평가될 만한 내용이 거의 없다는 것이다. 즉 공간적 배경은 몰라도 시간적 배경을 1993년으로 잡았으니 전혀 실현 가능성이 없는 이야기도 아니다. 하지만 과학소설로 분류됨은 작가나 작품에 대한 선입견이 먼저 작용한 것으로 보인다. 작가가 공대 출신이고 작품의 제목이 과학소설적 냄새가 짙다는 것이다. 이러한 선입견이 작품에 대한 정당한 평가를 방해할 뿐만 아니라 문학과 과학의 접목을 어렵게 만든다.

본격문단에서 활발한 활동을 하고 있는 작가들이 추리소설 기법이니 과학소설 기법이니 하면서 주변문학으로 치부되던 장르에 대한 관심을 보인 것은 오래되었다. 이러한 현상을 김도현은 세 가지로 보고 있다. 먼저 '대중/순수'라고 하는 어색한 이분법이 도전을 받고 있다는 것이다. 이는 대중이

---

122) 김도현, 「과학소설의 이종교배」, <한국문학>, 1997, 가을, 344쪽.

니 순수니 하는 명쾌한 판단기준이 불분명하기 때문에 나타나는 현실이다. 이와 같은 잣대의 기준이 문학의 질적 수준을 확보했다는 순기능이 있는 반면에 우리 문학을 폐쇄적이고 허약하게 만든 역기능을 초래했다고도 할 수 있다. 다음으로 주변문학의 기법이 작가의 상상력의 지평을 무한대로 확장시킬 수 있다는 점이다. 실로 우리 문학사는 작가들의 자유분방한 상상력에 여러 가지로 걸림돌이 되어왔다. 마지막으로 과학기술사회의 도래에 대해 작가들의 예민한 촉각이 반응하고 있다는 신호로 파악한다.[123] 그는 과학기술의 현재와 미래에 대하여 고민하고 그 고민을 통해 궁극적으로 인간의 현재와 미래에 대해 독자들과 교감을 원한다.

작가의 과학적 상상력으로 창작된 「깊고 푸른 공허함」은 복제인간이라는 소설의 새로운 소재로 전개된다. 연구원인 윤호가 초췌한 행색과 핏발 선 눈으로 나를 찾는 작품의 서두는 독자들의 호기심을 유발시키고 긴장 속으로 몰아간다. 이 작품은 대학병원 레지던트인 작가의 전문지식이 작품을 전개하는 데 큰 역할을 하고 있다. 작품의 주요 등장인물이 둘 다 의학을 전공했고 작가 또한 의학을 전공했으므로 독자들은 작중인물과 작가를 겹쳐읽기에 충분하다. 2장에서부터 윤호의 본격적인 이야기가 전개된다. 그는 9번 염색체에서 의문의 염기서열을 발견한 것이다.

> 그 서열은 단순한 유전자가 아니었어. 거기엔 한 인간의 수정에서 각 조직의 분화와 성장, 그리고 사망에 이르기까지의 모든 과정에 필요한 제어 정보가 순차적으로 기록이 되어 있었던 거야! 인간의 일생에서 필요한 모든 유전자들이 언제 어떻게 움직여줘야 하는지에 대한 순서가 가지런하게 놓여 있었단 말이야! 인류 역사상 처음으로 한 인간의 운명을 유전자상에서 직접 눈으로 보는 감격을 넌 이해할 수 있겠니?[124]

---

123) 복거일의 『역사 속의 나그네』, 『비명을 찾아서』, 윤명제의 「개마고원」, 박상우의 『나는 인간의 빙하기로 간다』, 이명행의 『노란원숭이』 등이 여기에 해당된다.

124) 김민영, 「깊고 푸른 공허함」, 『비트시대』, 토마토, 1996, 60쪽.

　윤호가 발견한 염기서열이란 인간의 유전자를 말하는 것이다. 유전자는 형질의 각각에 대응하여 염색체 위에 일정한 순서로 배열되어 있는 유전단위를 말한다. 유전자의 실체는 핵산이며 DNA가 보편적이지만, 일부 바이러스에서는 RNA일 때도 있다. 각각의 형질에 대한 유전정보는 유전자 핵산 위의 각 염기의 배열 순서에 따라 결정된다고 보는 것이 통설이다.

　윤호는 인간의 수정에서 조직의 분화는 물론 성장, 사망을 망라하는 순차적 질서를 발견하였다. 이러한 경이로운 염기서열의 발견은 그를 신의 권위에 도전하게 만든다. 신이 아담을 창조했듯이 그 또한 인간을 창조하려는 욕망을 버리지 못한다. 결국 그는 자신의 새끼손가락 한 마디를 잘라 효소처리한 후 체세포를 배양하여 인간 복제를 시작한다. 실제 체세포로부터 포유동물을 복제하는 업적은 영국 로슬린연구소의 이언 월머트박사팀에 의해서 시작되었다. 그들은 성장한 양의 체세포를 가지고 무성생식[125]의 방법으로 양 '돌리'의 복제에 성공한 것이다. 즉 "기존의 생명 과학적 상식과는 달리 성숙한 분화된 체세포가 자신이 갖는 잠재능력을 되찾고 증식하여 새로운 완전한 개체로 발생하도록 하였다."[126] 이러한 사실은 허구의 이야기가 현실의 이야기로 변화됨을 의미한다.

　복제기술은 인간의 장기를 대량생산하여 인간을 질병으로부터 해방시킬 수도 있다. 그러나 악용한다면 인간의 존엄성이 수단으로 전락하고 마는 종교적, 윤리적 문제를 발생시킬 것이다. 이에 대하여 윤용남은 눈앞에 다가온 인간복제의 현실에 대하여 근본적 질문을 한다. 인간의 행복추구권의 한

---

125) 모든 세포는 탄생 → 성장 → 소멸의 단계를 거치는 것이 정상이다. 그러나 무성생식적인 복제 기술은 이러한 질서를 거부한다. 무성생식이란 원래 하등 생물의 생식방법이다. 암수의 어울림이 없이 그 자체에서 분열하거나 싹이 나거나 또는 땅속줄기에서 나와 두 개 이상의 새로운 개체를 이루는 것이다. 이에 반하여 유성생식(有性生殖)은 암수의 배우자가 합쳐서 새 개체를 만드는 생식 방법을 말한다. 이러한 의미에서 성숙한 세포가 자신의 모든 잠재능력을 되찾고 분열을 시작하여 또 하나의 성숙한 개체를 탄생시켰다는 것은 생명과학의 새로운 장을 연다.

126) 박길홍, 「인간 복제 가능한가」, <과학과 기술>, 1996, 6, 56쪽.

계점, 인간이 자연을 향유할 권리, 우주 평화 달성 등이 그것이다. 그는 인간은 생명체를 조작, 복제하여 더 이상의 안락과 풍요를 추구해서는 안된다고 지적한다. 자연의 질서 속에서 살아가고 있는 우리 인간들이 질서에 순응하여 자연의 경외심을 잊어서는 안된다는 논리다. 그는 계속해서 장기이식이 필요한 환자의 고통을 방치할 수 없다고 주장한다. 그러나 자연의 질서를 파괴하고 우주 평화를 깨는 치유방식을 거부하고 있다.127)

인간이나 동물의 수는 자연의 복원력에 의해서 자동적으로 정해진다고 할 때 인간의 수만 지나치게 많다는 것도 문제다. 우승열패, 적자생존의 질서 속에서 생존경쟁이라는 자연의 세계에서 인간만이 기득권을 주장할 수는 없을 것이다. 외계의 상태나 변화에 적합하거나 잘 적응하는 것만이 살아남고 그렇지 못한 것은 멸망하는 것이 타당하다.

작품에서 인공자궁에 배양된 세포는 인공양수 속에서 한 달만에 탄생된다. 고농축된 특수우유는 복제된 인간을 일주만에 기어다니게 하고 열흘만에 걸음마를 가능하게 한다. 한 달이 지난 상태에서는 초등학생 정도의 지능과 체구를 갖춘다. 그러나 복제인간은 성장속도와 달리 살인을 하고서도 자신이 저지른 일에 대해서 전혀 죄책감을 느끼지 못한다. 그는 자신의 창조주인 윤호를 죽이지는 않는다. 그것은 다만 자신을 복제한 이유에 대한 의문과 노화 속도를 정상적으로 조절하기 위해서이다.

---

127) 영화 [안드로이드]에서는 심장병에 걸린 과학자가 자신의 병을 고치기 위해 자신과 똑같은 병에 걸린 복제인간을 만들어 생체실험을 한다. 과학자는 자신과 똑같은 복제인간에게 병을 고칠 수 있게 되면 자신을 고쳐달라고 부탁하고 자신은 냉동인간이 된다. 그러나 복제인간은 냉동 장치의 플러그를 뽑아 버리고 과학자를 죽인 후 자신이 과학자의 대리행세를 하며 모든 연구를 통제한다. 인간의 질병을 고치기 위해 복제된 인간이 오히려 인간의 질서를 파괴하는 역현상을 보이고 있는 것이다. 그러나 '돌리'의 복제는 277번의 시도로 성공하여 성공률이 0.3%에 불과하다. 이러한 저조한 성공률에도 불구하고 세계 각국은 법규의 제정과 보강에 부심하고 있다. 따라서 '기술적인 장벽이 산재하여 있는 터에 법률적, 사회적, 도덕적으로 인간복제를 엄격히 금지하게 되면 인간복제가 현실화되기는 대단히 어려울 것'이다.
박길홍, 앞의 책, 59쪽.

"난 이제야 알 거 같아. 어디서 무엇이 잘못되었는지. 신이 우리에게 생명을 주었을 때는 우리의 몸을 만들고 거기에 하나씩 영혼을 불어넣었지. 신이 내 몸에 배정한 영혼은 하나뿐인데, 내가 녀석을 만들었을 때 나는 둘이 된 거야. 난 그의 몸에 영혼까지는 만들어 주질 못했어. 결국 난 양심도, 죄의식도 없이 단지 자신의 욕구만을 찾아 움직이는 저주받은 괴물을 만들어냈을 뿐, '생명'을 창조해내지는 못한 거야."[128]

작가는 윤호의 언어를 통하여 자신의 메시지를 전한다. 사물의 이치를 논리적으로 판단하여 이성을 되찾자는 것이다. 인간 복제는 가능했지만 복제인간에게 영혼까지 심어줄 수 없어 생명창조에 대한 윤호의 욕망은 무참히 파괴되고 만다. 이는 신의 유일한 권위에 도전했던 인간의 종말을 보여주는 것이다. 이후 윤호는 자신의 분신인 복제인간에 의해 살해당한다. 육체적 복제는 가능했지만 이성까지 창조할 수 없었던 것은 인간의 한계다. 허구에 불과했던 복제인간이 현실성을 지니게 되었지만 결과적으로 소설적 진정성에는 도달하지 못했다. 현실공간에 통제할 수 없는 복제인간들이 득실거린다면 인간의 존엄성과 생명의 가치는 찾아볼 수 없을 것이며, 유토피아의 존재 가능성은 희박해질 것이기 때문이다.

「개마고원」은 2500년 9월 2일을 시간적 배경으로 하여 컴퓨터가 지배하는 미래사회의 생활상을 소재로 전개된다. 작품은 헉슬리의 『용감한 신세계』와 유사하게 서술되고 있다. 캡슐분양광고, 스튜디오, 폴리스, 배변법, 자동감응장치, 화상컴퓨터, 바코드, 뇌 기능 극대화, 메모리 칩, 바이러스 등은 본격문학과는 다분히 이질적인 소재들이다.

이 작품의 주요사건은 시민의 컴퓨터가 '개마고원 바이러스'에 감염되었다는 것이다. 바이러스의 정체를 알아내지 못하면 관리실에서 모니터를 철수할 것이고, 모든 것을 컴퓨터에 의지하고 생활하는 시민의 목숨조차 위협의 대상이 된다.

---

128) 김민영, 앞의 책, 69쪽.

> 관리실의 지시나 통제를 받지 못한 소비자는 알몸으로 캡슐 한 귀퉁
> 이에 앉아 자신의 몸을 제 손으로 잡아 뜯고 있었다. 그 짓거리를 한 지
> 꽤 오래되었는지 허벅지와 가슴의 살점이 너덜너덜한 채 피투성이가 되
> 어 있었다.[129]

시민에 대한 관리실의 통제는 실로 '요람에서 무덤까지'다. 그러므로 관리실의 통제를 받지 않는 생활이란 바로 자살행위나 다름이 없다. 인용문은 관리실의 통제를 받지 못한 비참한 시민의 모습이다. 폴리스라는 거대한 권력의 통제를 받고 있는 시민들(소비자)은 캡슐에서 생활한다. 시민들은 배변법의 적용 대상이며 관리실은 시민의 내장까지 통제한다. 매일 아침에 화장실을 가야하는 법을 어긴다면 그날로 입원 조치된다. 이는 폴리스의 건강관리특별법으로 시민의 정기적 배변을 요구하고 변의 분석까지 맡는다. 그러나 자유는 방임을 불러일으키지만 지나친 통제는 또한 자유를 갈망하게 한다.

폴리스는 한 개체 안에서 이중구조를 느끼게 하는 힘을 통제하기 위해서 인위적으로 금지곡을 정해놓고 있다. 그러나 시민들은 이러한 통제를 잘 지키지 않는다. 폴리스는 이러한 문제적 시민을 관리하기 위하여 브레인생화학연구소를 설치하였다. 연구소에서는 문제적 시민에게 세뇌교육을 시킨다. 또한 머리의 윗부분을 절개하고 뇌와 외피질을 분리하여 새로운 주름을 만들거나 필요 없는 주름을 제거하고 메모리 칩을 삽입하여 뇌기능을 극대화시킨다. 필요 없는 주름이란 금서나 금지곡의 지식이 주입된 뇌를 말한다. 금서는 영상문자가 아닌 인쇄문자로 되어있다. 이들은 "인쇄문자는 온통 검정색뿐이었다. 이토록 무료하고 단조로운 문자로 지식을 습득했을 선대의 삶에 숙연했다"[130]라고 말한다. 미래사회의 시민들에게 인쇄문자란 다만 무료하고 단조로우며 읽기는 하지만 뜻을 알 수 없는 일종의 기호에

---

129) 윤명제, 「개마고원」, 『1991 신춘문예 당선작품집』, 예하, 1991, 316쪽.
130) 위의 책, 315쪽.

불과하다.

폴리스는 감시 통제를 강화할 뿐만 아니라 모든 시민은 근무에 대하여 자신의 의사와 상관없이 상대평가를 받게 한다. 그래야만 환경의 조화가 유지된다는 것이다. 폴리스는 환경의 조화를 이상적 민주주의 실현의 목표로 두고 있다. 과거의 합리주의나 시민의 이성이 절대적이었던 체재는 스스로를 오만하게 만들었을 뿐 인류 구원에 아무런 역할도 하지 못했다는 것이다. 이러한 입장은 희랍시대의 이성적 인간이나 중세의 신앙인간 그리고 르네상스 시대부터 현대까지 이어지는 인간의 재생 또한 믿을 수 없는 것이 되고 만다.

> 어제 사용했던 전나무 숲의 아스테르향 농도로 맡기에는 역했다. 창 밖 풍경을 바꾸어 볼까해서 이리저리 채널을 돌려 보았으나 마땅치 않아 그대로 두기로 했다.[131]

인용문은 깁슨의 『뉴로맨서』에서도 보이는 인위적으로 만들어 내는 하늘이나 저녁놀의 배경과 유사하다. 미래사회는 일상생활에 관련된 기타의 소품뿐만 아니라 자연 자체도 인위적으로 선택된다. 이러한 상황은 인간이 자연을 정복한 듯 착각을 불러일으키게 한다. 미래사회의 모든 현상들이 인간의 상상력에서 비롯되어 현실로 나타난다면 이러한 자연의 배경 또한 현실로 다가올 풍경일 수 있다는 것이다.

작품에서 시민의 컴퓨터에 바이러스가 침투한 것은 금서나 금지곡에 대한 폴리스의 통제를 따르지 않은 결과로 보인다. 폴리스는 시민에게 세뇌교육을 시킬 작정이었다. 그러나 작가는 이러한 단순한 구조를 용납하지 않는다. 바이러스 앞에 '개마고원'이라는 지명을 덧붙여 다양한 해석을 유도한다. 개마고원은 작품 속에서는 할머니의 아픈 상처지만 현실적으로는 북한에 있는 지명이다. 감시와 통제의 상징인 폴리스와 바이러스로 대표되는 개

---

131) 위의 책, 309쪽.

마고원, 이는 각각 미래사회와 한반도로 유추될 수도 있다. 다시 말하면 미래사회에 대한 부정적 이미지에서 벗어나려는 한반도의 몸부림이라 여겨진다. 어떠한 이데올로기도 인간의 목숨보다는 소중하지 않다. 베를린 장벽을 마지막으로 이데올로기가 해체된 듯이 보이지만 한반도의 허리를 관통하고 있는 철책은 여전히 무너지지 않았다. 한반도가 지구상에서 마지막 남은 분단국가로 영원히 존재한다면 미래사회에 대한 일말의 희망도 보이지 않는다. 따라서 먼저 분단을 극복하고 다음으로 미래사회에 대한 부정적 이미지를 제거하려고 노력해야 할 것이다. 이렇게 볼 때 미래사회에 대한 희망과 절망이 교차하는 작품에서 개마고원이라는 이중구조의 이질성은 어느 정도 해결된 듯 하다.

『하이브리드』[132]는 미국의 국립 보건원에서 인간 게놈 프로젝트에 종사하던 신 박사가 귀국하여 범죄의 유전성을 연구하는 것으로 설정되어 있다. 하지만 그는 한국으로 올 때의 약속과는 다르게 연구결과가 비인간적이고 폭력적임을 알게 된다. 다시 말하면 범죄유전자를 가진 인간은 단종되어야 한다는 것이다. 신박사와 일행은 이러한 계획의 비밀을 컴퓨터통신으로 알게 되었으며 이를 방지하기 위해 노력한다. 결국 그는 인간의 범죄성향을 나타내는 유전자는 생성과 소멸을 반복하는 것으로 유전과는 상관없다는 연구결과를 발표하기에 이른다.

이 작품도 과학의 진보에 대한 우리 인간의 맹목적 수용태도가 얼마나 위험한 일을 저지를 수 있는가에 대한 문제의식을 제기한다. 작품에 나타나고 있는 범죄 유전자 인간이 단종되어야 한다는 상황은 현실과 무관한 것은 아니다. 따라서 작가는 작품을 통하여 과학에 대한 비판적 시각은 가져야 한다는 발언을 하고 있는 것이다.

유성식의 「아주 사소한, 류씨 이야기」[133]는 1930년대의 박태원, 1970년대

---

132) 염승호, 『하이브리드』, 홍익출판사, 1995.
133) 유성식, 「아주 사소한, 류씨 이야기」, 『1993년 신춘문예 당선작품집』, 예하, 1993.

의 최인훈, 1990년대의 주인석의 「소설가 구보씨의 일일」을 패러디한 작품
이다. 즉 아주 사소한, 류씨의 2042년 12월 1일 오전 7시부터 저녁 11시까지
의 하루이야기가 작품의 전체 줄거리이다. 박태원, 최인훈, 주인석이 당대의
암울했던 지식인의 자화상을 그렸다고 한다면, 유성식의 작품은 2042년이
라는 암울한 미래 사회를 조명한다. 현실의 눈으로 미래를 조망하여 현실의
반성적 주체로서의 류씨로 자리매김하려는 것이다. 종래 이 작품은 본격문
단에서 이러한 작품을 문학의 하위범주로 인식하던 시각과는 달리 신춘문
예에 당선되었다. 작가는 1992년의 패러디니 패스티시니하던 논쟁에서 작
품의 소재를 얻은 듯하다. 또한 기성작가의 작품을 패러디하여 패스티시를
비판한다는 아이러니한 면도 함의하고 있다.

　주인공 류씨는 소설가 자격시험에 삼수를 해서 합격한 소설가이다. 그러
나 기성 소설가 대열에 합류하려면 일류 소프트웨어에 소설을 발표해 평가
를 받는 1차평가와 디스켓 한 장 분량의 소설을 개인 명의로 프로그램해서
시장성을 평가받는 2차평가를 거쳐야 한다. 소설가는 국립 컴퓨터 시스템과
연결된 모니터를 작동시켜 작품을 써야 하고 오전 9시부터 오후 1시까지만
작업을 할 수 있다. 물론 그 이전이나 이후에는 모니터가 작동하지 않는다.
이는 국가의 국민건강을 위한 배려 때문이다.

　이 작품은 2042년이라는 미래사회에도 거대권력이 억압기제로 존재하고
있음을 보여 준다. 류씨의 모든 것은 거대권력의 통제 속에서나 가능하다.
2042년의 컴퓨터는 류씨의 건강을 위해서 금연 경보를 울리고 혈중 당분농
도를 체크하며 식사시간임을 알려준다. 물론 키친 박스에는 섭취해야할 칼
로리가 정확하게 표시되어 있다. 자가용 자동운전컴퓨터가 고장을 일으켜
가로등을 들이받았다는 전자신문을 볼 수도 있다. 또한 유리의『회상에 빠
진 남자』를 호출하여 2만 8천 바이트(Bytes) 정도의 내용을 현기증을 느끼면
서 읽는다. 미래사회에서도 조회수는 작가의 지명도를 측정하는데 활용되
고 있다.

　유리의 약속연기로 집에 돌아온 류씨는 전자신문에서 '소설정보'를 본다.

「유리 작, A 그리고 B 이야기」를 보는 순간 류씨는 놀라지 않을 수 없었다. 이 부분에서 작품은 반전된다. 유리의 최신작은 K와 L을 A와 B로 바꾸고 몇 문장의 수정을 한 류씨의 작품이었다. 이는 자신이 이용했던 컴퓨터로부터 배신을 당하는 대목이다. 최소한 류씨의 입장에서 보면 그렇다. 그러나 유리의 입장에서는 아직까지 컴퓨터는 만능해결사이다.

　　유리의 입장은 가상공간의 독립을 선언한 바를로와 유사하다. 디지털 저작물에서 저작자의 이름을 밝히고 원문에 훼손이 가지 않고 상업적 용도로 쓰이지 않는 한도 내에서 복제를 허용한다는 단서조차 거부하고 모든 정보를 공유하자는 입장이다. 유성식의 작품에서 평자들은 작품의 가치를 반전 부분에서 찾고 있다. 반전이 없었더라면 이 소설은 패스티시를 중심기법으로 삼고 있는 포스트모더니즘 소설의 아류 정도가 되었을 것으로 예상한다. 하지만 작품의 가치는 당시 주변문학으로 분류되던 과학소설에 문학성을 가미하여 대중성과 문학성의 경계에서 절묘한 줄타기를 시도했다는데 있다. 과학소설은 작가의 미래지향적인 창조적 상상력을 기반으로 성장한다. 작가는 창조적 상상력을 바탕으로 새로운 현실적 소재를 찾아 소설적 진정성에 도달하려 했다. 여기서 말하는 소설적 진정성이란 부정적 시각으로 미래사회를 조명하여 대처방안을 모색하려는 것이다.

　　　　과학소설과 본격소설의 경계는 실로 모호한 면이 없지 않다. 커트 보네거터는 20년 동안이나 무명의 과학소설가로 폄하되다가 1969년에 발표한 『제5도살장』이 독자들에게 인정을 받으면서 지금까지 주변 장르로 치부되던 모든 작품이 일시에 본격소설로 편입되는 이변을 낳기도 했다.[134]

---

134) 과학소설적 기법으로 작품을 창작하여 본격 문학 작가로 인식되는 사람은 토머스 핀천, 존 바스, 도널드 바셀미, 조셉 헬러, J. R. R. 톨킨, 보르헤스, 마르께스, 칼비노, 앤소니 버제스, 도리스 레씽, 킹슬리 에이미스, 윌리엄 골딩 등이다. 그리고 과학소설과 본격소설의 경계가 모호하여 그 구분의 의미 없음을 주장하는 비평가는 레슬리 피들러, 수잔 손탁, C. E. 루이스, 로버트 스콜즈 등이 있다.

　　물론 SF문학은 전혀 별개의 장르가 아니라, 이미 오래전부터 주요 작
가들에 의해 쓰여져 왔고, 대학 강의실에서도 교재로 채택되어 왔으며,
또 우리의 문화와 사고의 형성에 지대한 영향을 끼쳐온 문학양식이었
다. 그와 같은 것은 조나산 스위프트의『걸리버 여행기』, 메어리 셸리의
『프랑켄슈타인』, H. G. 웰즈의『타임 머신』이나『우주전쟁』이나『투명
인간』이나『모로박사의 섬』, 올더스 헉스리의『멋진 신세계』, 죠지 오웰
의『1984년』, 그리고 쥘 베른의『지구에서 달로』등의 중요성을 생각해
보면 금방 명백해진다.[135]

인용된 작품들이 소설사에서 빠뜨릴 수 없는 중요한 작품이라는 점은 상
식이다. 이러한 작품을 생략한 채 소설사를 논의한다는 것은 의미가 없다.
우리가 과학소설을 열등한 장르로만 치부해 버린다면 소설의 근본 뿌리가
흔들리지 않을 수 없을 것이다. 다만 소설적 진실을 추구하기 위한 소재와
기법 측면에서만 과학의 도움을 받았다는 것은 언어도단이다.

　문학과 과학의 상호소통은 오늘날 절실히 요구되고 있는 부분이다. 디지
털시대의 사이버소설은 소설언어와 과학기술의 결합을 가장 우선적으로 시
도해야 한다. 소설언어를 통해 과학기술의 허실을 조망하고 대처방안을 모
색할 수 있다. 과학기술은 소설의 형식이나 내용적 측면까지 영향을 미쳐
소설의 새로운 변화를 요구하게 될 것이다. 이러한 사실에서 사이버소설이
추구하는 한 축을 발견하게 된다. 그것은 컴퓨터가 지배하는 미래사회에 대
해 경종을 울려 주고 있다는 것과 작품의 구조를 열어 놓아 독자들의 역동
적 참여를 유도한다는 것이다. 가상공간은 소설이 추구하는 유토피아이자
모든 인간이 꿈꾸는 이상의 다른 이름일 수 있다. 현실과 가상현실을 수레
바퀴에 비유한다면 바퀴 하나로 문학이라는 수레를 움직일 수는 없다. 두
바퀴의 존재가 튼튼하게 정립될 때 문학이라는 수레를 잘 지탱할 수 있을
것이다. 가상공간의 창조적 상상력은 사변적 논리가 아니라 과학적 논리에
의존하고 있기 때문이다. 사이버소설에는 상업적인 흥미위주의 열등한 작

---

135) 김성곤, 앞의 책, 12쪽.

품도 있을 수 있으나 문학적 가치가 있는 작품이 있을 수도 있다. 따라서 열등한 쓰레기 같은 작품은 점차 도태되어 갈 것이고 문학적 가치가 인정되는 작품은 영원한 고전으로 존속할 것이다.

3) 소재의 확장과 전복의 상상력

사이버소설은 소재적 측면에서 기존 소설보다 매우 다양한 양상을 지닌다. 이러한 소재의 확장은 디지털시대와 밀접한 연관을 맺고 있다. 과학의 발전을 기반으로 하는 디지털시대 현실이 그만큼 다양화 되었으며, 이것은 기존 작가들의 상상력을 초월하여 존재한다. 그렇다면 문제는 상상력이다. 작가들이 상상력의 전복을 시도할 때 소설은 새로운 모습을 보여줄 수 있을 것이다.

플라톤은 상상력을 비합리적으로 보아 진리와 실재의 발견을 저해하는 요소로 규정하였다. 그러나 컴퓨터에 의지하고 있는 디지털 상상력은 작가의 문학적 상상력을 극대화시키며 미래사회를 조망하여 새로운 리얼리티를 생산한다. 왓트의 지적처럼 철학적 현실성이 반전통이듯 소설 또한 실험적이다. 이제 소설은 현실만을 반영하는 것이 아니라 가상현실까지 반영하여 현실과 허구의 경계를 와해해야할 것이다. 가장 넓은 의미의 현실성이란 "어떤 형식을 취하든 모두 당대 인식론을 반영"[136]한다. 21세기의 문학은 문학의 영역을 뛰어넘어 문화 사회의 전반에서 문학적 요소를 찾아 문학의 새로운 리얼리티 개척에 매진해야 한다. 현실을 인식하고 재창조해야한다는 사명감과 새로운 현실성을 수용하고 소설적 진정성을 찾기 위한 끊임없는 정진이 요구된다고 하겠다.

> 상상력 또한 지금까지와는 전혀 다른 물적 기반을 갖는다. 그것은 통신공간이며 궁극적으로 정보화 사회가 지향하는 컴퓨토피아이다. 아톰 atom이 아닌 비트bits의 세계이며 실제가 아니라 이미지이다. 바슐라르

---

136) 권택영, 『소설을 어떻게 볼 것인가』, 문예출판사, 1995, 178쪽.

는 상상력이라는 말과 부합되는 근본적인 말을 이미지가 아니라, 상상
영역이라 하였다.[137]

컴퓨토피아는 컴퓨터와 유토피아의 합성어이다. 현실공간에 뿌리를 내리
고 있던 상상력이 현실공간을 벗어나 가상공간으로 확장되는 디지털 상상
력은 컴퓨토피아로 나가는 것과 마찬가지가 되는 것이다.

첨단과학 기술은 인간에게 신의 경지에 도달할 수 있는 권력을 부여했다.
이러한 상황은 디지털시대에 이르러 가속화 되었으며 반면에 자연은 더욱
황폐화되기 시작했다. 매년 한반도 면적의 두 배 이상의 산림이 개발이라는
미명아래 훼손되고 있는 실정이다. 산림은 인류의 허파이다. 산림이 사라진
다는 것은 인간의 허파를 상실하는 것과 마찬가지다. 이산화탄소의 증가에
의한 엘니뇨 현상으로 지구는 점점 온난화되고 남극의 얼음과 만년설은 점
차 녹아 내리고 있다. 산성비가 내리고, 미국에서는 이상기온으로 인한 홍
수로 수백명이 사망하는 등 점차 그 폐해가 심각해지고 있는 실정이다. 지
구에 분포되어 살던 생물중에서 공룡이나 맘모스, 삼엽충의 멸종이 이상기
후에 의한 것이라 추정한다면, 인간의 멸종 또한 불가능한 일만은 아닐 것
이다. 중요한 것은 전자의 멸종은 자연에 의한 것이고 후자의 멸종은 인간
에 의해 자행될 것이라는 사실이다. 이러한 이유로 디지털시대 작가들은 지
구의 환경문제를 작품으로 형상화 해내어야 하는 것이다.

『슬픈바다』에서 인위적으로 만들어진 공해가 지배하는 슬픈 바다의 도시
는 항상 불안이 가득한 에른스트의 그림과 같은 모습으로 서술된다. 에른스
트의 그림에서 보이는 황폐한 도시가 작품의 공간적 배경을 제공한 것이다.
도시와 그림은 똑같이 어둡고 칙칙한 하늘만 펼쳐져 있는 퇴폐적이고 환상
적인 공간이다.

이 작품은 작가의 상상력을 극대화시켜 독자들에게 새로운 리얼리즘의
세계를 보여준다. 권택영은 새로운 리얼리즘을 환상적 리얼리즘이라 말한

---

137) Gaston Bachelard(곽광수 역), 『공기와 꿈』, 민음사, 1993, 10쪽.

다. 환상적 리얼리즘은 전통적 소설이 중시하는 '실제 일어날 것 같은 이야기'를 견고하게 서술하지 않고 일어날 것 같지 않은 일을 아무렇지도 않게 서술하는 것이다. 아울러 우화적 세계가 코믹하게 과장되거나 유령이 인간의 모습으로 실제 인물들 속에 존재하는 등 소설의 개연성을 무너뜨리고 인간의 상상력을 최대로 넓히려는 기법이다. 사물과 관념의 습관적 틀을 파괴하고, 예상을 불허하는 연결 관계를 창조할 때 상상력은 전복을 시도하는 것이다. 그렇다면 작품의 토대를 구축하는 환상적 리얼리즘은 환상보다 리얼리즘에 더 큰 비중을 두고 있다. 이러한 장치는 기존의 전통소설의 기법을 해체하는 동시에 정화를 통한 참된 세계의 구현과 인간성의 회복이라는 대명제를 추구하는 것이다. 작품에서 제시하는 환상적 세계는 결코 우리 사회와 먼 곳에 존재하지 않고, 바로 우리 사회 현실을 발언하고 있기 때문에 결코 비현실적이라고는 할 수 없다. 야누스의 두 얼굴을 지닌 과학은 우리 인간을 편리하게 해 주는 반면에 인간성 상실이나 환경오염 등의 심각한 문제를 유발시키기도 한다.

디지털시대에는 작품의 현실성 문제를 벗어난 새로운 리얼리즘이 요구된다. 환상적 리얼리즘을 표현하고 있는 『슬픈바다』도 새로운 리얼리즘의 한 형식으로 볼 수 있다. 전복의 상상력으로 환경파괴가 가져오는 미래사회의 어두운 면을 제시하여 반성적 경종을 울려주고 있는 것이다.

> 그 도시 서편 저문 언덕 너머에는 천 년을 쉬지 않고 용암처럼 검붉게 끓어넘치는 사납고 슬픈 바다가 있었다.
> 난 그 바다를 보지 못했다. 그 바다를 본 사람이면 누구나 불덩어리같이 끓어오르는 바닷물 속에 육신을 던져 죽음의 세계로 함몰해 가고 싶은 강렬한 유혹에서 헤어나지 못하고, 해실해실 미쳐 가거나 기원전의 미라처럼 살 없이 말라 가다가, 마침내는 큰 도시의 빌딩처럼 솟아오른 어두운 해벽(海壁) 꼭대기에서 몸을 던지고야 만다는 이야기가 전해져 왔다.[138]

주인공 창왕은 슬픈 바다가 끓어 넘치는 도시에 도착했다. 이 도시는 심각한 환경오염에 의해 검은 비가 내리고, 이러한 환경에 영향을 받은 사람들의 자살이 빈번하게 발생한다. 그가 도착했을 때 이미 콜롬비아산 독향초를 집단재배하겠다는 약초업자들의 추가 진출을 반대하던 한 사내가 자살한 상태였다. 이 소식을 전달한 전파상회 안주인마저 다음날 흔적없이 사라진다. 이러한 이야기는 인용문에서 언급하는 전설적 이야기와 겹쳐져 독자들을 환상적 리얼리즘의 세계로 인도한다. 환상이란 현실로는 있을 수 없는 일을 있는 것처럼 상상하는 일이다. 현실로부터 의식적인 도피를 지칭하기 위하여 사용되지만 요정의 나라처럼 존재하지 않는 가공적 세계를 말한다.

주인공은 니니의 과외선생으로 이 도시에 왔지만 콜롬비아산 독향초 냄새를 풍기며 우중충한 하늘을 가진 이곳에 번민하고 괴로워할 문제를 가지고 도착한 셈이다. 특히 이곳에서 생활하는 사람들은 열 일곱살이 넘으면 안개가 내장 안까지 침투하여 탈출의 의지를 근본적으로 녹여 버린다는 것을 알게 된다. 이러한 사실은 희망이 존재하지 않는다는 것을 의미한다. 열 일곱을 넘기지 못할 형편이라면 희망은 더 이상 희망이 아닌 절망일 수밖에 없다.

뽕타운은 니니 또래 아이들에 의해 불리는 환상적 도시의 명칭이다. 여기서는 구구각색의 인종과 작부들이 벌이는 정사와 남자 아이들이 지저분하게 아이스크림을 핥으며, 비디오로 흘러나오는 외국 가수의 열창에 열광하고 있다. 그들은 머리를 진한 철솔처럼 세웠으며 불량기가 가득한 것으로 묘사된다. 등장인물인 숱머리는 노동해방을 위해 동지들과 싸우다 자신의 조직으로부터 축출당한다. 그는 노동계급이 역사적 임무를 포기했다고 보며 계급적 존재를 체념한 프롤레타리아가 없는 자본주의는 더 이상 자본주의가 아니라고 말한다. 또한 과학이란 자연을 정복해서 가짜 낙원을 만들기 위해 자연을 조종, 지배, 정복하는 것이 아니라 인간의 나약함을 도와주는

---

138) 구효서, 『슬픈바다』, 동아출판사, 1991, 7쪽.

것이어야 한다고 강조한다. 등장인물들은 하나같이 힘과 용기를 내어 할 만한 일이 모두 없어진 상황에서 무력감과 슬픔에 빠져 있다.

하늘이 열리던 날, 사람들은 처음으로 자신들의 그림자를 보았을 뿐만 아니라 금기의 바다를 보았다. 모두 황홀한 신음소리를 내뱉으며 그곳에 몸을 던지고 싶은 충동에 빠진다. 그들은 붉은 노을을 쓸어안고 죽음의 축제를 벌인다. 독향초 재배를 반대하던 청년, 백이십 곡의 노래를 날마다 부르던 소녀, 십육절지 모조지 한 장에 짧은 시를 남긴 두피, 범인으로 지목되어 고문 받던 헐크, 여기자 등이 잇달아 죽는다. 죽음의 축제 중심에는 공해가 거대한 힘을 발휘하고 있다.

창왕은 자신의 도시로 되돌아 왔지만 그제서야 요끼가 슬픈바다의 도시를 떠나지 않는 이유를 알게 된다. 어디로 떠나든 그곳은 또 떠나야 할 뫼비우스의 띠를 연상시키는 곳이기 때문이다. 창왕이 돌아온 도시의 서편 언덕 너머에서도 사납고 슬픈바다가 검붉게 끓어 넘치고 있는 것이다.

그는 소설가로서 문단의 촉망을 받았으나 위선에서 벗어나려는 의도로 이 도시에 되돌아 왔다. 여기에 오면 무언가 구원을 받지 않을까 하는 생각에서였다. 하지만 그는 결코 구원받지 못했다. 오히려 자신이 다시 떠나야 할 곳으로 변해 있었다. 인간 중심 생태론은 자연을 파괴할 뿐만 아니라 결국 인간을 멸종시킨다. 자연이 살아야 인간도 살 수 있다. 그렇다면 인간 중심 생태론에서 자연중심 생태론으로의 인식의 전환이 절실해진다. 환경이 파괴되어 버린 도시는 미래의 지구를 짐작하게 한다. 청소년에게 희망을 주지 못하고 오히려 희망을 버리라고 할 정도라면 희망은 어디에서도 찾을 수 없게 된다.

　　얼굴 윤곽이 없는 굽은 몸의 남자가 A자형 지붕에서 한 발로 위태롭게 서 있고 지상에는 다섯 가닥의 머리카락을 휘날리며 누군가를 미친 듯이 찾아 헤매는 여인이 보였다. 그들 뒤로는 뽕타운과 그 도시 전체를 덮고 있는 하늘과 똑같은, 어둡고 칙칙한 하늘이 끝도 없이 펼쳐져 있었다. 막스 에른스트의 그림이랬다. …… (중략) …….

　"밤꾀꼬리에 놀란 두 어린이에요."

　책방에서 인상 깊게 보았던 그림을 에른스트 화집에서 내가 다시 찾
아 내자 요끼가 말했다.139)

　작가는 소설을 쓰기 전에 일 주일 동안 아무 것도 하지 않고 막스 에른스
트의 대표작인 '밤꾀꼬리에 놀란 두 어린이'라는 그림만 보았다. 작품에서
밤꾀꼬리는 바로 산업의 발달이 필연적으로 만들어 낸 공해를 말한다. 지구
의 환경오염 문제는 누구나 그 심각성을 감지하고 있다.

　『슬픈바다』는 에른스트의 환상적 리얼리즘과 작가의 실험정신이 잘 투영
된 작품이다. 현실성을 금과옥조로 여기는 사실주의 소설의 개연성이나 인
과성에서 벗어난다. 사건의 개연성이나 인과성을 중시하지 않고 비선형적 서
술이나 문자의 크기와 배열이 다르고, 작품 속에 그림이 삽입되기도 한다.140)

　"전-망-이-조-오-쿤." …… (중략) ……. 전망이 좋은 방에서 내다보이는
풍경으로만 보더라도 그곳은 작은 소읍이거나 아예 시골이었다.141)

　"과-학-을-해-야-한-다-고. 과-학-은-자-연-을-정-복-해-서-가-짜-낙-원-을
-만-들-기-위-해-자-연-과-인-간-집-단-을-조-종-하-거-나-정-복-하-는-것-이
-아-니-라-인-간-의-나-약-함-을-도-와-주-는-것-이-라-야-한-다-고-말-이-야.
난-다-기-억-해. 이-제-와-줘. 나-지-금-이-가-장-좋-은-것-같-애. 도-와-줘.
나-도-널-돕-겠-어. 과-학-을-하-는-거-야."142)

　위의 인용문은 창문의 커튼을 걷으면서 밖의 전망을 설명하는 부분이다.

---

139) 위의 책, 36~37쪽.
140) 『슬픈바다』에서 문자의 크기 배열이 달라지는 부분은 13, 15, 17쪽 등에서 보이
　　고, 156쪽에서는 색대를 263쪽에서는 밤꾀꼬리의 그림을 볼 수 있다.
141) 위의 책, 13쪽.
142) 위의 책, 91쪽.

전망이 좋다는 서술을 '-표'를 활용하기도 하고 소리나는 대로 표기하기도 하며, 글자가 갑자기 고딕체로 변한다. 이러한 실험적 표기 방식은 고딕체 부분에 독자들의 시선을 집중시키거나 전망 자체를 강조하기 위한 작가의 의도적 장치로 보인다. 아래의 인용문에서도 '-표'를 모든 글자에 붙임으로써 새로운 읽기 방식으로 독자들에게 다가선다. 인간이 과학을 위해 존재하는 것이 아니라 과학이 인간을 위해 존재하는 것이야 한다는 것이다.

> 과학이란…… 자연을 정……복해서 가짜 낙원을……만들기 위해……
> 자연을 조종하거나 지……배하거나 정복하는 것이 아……니라, 과학은
> 인간의 나약함을 도와주는 것이어야 해…….[143]

  인용문에서 보듯이 '-표'가 말줄임표로 바뀌고 과학은 인간의 나약함을 도와주는데 기여해야 한다는 점을 역설한다. 아울러 인간들은 자신에 의해 더럽혀진 환경 속에서 생존해야 하는 가련한 운명에 처해있다는 것을 전한다. 이러한 운명을 극복하는 것이 디지털시대 소설의 사명이라면, 소설은 기법적 측면에서나 소재적 측면에서도 변화되어야 한다. 고정된 언어에 갇혀 있지 말고 환상과 현실을 상호소통하며, 전통적 리얼리즘에서 탈출하여 환상적 리얼리즘의 세계로 나가야 할 것으로 보인다. 아울러 전통적 리얼리즘에 길든 독자의 독서행위도 소설의 새로운 변화를 감당해야 할 것이다. "박제가 되어 버린 천재를 아시오?"로 시작해서 "날자. 날자. 날자. 한번만 더 날자꾸나. 한번만 더 날아 보자꾸나"로 끝맺는 이상의 「날개」에서처럼 작가는 전통적 리얼리즘에서 벗어나 이미 환상적 리얼리즘 속으로 깊숙하게 들어와 있다. 이상은 19세기의 소설 풍토에서 벗어남으로써 「날개」의 허두를 열어 결론 부분에서 새로운 소설 풍토 속으로 힘찬 비상을 시도하고 있다. 『슬픈바다』의 시작과 끝은 동일하게 "천 년을 쉬지 않고 용암처럼 검붉게 끓어넘치는 슬픈 바다가 있었다"로 묘사된다. 이러한 배경 설정을 통

---

143) 위의 책, 123쪽.

해 작가의 상상력은 이미 전통적 리얼리즘의 허구성과 인과성, 개연성을 버
리고 환상적 리얼리즘의 세계로 깊숙하게 침투해 있음을 보여주고 있는 것
이다.

> 그리하여 지나치리만치 핍절성(逼切性)에만 긍정적 가치를 두던 문학
> 적 풍토에서 조금씩 탈피해 보자는 것이다. 시대에 걸맞는 상상력은 어
> 떤 것이어야 하는가를 깊이 고민하면서 조금씩 탈피해 보자는 것이다.
> 그래야만 작가들은 앞으로 독자들로부터 곤혹스런 질문을 받지 않을 것
> 이다. 사람들은 피카소의 그림이 괴상망측하다고 하지 않으면서, 샤갈,
> 달리, 쿠닝, 호퍼의 그림들이 이상하다고 하지 않으면서 소설에선 사람
> 이 하늘을 잠깐만 날아도 대뜸 작가에게 따진다. 어찌 그럴 수 있느냐
> 고. 리얼리티가 없지 않느냐면서.[144]

 작가는 시대를 대변하는 상상력이란 어떤 것이어야 하는가에 천착한다.
그리하여 우리의 이야기적 전통이 매우 자유로웠다는 사실을 발견하였다.
작가들의 상상력은 현실 세계에 묶여 있는 우리에게 일정한 자유와 꿈을 제
공하고 이야기의 본질인 재미의 요소를 지켜 나간다는 것이다.

 이러한 작가의 생각은 『슬픈바다』에서 어느 정도 성취되었다. 독자들은
더 이상 작품의 현실성 문제로 작가들을 괴롭혀서는 안 될 것이다. 주지하
듯 모든 것이 컴퓨터의 영향권 안에 놓이면서 현실이 아닌 것을 발견하기가
힘들어졌기 때문에 이제 누구도 현실성의 문제를 자신 있게 거론할 수 없
다. 오늘이 가상이고 환상이라면 내일이 바로 현실이고 사실이 될 수도 있
다. 가상과 현실의 가운데에 존재하는 빗금 제거는 컴퓨터가 대신하고 있는
셈이다. 하지만 우리 자신의 마음 속에 존재하는 가상과 현실의 빗금이 없
어지지 않는 한 작품의 현실성의 논쟁은 반복될 것이다. 이러한 입장은 권
택영에게서도 보인다. 그녀는 성공적 실험소설이 나오기까지는 긴 시간이
필요하다고 전제하고 작가들이 좀 더 과감히 현실을 떠나야 한다고 말한다.

---

144) 위의 책, 282~283쪽.

하지만 인물의 갈등, 성실한 시도, 실패의 아픔, 그리고 인간의 한계 등 독자의 공감과 감동을 불러일으키는 요소를 배제하면 안된다고 지적하고 있다. 우리 문학의 분위기가 좀 더 너그러워지고 성실하게 '새로움'을 추구하는 훌륭한 실험 작가들의 출현을 갈망하는 것이다.

컴퓨터를 중심으로 전개되는 디지털시대의 사회 상황은 작가들이 관심을 기울여야할 부분이다. 특히 작가들은 당대의 사회현상의 첨병 역할을 수행해야 한다. 작가는 "단순히 영향받고 기능 하는 존재"[145]는 아닌 것이다. 소설이 현실에 바탕을 두고 있다는 생각에서 과감하게 벗어나 새로운 리얼리티를 탐색해 내야 한다. 이는 디지털이라는 시대정신을 반영하는 소재 개발과 상상력의 전복으로 가능할 수 있다.

『겨울숲으로의 귀환』[146]은 디지털시대의 부정적 측면을 부각시켜 컴퓨터가 지배하는 미래세계의 암울한 환경을 독자들에게 주지시키고 있다. 이러한 내용은 작가의 극대화된 상상력에 기인하는 바 크다. 여기서 말하는 상상력이란 작가의 상상력뿐만 아니라 독자의 상상력도 포함된다. 이 작품은 총 10장에 이르는 현실공간과 게임의 실행무대인 4 Stage의 가상공간으로 이루어져 스테이지로 표현되는 가상공간이 끝나면 현실공간으로 작품의 배경이 이동된다. 주인공인 나와 딸인 수지는 가상공간과 현실공간을 넘나드는 인물이다.

'겨울세계'라는 소프트웨어는 독자들의 상상력에 많은 부분을 의지한 프로그램으로 독자 자신에 의해서 구원받을 수 있는 독자 자신의 세계를 말한다. 프로그램을 실행하여 여행하는 도중에 장애와 유혹, 함정들이 도사려 생명을 잃을 수도 있는 위험한 여행이다. 이 프로그램을 실행하기 위해서 필수적으로 컴퓨터가 있어야 하지만 중요한 것은 실행하겠다는 독자 자신의 의지가 필요하다. 작가는 이러한 상황 설정을 STAGE 1 앞에 배치하여 독자들에게 작품에 대한 호기심을 의도적으로 자극하기도 한다. 프로그램

---

145) 구효서, 「뛰는 독자, 걷는 작가」, <현대비평과 이론>, 1992, 가을/겨울, 59쪽.
146) 장태일, 『겨울숲으로의 귀환』, 세계사, 1994.

을 실행한다는 것은『겨울숲으로의 귀환』을 독서하는 것과 마찬가지이기 때문이다. 작품에 나타나는 4개의 스테이지는 프로그램을 실행한 상태에서 발발하는 사건을 서술하였으며, 10개의 장으로 이루어진 부분은 현실공간을 그대로 표현하였다.

먼저 가상공간의 이야기 구조를 살펴보기로 한다. 프로그램을 실행하면서 들어간 곳은 크레바스다. 자신은 병실에 와 있으며 흰수염이 있는 노인 의사와 그의 딸인 M488번을 만난다. 주인공은 검역소장 집에서 기거하게 되지만 그들은 어느 누구에게도 종속되지 않고 2세를 생산 보급하려는 거사에 협조하라는 요구를 받는다. 특별 거주자 수칙에는 이성과의 감정적 교감이나 성교는 법으로 금지되어 있다. 이들은 다만 댄서가 춤을 출 때 자위 행위를 통하여 쾌감을 느끼고, 정액을 튜브에 담아 의사에게 주는 일만 되풀이할 뿐이다. 뿐만 아니라 특별 거주자들과 외곽지대 아이들의 이원화된 교육 방법은 올더스 헉슬리의『멋진 신세계』와 다르지 않다.

다음으로 현실공간의 이야기 구조는, 아내와 이혼한 상태인 나는 딸 수니와 살고 있으며, 대학 동기 박쌍호로부터 컴퓨터를 구입한다. 나는 수니의 선생님인 정선생에게 관심을 가지며 심인성 기억상실증이란 진단을 받는다. 컴퓨터 게임에 몰입하다보니 현실과 가상에 혼란이 생기고 심한 스트레스와 기억에 문제가 발생한 것이다. 주인공은 게임에 열중하고 있는 수니보다는 예쁜 인형을 안고 있는 수니를 원하기 때문에 게임을 파괴하려 한다. 짐발드는 컴퓨터 게임이 코카인 중독과 같은 중독성이 있다고 경고하고 있다. 모니터에서 상대하는 우주인이나 비인간적 생물 따위에 집중하면 인간과의 대화가 없는 고독한 세계에 빠져 자폐증을 심화시킨다. 아울러 게임 내용이 파괴나 서스펜스를 목적으로 하고 있어 파괴 쾌감이 누적되면 폭력 행위로 직결된다. 결국 게임에 중독되면 모든 상황이 오락처럼 재미있지 않으면 안 된다는 생각으로, 애써 노력하는 습관을 상실한다는 것이다.

디지털시대의 명암은 미래사회에 끊임없이 전개될 화두이다. 특히 정보를 전달하며 우리의 생활과 밀접하게 연결되어 있는 대중매체는 우리 인간에게 해로움과 이로움을 동시에 제공하고 있다. 대중매체의 긍정적 기능은 폭넓고 다양한 정보를 신속하게 전달해 주며 인류의 지구촌 공동체로 만든다는 것이다. 컴퓨터를 중심으로 한 전화, 팩스, 텔레비전 등의 기능을 복합한 다매체는 우리 인류의 삶을 좀더 안락하게 만들어낸다. 이러한 대중매체의 보편화는 일부 계층에서만 누리던 고급문화를 대중화시킨다. 또한 대통령 선거에서조차 대중집회를 생략하고 텔레비전을 통한 토론이나 연설로 대신하여 정치적 민주화에 기여하기도 한다.

그러나 부정적으로 보면 대중매체가 정치적 권력에 의해 조작, 왜곡될 수 있다는 점을 지적할 수 있다. 막강한 힘을 가진 소수의 언론재벌이 정보를 독점할 수 있다는 점이다.[147] 대중매체가 점차 강력한 힘을 발휘함에 따라 가족의 대화가 부족해지고 대인관계가 소원해진다. 과거에는 가족간의 대화를 통해 가족 공동체라는 자부심과 친구와의 대화를 통해 고민을 해결하고 놀이를 즐길 수도 있었다. 그러나 오늘날은 가족이나 친구들과 대화하지 않고 혼자서도 충분히 즐길 수 있다. 이는 작품의 주인공인 '나'와 수니가 게임에 도취되어 심인성 기억상실증에 걸린 것과 같다. 대중매체는 상품 광고와도 밀접한 연관을 지녀 소비를 부추기며 상품의 사용가치보다는 교환가치를 중요시 하도록 유도시킨다. 이러한 소비풍조는 청소년에게 자신의 정체성과 세계관을 정립하는 데 방해요인으로 작용한다. 대중매체는 미국을 중심으로 하여 일본 등이 주축을 이룸으로써 새로운 제국주의를 형성하고 있다고 해도 과언이 아니다. 정보가 소수의 나라에 의해 독점될 때 우리 인류가 받게 될 부정적 영향을 우리는 이미 역사를 통해서 잘 알고 있다.

『겨울숲으로의 귀환』은 소재의 확장과 전복의 상상력을 무기로 매체의 급속한 발전이 지나간 연대의 폭력과 광기, 적대감 등과 혼재되어 나타날 때 우리 인간의 존재 양상에 대해 의문을 제기한다. 우리는 컴퓨터를 중심으로 한 새로운 매체를 합리적으로 이용해야할 뿐만 아니라 항상 비판적이

---

147) 세계적 언론 재벌인 'CNN'이나 '스타 TV'를 인수한 머독이 위성 텔레비전을 장악하고 있다.

고 주체적 시각에서 접근, 감시해야 할 것이다.

우리말이 영어와 같이 악센트를 찍는 문자는 아니지만 「현실가상」[148]은 가상보다 현실을 강조하고 있는 듯하다. 만약 작품의 제목이 가상현실이라면 가상같은 현실을 의미하겠지만, 이 작품은 현실 같은 가상에 무게중심을 두고 있는 셈이다.

작가의 극대화된 상상력으로 만들어진 '21세기의 고독'이라는 프로그램은 전술한 『겨울숲으로의 귀환』에 등장하는 컴퓨터 프로그램인 '겨울세계'와 다르지 않다. 컴퓨터의 발달로 인한 인간의 고독문제를 어떻게 할 것인가가 문제의 심각성을 더해주고 있다. '21세기의 고독'이라는 프로그램은 사람들의 감정상태를 극대화하여 그가 느끼고 있는 것을 실제 상황으로 만들어 주기 위해 개발되었다. 하지만 이 프로그램을 사용한 사람들은 줄지어 자살을 한다. 감정상태를 극대화하여 실제 상황으로 변화시켜 준다는 것이 바로 인간의 죽음을 유발시킨 것이다. 다시 말하면 '21세기의 고독'으로 21세기의 쾌락을 느끼려고 했던 사람들이 21세기 죽음의 심연에서 벗어나지 못한다. 현실 같은 가상에 심취하면 할수록 주위 사람에 대한 관심이 없어지고 자연적으로 다른 사람과의 공감과 공명을 느낄 수가 없어 말을 하지 않게 된다. 이러한 자폐증은 죽음과 직접적으로 연결되어 있는 증세이다. 하지만 작품에 등장하는 주인공은 '21세기 고독' 프로그램을 사용하면서도 자살하지는 않는다. 그는 사람들이 느끼는 슬픔이나 고독 등의 고통에 면역이 되었기 때문이다. 프로그램은 타임머신과도 같이 주인공과 그의 백년전 여자 친구인 미령을 만나게 한다. 이들이 느낄 수 있는 백년전이라는 과거도 현실 같은 가상에 불과하다는 것에 실망한 미령은 자살을 선택한다.

---

148) 이태직은 하이텔 이야기나라(go story)에 「짐승과 바보」, 「창문 없는 밤」, 「거울」, 「루이의 잔」, 「현실 가상」, 「여름의 끝」, 「완전한 세상」, 「봄이, 없다」, 「섹스가 고마운 이유」 등을 발표했다.
　　　<하이텔>(go story)

나는 이 외로운 풀이 마음에 들었다. 그래서 그 풀에게 이름을 붙여
주어야겠다고 생각했다. 무엇이 좋을까, 고민하다가 '푸리'라고 지었다.
그것은 원래 '풀'이니까. 이렇게 해서 뽑혀진 뿌리는 힘없이 '푸리'가 되
고 말았다.[149]

흙에 건강한 뿌리를 내리고 있던 뿌리는 힘없는 '푸리'로 전이되고 있다.
'푸리'는 점차 나만이 존재하는 공간으로 바뀌어 간다. 힘있는 뿌리가 '푸
리'로 전이됨은 현실이 가상화 되고 있는 상황을 암시하고 있다. '푸리'가
'나'만이 존재하는 공간으로 변화되면서 '나' 또한 '푸리'와 마찬가지로 건
강한 삶의 뿌리를 잃는 것이다. 작가는 결말부분에서 '나'와 '푸리'를 동일
시하여 더 이상의 고독은 없을 것이라고 주장한다. 하지만 고독에 면역되어
있던 주인공은 '푸리'와 동일시되면서 '21세기 고독'의 프로그램에 도취되
어 버린다. 자폐증적인 고독은 브레히트의 말처럼 살아남은 자에게 슬픔만
을 남기고, 끝내 '나'와 '푸리'를 죽음으로 몰아간다. 현실가상에서의 고독
의 끝은 바로 죽음을 의미하기 때문이다. '나'와 '푸리'는 죽음을 통해서만
고독에서 영원히 벗어날 수 있는 것이다.

「호출」은 호출기를 작품 소재의 중심에 놓고 사건을 진행시키고 있다.
'호출'이라는 소재 자체부터 본격문학의 소재에서 찾아볼 수 없는 디지털적
사고의 표현이다. 실로 「호출」은 제목과도 같은 가벼움보다는 독자들의 상
상력을 자극하는 불확정적 요소로 가득하다. 먼저 이 작품은 '1. 호출하는
자 2. 호출되는 자 3. 호출은 없다'라는 세 장으로 나누어져 있다. 소제목에
서 '호출하는 자와 호출되는 자, 그리고 호출이 없다'는 서로 어울리지 않는
다는 것을 감잡을 수 있다. 실로 이 작품의 호출은 없다. 즉 현실적인 호출
은 이루어지지 않고 상상적인 호출로 끝나고 만다.

작품은 비선형적 구조를 갖는데 이를 바로잡으면 2장이 제일 앞 1장으로
오고 1장이 2장으로 2장이 3장으로 옮겨져야 한다. 1, 3장의 화자는 나인데

---

149) 이태직, 「현실가상」, <하이텔>(go story)

비해 가운데 끼어있는 2장의 화자는 그녀이기 때문이다.

> 그때 출입문이 열리고 하는 수 없이 나는 마지막에 생각해둔 말을 하
> 고야 말았다. …… (중략) ……. 진동으로 맞추어져 있습니다. 반드시 몸
> 에 지녀주십시오. 그것까지 기억해내고 나니 갑자기 피로가 몰려왔다.
> 그래, 호출은 내일 하자.[150]

주인공이 퇴폐미를 풍기는 그녀를 만난 것은 충무로역에서였다. 그는 지
하철을 타고 가면서 그녀에 대하여 상상한다. 그녀의 나체를 떠올리기도 하
고 대역이나 단역배우라는 상상을 해본다. 이러한 작가의 상상은 그녀에게
자신의 보급형 삐삐를 주어 나로부터 발신되는 신호만을 수신하도록 운명
지어진 존재로 변화시킨다. 삐삐는 마치 암컷들이 풍기는 암내 같은 것이기
도 하고, 창녀 같은 존재로 여겨진다. 삐삐를 가지고 다니는 한 어디서든 불
러낼 수 있고, 쇼윈도에 앉아 있는 창녀들은 누군가 자기를 불러주기만을
기다리기 때문이다.

주인공은 그녀에게 삐삐를 주면서 반드시 소지할 것을 원한다. 작가의 상
상력은 그녀를 주연배우의 정사 장면을 대신하는 대역배우로 만들고야만
다. 그녀는 삐삐를 버리면 세상의 모든 사람과 인연이 끊어질 것 같은 느낌
으로 호출을 학수고대하고 있다. 그러나 삐삐는 그리 쉽사리 울리지 않고
상상력만 확대된다. 작가는 그녀를 대역배우로 만들었듯이 나를 소설가로
만들었다. 주인공의 상상력과 그녀의 상상력은 일치한다. 독자가 작가의 묘
사를 따라가는 것이 아니라 작가가 등장인물들의 상상력을 뒤따라가는 듯
하다. 이는 작가의 독특한 서술방법으로 전이된 상상력이라 할 수 있다. 삐
삐의 양방향성은 사이버소설의 양방향성과도 상호소통한다. 삐삐는 한쪽만
가지고 있으면 그 효과가 반감된다. 이쪽에서 삐삐를 치면 저쪽에서 받고
저쪽에서 삐삐를 치면 이쪽에서 받아야한다. 그러므로 이쪽을 독자로 보면

---

150) 김영하, 「호출」, 『비트시대』, 토마토, 1996, 104쪽.

저쪽은 저절로 작가가 되는 셈이다. 마찬가지로 문학작품도 주변/본격, 독자/작가로 이분되어 상호소통이 불가능하다면 마치 한쪽만이 가지고 있는 삐삐나 다름없다.

> 어디선가, 삐삐삐삐. 요란한 수신음이 들려온다. 나는 그제서야 놀라서 허둥댄다. 방안 여기저기를 헤집다가 결국 점퍼의 속주머니에서 그 소음의 원천을 찾아낸다. 검고 뭉툭한 그 보급형 삐삐를 말이다. 액정판에는 내 전화번호만이 쓸쓸하게 메아리치고 있는 이 삐삐 결국, 내가 가지고 있었구나.151)

작가는 자신이 가장 즐기는 것은 '상상과 현실의 경계'라고 주장한다. 그는 현실을 상상으로 상상을 현실로 치환시킨다. 그러나 현실과 상상을 혼동하지는 않는다. 다만 제한된 시간 안에서만 상상을 즐기기 때문이다. 인용문을 통해서 보듯이 작가의 상상은 확정되었다. 그는 그녀를 만난 적도 없고 삐삐를 준 적도 없다. 그것은 오직 상상 속의 일에 불과한 것이다. 독자들은 작가의 상상뿐만 아니라 등장인물들의 상상까지도 경험했다. 작가는 이중적 상상의 경험뿐만 아니라 작품외부를 감싸고 있는 구조를 폭로한다.

> 생리가 시작될 조짐이었다. …… (중략) ……. 그 예감이 끔찍해서 아예 자궁을 적출해 버릴까, 하고 생각하는 것도 늘 이 무렵이다.152)

> 삐삐를 통해 호출하는 것은 다른 누구도 아닌 결국 나 자신일 뿐이다. …… (중략) ……. 그리고는 이 이야기를 소설로 써야겠다고 마음먹는다. "생리가 시작될 조짐이었다……."로 시작되는 단편 말이다.153)

인용문은 2장 첫구절과 3장 마지막 구절이다. 이 작품을 선형적으로 구성

---

151) 위의 책, 115쪽.
152) 위의 책, 105쪽.
153) 위의 책, 116쪽.

하면 2장이 맨 처음 장으로 옮겨져야 한다. 그러나 작가는 비선형적 장치로 상상력을 확대시켜 결국 이중적 상상의 경험을 소설로 승화시켰다. 작품의 내부적 구조에 작품성이 없다는 것은 아니다. 삐삐를 줄 것인가 말 것인가, 호출을 할 것인가 말 것인가, 호출을 한다면 언제할 것인가, 호출을 한 다음에는 어떤 일이 벌어질까에 대한 작품의 압축된 긴강감은 독자들의 상상력을 자극한다.

요컨대 소재의 다양성과 상상력의 전복은 기성작가들에게 매우 어색한 것일 수 있다. 그러나 소재의 다양성으로 말미암아 우리문학 영역이 더욱 확장될 것을 분명하다. 작품 소재가 다양해질수록 다양한 작품이 생산될 수 있을 것이다. 과학의 발달이 소재의 다양성을 가져 올 수 있다. 그러나 이보다 더 중요한 것은 작가들의 상상력이다. 작가들이 상상력에 전복을 가할 때 과학자들의 상상력을 앞질러 갈 수 있다. 가상공간은 작가들의 상상력을 해방하며 현실공간보다도 더욱 인간적 공간으로 확장되고 있다. 이러한 배경을 바탕으로 창작된 작품들은 미래의 디지털시대를 작품 배경으로 설정하면서도 맹목적으로 찬양하지는 않는다. 부정적 측면을 부각시켜 컴퓨터가 지배하는 암울한 미래사회를 보여 주기도 한다. 과학이 우리 인간에게 유익하고 편리함을 제공한다는 사실을 부정할 수는 없다. 그렇듯 해악한 측면 또한 없지 않다. 과학만이 만능이 아니라는 사실을 주지시킨다. 이처럼 전술한 작품은 과학 만능시대를 살아가고 있는 우리에게 많은 것을 시사하고 있는 것이다.

4. 소설의 생산과 소통 양식의 변화

1) 메타픽션과 카니발적 글쓰기

메타픽션이란 "픽션과 리얼리티와의 관계에 의문을 제기하기 위해 가공물로서의 그 위상에 자의식적이고 체계적으로 관심을 갖는 허구적 글쓰기를 가리키는 말"154)이다. 이 용어는 윌리암 개스가 처음 사용하였으며 소위

반소설이란 것의 대부분은 메타픽션이라고 하였다. '메타'라는 용어는 자의식적인 언어체계와 그것이 명백히 지시하는 세계와의 관계를 알아보기 위해서 요구되는 것이다. 이것이 소설과 연관될 때 하나의 소설을 창작함과 동시에 그 소설의 창작과정을 진술하게 된다. 작가는 구체적인 이야기보다는 글쓰는 과정을 탐색하는 작품을 창작한다. 그리하여 글쓰기에 대한 자의식적 탐구는 작가 - 등장인물 - 독자 간의 거리를 해체하고 글쓰기의 서사적 거리 혹은 미학적 거리를 벗어나게 된다. 이러한 성격은 문학전통의 부정적 가치들을 발전적 잠재력으로 바꾼다.

사이버소설은 근대적 안정된 기표와 기의의 소멸을 예고하고 있다. 고정된 의미는 독자의 이해에 따라 항상 유동적으로 존재한다는 사실이 밝혀졌다. 이미 지적한 것처럼 주체의 파편화와 함께 작가의 권위가 추락하였다. 반면에 독자의 권위가 상승하면서 독자는 텍스트의 의미 생산자일뿐만 아니라 하나의 텍스트에 포함되었다. 이러한 가운데 텍스트 사이의 경계도 해체된다. 뿐만 아니라 매체사이의 경계마저 해체되어 인쇄매체 텍스트가 전자매체와 영상매체 텍스트와 교호하며, 더 나아가 사회적 문학적 텍스트와도 상호관련을 맺는다. 결국 사이버소설은 기존의 유기적 서사구조에서 벗어나 비유기적 파편구조로 이동하고 있는 것이다.

> 서사구조와 관련된 포스트모더니즘 소설의 파격적인 형식실험의 좋은 예가 존 바스의 '플롯 파괴기법'과 윌리엄 바러즈의 '무작위 기법'이다. 플롯 파괴기법은 시작도 끝도 중간도 없는 서사를 늘어놓음으로써 독자가 어떤 방법으로도 사건질서를 복원할 수 없게 해놓은 기법이다. 여기서는 이해 모델로서의 사건질서도 없을 뿐 아니라 모더니즘적 의미의 엄밀히 계산된 서술질서도 없기 때문에 독서에 의한 서서의 전체적 통합이 불가능하다. 바러즈의 무작위 기법은 신문이나 잡지 기사 등 아무 텍스트나 가져다가 가위로 산산히 자른 다음 그 부스러기들을 뒤섞

---

154) Patricia Waugh(김상구 옮김), 『메타픽션』, 열음사, 1992, 16쪽.

어 손에 잡히는대로 백지에 풀칠해서 작품으로 내놓는 방식이다.[155]

인용문에서 제시하는 플롯 파괴기법이나 무작위 기법에 나타나는 파편화된 서사의 질서의 복원은 쉽지 않다. 따라서 독자의 독서행위는 기존의 양식을 뛰어 넘을 수 밖에 없다. 파편화된 어휘들은 독서 행위 자체를 거부함과 동시에 이해를 거부하는 서사가 될 수 밖에 없는 것이다. 서사의 파편성은 총체적 서사에 대항하여 탈중심적이고 불연속적인 서사의 다중성을 제시하고 있다. 료따르는 서구 근대의 특징인 총체성과 합리주의를 부정하고 통합서사를 주장한다. 그는 언어게임의 규칙을 주장하면서 헤겔식의 사변서사와 마르크스식 해방서사의 탈합법화를 시도하였다. 서사의 파편성을 통해 유기적 총체성과 그것을 텍스트내에서 재현하는 언어사이의 모순된 관계를 노출시키고 있는 셈이다. 결말과 개연성이 없는 언어의 반복, 일정한 구성의 파괴, 일상의 무의식적 탐구 등이 총체성의 반대개념으로 자리하게 된다. 이를 존 바스는 무한으로의 회귀 혹은 중심없는 미로라 말했다. 때문에 서사의 총체성 혹은 완결성을 부정하고 열린결말을 내세우게 된다.

열린 결말은 바흐친의 카니발의 구성요소인 다성성, 이어성, 다어성 등의 개념과 본질적으로 동일하다.[156] 이러한 개념으로 작가의 의도는 줄어들고 본래의 언어는 다른 사람의 언어로 변하는데 이를 '이중적 목소리로 된 언술'이라 부른다. 이는 동시에 두 사람의 화자를 포함하고 서로 다른 의도를 표현한다. 서로 다른 의도란 말을 하고 있는 작중 인물의 의도와 작가의 굴절된 의도를 말한다. 이들 목소리와 의도는 실제 대화를 나누는 것처럼 서로 대화적으로 관련되어 있으며 언어의 대화적 특성은 사이버소설을 정의하는데 가장 중요한 특징이 된다. 그는 문화를 주변문화와 본격문화로 이분하여 주변문화는 비공식적인 것이고 본격문화는 공식적인 것으로 인식하고

---

155) 도정일, 「서사의 회복과 현실세계로의 복귀」, <문학사상>, 1991, 봄호, 133~
    134쪽.
156) 김욱동, 앞의 책, 222~226쪽.

있다. 카니발은 반중세, 반봉건적 세계관을 나타내며 사순절 전에 열린다. 그것은 사순절의 금기뿐만 아니라 모든 금기를 해방시키는 축제를 의미한다. 자유와 평등이 지배하는 세계로 카니발이 진행되는 동안에는 일상적인 삶이나 법률과 금지 그리고 모든 제약들이 정지된다. 특히 사회적, 계급적 불평등이나 다른 형태의 불평등에서 비롯되는 모든 것이 정지되는 것이다. 다분히 집단적이고 민중적이며 공연자와 구경꾼을 구별하지 않고, 모든 사람들이 그 속에서 살고 참여하는 것이다. 카니발은 변화와 다양성의 성격을 지니며 고정 불변하고 절대적인 실체에서 벗어나 역동적인 변화와 생성을 중요시 한다. 따라서 비종결적이고 개방적이며 미래 지향적인 성격을 지녀 행복한 미래, 보다 공정한 사회적, 경제적 질서, 그리고 새로운 진리에 대한 희망을 표출한다. 카니발의 '유쾌한 상대성'은 모든 것을 역전시킨다. 왕과 노예, 부자와 거지, 현자와 바보의 관계가 유쾌한 상대성의 카니발 논리에 의해서 뒤바뀌고 마는 것이다.

카니발은 기존의 도덕이나 인습 등을 육체의 차원으로 끌어 내린다. 높은 것, 영적인 것, 이상적인 것, 추상적인 것 대신에 먹는 것, 마시는 것, 성적인 것, 배설적인 것에 관심을 갖는다. 이러한 격하나 하락의 목적은 파괴에 있는 것이 아니라 재생에 있다는 것이다. 카니발적 성격은 사이버소설이 적극 수용해야 할 부분이다. 사실 현재 진행중인 사이버소설은 카니발적 성격을 이미 함유하고 있다고 할 수 있다. 사이버소설은 소통의 양방향성과 익명성, 실시간성적 성격을 지니므로 다성성, 이어성, 다의성적 경향이 다분하다. 컴퓨터와 통신의 결합은 현실공간의 단선적 소통행위와는 근본적으로 차별되기 때문이다. 이러한 소통행위의 변화에 따라 작품에도 여러 가지 변화의 조짐이 보인다.

첫째, 작품이 가상공간과 현실공간 양쪽에서 선을 보인다는 것이다. 말을 바꾸면 컴퓨터문단에도 연재되고 현실공간에서도 출간되는 형식을 말한다. 이러한 작품은 가상공간에서 현실공간으로 옮겨질 수도 있고 그 반대일 수도 있다. 가상공간에서 주목을 받은 작품은 현실공간에서 여전히 인기가 지속되는 현상을 보인다. 둘째, 키보드를 두드리는 속도가 빠르면 명랑하고 쾌활한 성격의 소유자가 되고 속도가 느리면 세심하고 내성적 성격의 소유자가 되기도 한다. 자신의 아이디를 다른 사람에게 빌려준다는 것은 현실공간에서 다른 사람으로 변장하거나 위장하는 것과 마찬가지다. 따라서 "새 문명은 익명성 위에서 성장하는 것이 아니라, 저마다 개인성의 욕망으로 들끓는 동색의 바다, 즉 익명화된 광장성 위에 확대 재생산된다. 그리고 문학은 바로 그러한 새 문명의 사회적 전략을 가장 잘 엄호해 줄 지원화기로서 발탁되는 것이다."[157] 셋째, 이어쓰기 형식인 집체시나 릴레이소설, 익명의 작품을 평하는 작가 X라는 새로운 장르가 다양하게 출현한다는 것이다. 작가 → 독자라는 단선적 창작행위는 작가 ↔ 독자로 상호소통됨에 따라 독자와 작가의 길트기가 시도되어 글쓰기의 공동체 현상이 나타난다. 독자와 작가의 공유된 경험으로 창작된 작품은 극단적 이기주의에서 벗어나 공동체적 삶을 지향하기도 한다.

「루이의 잔」에서는 작중인물은 작가로 작가는 작중인물로 바뀌어 소설의 새로운 소통방식을 나타낸다. 작품은 '녀석'으로 표현되는 등장인물이 작가인 '나'를 호출하면서 시작한다. 이러한 메타픽션적 글쓰기는 "창조적 상상력의 재현의 타당성에 대한 불확실성과 더불어 창조적 상상력의 찬미, 언어와 문학형식 그리고 소설 창작행위에 있어서의 극도의 자의식, 소설과 리얼리티와의 관계의 불안정, 패로딕하고 유희적이고 터무니 없으며 믿을 수 없을 정도로 소박한 문체"[158]를 특징으로 한다. 이러한 전개 방식은 바흐친의 다성적 소설과 연결시켜 볼 수도 있다. 그에 의하면 작가 자신은 그의 시야 속에 등장인물에 대한 단 하나의 본질적 정의도, 단 하나의 특징도, 아무리 작은 것이라고 할지라도 단 하나의 특성도 갖고 있지 않다. 그것들을 모두 주인공 자신의 시야에 두고 있다. 이는 작가가 등장인물을 조명해 주는 것이 아니라 등장인물 자신이 스스로 조명하는 것이다. 마찬가지로 등장

---

157) 정과리, 앞의 책, 27쪽.
158) Patricia Waugh(김상구 옮김), 앞의 책, 16쪽.

인물을 '녀석'으로 바꾼다면 녀석이 작품을 주도해 간다. '녀석'은 작가인 '나'와 게임을 요구한다. 게임은 제목이 암시하듯이 루이 16세가 처형을 당하기 전에 주문했던 루이의 잔과 같은 것이다. 자신의 처형을 기다리면서 마시는 차의 맛과 이 게임은 일맥상통한 점을 지녀 소설의 긴장감을 더해준다. 게임에서 작가인 나는 작중인물이 되고 작중인물인 '녀석'이 작가가 된다. 기존 소설에서 작가의 피조물에 불과하던 작중인물이 작가의 권위를 넘겨받아 작가의 피조물 신분을 벗어나겠다는 의지를 보여준다.

> "뭐긴 뭐야, 나는 뭐 항상 네가 말해 주는 것만 알고 있을 줄 알았나? 자네의 묘사나 설명은 더 이상 숨을 곳이 없다고"……(중략)……. 네 지긋지긋한 묘사를 듣고만 있기에는 이제 신물이 난다네. ……(중략)…….
>
> "이런 이런, 조금 아까 한 질문은 너에게 한 거야. 너, 너 말야. 이 어처구니 없는 놈아. 지금 이 글을 읽고 있는 너, 놈인지 년인지 모를 너, 또는 너희들 말이야. 소설 속의 인물은 너희를 부를 수 없다는 법이라도 배웠나? 그래서 그렇게 정신을 빼놓고 있었나? 그런 것 없어, 이제. 나는 뭐든지 할 수 있지. 여태까지는 저 빌어먹을 놈 때문에 내 운명이 비운의 희극배우에서 벗어나지 못했었지만, 이제는 아니라고. 이것봐, 대답 좀 해봐, 이 멍청한 작자야."[159]

위의 인용문에서 등장인물은 작가가 말해주는 것보다 더 많은 것을 알고 있으며, 작가의 설명과 묘사는 신물이 난다고 주장한다. 작가에 대한 등장인물의 실망은 작가의 상상력이 고갈되었다는 데서 기인한다. 즉, 현실성에 집착하는 본격문학의 창작풍토를 비판하고 있는 것이다. 아이러니 하게도 등장인물이 작가의 상상력 문제를 언급하고 있다. 이는 소설의 위기적 상황이 그만큼 심각하다는 것을 나타낸다. 작가는 뇌세포의 명령에 따라 움직이면서도 뇌세포는 무엇에 의해 움직이는지를 모르기 때문에 노예와 같은 삶

---

159) 이태직, 「루이의 잔」, <하이텔>(go story)

을 산다고 역설한다. 피조물이었던 등장인물은 창조주가 되고 모든 피조물
은 창조주를 통해서만 진정한 뇌세포의 주인이 될 수 있다는 것이다. 이는
공생관계였던 작가와 작중인물의 관계가 이제는 그 몸의 변신을 시도할 때
가 되었다는 것을 의미한다.

　등장인물은 강압적으로 작가와 역할 교환을 요구할 뿐만 아니라 독자들
에게도 말을 건다. 독자들에게 직접 말을 거는 형식은 여러 작품에서도 나
타났지만 여기서는 서로의 대화를 유도하는 것이 특징이다. 인용문의 하단
부는 등장인물이 독자들에게 하는 말이다. 독서행위는 작가와 독자의 대화
일 뿐만 아니라 등장인물과 작가, 등장인물과 독자의 대화 관계로 변한다.
따라서 작품의 주체가 작가에서 독자로 등장인물로 변화되고 있음을 나타
낸다. 그야말로 등장인물이 작품을 주도하는 주체가 되어 전지전능한 신의
역할을 수행하는 듯하다.

　『카시오페아』160)는 뫼비우스의 띠처럼 연결된 순환구조를 이루고 있다.
작품의 결말부분에서 소설은 소멸되고 다시 새로운 소설이 시작된다. 순환
구조라는 낯선 형식은 남녀간의 사랑이라는 평범하고 일상적인 내용을 감
싸고 있다. 이는 소통방식의 새로움을 보여주는 기법으로 기존의 작가 →
독자로 향하던 단선적 소통행위가 작가 ↔ 독자, 등장인물 ↔ 독자, 등장인
물 ↔ 작가로 다양하게 확대된다. 전지전능한 작가의 위치는 독자나 등장인
물이 부각됨에 따라 그 권위가 약화되는 메타픽션적 성격을 지닌다.

　이 작품은 가상공간과 현실공간에서 모두 유통되었으며, 소통의 새로움
뿐만 아니라 작가의 실험정신도 내포되어 나타난다. 작품에서는 봄, 여름,
가을, 겨울이라는 사계절을 인용하여 4장으로 구성되었다. 각 장마다 계절
로 들어가는 이야기가 설명되고, 각 장 앞에서는 컴퓨터 모니터를 상징하는

---

160) 『카시오페아』는 하이텔 문학관에 『라몽詩』라는 제목으로 1995년 2월 27일부터
　　 9월 30일까지 연재되었던 작품이다. 작가는 가상공간에 연재했던 『라몽詩』를
　　 『카시오페아』로 제목으로 바꾸고 개작을 해서 현실공간에 종이책으로 출간했
　　 다.

그림이 있다. 모니터에는 "꿈의 공간 파라다이스페이스 통신문학 소그룹 M&M 이곳은 닫힌 문학의 해방구. 열린 문학의 출발점 [Enter]키를 누르십시오"161)라는 문장이 나타난다. '통신문학 소그룹 M&M'은 가상공간에 존재하는 문학관련 사이트의 일종으로, 작가는 이를 문학의 해방구 또는 열린 문학의 출발점으로 인식한다. 모니터의 내용은 작품에서 언급되는 송가희의 작품『라몽詩』를 올리는 전자게시판의 화면을 그대로 옮긴 것이다. 여기서부터 기존의 소설과 차별적 의도를 확인할 수 있다. 다시 말하면 계절로 들어가는 이야기가 현실이라면, 모니터 이후부터 서술되는 각 계절의 이야기는 가상이다. 이와 같이 작가는 가상과 현실 즉 가상공간과 현실공간의 맥락을 지속적으로 추구한다.

『카시오페아』는 시간상 현재를 나타내는 표층구조와 현재적 과거를 나타내는 심층구조로 이분할 수 있다. 먼저 표층구조는 전화통화로 전개된다. 주인공에게 매일 두 통의 전화가 걸려온다. 하나는 소설쓰기를 강요하는 오장주의 전화이며 다른 하나는 '나'의 사랑이야기를 들어주는 송가희의 전화가 그것이다. 오장주의 전화는 거부하고 싶지만 송가희의 전화는 그 반대이다. 나는 송가희에게 '나'의 과거 사랑이야기를 전한다. '나'의 사랑이야기는 송가희의 소설 소재가 된다. 이 작품이 베스트셀러가 되자 '나' 또한 '나'의 사랑이야기로 소설쓰기를 시작한다.

다음으로 심층구조는 봄, 여름, 가을, 겨울이라는 4계절의 표제어를 달고 있으며, 나가 독자에게 이야기하는 것처럼 보이지만 꼼꼼하게 살펴보면 송가희가 전달자라는 것을 알 수 있다.

표층구조에 등장하는 나, 오장주, 송가희는 심층구조에 등장하는 오류, 오인환, 라몽과 겹쳐진다. 즉 나는 오류와 오장주는 오인환과 송가희는 라몽과 동일인물일 수도 있다. 이것으로 두 개의 욕망의 삼각형을 만들어 낼 수 있다. 송가희를 꼭지점으로 '나'와 오장주가 경쟁을 벌이고, 라몽을 꼭지점

---

161) 박상우, 『카시오페아』, 도서출판 푸른숲, 1997, 19쪽.

으로 오류와 오인환이 경쟁을 벌인다. 표층구조에 등장하는 나는 송가희를 사랑하고 있고 송가희 또한 '나'에게 관심을 보인다. 그러나 소설의 상업적 성공에만 골몰하는 오장주는 송가희에게도 소설쓰기를 강요하여 결국 성공하게 된다. 내가 들려주었던 '나'의 사랑이야기는 송가희와 오장주를 연결시켜주는 매개체로 작용하여 송가희는 오장주와 결혼을 한다. 이러한 송가희의 배신은 '나'를 소설쓰기에 몰두할 수 있게 만든다. 내가 송가희와 오장주의 결혼에 결정적 역할을 했다면 송가희는 '나'를 소설 속으로 밀어 넣는 역할을 한 셈이다. 그렇다면 수동적 존재에 불과했던 나는 타자에 의하여 능동적 존재로 변신하게 되었다고 하겠다.

> 나의 이야기가 타인에게 가 허구가 되는 걸 경험했으니, 이제는 그 허구가 다시 나에게 돌아와 현실이 되는 것도 또한 경험해보고 싶다고 나는 쓴다. …… (중략) ……. 내가 사랑하는 그녀에 관한 이야기, 너는 그게 사실이라고 생각하니?[162]

전화를 통해 '나'의 이야기를 듣기만 하던 송가희가 '나'의 이야기로 소설을 썼다는 것은 한 사람의 독자가 작가로 변신했음을 의미한다. 또한 송가희의 소설을 보고 있는 나는 한 사람의 독자에 불과하지만 그 충격으로 인하여 '나' 또한 소설을 쓴다는 것은 독자에서 벗어난 작가로의 전환을 의미하는 것이다. '나'의 이야기가 송가희에 의해 허구가 되었으므로 이 허구는 다시 '나'에게 돌아와 현실로 전이된다. 동일한 질료로 송가희는 『라몽詩』를 쓰고 나는 『카시오페아』를 쓴다. 작가는 여기서 멈추지 않는다. 작품의 마지막 부분에서 송가희에게 들려주었던 '나'의 사랑이야기가 사실이라고 생각하느냐라고 되물음으로써 지금까지의 모든 것을 허구로 되돌려 버린다. 작가는 끝이 또 다른 시작의 출발점이라고 생각하지 않는다. 모든 부분부분은 살아있는 동안에는 전체가 형성되지 않는 것으로 생각하고 있다. 현

---

162) 박상우, 앞의 책, 316쪽.

실로 환원되어 새로운 조건과 대응하면서 전체를 예시하는 것을 찾고자 한 것이다.

이태직의 「섹스에 관한 상상 하나」는 제목에서 보이는 선정적 이미지와 달리 작가의 기발한 상상력과 카니발적 성격이 돋보이는 작품이다.

이 작품은 3장으로 나누어져 있지만 전통적인 선형성을 거부하고 비선형적으로 구성되어 있다. 첫째 장은 하나의 설정이며, 둘째 장은 하나의 상상, 셋째 장은 하나의 맺음이다. 결국 첫째 장과 셋째 장 사이에 존재하는 둘째 장인 하나의 상상에 초점을 맞춘다. 작품의 첫째 장은 섹스에 무기력한 남자와 섹스를 통해 사랑을 확인하려는 여자의 이야기로 서술된다. 여자는 섹스에 무기력한 남자에 대해 더 이상 자신을 사랑하지 않는다고 판단한다. 자신의 몸을 탐하는 남자의 육체만큼 정확한 언어는 없다는 식이다. 이러한 사고방식은 남자를 점점 궁지로 몰아넣는다. 결국 남자는 마스터베이션을 통해 성기의 무기력함에서 해방되려 한다. 그러나 과도한 마스터베이션으로 인해 병원까지 실려가는 지경에 이른다. 이와 같은 내용이 바로 첫째 장의 제목인 하나의 설정이다. 하나의 설정은 바로 이어지는 둘째 장과 연결되지 않고 셋째 장인 하나의 맺음으로 이어져 비선형적 성격을 지닌다. 따라서 둘째 장은 하나의 상상으로, 첫째 장이 남자와 여자의 성문제가 주요 줄거리였던 것과는 이질적으로 전개된다. 이러한 서술전략은 라블레적 상상력으로 비유할 수도 있다. 이 작품 또한 상상력을 극대화 시켰다. 실로 원시문학과 예술은 상상력에 의존하는 바가 크다. 하지만 이성에 편승한 신고전주의로 말미암아 상상력은 위축된다. 블레이크의 말과 같이 '상상은 영혼의 감각'이므로 상상력만이 본질적 실재에 도달할 수 있다. 특히 작가의 창조적 상상력이 요구되는 소설에서는 더욱 그러하다.

작품에 나타나는 성표현은 라블레 소설의 성시리즈와 흡사하다. 성의 시리즈는 노골적인 외설에서부터 미묘하게 감추어진 애매한 표현뿐만 아니라 외설적인 농담과 에피소드에서부터 성적 능력, 정액, 생식과정, 결혼, 성차별의 기원이 지니는 의의에 대한 의학적, 자연적 논술에 이르기까지 광범위하고 다양한 형태로 나타난다.

바흐친에 의하면 노골적으로 외설적인 표현과 농담은 라블레의 소설 전체에 걸쳐 자주 나타난다. 수도사 쟝과 파뉘르쥬가 주로 사용하는 말이지만 다른 주인공들도 사용하곤 한다. 라블레는 다루어지고 있는 주제가 무엇이든지간에 외설적인 표현들을 적절하게 배치한다. 그의 소설에 나타나는 외설적인 농담은 흔히 민속에 그 근거를 두고 있다.

바흐친은 라블레의 『가르강튀아』와 『팡타그뤼엘』을 카니발화된 문학작품으로 인정하고 있다.163) 라블레 작품을 세계 문학 중에서 가장 축제적인 작품으로 보고 민중의 유쾌한 정신의 정수로 표현한다. 바흐친은 '물질적인 육체적 원칙'을 그로테스크 리얼리즘의 가장 기본적인 원칙으로 보고 있다. 이것은 인간의 구체적인 신체와 기능에 관한 원칙이다. 그로테스크 리얼리즘은 극도로 과장된 형식으로 나타난다. 정신적이고 이상적인 것, 성스럽고 고상한 것을 물질적이고 구체적인 지상의 차원으로 끌어내리는 구실을 한다. 이러한 육체적 관심은 정신적인 것만 숭배하는 풍토에 반발하는 것이다. 신체와 세계 사이의 벽을 허물어 상호교환과 상호 작용을 가능하게 한다. 라블레 작품에 나타나는 신체의 배설과 섹스의 행위가 창자나 성기와 관련된다면 음식을 먹고 술을 마시는 행위는 입과 관련된다. 바흐친은 인간이 음식을 먹는 행위를 통해 세계와 만나는 행위는 유쾌하고 의기양양한 것으로 인식한다. 그는 세계에 대해 승리를 거두며 자신이 삼킴을 당하지 않고 오히려 그것을 삼켜버린다. 인간과 세계 사이를 갈라놓은 경계선이 무너져버리는 것이다. 라블레 소설에 나타나는 하양성의 개념은 천상의 세계를 지상의 세계로, 초월적인 신의 세계를 인간의 세계로 그린다. 아울러 추상적이고 정신적인 세계를 구체적이고 물질적인 세계로 추락시킨다. 이는 수직적 세계관을 수평적 세계관으로 뒤집어 엎는 행위이다. 그는 영적인 존재를 카니발과 관련시켜 중세기의 모든 공식적 이데올로기를 육체적이고 물

---

163) 김욱동, 위의 책, 255~261쪽.

질적인 차원으로 평가 절하하고 있는 것이다.

카니발화 현상은 문학뿐만 아니라 언어 영역에서도 발생된다. 바흐친은 카니발화 된 언어가 가장 많이 사용되는 곳을 장터로 보고 있다. 장터는 비공식적인 것의 집결지이며 그야말로 치외법권적인 곳으로 민중과 함께 할 수 있는 장소이다. 이 곳에서 언어를 자유롭게 사용함으로써 이데올로기로부터도 벗어날 수 있다는 것이다. 장터에서 사용하는 민중들의 구어 중에서도 욕설, 상소리 등의 외설적인 언어가 비공식적 언어라고 할 수 있다.

> 시리즈 구성은 라블레의 예술적 방법의 특징적 요소이다. 라블레에 의해 사용되는 매우 다양한 시리즈들은 다음의 일곱 가지 기본적 유형, 즉 ① 해부학적, 생리학적 측면에서 본 인간 육체의 시리즈, ② 의복의 시리즈, ③ 음식의 시리즈, ④ 음주와 취태의 시리즈, ⑤ 성의 시리즈, ⑥ 죽음의 시리즈, ⑦ 배설의 시리즈로 나누어 볼 수 있다.[164]

이러한 시리즈들은 서로 특유의 논리와 주제를 가져 교차하는 특성을 지닌다. 라블레는 시리즈를 서로 교차하고 전개시킴으로서 필요한 것은 무엇이나 결합하고 분리했다. 라블레의 소설에서 성은 막대한 비중을 차지한다. 외설적인 농담, 에피소드에서부터 성적 능력, 정액의 생성과정, 성기의 크기 등 광범위하고 다양한 형태로 나타난다. 이러한 라블레의 성 시리즈는 기존 가치체계를 파괴하는 역할을 담당한다. 아울러 귀족주의를 배척하고 평범한 성격이나 일상적이고 자연적인 것에서 벗어난다. 그의 성 시리즈를 「섹스에 관한 하나의 상상」으로 전이시킬 때 작가가 지닌 상상력의 폭을 가늠할 수 있을 뿐 아니라 전통적 소설 쓰기를 거부하려는 의도를 확인할 수 있다.

이 작품의 둘째 장은 성기 검사(檢事)가 피고 오른손과 공범 왼손에게 심문을 하는 기상천외한 장면으로 시작된다. 성기 검사가 그러하고 피고 오른손과 공범 왼손이 그러하다. 죄명은 오른손과 왼손이 성기를 성폭행했다는

---

164) Mikkail Mikhailovich Bakhtin(전승희 외 역), 앞의 책, 364쪽.

것이다. 성기는 하나의 주체로서 당연히 자신의 의사에 따라 행동할 권리가 있다고 본다. 검사는 이 사건이 전세계 성기들의 잃어버린 권리를 되찾는다는 측면에서 단순한 폭행사건을 넘어서는 중대한 의미가 있다고 홍분한다. 이에 대해 변호사는 원고 성기와 피고 오른손과 왼손은 한 몸으로 그 동안 피고의 의무를 충실히 수행했다는 점을 부각시킨다.

> 자위행위의 시조격으로 알려진 '오난'의 이름으로부터 유래한 '오나니'라는 용어를 비롯하여 용두질, 딸딸이, 수음 등 수많은 용어들이 있습니다. 사전을 보면 '자위'란 '이성과의 육체적 결합이 없이 자기의 생식기를 손이나 다른 물건으로 자극시켜 성적 쾌감을 얻는 짓'이라고 나와 있습니다.[165]

위와 같은 서술은 기존 언어의 권위를 거부함과 동시에 풍자하고 있다고 할 수 있다. 인용문은 변호사의 말로 손과 성기 사이의 강간은 성립될 수 없는 것으로 단순한 성생활의 일부로 간주해야 한다는 논리다. 결국 자위행위거부권을 인정하지 않는다. 그러나 성기출신 검사는 원고의 거부에도 불구하고 행위 도중에 이루어진 발기를 근거로 피고들의 행위를 정당화시키려는 것은 언어 도단이라 주장한다. 그는 강간의 판단 기준을 행위 이전의 상태에 한정하고 있다. 작가의 카니발적 상상력은 여기에서 멈추지 않는다. 검사의 입을 통하여 배후 조종자 뇌세포까지 기소하게 된다. 손은 단순히 하수인일 뿐이며 모든 행위를 조종한 것은 뇌세포이기 때문이다. 검사는 뇌세포의 자백을 받아내지만 뇌세포는 법정 최고형인 무기징역을 구형받고 자해행위를 시도한다.

작가는 둘째 장의 마지막 부분에서 이야기를 원점으로 돌려놓는다. 여기가 비선형적 서술에서 선형적 서술로 돌아오는 지점이다. 성기의 자생력이 보장되지 않는 한 애당초 재판이 성립되지 않는다는 것이다. 원고 성기는

---

165) 이태직, 「섹스에 관한 상상 하나」, 『비트시대』, 토마토, 1996, 204쪽.

피고 뇌세포를 간호하며 자신의 행위에 대해 후회를 하면서 둘째 장의 막을 내린다. 작가는 이야기를 원점으로 돌리고 더 이상 발전시키지 않는다. 왜냐하면 비선형성이 선형성으로 돌아 왔으며 그 자체가 하나의 상상이였기 때문이다.

세 번째 장인 하나의 맺음은 다시 첫째 장인 하나의 설정으로 복귀한다. 둘째 장의 상상의 이야기가 셋째 장에서 다시 현실로 돌아와 첫째 장의 현실과 연결된다. 병원에서 여자는 남자를 간호하고 있다. 여자의 섹스는 남자의 사랑을 확인하는 것이며, 남자의 섹스는 자신을 확인하는 것이었다.

이상과 같이 매타픽션은 소설과 리얼리티와의 관계에 의문제기하기 위해 나타난 자의식적이고 카나발적 글쓰기이다. 이러한 글쓰기를 통해 작가-등장인물-독자간의 미학적 거리와 부정적 가치들이 해체된다. 독자와 작가뿐만 아니라 등장인물과 작가, 등장인물과 독자가 상호소통할 수 있도록 하여 소통방식의 변화를 줄 뿐만 아니라 새로운 창작기법으로서의 가능성을 제공하기도 한다. 전지전능한 작가의 권위는 독자에게서 등장인물로 전이되어 등장인물이 창조주의 역할을 대신한다. 바흐친의 카니발 개념도 이와 연관시켜볼 수 있는 것은 소설의 다성성, 이어성, 다어성을 강조하기 때문이다. 이를 통해 사이버소설은 고정되고 절대적인 실체를 거부하고 기발한 상상력으로 역동적인 변화와 생성을 모색하게 된다. 비종결성, 개방성, 미래지향성은 유쾌한 상대성으로 통하여 모든 것을 역전시키고 마는 것이다.

2) 독자와 작가의 생산적 논쟁

근대 이전의 작가는 귀족계급이라는 후원자의 도움으로 신을 찬양하거나 귀족의 취향에 영합하는 예술작품을 생산하는 것으로 그 임무를 다하였다. 그러나 근대에 접어들면서 상실된 후원자의 자리는 일반 대중독자들이 차지하게 되어 작가들은 생활을 영위하기 위해서라도 독자의 취향에 맞는 예술작품을 생산하지 않을 수 없었다. 귀족이라는 후원자 밑에서 작품을 생산할 때는 그들의 요구에 따르면 되었기 때문에 작가의 능동적 창작태도가 요구되지 않았다. 그러나 다양한 독자 취향에 맞는 작품을 생산하기 위해서는 작가의 창조적 상상력을 발휘하지 않으면 안 되었다. 그러므로 작가는 독자를 재인식함과 더불어 사회라는 환경에 대해 책임과 의무를 지니지 않을 수 없었다. 때문에 문학작품은 상품이 되고 작가는 생산자, 독자는 소비자, 사회는 시장이 되었으며 모든 문학작품은 사회적 활동의 하나가 되었다. 즉 작가가 생산한 작품이 독자를 인식함으로부터 사회적 존재로서의 자리를 차지한 것이다. 로브그리예는 작가는 영원한 걸작이라는 것이 없는 것이고 오직 역사 속에 작품들만이 있다는 것을 앎으로써, 작가 자신의 시대를 소유한다는 사실을 자부심을 갖고 받아들여야만 한다고 말했다. 그리하여 인간과 세계와의 새로운 관계를 표현할 수 있는 새로운 소설 형식을 찾으려고 결심한 작가들은 누보 로망 작가가 되는 것이다. 때문에 누보 로망은 소설에 대한 반성의 소설이며 질문의 소설이다. 이는 누보 로망이라는 하나의 규범 속에서 스스로를 구속하는 것이 아니라 끊임없이 스스로를 파괴하고 극복하는 노력을 보이고 있는 것이다.

사르트르는 1948년 「문학이란 무엇인가?」라는 논문에서 문학사회학적 문학연구에 근거하는 독자론을 펴고 있다.[166] 그는 '쓰는 것과 읽는 것 이 두 가지를 동일한 그리고 동시적 사건'으로 규정하고, 창작 작업은 완전한 자유이지만 '쓰는 것' 자체는 독자를 향한 '외침(호소)'이며, 독자와 작가 사이에 계약을 맺는 것이라고 했다. 아놀드 하우저의 『예술과 문학의 사회사』도 여러 시대의 독자층에 대한 지식과 정보를 제공해 주고 있다. 그의 「서적과 독자」라는 서적판매 연구를 위한 글들도 문학사회학적 문학에서의 독자의 중요성을 시사하고 있다.

1967년 하랄드 바인리히는 「독자의 문학사를 위하여」라는 논문에서 문학

---

166) 문학사회학적 문학연구와 관련된 '독자'에 대한 관심을 살펴보면, 이들은 문학작품을 사회적 생산품으로 보고 그것의 사회적 역할을, 즉 작품의 영향이 사회변화에 기여한다는 것을 강조한다. 사회적 변화란 개인에 의해서가 아니라 대중에 의해서 만이 기대될 수 있기 때문에 '독자'라는 사회적 그룹이 문학사회학적 문학이론에서 매우 중요함은 지극히 당연한 사실이다.

작품이란 독자를 위해서 씌어진 것이면서도 독자의 관점에서 작품을 관찰하는 것이 아니라 작가의 관점에서 관찰하고 있는 작품해석을 고발하고 있다. 그리고 작가가 아닌 문학사가들도 독자를 무시한 문학사를 써왔다고 비난했다. 그는 문학작품이란 인쇄된 그 자체로 존재하는 것이 아니라, 그것이 읽혀지는 가운데서 생명을 얻게 된다고 보았다. 작품의 문장 하나하나는 독자를 향한 외침이고, 이들은 독자의 반응 없이는 미완성으로 남는다는 것이다. 그러므로 바인리히는 작품 이해에서 독자에게 참여의 적극성을 부여하고, 작가-작품-독자 상호간의 창의적인 공동작업을 요구하고 있다. 독자는 잠을 깨야 하며, 자신의 역할과 권리를 주장해야 하고, 독자로서의 긍지를 내세울 수 있어야 한다는 것이다.

독자와 작품의 상호작용을 밝히는 독서이론은 언어학적 사고 방식에 많이 기대고 있다. 언어학의 기본 이론, 즉 언어행위, 화자와 청자의 관계, 기호로서의 언어기능, 언어학적인 정보이론, 소통이론, 언어학의 통사론, 화용론, 의미론 등이 언어로 씌어진 텍스트를 취급하는 독서이론 연구에 응용된다. 화자(발신인)가 언어(소통기호)를 통해서 청자(수취인)에게 자신의 의사(정보)를 전달하는 행위는, 작가가 텍스트를 통해서 독자에게 작품을 전달하는 것과 같다. 독자와 텍스트의 대화구성은 양자간의 반응, 효과, 영향 등으로 얽혀 짜인 역동적인 상호 작용이다. 여기에 이저의 '독서행위의 심미적 가치'가 놓여 있다. 결국 가상공간의 탈중심화된 주체론은 저자의 죽음으로 이어진다. 작품에 대한 권위의 상징인 저자는 무의식적으로 재배적 이데올로기라는 힘을 함의하고 있었다. 하지만 미셀 푸코는 저자는 작품 혹은 그 작품의 의미의 결정적인 원천이 아니라 담화의 복합적인 기능, 즉 제한하고 배치하고, 선택하는 기능적 원리에 불과한 것으로 인식한다.

가상공간의 컴퓨터문단에 실제로 글을 올렸던 이순원은 가상공간의 글쓰기와 현실공간의 글쓰기 차이점을 말한다. 그는 지면상 글쓰기보다 통신상의 글띄우기가 작가입장에서는 글을 끊고 싶은 곳에서 끊고 독자의 입장을 지켜볼 수 있어서 편리한 점. 통신상 화면 글읽기가 불편하며 매체의 차이가 독서의 차이를 가져오고, 그 독서의 차이가 다시 매체 원고의 차별化를 시도한 점. 독자의 즉각적인 반응은 장점일 수도 있고 작가가 빠질 수 있는 함정일 수도 있다는 점. 글을 쓰는 동안 독자와 작품에 대해 이야기를 할 수 있다는 점. 가상공간의 '지나간 이야기 모음'은 순서대로 연재된 내용이 나오기 때문에 신문을 모으는 등의 불편함이 사라졌다는 점 등이 그러하다는 것이다. 그리하여 가상공간의 글쓰기를 뒷좌석과 조수석에 독자를 태우고 목적지까지 가는 여행으로 비유한다. 그러나 왜 여행을 하느냐보다는 어떻게 여행을 하느냐가 더 중요하다. 자동차에서 내리면 한사람의 보행자에 불과하기 때문이다. 따라서 사이버소설은 문학의 민주화에 바탕을 두고 인간과 세계의 진정성을 끊임없이 탐구해야할 것이다.

　일반적으로 본격문학 풍토에서 작가는 작품을 창작하는 과정이나 발표하는 과정에서 많은 제약을 받는다. 등단을 하려면 어느 정도의 수준을 갖추어야 하고 본격문단 풍토에 알맞은 주제와 소재를 선택해야 한다. 서술전략도 너무 파격적이어서는 곤란하여 기성 작가의 그늘에서 크게 벗어날 수 없다. 자칫 현실성이 없는 이야기는 문학성이 부족한 주변장르로 천대받기 십상이다. 본격문단에서 문인이 되는 길은 신춘 문예에 당선되거나 문예지의 추천 내지 신인상을 받거나 자비 출판하는 방법 등이 있다.[167)

　　첫째, 근래 우후죽순격으로 마구 나온 문예지가 범람하면서 정돈되지

---

167) 신춘 문예는 1920년대에 조선, 동아일보의 창간과 더불어 생겨났다. 전술한 등단 방법 중에 가장 객관적 평가가 주어지는 만큼 경쟁이 치열하다고 할 수 있다. 문예지의 추천을 받는 경우는 습작과정을 거치면서 추천자의 추천을 받아야 문인이 될 수 있다. 추천자가 신인에 대한 모든 책임을 지게 되므로 추천자와 신인간의 꾸준한 인간관계가 중요한 요인으로 작용된다. 문예지에 신인상으로 등단하는 경우는 우리 문예지니 남의 문예지니 하여 파벌 조성의 경향이 있기도 하다. 우리 문예지로 등단한 사람은 아무래도 우리 사람이라는 인상이 지배적이다. 자비 출판으로 등단하는 경우는 유럽에서 유행하는 제도로 우리나라에서도 경제적 여유가 있다면 자비 출판하여 문인이 될 수도 있다. 외국의 경우는 출판사가 유능한 인재발굴이라는 측면에서 출간을 해주기도 하지만, 우리의 경우 대다수의 출판사가 영세하여 이러한 모험을 하지 않는다.

못한 다량의 작품들을 마구 쏟아내고 있는 것. 둘째, 문예지가 산발적으로 양산하고 있는 다량의 신인 배출의 문제. 셋째, 작품을 보는 일부 평가자들의 일방적 견해와 수준이하의 안목. 넷째, 일부 저질의 일간신문 문화부에서 몇몇 문인들을 상대로 편파적인 내용들을 보도하면서 거시적이고도 공정해야할 문단사회를 혼란시킴. 다섯째, 올바른 이념의 체재로 모인 단체나 협회임은 몰라도 어떤 힘이나 파벌형성을 위한 모임이나 단체는 문인들 사이의 위화감을 조성 혼란시킴. 여섯째, 기성문인들의 나태성과 안일한 자세.[168]

이러한 등단제도의 불합리성은 우리 문단의 저질화 요인으로 작용하여 혼란을 야기한다는 것이다. 인용문을 통해 문단의 저질화를 유발하는 근본 요인은 기성문인들로부터 자행되었다는 점을 발견할 수 있다. 등단제도는 우리나라와 일본에만 존재하는 제도이다. 말하자면 일본에서 유행하던 제도를 우리가 그대로 받아들인 것이다. 이 대목에서 기성문인들의 식민지적 근성이 문단에까지 흡수되었다는 사실을 알 수 있다. 신인들이 등단을 하려면 우선 기성 비평가들의 평가를 받아야만 한다. 기성 비평가들의 평가를 받으려면 그들의 구미에 맞는 작품을 창작해야 할 것이다. 그렇지 않으면 등단 가능성이 희박해지기 때문이다. 비평가들의 구미를 맞추는 창작은 작가의 개성과 상상력을 제한하여 우리 문학의 발전 요인을 저해시켜 버린다. 따라서 등단제도의 재고와 아울러 근본적 대안이 마련되어야 한다. 기존의 근본적 대안이란 신인들은 작품 창작에 심혈을 기울이고 비평가들은 수신하여 공정하고 올바른 평가를 해야한다는 것이 전부다. 이러한 상식적 방법 이외에 컴퓨터문단에 작품을 발표하는 것도 대안일 수 있다. 컴퓨터문단은 작가의 수준이나 경제적 이윤과 장래성을 미리 시비하지도 않는다. 따라서 신인들은 작품을 완성한 후 발표지면을 찾아 고민하거나 방황할 필요가 없어진다. 컴퓨터문단은 본격문단의 불합리한 권위와 허위의식에서 벗어난

---

168) 박재륙, 「문단 저질화의 요인」, <시문학>, 1993, 1, 118~120쪽.

다. 등단이라는 화석화된 제도는 존재하지 않을 뿐만 아니라 소재나 주제의 간섭도 하지 않는다. 다만 작가에게 자유로운 창작의 공간을 제공하여 문학적 상상력을 마음껏 발휘하게 할 뿐이다.

등단제도뿐만 아니라 상업주의에 물든 베스트셀러의 조작문제도 컴퓨터 문단에서 해결해야할 과제이다. 출판사들이 자사의 책을 베스트셀러로 만들기 위해 순위를 조작한다는 것은 기정사실화 되어 있다. 베스트셀러 조작은 '잘 팔리니까 좋은 책'이라는 인식을 지닌 독자들을 우롱하는 것이다. 다시 말하면 작가-독자, 출판사-독자, 서점-독자 사이의 불신을 조장하여 결국 독자가 책을 믿지 못하는 풍토를 만들어 낸다. 독자 부재의 현실에 보통 심각한 문제가 아니다.

사이버소설의 한 유형을 보여주는 '작가 X'[169] 이벤트는 단어의 이미지와 같이 익명의 작가를 말한다. 이는 작가에 대한 독자들의 사전지식을 되도록 억제하여 작가의 명예와 권위에서 벗어나고자 한다. 익명의 작가가 작품을 쓰고 가상공간에 연재하면 독자들이 평가를 한다. 평가와 더불어 그 작가가 누구인지도 밝혀낸다. 하지만 작가가 누구인가를 밝히는 일이 중요한 것이 아니라 작품의 올바른 평가로 인한 문학적 가치를 찾아내는 것이 우선이다. 익명의 작가 즉, 누구의 작품인 줄도 모르는 상태에서의 독서는 독자의 문학적 상상력을 자극하여 작품이 주는 감동을 더할 수도 덜할 수도 있다. 그리고 작품에 대한 평을 자유롭게 하여 다양한 의견을 표출한다. 아무래도 본격문단에서의 작품 감상은 작가의 권위나 명예에서 자유롭지 못했다. 유명한 작가의 작품을 비판할 수도 신인 작가의 작품을 높이 평가하기도 어렵다. 그러나 '작가 X' 이벤트에서는 작가에 대한 정보를 차단하여 독자들의 자유로운 비평을 가능하게 한다. 이러한 유형은 작가에 대한 정보

---

169) '작가 X'는 하이텔 버전업(go sg86) 이벤트에서 시도 되었다. '작가 X'에 등장한 작가와 작품은 다음과 같다. 장태일의 단편소설 「패러독스」(1회), 마광수의 시 「피아노」외 4편(2회), 하재봉의 단편소설 「갱스터스 파라다이스」(3회), 함성호의 시 「18」외 3편(4회), 송경아의 단편소설 「투명인간」(5회) 등이다

를 제공하지 않음으로 해서 독자의 오독을 유도할 수도 있다. 오독은 해석의 융통성을 줄 수도 있기 때문이다. 정민[170]은 언어는 가끔씩 오해를 일으킨다고 주장한다. 이러한 오독은 문맥의 의미를 잘못 짚거나 띄어쓰기를 잘못하여 일어나기도 한다. 특히 독자의 오독은 작가가 의도적으로 만들어 내기도 하지만 독자에 의해서 자의적으로 생산되기도 한다.

이와 같이 오독은 문맥에서뿐만 아니라 문학작품 속에서 빈번히 일어난다. 시에서 작가는 의도적으로 독자의 오독을 요구한다. 이러한 오독을 윌리엄 엠슨은 「애매성의 일곱가지 유형」에서 모호성의 개념으로 표현하였다. 문학작품에 대한 모호성은 정민의 말과 같이 문화적 교양이나 문학 관습을 공유하지 못하는 데서 발생된다. 하지만 대부분은 작가가 의도적으로 생산하거나 작가의 명예나 권위에 영향을 받은 독자들의 꼼꼼하지 못한 독서 행위에서 기인된다.

문학작품을 해석한다는 것은 작가와 독자의 숨바꼭질과도 같은 것이다. 작가가 숨겨놓은 의미의 코드를 독자가 끊임없이 찾아가는 과정이다. 작가의 의미 코드를 단숨에 찾아내는 독자는 작품에 대한 감동과 흥미가 그만큼 줄어들 것이다. 작가의 명예와 권위에 제한을 받지 않고 해석되는 모호성의 오독은 문학이란 향기를 더욱 진하게 만들어 줄 것이다. 오독은 단순하게 오독으로만 끝나는 것이 아니라 창조적 오독으로도 발전할 수 있기

---

170) 그는 오독의 예로 경술국치 당시 합방조인문서에 김윤식(1841~1920)이 쓴 '불가불가(不可不可)'를 든다. '불가(不可)!, 불가(不可)!'라면 합방을 반대한다는 뜻이다. 그러나 '불가불 가(不可不 可)'로 읽으면 '불가하다고 하는 것은 불가하다'가 되어 합방의 역사적 필연성을 강조하는 것이 되고 만다. 김윤식은 갑오경장 후 김홍집 내각의 외무대신이 되어 정치를 개혁하려다가 친일파로 몰려 10년간의 귀양살이를 했다. 1910년에는 경술국치 조인에 가담하여 일본 정부로부터 자작(子爵)까지 받았다. 이로 미루어 본다면 후자에 해당하는 '불가불 가(不可不 可)'의 의미가 분명하다. 그러나 후에 3. 1운동에 동조하여 작위를 반환하고 국민들로부터 신망을 얻었으므로 전자인 '불가 불가(不可 不可)로 해석될 수도 있다.
정민, 『한시 미학 산책』, 솔출판사, 1997, 107~127쪽.

때문이다.

'작가 X' 이벤트에 「패러독스」를 발표한 장태일[171]은 본격문단에서 이미 인정받고 있는 작가이지만 컴퓨터문단의 독자 평가는 여기에서 벗어나 있다. 이태직은 껄끄러운 문장과 여기저기 보이는 맞춤법의 오류로 작품을 읽기에 상당히 괴롭다고 비판한다. 김홍년은 작품의 문장 구성에 대하여 꼬투리를 잡는다. 앞부분에서 거창하게 전개한 이야기들에 비해 결말이 빈약하다는 것이다. "전체적으로 작품의 균형이 없으며, 독서 후에 실망감이 더 커서 평하고 싶은 생각이 들지 않는 작품"[172]이라 말했다. 이러한 평에 대해 작가는 "도치가 되거나 비문에 가깝게 문장이 비틀어진 것은 독자가 소설에 일정한 거리를 두고 문장을 곱씹을 여유를 주기 위한 계략"[173]이라고 대응한다. 이미 발표된 그의 작품 『49일의 남자』는 매끄럽게 단련된 문장과 세련된 현대적 감각을 이 작품의 장점으로 평가받은 바 있다. 박완서는 세련되고 감각적인 문장과 추리소설적 기법으로 읽는 이를 조금도 지루하지 않게 마지막까지 끌고 갔다고 논평했다. 이러한 평을 참고한다면 장태일은 문장의 세련미만큼은 인정을 받은 셈이다. 그러므로 작품에 보이는 비문이나 비틀어진 문장은 작가가 독자를 위해 의도적으로 만들어 낸 문학적 장치임이 확인된다. 작가의 명예와 권위를 생각한다면 작가의 변명은 변명이 아닐 수도 있다. 그러나 탈권위에 입각한 독자의 자유로운 비평에 무게 중심을 둔다면 작가의 변명은 단순한 변명에 지나지 않는다.

하재봉의 「갱스터스 파라다이스」는 안병률의 지적처럼 일상적 담론을 비틀어 웃음과 철학을 담아낸다. 바흐친에 의하면 웃음은 카니발의 관련된 모든 현상을 조직하는 가장 기본적인 원칙으로 특유의 몇가지 특징을 지닌

---

171) 장태일은 1993년 장편소설 『49일의 남자』로 제2회 작가세계문학상을 수상한 바 있는 작가로 1994년에는 장편소설 『겨울숲으로의 귀환』을 내놓아 화제를 일으켰다.

172) <버전업> 창간호, 398쪽.

173) 위의 책, 397쪽.

다.[174] 첫째, 축제와 관련되어 있다. 개인적 반응이라기 보다는 집단적 성격을 지니기 때문이다. 둘째, 카니발의 웃음은 보편적이고 포괄적이다. 카니발에 참여하는 사람뿐만 아니라 참여하지 않는 사람까지 폭넓게 적용되어 이 세상 전체가 희극적 측면에서 유쾌한 상대성 속에서 보여진다. 셋째, 자유와 밀접하게 관련되어 있어 여러 가지 장벽을 무너뜨리고 자유에 이르는 길을 열어준다. 넷째, 양면 가치적인 성격을 지녀 파괴적이면서도 창조적인 요소를 보이며 모든 것을 매장하고 소생시키는 힘을 함께 소유하고 있다. 가면의 이중성에서 가면은 변화와 재생이 기쁨, 유쾌한 상대성, 그리고 획일성과 유사성에 대한 흔쾌한 부정과 관련된다. 다섯째, 카니발의 웃음은 철학적이고 유토피아적 성격을 지닌다. 그러므로 웃음은 진지성과 마찬가지로 보편적인 문제를 제기하는 위대한 문학 속에 들어올 수 있는 것이다.

　이처럼 웃음은 창조적이고 생성적인 힘이 있을 뿐만 아니라 자유스럽고 비공식적이며 가장 통제 받지 않는 것으로 문학적 권위에서도 해방된다. 웃음의 역할은 풍자에서 더 날카롭게 나타나 품위와 고상함을 부정한다. 하재봉 작품의 웃음은 이러한 언어적 능력을 최대한 발휘한다. 작품에 드러나는 웃음은 위계질서적 거리를 파괴하고 있다. 그 “대상 및 세계를 친숙하게 접촉하는 것을 통해 그것을 완전히 자유롭게 검토할 수 있게 하는 공간을 마련”[175]해 준다. 이러한 예는 탈춤에서 말뚝이의 몸짓과 가면이 반양반성, 풍자성, 해학성을 의미한다는 데서도 증명된다. 웃음과 눈물은 한 곳에서 나오듯이 웃음 속에는 진지함이 내포되어 있는 것이다.

　하재봉은 현대적이고 한국적인 풍자의 한 원형을 보여준다고 해도 과언이 아니다. 마치 『춘향전』이나 박지원의 고전 작품에서 보이는 “풍자와 역설”[176]이 작품에서는 고전적 향내를 풍기면서도 현대적 감각이 내포되어 있다. 풍자적 기법은 재미, 멸시, 분노, 냉소 등으로 주제를 우스꽝스럽게 만

---

174) 김욱동, 앞의 책, 243~248쪽.
175) Mikkail Mikhailovich Bakhtin(전승희 외 옮김), 앞의 책, 41쪽.
176) 김영수, 『한국문학의 맥락』, 일지사, 1988, 326쪽.

드는 것이다. 다시 말하면 "웃음"[177]을 무기로 해서 작품 외부에 존재하는 과녁을 겨냥한다. 그 과녁은 한 개인일 수도 있고, 어떤 계층이나 제도, 국가, 인류 전체일 수도 있다. 주지하는 바와 같이 역설은 외면상 모순되지만 내면에는 합당한 의미를 가지고 있는 진술을 말한다.

작품에서 주인공은 시나리오 3차 각색 전문인이지만 깡패가 꿈이었다는 허두부터 풍자와 역설로 채워져 독자들의 호기심을 발동시킨다. 주인공은 평소에 33개의 둥근 쇠가 박힌 가죽잠바를 입고 싶어했다. '33'이라는 숫자를 기미독립선언서에 참여했던 민족대표가 33인이라는 것과 동일시하기도 하고, 자신은 3류 작가가 되었다고 하여 '3'으로 변용시키기도 한다. 또한 그의 할아버지가 싫어했던 4학년 4반 44번이 되었고, 할아버진 4월 4일에 돌아가셨다. 이와 같이 숫자를 의도적으로 쓰고 있는 것은 일종의 언어유희로 바흐친이 논의한 라블레의 음식과 음주 시리즈와도 유사하다. 라블레는 전투가 끝난 후 그랑구지 성에서 벌어지는 만찬을 묘사할 때 온갖 종류의 요리가 세심하게 묘사했다.[178] 그의 작품에 보이는 숫자는 특별한 의미가 부여된 것이 아니라 이야기 판에서의 축제성을 드러내는 것이다.

이러한 언어의 카니발은 「갱스터스 파라다이스」의 새우깡을 묘사하는 연쇄적인 언어묘사에서도 발견된다. 그는 깡패는 아무나 되는 것이 아니라고 역설하면서, 키가 크고 힘이 세야 하고 깡이 있어야 하며 깡은 새우깡의 깡과는 질적으로 다르다고 말한다.

> "새우깡은 싱싱한 바다새우가 들어 있어 맛이 고소한 스낵입니다"라
> 고 적혀 있는, 그리고 실제로 겉봉지에는 긴 수염이 두 개 늘어진 커다

---

177) 화갑문집간행위원회, 김영수교수화갑기념문집, 『웃음과 세월의 풍경화』, 혜진서관, 1993에서는 웃음을 소재로 한 다양한 내용을 참조할 수 있다.

178) 여기에는 16마리의 소, 3마리 암소, 32마리 송아지, 63마리의 젖먹이 새끼 염소, 95마리 양, 300마리의 젖먹이 돼지새끼, 220마리 매추라기, 700마리의 도요새, 400마리 식용 수탉, 닭 1700마리, 600마리 비둘기, 600마리 뿔닭, 1400마리의 토끼, 303마리의 능에, 1700마리의 병아리 등이 묘사되고 있다.
   Mikkail Mikhailovich Bakhtin(전승희 외 옮김), 앞의 책, 377쪽.

란 붉은 왕새우가 그려져 있고, 그 밑에 'DNA 첨가'라고 노란 글자로 쓰여진 새우깡, 중량은 90g, 희망소매가격 300원, 제조일자 전면표기, 유통기한 제조일로부터 6개월까지인 그 새우깡 말이다.[179]

인용문과 같이 필요 이상으로 새우깡을 묘사하면서도 자신은 결코 회사로부터 홍보비나 선전비를 받은 바 없다고 능청을 뜬다. 이러한 묘사는 언어유희이고 또한 기존의 전통적 작품 서술에 불만한 질서거부의 의도를 지니고 있다. 현실에 바탕을 둔 리얼리티를 거부할 뿐만 아니라 전위적 실험성을 보여주는 것이기도 하다. 브레히트의 말과 같이 '좋은 낡은 것에 건설하지 말고 나쁜 새것 위에 건설하라'는 입장이다. 좋고 낡은 것은 점차 퇴화되지만 나쁘지만 새로운 것은 점차 생명을 얻어 탈시공간적으로 확대되는 성질을 지닌다. 작품 내적으로 주인공인 '나'가 깡패는 깡이 있어야 한다는 언급 후에 나온 새우깡에 대한 묘사는 깡패의 '깡'과 새우깡의 '깡'을 연결지어 그 자신이 얼마나 깡패가 되고 싶은가를 역설적으로 보여준다.

주인공의 깡패에 대한 꿈은 XCODE(박종우)라는 아이디를 가진 작가의 「깡패들의 천국」이라는 시나리오가 자신에게 넘겨지면서 달성된다. 그는 「깡패들의 천국」의 작가 박종우를 테러하여 자신의 것으로 작가명을 고쳐 영화사에 넘기면서 1류 시나리오 작가로 변신한다. 열두 살 때부터 깡패가 꿈이었던 그에게 두려움이란 존재하지 않는다. 다만 깡패를 위해서 존재하며 깡패가 되기 위해서는 못할 일이 없다.

컴퓨터 검색으로도 XCODE의 주인인 박종우를 찾지 못한 그는 직접 그의 집을 방문한다. 깡패가 되기로 작정한 그는 X에게 상처를 입히기보다는 자기연민에 빠진 이기주의자들은 깡패의 세계를 동경할 수는 있을지언정 스스로 깡패가 되는 것은 불가능하다는 것을 가르쳐 주고 싶었던 것이다. 특히 작가는 그가 X에게 한 행위를 신문기사를 부분 변용하여 설명하는 방법을 택하고 있다. 신문기사를 부분 변용하거나 작품을 서술하다가 갑자기 굵

---

179) 하재봉, 앞의 책, <버전업> 1. 3, 1997, 봄, 308쪽.

은 고딕 이탤릭체를 사용하는 서술법은 전술한 새로운 기법이 돋보이는 부분이다. 이러한 작품서술의 일탈적 행위는 그 사건 자체를 강조하거나 독자들의 독서 행위를 지루하지 않게 하는 작가의 배려로 보이기도 한다. X를 협박해서 『깡패들의 천국』을 빼앗은 그는 이제 진짜 깡패가 된 것이다. 그렇게도 원했던 깡패가 되자 사회는 그가 예상했던 바와 같은 대접을 한다.

이 작품은 '깡패들의 천국'이라는 용어 자체부터가 역설적이다. 깡패가 득실거리는 세상은 유토피아가 아니라 디스토피아에 불과하기 때문이다. 남을 응징하여 작품을 빼앗고 그 작품에 자신의 이름을 달기란 누워서 떡 먹기다. 내가 어려운 것은 다른 사람도 어렵고 내가 쉬운 것은 다른 사람에게도 쉬울 수밖에 없다. 이러한 사실을 확인하는 데는 결코 오랜 시간이 필요치 않았다. 다음날 신문의 정치면부터 마지막 면까지 모두 1급 깡패기사로 가득찬 것이다. 그렇게도 원했던 깡패가 되었지만 세상 사람 모두가 깡패가 되었으니 깡패의 희소가치가 떨어질 뿐 아니라 자신의 존재 이유 자체가 소멸된다.

작가는 작품에서 문학과 대중매체간 장르의 경계를 해체하면서 실험적인 언어 배열이 언어의 진정성을 상실한 것이 아니라고 주장한다. 아울러 문학을 하는 이유는 세상을 살아가면서 다양하고 창조적인 경험을 통해 자신의 삶을 확장시키고 존재와 그것을 둘러싼 거대한 세계의 불가해한 암호들을 해결하기 위한 것으로 본다. 이러한 작가의 주장은 독자들에게 설득력 있게 다가온다.

하재봉은 작품을 연재하면서 독자에 대하여 새롭게 인식했으며, 처음 기획했던 작품 개요가 변하지 않을 수 없었음을 고백한다.

> 작품을 분재해서 올리는 동안 주변부 형상화에 대한 황규원님의, 사회적 소외된 자들에 대한 형상화라는 유종운님의 지적과, 특히 블랙 코미디에 대해서 적어주신 안병률님의 글은 저에게 적지 않은 영향을 주었다고 생각합니다.[180]

소설의 창조적 다양성은 궁극적으로 우리가 세상을 바라보는 관점의 편협된 시각을 탈출하여 다양한 경험을 할 수 있게 한다. 작가의 말처럼 서로 비슷한 사고와 문체로 현실의 모순과 내면존재의 묘사에만 집착하는 소설은 독자와의 거리가 점점 멀어질 수밖에 없다.

익명의 작가 함성호가 컴퓨터 문단에 「18」, 「구부러진 칼」, 「범 : 람(汎濫, 汛濫)」, 「에드우드7」 등을 발표하자 독자 제영숙은 이를 「81」, 「바른 길」, 「람보」, 「포서터 모돈(包恕노－募豚)」 등으로 고쳐쓴다. 이러한 행위로 제영숙은 불과 몇 시간만에 작가로 변신한 것이다. 이에 대하여 독자들은 함성호의 작품보다 이를 고쳐쓴 제영숙의 작품에 관심을 집중한다. 이처럼 독자들의 호기심은 익명의 작가에만 있는 것이 아니라 평자에게도 나타난다. 그러나 '작자X' 이벤트 운영진은 이러한 독자의 반응에 의문을 제기하고, '작가 X' 자체가 엉뚱한 방향으로 흘러가고 있는 것으로 판단한다. 결국 제영숙의 글은 운영진에 의해 본인의 의사와 상관없이 다른 게시판으로 옮겨진다.[181]

이러한 상황으로 인하여 작가의 권위에 제압 당하지 않고 자유로운 비평을 유도하고자 추진되었던 '작가 X' 이벤트가 본말이 전도된 듯이 보인다. 단순히 운영상의 부자연스러움을 핑계로 남의 글을 상의도 없이 이동한다는 것은 비판받아야 마땅하다. 소설에 가해지는 권력의 억압에서 벗어나고자 했던 의도가 또다시 새로운 권력을 만들어서는 안되기 때문이다.

송경아의 「투명인간」은 헨리 밀러의 『남회귀선』에 나오는 "아무도 자기

---

180) 작가의 편지 중에서 인용함.

181) 다시 말하면 익명의 작가를 평하는 방에서 고쳐쓴 작품이 사라졌다. 그 이유는 제영숙의 글이 익명의 작가에 대한 비평이라고 볼 수 없다는 것이다. 이에 대해 제영숙은 자신의 평을 다른 게시판으로 옮긴 이유와 자신의 고쳐쓴 작품을 비난조로 평한 작품을 그냥 두는 이유에 대해 반문한다. 운영자는 이러한 요구를 받아들여 제영숙의 작품을 제자리로 원상복구시킴으로 일단락된 듯이 보인다. 하지만 다른 독자와 제영숙, 익명의 작가와 제영숙, 운영자와 제영숙의 갈등은 계속된다.

의 신성한 내장에 손이 디밀어지는 것을 바라지 않는다"로 허두를 연다. 주인공 김의관은 학교 잔디밭에서 벼락을 맞지만 다치진 않고 오히려 유명인사가 된다. 학교측에서는 시험을 연기해 주는 배려를 하고 회사에서는 입사를 제의했으며, CF에 나와달라는 광고기획사의 요청도 받았다. 벼락을 맞은 김의관에게 부작용이 나타난 것은 방학이 끝날 무렵이었다. 그가 생각하고 있는 모든 것이 타인의 시각에 드러나 보이게 된 것이다. 이는 영국의 작가 H. G. 웰즈의 작품『투명인간』을 연상하게 한다. 웰즈의 투명인간은 인체의 세포면에 유리와 같은 빛의 굴절도를 주어서 타인의 눈에 보이지 않게 하는 약품을 발명함으로 실현되었다. 하지만 이를 이용하여 재산과 권력을 잡으려 했기 때문에 끝내는 죽고 만다. 자신이 투명하게 된다는 것은 모든 인간이 바라는 바일 것이다.

따라서 송경아의 작품 소재는 이 작품을 다소 이어쓰고 고쳐쓴 흔적도 보인다. 하지만 타인이 나를 볼 수 없는 것이 아니라 투명하게 볼 수 있다는 설정은 독자들에게 일탈적 익명성으로 다가와 신선하고 참신한 장치로 받아들여진다. 나의 존재는 보이지 않고 타인의 모든 것을 보고자 하는 것은 인간의 이기심에서 비롯된다. 인간은 항상 자신의 모습을 타인에게 드러내 놓고 산다. 그러나 이것은 인간 외면의 모습일 뿐 내면의 모습은 아니다. 이러한 인간의 욕망을 현실적으로 묘사한 작가의 상상력은 사이버소설의 가능성과 지향점을 말해주는 것이다.

헨리 밀러에 의하면 세상의 모든 사람은 자신의 절대구역에 타인의 침입을 결코 허용하지 않는다. 그러나 김의관은 이러한 자신만의 절대구역을 상실한다. 아리스토텔레스가 인간은 사회적 동물이라고 했지만 실제로 모든 사람들은 내면의 은밀함을 더 즐긴다. 또한 타인의 은밀함을 훔쳐보는 관음증적 성격을 가진 이율배반적 존재이기도 하다. 이러한 자신의 존재를 비관한 김의관은 모든 것을 술로 해결하려 하지만 술은 인간의 고민을 원초적으로 해결하지는 못한다. 그러나 모자는 김의관의 고민을 어느 정도 해결했다. 모자를 썼을 때 사람들은 그의 내적 투명함을 눈치채지 못하는 것이다.

투명인간을 네티즌으로 본다면 모자는 바로 익명성으로 대표되는 아이디와 같은 것이다. 가상공간에서의 아이디는 현실공간의 모자나 가면과 유사하다. 현실공간에서의 모자나 가면은 신체의 일부를 가릴 수 있지만 가상공간에서의 아이디는 인간의 실체 자체를 숨긴다. 다만 현실공간에서의 모자는 자신을 숨기기도 하지만 자신을 드러내는 이중적 역할을 수행한다.

모자로 고민을 어느 정도 해결한 김의관은 컴퓨터통신을 통하여 여자 친구를 사귀게 된다. 가상공간에서 실체는 보이지 않고 다만 아이디와 모니터에 나타나는 문자만이 보일 뿐이다. 그러나 이러한 익명성은 온라인 상에서나 가능한 것으로 오프라인에까지 영향을 미치지는 못한다. 김의관의 모자 또한 머리에 썼을 때 효과가 나타나는 것이지 모자를 벗었을 때도 효과가 있는 것은 아니다.

그의 여자친구 진희선은 섹스 도중에 내적 투명함의 방패인 모자를 벗을 것을 요구한다. 하지만 김의관은 모자를 벗을 수가 없다. 그것은 진희선에게 자신의 내적 투명함까지 보여줄 수 없다는 것을 의미한다. 김의관은 진희선이라는 존재를 신뢰하지 않기 때문이다. 이는 진희선이 자신은 순수한 처녀라고 주장하지만 김의관은 그것을 믿지 않는다는 작품내용에서도 증명된다.

작가는 김의관이 '인간다움을 지키기 위하여' 모자를 벗지 않았다고 한다. 그러나 인간다움을 지키기 위한 것이라기보다는 신뢰할 수 없는 타인에게 자신의 실체를 보이고 싶지 않은 인간의 본능을 노출시킨 것으로 보아야 할 것이다. 진희선과 첫 섹스를 실패로 끝낸 김의관은 울고 있는 아기의 얼굴에 눈물을 흘린다. 아기는 울면서 자신의 존재를 인식시키지만 김의관은 모자라는 도구로 자신의 존재를 감춘다. 그리하여 희망의 잠재태인 아기와 희망을 상실한 김의관이란 존재는 서로 대칭점을 이룬다. 아기와 김의관이 대칭에서 벗어나 일치될 때 그 일치점에서 진정한 인간이 탄생되는 것이다.

여기서 간과할 수 없는 것은 독자와 독자간의 생산적 논쟁이다. 송경아의 작품 「투명인간」을 매개로 한 김홍년[850706]과 송상헌[FAB4]의 논쟁은 김홍년의 「혹평 하나」에서 시작된다. 김홍년은 「투명인간」의 작품 구조상의 개연성이 부족하고 결말부분에 나타나는 아기와 주인공의 운명적 투명성을 대립시킨 것은 부적절해 보이므로 한마디로 수준이하 작품으로 평가한다. 이에 대해 송상헌은 「오독과 왜곡」에서 모든 독서는 오독의 역사라 전제하고 통사적으로 문맥의 전후를 따져 그 전체적 의미망을 구성해 나가는 것이 훌륭한 독자의 의무이며 부분과 전체를 적절하게 조화시킨 슬기로운 독법이 필요하다는 논리로 김홍년을 반박한다. 다시 이 논쟁은 김홍년의 「잘못 쓰여진 소설, 투명한 사기」, 송상헌의 「오독, 거짓말 그리고…… 투명한 사기를 위하여……」, 김홍년 「억지…… 그리고 무례…… 경고합니다」, 송상헌 「판단의 몫은……」, 김홍년 「판단을 남에게 맡기면서 또 왜 지적을?」까지 계속된다. 이야기의 핵심은 김홍년은 송경아가 저지른 결정적 실수는 투명성을 설명하는 대목이며 내면은 투명하다는 식의 관념적 위장으로 이를 해결하여 서술전략의 문제가 있다는 것이다. 이에 대해 송상헌은 텍스트의 독서는 문맥에 대한 통사적 의미를 정확하게 파악한 다음에 텍스트내의 의미를 파악해야 한다고 주장한다. 이 논쟁은 송상헌이 판단의 몫은 독자에게 넘기자는 제의를 김홍년이 받아들여 진정되는 국면으로 가게 된다. 그러나 김홍년은 송경아의 소설 창작과정상 뒷부분을 먼저 구상한 탓에 작품의 앞뒤 문맥이 제대로 연결되지 않는다고 주장한다. '작가 X'의 작품에 초점을 맞추어 벌이는 논쟁은 우리 문학의 밝은 미래를 예고하는 셈이다. 누가 옳고 그른 것을 떠나 벌어지는 논쟁의 과정 속에서 건강한 문학의 씨앗은 싹튼다. 하지만 작가와 독자의 양방향적 상호소통을 통해서 기존의 권위적 문학 비평풍토에서 완전히 벗어날 수는 없다. 아무리 자연적 상황에서 작품을 보려고 해도 작가의 권위는 여전히 그 체취를 남기고 있는 것이다. 만약 참여하는 작가가 작품을 전혀 발표하지 않는 신인일 때는 가능할지도 모른다. 인맥과 혈연, 지연, 학연이라는 거대한 공룡의 억압 속에서 완전히 자유로워지기란 그리 쉬운 것은 아니기 때문이다.

　　이상과 같이 사이버소설적 성격을 담고 있는 익명의 '작가 X'는 작가와 독자의 생산적 논쟁으로 이어졌다. 이를 통해 등단제도의 불합리성과 탈권위를 시도하여 신인작가들의 개성과 문학적 상상력을 보호할 수 있는 장치가 될 수도 있다. 본격문단에서 단련된 문장과 세련된 감각을 지닌 작가도 '작가 X' 이벤트에서는 껄끄러운 문장과 맞춤법이나 오류를 범하는 작가로 폄하되기도 한다. 이러한 평가는 실명의 작가에게는 있을 수 없는 것으로 '작가 X'라는 익명의 작가에게나 가능하다. 이는 "작가는 독자를 철저히 배반하고 독자는 그 작가의 배반을 용납하지 않는 형태"[182)로 나타난 것이 아니라 작가는 독자의 문학적 상상력을 자극시켜 작품의 창조적 오독을 유도하고 있는 것이다. 이러한 작가의 문학적 장치는 독자의 문학적 역량을 신뢰할 때 가능하다. '작가 X' 이벤트는 전통적 글쓰기의 질서를 거부하고 나쁜 새것에 바탕을 둔 전위적 실험성이 강조되었다. 이는 작가의 입장에서 보면 긁어서 부스럼 내는 격일 수 있지만 독자의 입장에서는 신선한 경험일 수도 있다. 다시 말하면 작가는 득보다 실이 많았고 독자는 기존의 엄숙한 권위에 도전한다는 점에서 실보다는 득이 많았다고 하겠다. 그러나 이러한 이해 득실을 따지기 전에 독자와 작가, 독자와 독자들의 생산적 논쟁을 통하여 좀 더 질 높은 문학작품을 생산할 수 있다는 가능성에 무게 중심을 두어야 한다. 기존의 전통적 문단 풍토에서 작가의 권위에 기가 죽었던 독자들이 작가와의 상호교호에 의하여 다시 살아난다는 것은 우리 문단 풍토에 새로운 바람을 일으키는 것으로 보인다.

3) 공동창작 혹은 독자와 작가의 길트기

　이어쓰기 형식인 '릴레이소설'[183)은 사이버소설의 또 다른 모습을 보여

---

182) 송경아, 「투명인간」, <하이텔>(go sg86)

183) 릴레이소설은 1994년에 출판기획사 서운관이 천리안과 나우누리에 각각 '도깨비 방망이'라는 사이트를 운영함으로써 가능하게 된 것이다. SK텔레콤 인터넷 서비스 넷츠고에서는 2000년 무협소설 릴레이를 코너를 운영하였다. 여기서는 기성작가를 축으로 여러 신인작가들이 참여하여 제2의 무협소설 중흥기를 모색하기도 했다.

독자와 작가의 길트기를 시도한다. 이는 소통의 양방향성을 실천한 열린문학 형식이라 하겠다.

전통적 의미의 공동체란 생활이나 운명을 같이 하는 조직체로 자연발생적 의미를 지닌다. 가상공간의 공동체는 인위적 성격을 배제할 수 없으나 일부 엘리트에 의해서 만들어지는 것이 아니라 다수의 사이버리스트에 의해서 이루어진다. 하버마스의 말처럼 사이버 공동체는 탈억압적 의사소통의 공간이다. 그러나 이러한 논리는 가상공간 자체가 공동체를 해체하는 탈인간화, 탈사회의 기제로 작용한다는 비판을 받기도 한다. 사이버공동체의 자아는 무수한 타자들을 접하면서 자아는 타자화될 뿐만 아니라 체험의 객관화를 지향하면서 새로운 문화를 만들어낸다. 에스코트와 같이 폐쇄와 완성의 미학이라기보다는 풍부한 상상력을 지닌 개방의 미학을 키운다. 이러한 현상은 전통적 의미의 공공영역이나 시민사회에서 추구하는 바와 유사하다. 가상공간은 컴퓨터 시스템 자체를 통제하고 관리하는 권력과 자본이 존재하는 한 자유로운 공간이 아님은 분명하다. 아울러 가상공간 내부에서 만들어지는 새로운 권력에 대해서도 경계해야 한다.

이봉조는 가상공간에서 가장 놀라운 약속은 자아를 변형하고 개조할 수 있는 자유에 있는 것으로 본다.[184] 자신의 나이, 성별, 인종, 학력의 경계를 벗어나게 할 수 있다는 것이다. 다시 말하면 자기의 역사로부터 해방될 뿐만 아니라 자기 정체성으로부터의 자유를 가져다준다는 의미이다. 릴레이소설은 새로운 권력의 억압기제를 벗어나 새로운 공동체문화를 조성하는 하나의 실천적 행위로 보아야할 것이다. 릴레이소설이 사이버소설이라는 점은 컴퓨터통신에 의해서 독자와 작가의 양방향적 상호소통성[185]을 실천

---

184) 이봉조, 「컴퓨터, 사이버 스페이스, 유아론」, 『매체의 철학』, 나남출판, 1998, 198쪽.

185) 그린 필드에 의하면 상호작용성은 무조건 재미를 배가시키는 것을 아닌 것으로 파악한다. 성인은 정적, 관조적 오락형태가 갖는 매력은 대단하다. 하지만 아이들에게는 상호작용성이 대단한 매력이 되는 것이다. 그는 이러한 예를 동물원에서 동물을 바라보는 아이들에게서 찾는다. 아이들은 철조망 너머에 있는 이국적

하고 있기 때문이다. 또한 기존의 본격문학에 대한 도전적 실험성과 문학의
대중화와 인간의 공동체적 삶을 지향한다는 점이다. 이러한 성격은 문자와
인쇄기술은 전문화와 분리를 조성하고, 전자 기술은 통일과 참여를 조성하
고 장려한다는 맥루한의 주장과 맥을 같이 한다.

　1980년대에도 문학의 공동창작에 대한 실험성을 엿볼 수 있다. 이들은 문
학을 민주화 운동의 도구로 사용하려 했다. 그래서 공동창작의 예술적 성과
는 미미할 수밖에 없었다. 창작방법상의 문제뿐만 아니라 공동체적 삶을 지
향한다는 의미는 여타의 문학 장르의 지향점과 크게 다르지 않기 때문이다.
하지만 공동창작이 내포하는 공동체적 삶은 여타 장르에서 부분적으로 언
급되는 것과 달리 공동창작 자체에 공동체적 삶이 전적으로 내포되어 있다.
즉, "작품 생산 자체가 목적이 아니라, 문학을 통한 집단 내의 정서교류와
연대의식의 형성이 주된 목적"[186]이다. 따라서 디지털이라는 시대적 상황
과 공동창작이라는 문학장르의 거리가 다소 소원하게 보인다. 하지만 디지
털시대는 공동창작을 통하여 새로운 공동체를 조성하고 있다.

　컴퓨터문단에서 릴레이소설은 전문작가가 등장인물과 기본 구도만을 1
회분에 설정한다.

　　주경희는 뛰어난 미모와 젊음, 유창한 언변과 실력을 모두 갖추어 '귀
　여운 악녀'라 불리며, 33살이란 젊은 나이로 시장에 당선된다. 그러나
　시장 취임석상에서 감쪽같이 납치되는데……. 주경희를 납치한 자는 누
　구일까. 또 납치한 목적은 무엇일까?
　　주경희 주변 인물로는 아내가 사회 활동을 하는 것을 싫어하는 주경
　희의 전 남편 최진식, 주경희에게 시장직을 빼앗긴 데 대해 앙심을 품은
　전 총리 조치산, 그녀에게 연정을 품고 있는 개인 경호원 김철이 있다.

인 동물보다는 가깝게 손댈 수 있는 비둘기나 다람쥐 등에 더욱 흥미를 가진다
는 것이다. 뿐만 아니라 일방향적 텔레비전보다는 양방향적 성격을 지닌 컴퓨터
를 더 좋아한다는 점에서도 마찬가지 예가 된다.
186) 위기철, 앞의 책, 197쪽.

　　범인은 이들 중 한 사람일 수도 있고 단지 사회 혼란을 목적으로 하는
　　범죄 집단의 소행일 수도 있다.[187]

　인용문은 전문작가 이상우가 집필한『귀여운 악녀』1회분이다. 그러나 2
회부터는 독자들이 자유롭게 줄거리를 이어가는 형식으로 공동창작의 성격
을 띠고 있다. 1회분은 주경희가 주인공이며 귀여운 악녀를 지칭하고 있다
는 사실을 알려준다. 그리고 반동인물인 조치산과 조력자의 역할을 수행하
는 김철 등에 대한 정보만 주어진다. 앞으로의 사건전개는 독자들이 상상해
서 써나갈 몫으로 남아 있다. 물론 독자들은 작가의 역할을 수행하면서 독
자 상호간의 보조를 맞추지 않을 수 없다. 왜냐하면 앞 회의 내용을 숙지하
지 않고 그 다음 회를 창작하기란 불가능하기 때문이다. 앞 회는 다음 회에
영향을 주고 다음 회는 그 다음 회에 영향을 준다. 육상에서의 이어달리기
와 흡사하다. 한 사람이 잘 달린다고 해서 작품이 빛나는 것은 아니다. 작품
을 써내려 가면서 바톤을 놓쳐서도 안되며 한바퀴를 덜 돌아도 안된다. 다
만 작가들간의 공동체적 협동정신이 중요한 것이다. 작품의 성과는 참여하
는 작가들의 개인적 관심과 협조 속에서 가능하며, 작품 창작 공간이 골방
에서 광장으로 나아갔다는 효과도 없지 않다.
　『귀여운 악녀』1회는 미모의 주인공인 주경희가 최초의 민선시장으로 당
선, 축하연을 벌이던 도중 감쪽같이 사라지는 것으로 설정되었다. 2회부터
는 독자가 자유롭게 참여하여 독자와 작가의 길트기가 시작된다. 하지만 실
종 상황을 세 가지로 설정해 두었다.[188] 1회를 집필한 작가는 작품에서 추
리소설 특유의 트릭을 살릴 수 있는 몇 가지[189]를 제시하고 있다. 등장인물

---

187) 도깨비 방망이 소식지 5호, <천리안>(go doby)
188) ① 정치적 음모=라이벌 후보 세 명의 복수극.
　　　② 개인적인 원한=전 남편의 질시, 아버지 시대의 원한.
　　　③ 무동기 범죄=소란을 일으켜 사회를 혼란시키려는 범죄 단체의 히스테리.
189) ① 주경희의 공직 생활과 사적(애정)인 이야기를 동시에 전개한다.
　　　② 경호원 김철과 동창생 남정수를 유의해서 본다.

은 이미 설정해 놓았으나 작품 구성상 꼭 필요한 인물은 독자가 설정할 수도 있다. 특히 천리안과 나우누리에 동시에 연재하기 때문에 동일한 등장인물과 구도를 가진 소설이 진행과정에서 어떻게 변모하는지 관심을 가질 만하다. 작품의 시작은 같지만 전혀 다른 이야기로 전개될 수도 있을 것이다.

『귀여운 악녀』는 당초 100회분을 연재할 계획이었으나 연재 도중에 독자의 반응이나 작가의 참여가 저조하여 30회분[190]으로 종결되었다. 천리안과 나우누리 양쪽에 참여한 작가는 20여명[191]에 불과하다. 평균 조회율[192]도

---

③ 사라진 시장의 트릭은 무엇인가?

190) 천리안과 나우누리에서 연재된 『귀여운 악녀』의 목차를 살펴보면 다음과 같다.
   <천리안>
   1. 사건의 개요와 등장인물 소개(지정 작가 집필) 2. 경호원 김철을 연행하라! 3. 뭔가 잘못되고 있다. 4. 검은 음모 속의 냄새 5. 음모의 연속 6. 의문의 편지 7. 나를 찾지 말아요 8. 납치범들과의 관계 9. 꾸며진 납치 10. 민경호의 비밀 11. 남정수의 비밀 12. 가려진 기억들 13. 디스켓의 행방은 14. 음모 또 음모 15. 남정수의 전화 16. 도주 17. 의문의 사나이 18. 보이지 않는 끝 19. 파워 게임 20. 음모의 여명 21. 암호를 해독하라 22 드러나는 실체 23. 남정수와 조치산의 담판 24. 마지막 카드 25. 슬픈 악녀 26. 남정수의 죽음 27. 게임은 끝나지 않았다. 28. 풀려 가는 매듭 29. 마지막 새벽 30. 새벽은 오나 아직 어둠은 남아 있다.
   <나우누리>
   1. 사건의 개요와 등장인물 소개(지정 작가 집필) 2. 납치인가 증발인가 3. 희미한 옛사랑의 기억 4. 누워있는 나무들 5. C. K. P 전화를 걸어오다. 6. 덫 7. 장호의 죽음 8. 레드 콤 9. 불길한 예감 10. 검은 음모의 시작 11. CHEMOKEY FOR THE PEOPLE 12. 의혹으로 뛰어 들다. 13. 장호의 전화 14. 장호가 남긴 메시지 15. 납치 16. C. K. P 회장의 정체 17. 답은 여자야 18. 속이고 속고 19. 벗겨지는 실체 20. 시작되는 거래 21. 밝혀지는 C. K. P 회장 22. 주경희 나타나다. 23. 두 가지 만남 24. 주경희의 고백 25. 화학 촉매제(PAW25)를 투입하다. 26. 김철 C. K. P 본부로 잠입하다. 27. 1차 변형 28. 파멸 29. 김철! 괴물로 변한 박태섭을 공격하다 30. 새로운 시작.

191) 참여한 작가는 천리안에 임예환, 이준행, 추기성, 김재필, 이영미, 박경범, 변상철, 류도범, 조대현, 고영철, 권지혜, 김산영 등 12명이다. 나우누리에서는 조광석, 이호찬, 이준엽, 권동순, 이갑춘, 김은정, 신상일, 류도범, 이영미, 김우성 등 10명의 작가가 참여했다. 특히 류도범과 이영미는 양쪽에 모두 참여했다.

192) 다음은 나우누리 '도깨비 방망이'에 올라온 천리안의 『귀여운 악녀』의 조회율이다. 다시 말하면 나우누리에 연재중인 『귀여운 악녀』는 나름대로의 조회율을 올리고 있을 것이지만 천리안『귀여운 악녀』에 관심을 가진 나우누리 독자들이

당초의 기대에 미치지 못했다. 초기의 연재에서는 뛰어난 작품성을 가진 작품들이 많이 참여해 한 작품만 뽑는다는 것을 아쉬워하기도 했다. 그래서 연재 도중 한 작가가 두 회분 이상 참여하지 못한다는 원칙을 세우기도 했다. 그러나 연재 회수가 늘어날수록 참여하는 독자가 저조하여 이러한 원칙은 불필요하게 되었다.

천리안 7회분에서는 한 작품도 연재를 신청하지 않았다. 따라서 '도깨비 망방이'를 주관하는 담당자가 작품을 대신 집필하는 기현상까지 나타났다.

> 어쩐 일인지 이번 주에는 한 작품도 오르지 않는군요, 쩝. 여러분의 애정이 식은 건가요? 왜 작품을 쓰지 않으셨어요? ……(중략)…… 릴레이소설은 여러분의 관심 속에서만 쑥쑥 자라난다는 것을 잊지 말아주세요.[193]

릴레이소설은 작가와 독자만이 참여하는 것이 아니라 운영자의 참여도 가능하다. 독자들을 책망하는 목소리를 통해 운영자의 권위를 엿볼 수도 있다. 운영자의 빈번한 참여는 본격문단에서와 같은 작가의 권위를 상기시켜 작가와 독자의 상호소통에 부정적 영향을 끼칠 수도 있다. 릴레이소설의 생명은 독자들이 얼마나 참여하고 얼마나 질높은 작품이 선정될 수 있는가에 달려 있다. 작품의 객관적 선정기준과 독자들의 역동적 참여가 있을 때 새로운 소설 양식은 그 뿌리를 튼튼히 내릴 수 있기 때문이다.

『귀여운 악녀』에 채택된 작가는 다음 작가를 위해 관용을 베풀기도 한다.

많을 것이라고 예상하면서 통계를 살펴보았다. 그러나 평균 20회독을 넘지 못하고 있다.

2회 (38), 3회 (31), 4회 (53), 5회 (23), 6회 (30), 7회 (39), 8회 (28), 9회 (36), 10회 (24), 11회 (24), 12회 (15), 13회 (17), 14회 (9), 15회 (19), 16회 (18), 17회 (15), 18회 (20), 19회 (10), 20회 (11), 21회 (20), 22회 (20), 23회 (15), 24회 (8), 25회 (16), 26회 (14), 27회 (13), 28회 (11), 29회 (17), 30회 (29)회독 등이다.

여기서 ( ) 속은 조회율을 나타낸다.

193) 도깨비 방망이 소식지, <천리안>(go doby).

　이 내용이 2회로 채택된다면…… 이 다음에 김철이 경찰들을 물리치고 도망갈 건지, 아니면 저항하다가 잡혀갈는지, 고분고분 연행에 의할 건지 잘 써주시기 바랍니다. 이 다음은 저도 어떻게 내용이 진행될는지 더 해가기가 힘들군요. 그럼 수고하시길……

　김철의 심리를 묘사하면서 사건의 전말을 되짚어 보았습니다. 저는 김철이라는 인물을 통해 문제를 해결해 보고자 했습니다. 멋진 탈출극을 연출하는 데까지 구상을 하였는데, 지면의 한계가 있어서 멋진 탈출극은 연출하지 못하였습니다. 아니면 탈출을 못할 수도 있겠지요. 다음 작가가 맡아 주실 부분입니다.[194]

　위의 인용문은 천리안 2회 연재분(임예환)에 나오는 후기이며 아래 인용문은 3회(이준행) 연재분 후기에 나오는 작가의 말이다. 임예환이 요구했던 김철의 탈출문제를 이준행이 구상은 했지만 지면관계상 실제로 작품으로는 옮기지 못했다고 실토한다.

　그러나 4회분을 이어 쓴 추기성은 김철을 탈출시킨다. 김철이 경호하던 주경희가 납치 당했으니 김철에게 도의적 책임이 있는 것은 사실이다. 그러나 자신을 수사기관으로 연행하지 않고 엉뚱한 곳으로 데리고 가는 것을 눈치챈 김철은 탈출에 성공한다. 1회분만 연재가 가능하지만 앞 회의 작가는 다음 회분의 작가에게 자신의 영향력을 발휘하고 있다. 작품을 서술해 나가는 데 있어서 앞 작품은 다음 작품의 원전이 되기 때문이다. 다음 회를 쓰는 작가도 앞 회를 읽을 때는 한 사람의 독자에 불과하다. 직접적으로나 간접적으로 독자가 작가의 영향을 받는다는 것은 지극히 당연한 사실이다.

　구술문학의 화자는 자신이 한 말에 대하여 교정하거나 정정할 수 있다. 교정하거나 정정한 말에 대해서 아무런 구애를 받지 않고 자연스럽게 이루어진다. 뿐만 아니라 다음 화자에게 영향을 미치지만, 다음 화자 또한 앞 화

---

194) 도깨비 방망이 소식지, 위의 글.

자의 말을 정정하고 수정하여 재구성할 수 있다. 이처럼 앞 화자의 말이 다음 화자에게 미치는 영향이 그리 크지 않음을 알 수 있다. 그러나 릴레이소설은 자신이 서술하여 발표한 회분에 대해서 교정하거나 정정하지 못한다. 그 다음 회분의 작가가 자신의 작품을 창작하기 위해 참조할 수 있으므로 앞 화자의 영향은 구술문학보다 더 크다고 하겠다.

나우누리의 『귀여운 악녀』 3회를 집필한 이호찬은 "휴 ─ 글쓰는게 장난이 아니군요. 게다가 남이 먼저 써 놓은 글을 전제로 써야되니……"라고 하여 작가의 넋두리를 보이기도 한다. 이러한 넋두리는 기존의 작품에서는 찾아볼 수 없다. 작가의 넋두리는 독자와 작가의 단절이 아닌 상호소통이라는 장점을 살림과 동시에 작가의 인간미를 엿볼 수 있어 독자와 작가의 상호교감을 달성시켜 주는 듯하다.

컴퓨터문단에 연재되는 대다수의 작품이 신문연재소설 형식을 보이지만 릴레이소설은 더욱 그러하다.

> 경찰은 아무런 설명도 없이 김철의 한쪽 손을 잡더니 수갑을 채웠다(2회).
> '탈출하여야 한다. 누가 주경희 시장을 납치하였는지 밝혀 내야 한다. 장진욱 장관도 나는 믿을 수 없다.' 김철의 머리는 빠르게 회전하고 있었다(3회).
> 그때 대문을 열고 두 명의 건장한 청년이 나오는 게 보였다. 이내 사태를 파악한 그들은 경악한 듯 뛰어왔다. 김철은 급하게 차를 돌리고 엑셀러이터를 밟았다(4회).
> 김철의 손가락 끝은 흥분으로 미세하게 떨고 있었다. 김철은 천천히 흰 봉투 안의 편지를 꺼내 보았다(6회).
> 그러나, 경관은 다가와서 권총을 꺼낸 뒤에 차 안에 앉아 있는 김철에게 권총을 겨누었다. 그 후에 들리는 한마디가 있었다. "김철!! 내렷."(15회).[195]

---

195) 릴레이소설, 『귀여운 악녀』, <천리안>(go doby).

이상은 천리안 『귀여운 악녀』에 나타난 각 회분의 결말을 뽑은 것이다. 매회분의 호기심이 응축된 부분에서 절단하는 기법은 독자들에게 다음 회분까지 독서하지 않고서는 견딜 수 없도록 유도한다. 다음 회분이 나올 때까지의 시간적 공백은 독자들의 상상으로 채워지는 것이다.

> 어떠한 이야기라 할지라도 남김없이 이야기될 수는 없다. 사실 하나의 이야기가 역동성을 얻는 것은 불가피한 생략 때문이다. 그러므로 갑자기 이야기의 흐름이 중단되고 예상치 못했던 방향으로 우리가 이끌려 갈 때에는, 그 연결 관계를 설정할 수 있는—텍스트 자체에 의해서 남겨진 공백을 메꿀 수 있는—우리의 능력을 행사할 기회가 우리에게 주어지는 것이다.[196]

이 작품에서도 독자의 적극적 독서를 요하는 공백과 지연이 작품의 효과로 작용한다. 작가가 이야기하지 않은 부분은 독자가 채워야 할 몫으로 남는다. 독자의 역동적 독서행위는 다음 사건을 기대하고 또 그 다음 사건에 대한 호기심에서 나오는 것이다. 작품의 6회분에서도 김철이 주시장의 편지를 입수하자마자 끝나 버린다. 납치 과정에서 주시장이 남긴 편지가 과연 어떠한 내용인지에 대해 독자들은 궁금해한다. 독자에게 일정한 분량씩 제공되는 신문연재소설과 마찬가지로 독자의 호기심을 지연시키는 전략을 잘 세우는 것이 작품의 생명이다. 다음 호에 대한 독자의 호기심이 발동되어야 다음 호의 신문을 구독할 것이고 다음 날의 작품을 독서할 것이다. 다음 날의 신문을 구독해야만 신문사는 경제적 이득을 볼 수 있다. 그와 마찬가지로 호기심의 발동으로 온라인 독서가 지속되어야 통신회사는 전화비를 챙길 수 있다. 그러나 경제적인 면에서 볼 때 신문연재소설과 릴레이소설은 분명한 차이가 있다.

신문연재소설은 구독자가 늘어날수록 작가에 대한 보상이 많아지겠지만

---

196) Shiomith Rimmon-Kenan(권상규 역), 『소설의 시학』, 문학과지성사, 1985, 189쪽.

릴레이소설에서는 작가에 대한 보상이 주어지지 않는다. 연재가 이어질 수록 작품을 게시하기 위한 작가의 전화료만 더 늘어날 뿐이다. 릴레이소설 작가의 전화료도 컴퓨터통신 운영자의 수입으로 잡히는 것은 말할 필요가 없다. 이러한 상황은 사이버소설이 발전하기 위해 극복해야할 하나의 한계이다.

> 신문에 연재되는 장편은 신문 판매부수를 늘리는 데 기여해야만 되었다. 조선총독부의 기관지『매일신보』는 식민지 통치를 합리화하는 논조에 거부감 없이 말려들도록 하기 위해서 다수의 불특정 독자가 흥미롭게 읽을 장편소설이 필요해서 여러 가지 작품을 마련하다가, 일본 유학생들 사이에서 문학적 재능이 인정되고 있던 이광수에게 새로운 작품을 청탁했다. 이광수는 신문사 요구를 정확히 알아차려 기존 소설의 다양한 요소를 교묘하게 결합해 독자의 관심을 끌면서 친일적인 주제를 나타내 돈과 명성을 얻을 수가 있었다.[197]

우리는 일찍이 이광수가 신문연재소설을 통해 돈과 명성을 얻었다는 사실을 알고 있다. 이는 지연수법을 효과적으로 써 독자의 흥미를 유발시킬 수 있는 작가적 재능이 이광수에게 있었기 때문에 가능하였다. 권희돈[198]은 소설을 소설답게 만드는 여러 가지 불확정적 요소들 가운데 가장 근본적인 것은 이야기의 구조라고 말한다. 이것은 작품을 끝까지 밀고가는 힘이 된다. 작가는 이러한 이야기 구조를 바탕으로 독자의 호기심을 자극시켜야 하는 것이다. 아울러 호기심을 자극시키는 이야기 구조가 무엇인가에 천착해야만 한다. 호기심을 자극시키기 위해서는 무엇보다도 이야기를 지연시키는 방법이 가장 중요하다. 이야기를 지연시킬수록 독자의 호기심은 증폭되고 그 다음 회분의 연재소설을 독서하지 않을 수 없도록 하는 효과를 유발시키는 것이다.『천일야화』에서 샤라쟈드는 왕의 호기심을 지연시켜 자신

---

197) 조동일,『한국문학통사』4권, 지식산업사, 1992, 438쪽.
198) 권희돈, 앞의 책, 138~146쪽.

의 목숨을 구하고 한 나라를 평정시켰다. 릴레이소설에서는 독자의 호기심을 지연시켜야만 독자들의 참여도가 높아진다.

작품에서 김철은 자신이 경호하던 주시장이 납치를 당했기 때문에 자신이 구출해야 하는 것은 당연하다. 그런데도 불구하고 오히려 그가 연행될 형편이므로 독자들은 긴장하지 않을 수 없다. 주경희가 구출되기 위해서는 먼저 김철부터 구해야 되기 때문이다. 이러한 독자들의 기대는 다음 회분에서도 쉽게 이루어지지 않는다. 이는 그 다음 회분까지 독서를 연장시키는 효과를 지닌다. 다음 회분에서 그는 탈출하여 독자들의 기대를 충족시킨다. 독자들은 독서행위를 중단하지 않은 보람을 느낀다. 그런데 그는 탈출을 했지만 주경희에 대한 소식은 좀처럼 접할 수 없다. 작가는 김태구의 사이비 종교에 장진욱의 부인이 연루되었다는 등 주시장의 납치와 직접 관련이 없는 내용으로 연막을 친다. 이와 유사한 내용이 7회분까지 계속되고 8회분에 가서야 주시장이 납치범들과 지하실에 있다는 정보를 독자들에게 제공한다.

신문소설은 "시의성(時宜性)을 중시한다. 이미 완성된 이미지와 상투적 표현을 자주 활용한다. 상황의 묘사보다는 줄거리의 전개에 더욱 신경을 쓴다. 구독자의 관심을 지속시키려는 시도를 하지 않을 수 없다. 신문소설의 구조는 일간지의 배포조건에 좌우된다."[199] 이러한 특징은 릴레이소설의 특징과 유사한 면을 보인다. 그때 그때의 줄거리 상황에 맞추다보면 작가 자신도 모르게 작품은 시의적 성격을 띤다. 상투적 표현은 물론이고, 한정된 지면에 온라인 독서라는 조건은 작품의 속도감을 요구한다. 세밀한 묘사는 생략된 채 주로 단문의 줄거리 중심으로 사건을 진행시킬 수밖에 없다. 신문연재소설이 일간지의 배포조건에 좌우된다면 릴레이소설은 독자들의 관심도에 달려있다. 독자들의 관심도는 통신회사의 광고를 통해서도 가능하겠지만 제한된 회선에 많은 독자들이 몰리므로 접속을 잘 할 수 없다는 문제점이 발견된다. 독자들이 접속을 할 수 없다면 릴레이소설을 독서할 수

---

199) 임성래, 「신문소설의 입장에서 본 『혈의 누』」, 『신문소설이란 무엇인가』, 국학
　　자료원, 1996, 10~11쪽.

있는 기회가 원천봉쇄 당하는 셈이다. 그러므로 통신회사에서는 전용회선율을 높여 독자들에게 더 쉽게 접속할 수 있는 기회를 주어야할 것이다.

『귀여운 악녀』는 작품 내용적 가치 측면보다는 릴레이소설이라는 양방향적 상호소통의 형식을 통해 독자적 측면을 강조하여 '인간의 공동체적 삶'을 지향한다는 데 의의가 있다. 전통에 바탕을 둔 소설은 작가 주관적으로 창작되어 객관성을 상실하고 있는 셈이다. 이러한 상실된 객관성은 작가와 독자의 상호소통적 릴레이소설을 통하여 극복될 수 있다. 릴레이소설은 주관적 소설 전통을 거부하고 작품을 객관화시켜 개인적 주관에서 오는 오류에서 벗어난다고 하겠다. 그러나 양방향을 지향하면서도 이념이 결여된 지극히 개인적인 관념성을 배제하기 어려운 점도 도사리고 있다. 이러한 한계점은 점차 릴레이소설의 발전과정에서 극복되어야할 과제이다.

릴레이소설의 공동창작성은 독자들의 창작 욕구를 자극시켜 독자 스스로의 체험과 욕구를 담아낼 수 있게 하였다. 이는 마당극이 공동창작, 공동연출이라는 전통 민속 연희의 정신적 배경을 마련하는 기반이 됨과 유사하다.

> 비전문 문학애호가들의 독서소모임이나 문학소모임 같은 경우도 실제 공동창작의 방식이 보여주는 대표적인 경우라 할 것이다. 즉, 개인이 창작 해온 작품을 검토하는 과정에서 그 내용의 문제점을 지적하고, 다른 사람의 의견이 개입되어 상대방에게 보다 효과적으로 전달할 수 있는 방법이 논의되는가 하면, 심지어는 그러한 작품을 토대로 작품자체가 재구성되기도 한다. 이러한 과정을 통하여 비단 작품의 발전뿐만 아니라, 창작자 자신이 몰랐던 부분들을 깨닫게 됨으로써 의식이 발전되며 소모임 내에서의 연대감이 싹트게 된다.[200)]

공동창작으로써 문학의 역할은 위기철의 지적처럼 독서소모임이나 문학소모임뿐만 아니라 모둠일기나 집체시 짓기, 학급문집 발간 등에서도 실천

---

200) 위기철, 앞의 책, 206쪽.

과정으로 나타난다.[201] 이러한 형식은 릴레이소설과 다소 이질적으로 보인다. 릴레이소설은 앞 회분을 재구성하거나 교정 및 정정을 할 수 없기 때문이다. 그러므로 릴레이소설은 매 회분을 창작할 때 작가 혼자보다는 여러 사람이 공동으로 창작하는 형식을 취할 수도 있다. 이러한 과정을 통하여 자기 주관적 작품에 객관적 의견을 투영시켜 객관성 있는 인생관이나 세계관을 정립하게 된다. 여기에서 싹튼 연대감은 점차 이기적으로 변화되어 가는 디지털이라는 시대적 난관을 극복할 수 있는 대안이 될 수도 있다.

전통적 의미의 소설은 적층성으로부터 발생하였으나 현대로 오면서 작가의 사적 소유물처럼 변질되었다. 하지만 릴레이소설은 작가 개인의 사적 소유물을 탈피하고, 작가와 독자의 경계를 허물어 공동창작의 가능성을 통하여 그 새로움을 보여주고 있는 셈이다. 독자가 작가의 창작적 경험을 공유하고 공유된 경험으로 정서를 일치시켜 새로운 문학작품을 창작한다면, 문학적 가치는 높아질 수밖에 없다. 극단적 이기주의가 팽배하는 현실에서 함께 더불어 살아가는 것만큼 중요한 삶이란 없기 때문이다.

결국 릴레이소설은 독자와 작가의 상호보족적 길트기를 시도하여 인간의 공동체적 삶을 지향한다. 특히 공백과 지연의 문학적 장치로 독자들의 독서

---

201) 1980년대에 「마늘밭 매기」, 「들불야학」 등의 집체시가 나타나기는 하지만 이후 보이지 않다가 디지털시대의 컴퓨터통신 대화방에서 고나리, 김소연, 조수진 등에 의해서 「남의 밥」과 「폴짝 폴짝 비탈에서 뛰었다」가 창작되었다. 이들은 자신들의 창작관을 다음과 같이 밝힌다.
"우리는 시에 대한 태초보다 시인의 시에 대한 애초를 복원하고자 했다. 시를 쓰는 과정 자체가 일정 정도는 괴로움이기도 한 요즘의 우리 모습을 버리고, 시를 쓴다는 것이 아무런 조건 없이 즐거웠던 애초를 재현하고 싶었다. 유희로서의 시쓰기를 우리는 지향했고, 충분히 즐거운 경험을 했다. 시라는 창작물도 하나의 지적 소유물이라는 집착에서 벗어나, 우리는 감히 시를 가지고 놀이를 했고, 그 놀이의 결과물인 시를 이렇게 남긴다. 이 시의 소유권을 우리 세 사람이 함께 있었던 그 시간과 그 가상공간에게 넘긴다. 우리가 실험해 본 이 두 편의 시가 말하고자 하는 바를 결과적으로 보자면, 고집스러운 세 개의 시적 자아가 각각 분말처럼 떠도는 그대로이기도 하고, 유일한 공통분모인 여성으로서의 '여성성'에 대한 무의식적 노출 행위이기도 하다."
<하이텔>(go sg86)

행위를 지속시켜 다음 장에 대한 강한 호기심을 발생시킨다. 이저의 지적처럼 텍스트가 작품을 통해서 생겨나는 의미들을 지니고 있다면, 이런 경우 독자가 해야할 일이란 별로 없을 것이다. 그러나 독자와 텍스트 사이에는 '그렇다 / 그렇지 않다'라는 식의 판단을 요구하는 그 이상의 어떤 것이 진행되고 있다는 것을 부정할 수 없다. 독자와 텍스트간의 호기심이나 긴장감은 상호 작용을 유발시켜 텍스트에 생명을 주입시키는 것이다. 텍스트의 빈자리가 줄어들면 텍스트는 독자를 지루하게 만들 위험에 빠지게 된다. 빈자리야말로 사건을 완수시키고 그것의 의미구성에 대한 참여를 보장하고 있다. 이로써 한 텍스트가 담고 있는 빈자리는 작품을 이루어 내는 공동 수행 작업자의 기본적인 조건이 되는 셈이다.

본격문학에서는 다수의 작가가 창작한 작품을 다수의 독자가 즐기는 방식에서 공감의 공동체 의식을 느낀다. 하지만 소통의 양방향성을 바탕으로 하고 있는 새로운 장르는 선택된 소수의 독자 / 작가만 참여하게 된다. 결국 소수의 독자 / 작가가 창작한 작품을 소수의 독자 / 작가만이 즐길 수 있어, 소수의 공동체를 만드는 셈이다. 물론 전자에 해당하는 기존문학은 독자 대중이 점차 사라지고 있다는 한계를 지닌다. 후자는 작품을 대할 수 있는 독자 / 작가가 제한적이라는 한계가 없지 않지만 작가의 권위에서 벗어나고 문학의 민주화를 지향한다는 장점이 있다. 그러나 작품 줄거리의 일관성이나 작가의 정체성과 책임감 등이 무화된다는 사실을 직시해야 한다. 뿐만 아니라 릴레이소설은 공동창작을 지향하면서도 앞 회분에 대한 수정이나 재구성이 불가능하며, 소수의 독자와 작가만이 참여할 수 있다는 한계를 동시에 지니고 있다는 사실을 인정해야 한다. 작가와 독자뿐만 아니라 작품의 현실과 허구 또한 끊임없이 변화된다. 작가 / 독자, 현실 / 허구의 사이에 존재하는 빗금 제거는 작가와 독자, 현실과 허구의 상호소통에 의해서 가능해진다. 이러한 양방향적 상호소통성은 소설의 소통방식을 근본적으로 변화시킨 것이다. 아울러 작가의 창조적 상상력을 극대화할 때 평범한 소재와 특유한 형식뿐만 아니라 특유한 소재와 평범한 형식을 연결시킬 수도 있다.

독자를 위한 불확정성의 배려는 작품의 시의성을 띠어 묘사보다는 줄거리 중심으로 사건을 전개시킬 수도 있다. 작품의 소재적 측면에서 보면 당대의 가장 결핍된 부분을 소재로 채택하는 것이 독자의 흥미를 유발시킬 수 있는 첫째 조건이 될 것이다. 특히 독자 참여 부분은 신문연재소설보다 릴레이소설이 훨씬 강하다고 할 수 있다. 독자가 작가로 작가가 독자로 치환되기 때문이다. 릴레이소설은 편협했던 문단 풍토에 새바람을 일으킴과 동시에 주어진 작품을 수동적으로 보기만 하던 독자의 위치를 벗어나 작가가 되는 기회를 제공하고 있다. 이제 문학은 소수에서 다수를 위하여 존재하는 것이어야 한다. 이렇게 될 때 작가의 권위가 점차 사라지고 독자의 지위가 향상되어 우리 인간은 인류의 공동체적 삶을 지향하게 된다. 기존의 소설이 소수의 작가와 다수의 독자를 위해 일방적으로 존재했다면 릴레이소설은 소수의 독자와 소수의 작가가 상호공존하는 양상을 띤다. 아직은 소수의 독자와 작가가 참여하지만 점차 확대되어 소설의 영역 확장 및 민주화에 기여할 것으로 보인다. 작품이 독자 대중의 관심에 영합하다보면, 독자추수주의나 소재주의, 노출증, 관음증, 인간미 결여 등으로 흐를 가능성도 배제할 수 없다. 또한 앞 회분에 대한 교정이나 정정 및 재구성이 불가능한 것은 공동체를 지향하는 창작행위라는 대명제와는 다소 어긋나 보인다. 소수가 참여하고 소수의 독자만이 독서하는 형태라는 한계점을 노출시킨 것이다. 그래서 문학적 가치 척도로 평가하기보다는 공동체적 장르를 실천하고 있다는 행위 자체에서 문학적 의미를 찾아야할 것이다.

5. 글쓰기의 금제와 범제의 변증법

1) 페미니즘과 능동적 글쓰기

컴퓨터 글쓰기는 펜으로 쓴 글쓰기와는 확연하게 구별된다. 특히 키보드와 워드프로세서는 디지털이라는 시대적 상황에 맞는 글쓰기를 지향한다. 글쓰기 도구가 펜에서 키보드로 전환 되어감은 남성적 글쓰기에서 여성적 글쓰기로 이동하는 것과 마찬가지이다. 이는 기존의 여성적 글쓰기가 수동적이었다면 컴퓨터에 의하여 능동적 글쓰기로의 전환을 의미하는 것이기도 하다.

컴퓨터 글쓰기는 "컴퓨터가 가지고 있는 거동의 가벼움, 즉 조합과 해체의 거의 자발적이라고까지 할 수 있는 순발력과 자유로움"[202]을 심화 시킨다. 특히 박형준의 말처럼 가상공간의 고도의 분산성은 남성중심적 통일성에 대한 저항의 공간으로 자리할 수 있는 개연성을 갖는다. 최수철은 전동타자기로 쓰는 글은 "타자기와 나 사이의 관능적 어우러짐"[203]이라고 말한다. 더구나 소설 문장의 부사나 접속사를 여성의 분비물로 은유하여 남근에 해당하는 주어나 주체가 머리를 쳐들고 꼿꼿하게 서 있도록 한다는 것이다. 아울러 "자신이 타자기(또는 워드프로세서)를 두드리며 소설을 쓰는 글쓰기 특히 소설쓰기가 일종의 '관능적' 행위라고까지 말하며 자신의 소설쓰기를 숲속의 빈터에서 행해지는 동물들의 감미로운 교접에 비유한다."[204] 컴퓨터의 키보드 글쓰기는 글을 쓴다는 개념이 아니라 '글치기나 글만지기'로 보는 것이 타당하다. 류근조[205]의 말처럼 펜으로 글쓰기가 남근 중심적 성행위라고 한다면 컴퓨터의 키보드로 글쓰기는 모든 손가락을 활용하는 여성 중심적 성행위라 할 수 있다. 다시 말하면 남성의 성감대는 펜과 같이 성기 한 곳에 집중되어 있고 여성의 성감대는 키보드와 같이 신체의 여러 곳에 분산되어 있는 것을 의미한다. 글쓰기 도구가 펜에서 컴퓨터로 이동한다는 것은 가부장적이고 획일적인 글쓰기에서 여러 형태의 글쓰기로 전이되는 것이다. 여성중심의 다형태적 글쓰기는 기존의 가부장적 권력을 거부할 뿐만 아니라 페미니즘적 글쓰기를 지향하여 성담론의 개방화에 일조한다. 다형태적 글쓰기는 "가벼움, 탄력성, 환희성, 다양성, 불확정성, 비억압

---

202) 최수철, 『알몸과 육성』, 열음사, 1991, 208쪽.
203) 위의 책, 50쪽.
204) 류근조, 앞의 책, 142쪽.
205) 위의 책, 138~146쪽.

성, 관능성, 비원형성, 비논리성, 자유주의, 보편 내재성 등이 그것이며 이는
여성적 글쓰기와 컴퓨터 글쓰기가 공유하는 부분"[206]이다.

앤펀치의 시집 『서시』에서는 펜으로 글쓰기를 시도하는 여성을 남성들의
권리를 침해하는 주제넘은 여자로 표현한다. 펜촉은 남근을 은유하여 흰 종
이 위에 글자를 쓴다는 것은 여성에게 남성의 흔적을 남기는 성행위와도 유
사하다고 하겠다. 주지하듯 키보드를 사용하여 글을 쓰는 행위는 여성적 글
쓰기라 할 수 있다. 가상공간에서 여성적 글쓰기의 활성화를 위해 "남성중
심주의에 오염되지 않은 새로운 언어사용과 재현전략으로써 담론미학과 문
화정치학을 창출해내야 한다는 것이다."[207]

우리의 문학 풍토는 성담론이 문학의 위기를 자초한다는 입장과 금기시
되고 있는 성담론을 해방시키는 것이 문학의 영역을 확대하는 방법론이 될
수 있다는 입장으로 이분화되어 있다. 하지만 컴퓨터문단의 여성주의자들
은 기존의 가부장적 전통에서 금기로 여겼던 성담론을 양성화시킨다.

조르쥬 바타이유는 과학이 금기를 객관적으로 다루려고 하지만, 금기란
이성적으로는 이해할 수 없는 것이므로 과학을 거부한다고 주장한다. 금기
를 위반할 때, 금기가 우리의 마음을 옭아매고 있는데도 불구하고 충동에
무릎을 꿇을 때, 진실이 무엇인지를 비로소 번뇌와 함께 깨닫는다는 것이
다. 위반은 금기를 제거하는 것이 아니라, 그것을 한번 들쑤시는 행위라고
말한다. 이는 금기와 위반이 서로 대립되는 개념이 아니라 금기가 존재한다
면 위반이 그 의미를 완성시켜 주는 상호보족적 관계로 인식해야 할 것이
다. 그는 에로티즘을 단순한 성의 문제로 보지 않고, 신성에까지 이르는 삶
과 죽음의 문제로 보고 있다. 그것은 "인간을 인간이게 하는 인간만의 특
성"[208]인 것이다. 문학과 성은 뗄래야 뗄 수 없는 불가분의 성격을 지닌다

---

206) 위의 책, 141~142쪽.
207) 정정호, 「성차와 『여성적 글쓰기』의 탈근대 문화정치윤리학」, 『탈근대 인식론
　　과 생태학적 상상력』, 한신문화사, 1997, 332쪽.
208) Georges Bataille(조한경 옮김), 『에로티즘』, 민음사, 1996, 315쪽.

고 하겠다.

일부 특권층들은 성을 즐길 수 있는 권한이 자신들에게만 있는 것으로 착각하고 그 영역에 빗장을 걸고 있었다. 특히 우리 사회의 저변에 뿌리박혀 있는 유교주의 전통 아래서는 '남녀칠세부동석'적 사고방식으로 성담론을 금기시하였다. 고전소설의 작가들뿐만 아니라 소위 개화기의 작가들조차 필명을 쓰는 것이 예사였다. 이러한 문학풍토에서 성은 닫힌 공간이었으며 특권층의 무풍지대였다. 그러나 디지털시대의 성담론은 개방적 상황에 놓여 있다. 이제는 "성의 시대, 성욕의 시대"[209]가 된 것이다. 시간과 경제적 여유만 주어진다면 누구나 성을 즐길 수 있는 성의 평등화시대라 할 수 있다.

가상공간의 비주체적이고 비물질적 성격은 성적 차별을 약화시키는 탈남성적 공간이라 하겠다. 현실공간이 권위가 지배하는 남성적 공간이라면 가상공간은 탈권위적인 여성적 공간이다. 이러한 성격은 양은영 등의 작품에서 보듯이 노골적이고 적나라한 성담론을 가능하게 한다.

양은영과 이수진, 김완섭의 작품은 컴퓨터문단에서 외설논쟁[210]을 일으켰다. 천리안에서는 '섹스, 과연 PC 통신문학 최고의 소재인가'라는 토론실이 개설된 이후 100여 건 이상의 글이 게재되어 독자들의 관심의 대상이 되었다. 이들은 컴퓨터문단에서 섹스를 포함한 성문화에 대한 다양한 글을 올려 이미 '성문제 전문가'로 통하고 있다. 양은영은 『아줌마는 야하면 안 되

---

209) 정종진, 앞의 책, 11쪽.

210) 우리나라의 소설작품에서는 1954년 정비석의 『자유부인』으로부터 외설논쟁이 시작되었는데 작가가 경고조치를 받거나 구속된 작품은 다음과 같다. 박승훈의 『서울의 밤』, 『영점하의 새끼들』, 염재만의 『반노』, 한승원의 『폐촌』, 문순태의 『연꽃 속의 보석이여, 완전한 성취여』, 최상학의 『하늘의 침묵』, 김지연의 『씨톨』 김홍신의 『인간시장』 5권, 백우암의 『허영의 도시』, 김성종의 『제5의 사나이』, 한천석의 『흔들리는 상하』, 홍성유의 『모래성의 오뚜기』, 정을병의 『구겨져 나온 인간』, 정현웅의 『소부리 야화』, 현지섭의 『지석』, 이은집의 『천재들의 사랑실습』, 이동철의 『먹물들아 들어라』, 조성기의 『욕망의 오감도』, 조동수의 『꿈꾸는 열쇠』, 마광수의 『즐거운 사라』, 장정일의 『내게 거짓말을 해봐』 등이다. 이러한 작품에서 작가가 구속된 것은 마광수와 장정일 두 사람이다.

나요?』에서 여성의 불감증과 오르가슴, 섹스에 대한 호기심, 섹스에 대한 반응, 처녀 콤플렉스와 처녀막 재생수술, 내가 당한 성폭행, 섹스가 끝난 후에 느끼는 남자의 고독 등, 담론화하기 힘든 주제들을 진솔하게 털어놓고 있다.

> 어떤 남성이 이런 말을 했다. 첫날밤에 신부가 고통보다는 쾌감을 느끼는 것은 오랜 성경험을 가진 여자이기 때문에 그렇다는 것이다. 그 말을 들으니 여자로서 불쾌하기 그지 없었다. 사실 여자에게 섹스는 환희보다는 고통의 의미로써 더 많이 다가온다. …… 중략…….
> 남자들은 여자가 원하는 섹스에 대하여 아직 깨닫지 못하고 있다. 그들은 늘 똑같은 체위로 피스톤 운동만을 열심히 하는 것이 섹스라는 오류를 범하고 있다. 전희? 사랑의 성감을 고조시키기 위한 사랑의 속삭임? 애무? 그것은 신혼 초에 반짝 나타났다가 사라져 버린다. …… 중략 …… 여자의 성감대를 알아내서 여자에게 최대의 기쁨을 주기 위해 노력하는 남편이 과연 몇이나 있을까?211)

양은영의 글은 성역할에서 여성의 수동적 역할을 부정하고 능동적 여성으로 거듭나기를 강조하는 페미니스트적 발언이 대부분이다. 그는 사회의 밑바탕이 되는 가정에서의 성이 평등하여야 건강한 사회를 이룩할 수 있다고 본다. 영원한 사랑에 대해서는 부정적 시각으로 보면서 인간의 오욕 중에서 성욕을 가장 중요한 것으로 판단하고 있다. 그는 결혼을 왜 했느냐는 질문에서조차 남자와 성생활을 하고 싶어서라고 말할 만큼 적극적이고 개방적인 사고방식을 지녔다. 결국 진정한 사랑은 남녀의 간절한 그리움이 육체를 통하여 서로에게 기쁨을 주고 확인되어야 한다는 결론에 도달한다. 육체적인 사랑을 통해서 정신적 사랑으로 가야하는가 아니면 정신적 사랑을 통하여 육체적 사랑으로 가야 하는가에 대해서 일반적으로는 후자를 정상적인 것으로 본다. 하지만 양은영에게는 육체적 사랑이 우선이고 정신적 사랑은 그 다음이다. 사랑을 육체와 정신 두 측면으로 이분할 수 있는가에 회

---

211) 양은영, 『아줌마는 야하면 안되나요?』, 다솔, 1995, 21~27쪽.

의를 가져볼 때, 육체와 정신이 분리된 사랑은 진정한 사랑이라고 할 수 없을 것이다.

성에 대한 호기심은 인간의 본능에서 비롯된다는 것을 부정할 사람은 아무도 없다. 따라서 성은 더 이상 수치이거나 숨겨 두어야할 비밀은 아니다. 금지된 것에 대한 인간의 욕구, 구속에 대한 인간의 거부감은 자유를 향한 본능을 반영하는 것이다. 이러한 인간의 본능은 가상공간의 익명성과 연관되어 표출된다.

컴퓨터문단에서 연재중 수천 회의 조회수를 기록했던 양은영의 작품은 항상 논쟁거리를 만들어 내었다. 가려운 곳을 시원하게 긁어 주었다는 의견과 성의 개방과 성을 올바로 수용했다는 긍정적 반응도 많다. 그러나 단지 선정적인 글로 호기심만 유발시켰으며 포르노의 미화는 통속적 저질 문화로 분류해야 한다는 주장도 만만치 않다. 이들은 그의 작품을 포르노로 규정하고 오늘의 성윤리 파괴를 심각하게 만들고 있다고 공격하였다.

컴퓨터문단에서는 작품 내용보다 선정적인 제목을 골라서 읽는 독자의 습성이 있다. 모니터에서 깜박거리는 '커서'와 같이 독자들은 좀더 빠른 속도를 요구하고 있다. 드라마틱한 줄거리를 기대하며 말초신경을 자극시키는 소재를 찾는 것이다. 통신 전용회선이 부족하여 접속이 어렵고 접속한 시간만큼의 요금부담 때문에 독자들은 좀 더 자극적이고 선정적인 작품을 즐기려는 특성을 지닌다. 이러한 독자들의 습성은 자칫 컴퓨터문단을 포로노화시킬 우려도 없지 않다.

> 『미시족 Y의 외출』에서 내가 주로 다룬 것은 성 문제이지만 그 속에서 나름대로 내고자 했던 목소리들이 있었다. 여자로 살아오면서 느꼈던 개인적 사회적 불평등과 모순. 그것은 내 개인적인 빈곤과 좌절이라기보다는 이 사회의 모순된 제도와 관습, 여성에 대한 오랜 불평등의 역사에서 비롯된다는 것을 깨달았다.[212]

---

212) 양은영, 『미시족 Y의 외출』, 실천문학사, 1995, 303쪽.

작가의 창작의도는 인용문에서 확연하게 나타난다. 성담론으로 독자들의 호기심을 유발시켜 자신의 이야기를 한다. 여자에 대한 오랜 관습과 사회적 불평등과 모순을 발언하고자 했던 것이다. 작가는 "내가 최초로 버린 것은 처녀성이었고, 최후까지 버리지 못한 것은 문학에 대한 갈망과 아집과 독선이었다"[213)라고 주장한다. 이러한 작가의 집필 관점에서 독자들의 의문은 어느 정도 해결된 듯이 보인다. 전술한 바와 같이 단순하게 노출하고자 하는 의도보다는 남성 우월주의라는 사회적 관습에 대한 저항적 의식을 지닌다. 가상공간은 이러한 여성의 저항을 표현할 수 있는 공간적 배경을 제공하고 있다. 현실공간이 여성의 리얼한 성담론을 가능하게 할 수 있을 정도로 개방된 것은 아니기 때문이다. 아직도 많은 남성들에게 여성편력은 자랑거리지만 반대로 여성에게는 금기사항에 불과하다.

『재즈 섹스』는 페미니즘과 능동적 글쓰기의 성격을 적절하게 서술하고 있다. 특히 약사인 작가가 작품의 공간적 배경을 약국으로 설정하여 독자로 하여금 작가와 작품을 겹쳐 읽게 한다. 이러한 공간적 현실성은 주인공인 영진이 컴퓨터 통신을 통하여 성경을 만나게 되면서 가상공간과 현실의 상호소통을 이루어 낸다. 가상과 현실의 상호소통적 기법은 독자들에게 작품의 현실성을 의심하지 않게 하는 효과를 창출하고 있다.

이 작품은 컴퓨터통신의 새로운 사랑법이라는 부제를 달고 나와 독자들의 호기심을 자극한다. 여기서 말하는 새로운 사랑법은 컴퓨터통신을 매체로 하여 진행하는 사랑법을 말하는 것이다.

<16번 방에서 sksksk님이 귀하를 초청하고 있습니다. 비밀번호는 1234입니다> …… 중략 …… <성경님이 절 부르시다니 영 뜻밖인데요> …… 중략 …… <저 혹시, 절 아세요? 여기서 말고 그 이전에?> <아뇨, 전혀.>[214)

---

213) 양은영, 『아줌마는 야하면 안되나요』, 다솔, 1995, 작가의 말.
214) 이수진, 『재즈 섹스』 1권, 모아, 1996, 38쪽.

컴퓨터 통신 중에 한성경은 일면식도 없는 영진을 초청하였다. 익명의 숲으로 지칭되는 가상공간의 만남은 인용문에서와 같이 이루어진다. 한성경은 전날 채팅에서 유부녀와는 대화하지 않는다는 귓속말을 남기고 퇴장했지만, 다음날 다시 영진에게 초대 메시지를 보냈다. 어떤 이유가 있어서 초대한 것은 아니다. 다만 서로 터놓고 얘기나 하자는 것이다. 영진 또한 잘 알지 못하는 한성경과의 대화를 희망하고 있다. 영진은 약사라는 직업에서뿐만 아니라 남편과 아이로부터 받은 스트레스를 컴퓨터통신을 통하여 해소하고 싶은 욕망이 있었다. 상대가 나를 알지 못하고, 나또한 상대를 알지 못하는 상태에서 서로 얼굴을 대하지 않고도 대화할 수 있기 때문이다.

가상공간의 익명성은 관음증을 자극하고 주체에게 용기를 주어 현실공간에서 거론하기 힘든 이야기를 스스럼없이 할 수 있게 한다. 영진은 한성경에게 자신은 결혼한지 6년이 넘도록 오르가슴을 모르고 살았다고 고백한다. 이들은 마침내 '진실게임'을 시도한다. 진실게임이란 상대방에게 비밀스런 질문을 주고받는 게임이다. 게임을 통하여 영진은 초록색 팬티를 입고 있다고 실토할 뿐만 아니라 성적 흥분을 느끼는 상황까지 말한다. 한성경은 영진에게 자신이 처음 성접촉을 한 시기를 알려주기도 한다.

권태기에 시달리고 있는 이영진은 컴퓨터통신으로 한성경을 만나 사랑에 빠졌지만 발기불능인 성경은 치료차 중국으로 떠난다. 이후 그녀는 뉴질랜드 여행 중에 혁준을 만난다. 남편의 애인인 윤경을 알고부터 남편에 대한 배신감이 높아지고 반면에 혁준을 향하는 마음이 강해진다. 하지만 영진은 혁준이 그의 애인과 섹스를 하고 있는 것을 발견하고 절망하지 않을 수 없다.

> '내가 여자로 태어나 여자로서 살고 싶어한 것이 잘못이라면 난 그 사람들에게 묻고 싶어요. 과연 산다는 것의 의미가 무엇인가라고요. 무엇을 위해, 왜, 그 긴긴 날들을 견뎌가며 사는지 그것을 묻고 싶어요. 그리고 왜 아내는 더 이상 여자가 될 수 없는지도 묻고 싶어요. 당신은 그

대답을 알고 계신가요…….'215)

작가 이수진은 남자들의 이중적 삶에 회의를 느낀다. 남자들은 집에서의 모습과 밖에서의 모습이 다르다는 것이다. 이러한 카리스마적 남자들에 대한 반감을 반대의 경우로 되풀어서 작품을 창작했다고 한다. 그러니까 반은 흥미위주로 반은 이중적 삶을 살아가는 남자들에게 경고하려는 의도로 작품을 쓴 셈이다. 작가는 여자에게 사랑의 의미가 무엇인가를 끊임없이 질문하며, 안정적 행복보다 본질적 행복을 추구하고 있다. 이수진은 가정의 불행중 하나는 아내의 욕구에 무관심한 남편의 자세에 그 책임이 있다고 본다. 아내는 여자이길 원하지만 남편은 다만 아내이길 원한다는 데 갈등의 근본 원인이 있어 보인다. 이러한 작가의 상상력은 컴퓨터라는 새로운 매체에 의해서 나왔다. 컴퓨터통신이 아니었다면 한성경을 만날 수 없었을 뿐만 아니라 자신의 내면의 이야기를 사실적으로 털어놓을 수가 없었을 것이다.

가상공간의 페미니스트적 글쓰기는 『창녀론』216)에서 절정에 이른다. 이 작품은 '21세기형 인간을 위한 혁명적 여성이론'이라는 부제를 달아 양은영과 이수진의 작품과 차별화를 시도한다. 말하자면 하나의 성이론서라는 것이다. 작가는 보수적인 우리 사회와 어울리지 않는 작품이지만 좀더 나은 미래를 위해 모든 것을 감수하겠다는 태도이다. 가족의 기원으로 시작되는 목차는 '전속창녀, 첫날밤 처녀인 척하는 법, 매춘 및 포르노 산업을 육성하자, 창녀는 아무나 하는 게 아니다, 창녀정신, 여자의 성욕에 대하여, 사랑의 일반이론' 등 창녀가 작품의 주요 등장인물인 것을 알 수 있다. 나름대로 성이론서로의 역할을 감당하고 있으나, 독자들의 관음증을 자극하지 않았다고 말할 수 없다. 말을 바꾸면 가상공간의 익명성이나 관음증적 특징을 가장 잘 활용함으로써 독자들의 주목을 받을 수 있었다고 하겠다.

『창녀론』의 외설시비는 작가를 컴퓨터문단에서 제명되면서 일단락 된다.

---

215) 위의 책, 2권, 260~261쪽.
216) 김완섭, 『창녀론』, 천마, 1997.

하지만 아무런 법적 근거 없이 이용자 약관만을 가지고 사용자를 제명하는 처사는 설득력이 없다. 가상공간에서 제명 처분을 받은 아이디는 대부분 프로그램의 복사판매나 음란사진 게재에 의한 것이지만 김완섭의 경우에는 다르다. 『창녀론』은 작가의 기발한 상상력과 논리로 조회수 1천회를 돌파한 베스트셀러였다.

미국에서는 해커와 저명인사로 구성된 전자경찰이 게시물을 체크하여 법적 제재를 가하고 있다. 하지만 작품을 객관적으로 평가할 수 있는 독자들의 면밀한 시각이 필요하다. 작품에 대한 독자의 정당한 평가를 인정하면서 제도화된 장치를 갖지 못한 채, 통신회사가 일방적으로 작품을 삭제하거나 사용자 아이디를 제명한다는 것은 작품의 객관적 평가를 의미함이 아니기 때문이다.

『창녀론』은 독자들의 관음증을 충족시키는 외설적인 면이 있지만 논리적인 부분도 없지 않다. 그는 한국 주부가 사실상 전속창녀라고 선언하고 주부는 남편의 성욕을 해소시키는 것이 일차적 의무이며, 청소나 육아, 세탁, 음식장만 등은 부수적이라고 말한다. 김완섭에게 창녀의 개념은 여성의 태생적 아픔을 한 몸에 지닌 채 살아가도록 강요당하는 여성에 대한 사회 현실을 역설적으로 지적한 것이다. 여성은 태생적으로 창녀로 살아가도록 운명지워졌지만 이제 역사는 이 같은 운명에서 벗어날 것을 요구한다는 말이다. 따라서 그의 창녀정신은 먼저 현실을 올바르게 인식하고 자신의 처지를 제대로 알자는 데 있다. 미래학자들의 언급처럼 21세기는 여성적 문화가 주도해 나갈지도 모를 일이다. 후기 산업사회 이후에 다가온 비인간화는 여성의 섬세함과 예민함, 모성애 등으로 극복될 수도 있기 때문이다.

작품에 대한 외설시비는 일찍이 정비석의 『자유부인』으로부터 마광수, 장정일을 비롯하여 몇몇 기성작가에서도 보였다. 이러한 외설시비에서 해당 작품이 추구하는 지향점이 무엇인가를 확인하는 것은 중요하다고 생각된다. 그 지향점이 오직 말초신경만을 자극하는 것으로 끝나는 것인가, 아니면 문학적 진실 즉, '인간과 자연에 대한 사랑과 역사로부터의 정직성'이라는 대명제를 추구하는 도정에서 나타나는지를 확인해야 할 것이다.

> 예술은 인간을 감동시키는 것을 사명으로 한다. 감동이란 힘이며, 힘은 참신성에서 비롯된다. 참신성을 얻기 위해서는 늘 실험정신이 더불어야 한다. 실험정신이란 결국 전위적 몸짓이어서 예술은 늘 시대의 전위를 담당하려 한다. …… 중략 …… 예술의 영역에서 성에 대한 관념이 자유스럽지 않다거나 탄력성을 잃을 때 학문에서도 성에 대한 논의는 성숙하고 세련될 수가 없다.[217]

정종진은 예술은 항상 시대의 전위를 담당해야 하고, 학문의 발전을 위해서는 성에 대한 관념이 자유로워져야 한다고 말한다. 그는 계속해서 구미의 성에 대한 논의가 성숙한 것은 예술에서 성의 가치에 대한 탐구가 자유스럽기 때문으로 본다. 예술에서나 학문에서 성의 가치를 끊임없이 탐구하는 것은 인간사회를 위해 충분히 유익한 일인 것이다. 성담론에 대한 개방적 사고는 김영진에게도 보인다. 그는 「한국육담개론」[218]에서 섹스는 추한 것이라는 고정관념 때문에 육담의 학문적 가치를 인식하면서도 조사나 연구를 기피하거나 주저하고 있다는 입장이다. 그리하여 육담이 민속학의 대상으로 조사 또는 연구되기 위한 선행작업으로 용어와 개념, 내용과 어법, 형식과 구조, 보편성과 개별성, 장르와 연구방법, 자료와 분류 등을 개괄적으로 살펴보고 있다.

조르쥬 바타이유는 『에로티즘』에서 에로티즘을 "죽음까지 파고드는 삶"[219]이라고 했다. 이 말은 '에로티즘은 삶'이라는 뜻이다. 즉, 죽음과 삶을 연결시키는 것이 에로티즘이다. 극도에 다다른 사랑의 충동은 죽음의 충동과 다르지 않다. 따라서 에로티즘은 죽음까지 파고들 정도로 처절한 삶의

---

217) 정종진, 앞의 책, 14쪽.

218) 김영진, 「한국육담개론」, 『한국민속과 문학에 나타난 육담의 세계관』, 민속학회, 1996, 2쪽.

219) Georges Bataille(조한경 옮김), 앞의 책, 9쪽.

몸부림인 셈이다.

그러나 동서양을 막론하고 문학에서의 성표현은 결코 관대하지만은 않다. 특히 우리의 문학풍토에서는 더욱 그러하며, 외설논쟁은 동서양을 막론하고 꾸준하게 진행되어 왔다. 문학작품을 법의 잣대로 해결하려는 데는 문제가 따르지 않을 수 없다. 문학에 대한 법적 제재는 일시적 효과만 있을 뿐이다. 법적 제재이전에 "활발한 논의와 토론이 전개"[220] 되어야 할 것이다. 이는 서양에서 외설시비가 붙었던 작품[221]이 세월이 흘러 시대가 바뀌고 사람들의 인식이 변화됨에 따라 영원한 고전으로 남기도 한다는 사실에서도 그 이유를 찾을 수 있다.

요컨대 "가상공간의 주체의 분산화와 정체성의 유동화 경향은 성차별의 구조를 타파한다는 목표에 비추어 보면 여성들에게 전략적으로 유리하다."[222] 컴퓨터 글쓰기에서 필기도구적인 성격을 지닌 키보드는 다분히 여성적이다. 펜으로 대표되는 남성적 글쓰기에서 키보드를 중심으로 하는 여성적 글쓰기로의 전환은 소설에서도 그대로 투영되어 나타난다. 특히 권위적이고 닫힌공간으로써의 성담론이 개방적이고 열린공간으로 치환되고 있다. 일반적으로 드러내기 힘들었던 성담론도 익명성을 보장받는 컴퓨터라는 새로운 매체에서는 제약받지 않고 표현이 가능해 진다. 이러한 사실은 독자들의 관음증을 충족시키는 효과가 있다는 것도 부인할 수 없다. 충족된 관음증은 카타르시스를 만들어 내기도 한다. 가상공간이라는 새로운 문학공간은 기존 성담론의 금기를 위반하는 공간적 배경을 제공하였다. 작가들은 성담론의 개방을 통해서 상대적으로 억압받고 있는 여성들의 권리를 보장받

---

220) 마광수, 『사라를 위한 변명』, 열음사, 1994, 8쪽.
221) 서양에서 외설시비가 붙었던 작품에는 셰익스피어의 『로미오와 쥴리엣』, 세르반테스의 『돈키호테』, 테오도르 드라이저의 『아메리카의 비극』, 셀린느의 『외상죽음』, 바타이유의 『눈이야기』, 로렌스의 『채털러 부인의 사랑』, 밀러의 『섹서스』, 쿤데라의 『참을 수 없는 존재의 가벼움』, 입센의 『인형의 집』, 플로베르의 『보바리 부인』, 블라디미르 나보코브의 『로리타』, 장 주네의 『도둑일기』 등이 있다.
222) 박형준, 「정보화사회론의 쟁점들」, 『동향과 전망』, 1997, 봄호, 22쪽.

고자 했다. 그러나 궁극적으로 성의 남녀 평등을 주장하는 것으로 이해된다. 아울러 성에서 여성들의 수동적 역할을 거부하고 능동적으로 거듭나기를 요구하고 있다. 성에 대한 호기심은 인간의 본능이므로 성은 더 이상 수치이거나 비밀스러운 것은 아니다. 금제(禁制)는 범제(犯制) 당하기 위해서 존재한다. 금제가 범제 당할 때 소설의 지평이 변동되면서 새로운 문학적 사건이 발생되는 것이다. 따라서 성담론의 개방은 인간의 본질적 행복과 밀접한 연관성을 지니므로 가상공간 / 현실공간의 구별없이 성의 가치는 끊임없이 탐구되어야 할 것이다.

2) 가상공간의 에로티시즘

우리가 가상공간을 디지털 자연으로 명명하는 것은 그것을 또 하나의 자연으로 인식하기 때문이다. 가상공간의 세계는 오늘날 지구촌을 현실화한 인터넷의 시금석이 되었다. 가히 혁명적으로 확장되는 인터넷에서 가장 성행하고 있는 것은 포르노그라피 관련 사이트라 할 수 있다. 이를 광의적으로 보면 에로티시즘 개념에 포함된다. 시티즌(Citizen)이 네티즌(Netizen)으로 변하는 순간, 검색 프로그램에 가장 먼저, 가장 많이 기입해보는 단어가 바로 'sex'라는 사실이 시사하는 바는 크다. 실로 인터넷 검색 프로그램 '야후'에 'sex'라는 단어를 검색해보면 무려 427개 카테고리에 3523개의 웹사이트[223)가 나타난다. 그야말로 인터넷은 정보의 바다가 아니라 '성(性)의 바다'라고 해도 과언이 아니다.

불교에서는 저승에서 수 억겁(億劫) 번의 만남이 있어야 이승에서 옷깃을 한번 스치는 인연을 맺는다고 한다. 하지만 가상공간의 만남은 몇 가지 기계적 조건만 제외한다면 필연을 상실한 너무나 우연적이다. 필연을 가장한

---

223) 우리나라 검색 프로그램인 '심마니, 한미르'에는 각각 85개, 68개 사이트가 존재한다. 이러한 결과는 인터넷 전체로 보아 대수롭지 않다. 하지만 인터넷의 대중성과 상업성의 결합으로 말미암아 앞으로 기하급수적으로 늘어날 것으로 전망된다.
이상의 사이트의 검색 결과는 2000년 6월 4일을 기준으로 하였다.

우연한 만남은 가상공간의 중독증까지 만들어 내고 있다. 미국 가상섹스 중독 대책 위원회(NCSAC)는 미국의 인터넷 사용자 중에서 2백만명 정도가 가상섹스 중독증을 앓고 있다고 발표했다. 가상섹스 보고서에 따르면 시장 후보, 교사, 대학교수, 장교, 성직자 등이 중독자에 다수 포함되어 있다. 중독자들은 1주일에 15~25시간씩 외설사이트를 항해하며 포르노를 즐기거나 일면식도 없는 상대방과 채팅으로 음란한 대화를 나눈다는 것이다. 이들 중에 남성들은 음란사이트로 포르노 사진을 즐기지만, 여성들은 채팅을 통해 로맨틱한 사랑을 추구한다. 이러한 현실은 1998년 노라 에프런이 연출한 영화 [유브 갓 메일]에서 처럼 로맨틱한 상대를 만날 수 있을 것으로 기대하기 때문이라는 것이다.

그러나 네티즌이 정보의 바다에서 익사하지 않듯이 성의 바다에 함몰되지는 않는다. 시작은 포르노 사이트부터 하더라도 신기함과 호기심으로 인터넷 사이트 여기저기를 항해하면서 점차 자신에게 적절한 정보를 찾아 낼 수도 있다. 그렇다면 포르노 사이트는 시티즌을 네티즌으로 변화시키는데 지대한 역할을 한 셈이다. 하지만 시티즌 → 네티즌 → 섹티즌(Setizen)[224]보다는 진정한 사이버리스트로의 적절한 이동이 요청된다.

우리 소설사는 연애나 사랑에 관한 소설을 폄하하는 경향이 있다. 이는 일제강점기나 분단된 현실에 기인하는바 크다. 때문에 소설은 '이데올로기와 리얼리즘'이라는 두 개의 사슬에 복무할 수밖에 없었다. 이러한 상황에서 가상공간 또는 미래사회의 에로티시즘을 고찰한다는 것은 무리가 따르기 마련이다. 하지만 디지털시대가 만들어 낸 사이버리즘은 이데올로기와 리얼리즘에서 해방되어 인터넷에 횡행하고 있는 에로티시즘을 적절하게 천착할 수 있는 열린 문학을 지향한다.

가상공간은 갈수록 작아지는 문학 현실에 새로운 기폭제로 작용하고 있는 것이다. 그 이유로 "개인용 컴퓨터의 성능 향상, 상대적이고 저렴하고 강

---

224) 섹티즌(Setizien)은 Sex와 Netizen의 합성어이다.

력한 3차원 영상 처리기, 사람과 컴퓨터간의 관계에 대한 재고(再考)"[225] 등을 들 수 있다. 컴퓨터의 발전은 인공지능의 발달과 직접적으로 연관된다. 인공지능이 발전할수록 에로티시즘에 대한 관심은 높아진다. 사랑, 성, 섹스에 대한 자별한 관심은 디지털시대에도 예외가 될 수 없기 때문이다. 인공지능의 발달은 가상섹스의 발달과 직접적으로 그 맥이 닿는다. 디지털시대의 에로티시즘은 사이버소설의 한 축을 이룰 뿐만 아니라 작가들의 관심의 대상이 되고 있는 것이다.

디지털시대의 에로티시즘적 차원에서 가상섹스 유형을 살펴보면 다음과 같다. 첫째, 인터넷 사이트에 포르노 사진이나 포로노 동화상을 게재하는 것이다. 둘째, 채팅을 통한 컴섹이나 번섹[226]을 말한다. 셋째, 복제인간이나 사이보그와의 섹스 즉, 인간과 사이보그 혹은 사이보그와 사이보그의 섹스로 볼 있다. 전자의 두 가지는 현재성을 띠고 있지만 후자는 미래지향적이다.

사랑(Amour, Love)은 인간의 가장 원초적이고 근원적인 감정이다. 사랑의 힘으로 인간대 인간, 인간대 신의 교제가 가능해지고 사랑이 있기 때문에 미움이라는 감정도 있다. 그리하여 사랑의 기쁨과 사랑의 슬픔이 존재하며 사랑했기 때문에 헤어진다는 역설적 의미도 가능한 것이다. 고대 그리스에서는 이를 에로스라 지칭했는데, 육체적 사랑보다 정신적 사랑을 강조하여 절대진리에 도달하고자 했다. 하지만 애초엔 열광적으로 사랑하며 자신을 위해 다른 것을 갈망한다는 성적사랑을 의미한 것이다. 이러한 개념은 플라

---

225) Sandra K. Helsel 외(노용덕 옮김), 앞의 책, 72쪽.

226) '컴섹'은 가상공간에서, '번섹'은 현실공간에서 이루어진다. 컴섹이란 키보드로 서로 은밀한 대화를 나누는 가상섹스 말한다. 즉 컴퓨터를 통해 하는 섹스를 말하는 것으로 키보드를 치면서 상상력을 유발시킨다. 서로의 상태를 전달하고 '옷을 벗었다. 애무를 하고 있다. 기분이 어떻다' 등의 야한 언어를 교환한다. 전화로 주고받는 '폰섹'의 일종으로 보이지만 구술언어가 아니라 문자언어로 전달된다는 차이가 있다.
여기에 대해서는 졸고 「사이버 공간의 사랑이란 무엇인가」에서 논의한 바 있다. 대중문학회 편, 『연애소설이란 무엇인가』, 국학자료원, 1998, 197∼217쪽을 참조할 것.

톤에 의해 중세의 신비주의적 사랑의 개념으로 대치된다. 그는 『향연』에서 에로스는 사람의 위에 있는 것이라는 의미에서의 신은 아니지만 모든 사물과 인간을 함께 맺어주는 힘, 즉 모든 사물에게 사랑을 불어넣는 힘으로 본다.

초시공간적으로 존재하는 사랑은 이냐스 렙의 말처럼 다른 모든 실존적 실재와 마찬가지로 거의 정의할 수 없는 것인지도 모른다. 그것은 논리적인 것이기보다는 심리적이고 본능적인 것이다. 그렇다면 플라톤적 이성에 의지하기보다는 감정이나 정서에 의존한다. 목숨보다 사랑을 갈구하는 심리상태는 우리의 이성적 판단으로는 도저히 이해하기 힘들 만치 감성적이다.

> 사랑이란 이 세상에서 누릴 수 있는 행복이다. 그러나 이 행복은 원망달성(願望達成)의 일부에 불과하다. 사랑은 결합이다. 서로 사랑을 할 적에는 모든 것이 하나로 결합되어 기쁨의 희열이 넘치게 된다.[227]

사랑은 타자를 위해 존재하기 때문에 위대한 것으로 인식된다. 타자와 주체의 합일을 통해 진정한 사랑에 도달할 수 있다는 말이다. 에로스는 인간의 창조적 정신을 만들어 내는 신, 또는 다른 형태에 있어서 타자와 합일하도록 유도한다. 뿐만 아니라 지식에 대한 바램을 고취시키고 정열적으로 진리와의 합일을 추구하도록 밀어대는 충동적 힘이라는 것이다. 그리하여 에로스를 통해서 우리는 시인이나 발명가가 될 뿐만 아니라 윤리적인 선을 성취한다고 보았다. 이를 플라톤 주의라고도 하는데 에로스를 절대의 선을 영원히 소유하려는 차원으로 인식한다. 그는 에로스를 철학의 미를 사랑하는 것으로 승화시켜 이데아의 인식에 이르게 하는 것에 에로스의 참뜻이 있다고 보았다. 말을 바꾸면 에로스를 통하여 지혜의 미, 선의 경지에 도달한다는 것이다. 프로이트는 1920년 정신분석적 용어로 에로스를 사용했다. 그는 에로스란 에너지와 같아서 그 목적은 생명을 보존하고 추진시키는 것으로 보았다. 이것이 성의 본능과 결부될 때는 리비도가 되고 자기보존의 본능과

---

227) 홍사중, 『성적인간』, 태극출판사, 1977, 37쪽.

결부될 때는 자아 리비도가 된다. 따라서 에로스를 죽음의 본능과 반대되는 생명의 극한으로 생각한 것이다. 에로스는 그리스 신화에 나오는 사랑의 신으로 로마에서는 '아모르 또는 쿠피도'라고도 이른다. 신들을 낳는 원동력으로서의 신이며, 즐거운 연애의 신으로 카오스의 아들이며 니크스의 알에서 태어났다고도 한다. 에로스는 신과 인간을 모두 지배하며 남성과 여성을 결합시켜 새로운 생명력을 잉태하도록 유도하였다. 캠벨 또한 어떤 모습을 하고 있든지 간에 에로스는 생명이 나오는 선조(先祖)이며 근원적 창조자로 정의하고 있다.

에로스는 에로티시즘이란 용어를 만들어낸다. 전술한 『향연』에 의하면 에로티시즘은 신적 사랑뿐만 아니라 육체적 사랑을 포함해서 이르는 말이다. 하지만 오늘날은 주로 육체적 사랑, 성애(性愛)를 의미한다. 섹스 그 자체는 에로스한 것이 아니며 성애를 자극하거나 상상하게 하는, 즉 직접적 감각보다는 간접적 감각에 의존하는 상황이 에로스적 상황이다. 여기서 말하는 에로스적 상황을 연출하는 것이 바로 에로티시즘이라 할 수 있다. 따라서 에로티시즘은 다분히 심리적인 것이다. 이마미치 도모노부는 『사랑에 관하여』에서 에로티시즘을 사랑 가운데 가장 중요한 것으로 보았다. 에로티시즘은 종족보존과 자식의 양육에 있어서의 어려움에 대한 보상으로 주어지는 본능적 희열을 포함한다. 인간은 그 기쁨을 즐길 권리가 있기 때문이다. 하지만 과도한 에로티시즘은 오히려 우리 사회를 병들게 만들고 인간을 황폐화시켜 버린다.

『채팅』228)은 가상공간의 새로운 에로티시즘적 방식인 채팅229)을 통해서

---

228) 이유미, 『채팅』, 흔겨레, 1995.
229) 채팅(Chatting)은 컴퓨터 통신을 통하여 다른 사람과 대화하는 것이다. 컴퓨터 통신 서비스 업체가 제공하는 기능을 이용해 그 서비스에 접속해 있는 사람과 이야기를 주고받는다. 대화란 인간 대 인간의 통상적인 의사소통을 의미한다. 그러나 채팅은 말로 전달되는 것이 아니라 통신회선으로 접속된 두 개의 컴퓨터 사용자들이 키보드를 통해서 서로 대화하는 것처럼 메시지를 주고받는다. 일정한 규칙에 따라 키를 배열한 판에 해당하는 키보드는 상대방에게 신호를 송출한다. 판을 누르면 이에 대응하는 그 문자를 나타내는 구성 비트나 데이터로서

만난 주인공 한지원과 윤현준을 중심으로 사건이 전개된다.

　새로운 문화양식인 채팅은 가상공간의 익명성을 바탕으로 이루어진다. 익명의 공간에서 자신의 이미지를 여러 형태로 창조할 수 있다. 채팅을 통하여 소심한 성격을 개선할 수 있으며 자신의 고민에 대한 해결점을 찾아내기도 한다. 그리고 각계각층의 사람을 만날 수 있어 다양한 지식과 경험을 쌓을 수 있는 계기를 마련하게 된다. 이처럼 채팅은 단지 말장난의 차원을 벗어나 신속하고 소중한 정보획득의 장을 제공하는 셈이다. 컴퓨터 관련의 의문점뿐만 아니라 일상생활의 모든 것을 온라인 상에서 질문을 할 수 있다. 소중한 친구를 사귈 수도 있으며 채팅을 통하여 결혼을 하는 경우까지 생겨났다. '통신 중독'이니 '통신 마약'이니 하는 말들이 유행할 정도로 컴퓨터 통신 사용자들을 매료시키기도 한다.

　가상공간은 하나의 또 다른 현실이지만 현실공간과는 차별되는 별천지라 할 수 있다. 물리적 공간 내에 존재하지만 내부는 실물이 아닌 가상적 물건으로 채워져 있는 것이다. 가상공간은 어떤 일이 발생할지 예측할 수 없을 정도의 무한한 힘을 가지고 있다.

　이러한 공간적 특징은 격식 갖추기를 싫어하고 좀 더 빠른 친분을 원하는 현대인의 정서와 들어맞는다. 뿐만 아니라 비칭 대화는 처음 만나는 사람과도 오래 전에 친분이 있는 사람같이 느끼게 한다. 그리하여 자신의 마음을 쉽게 열고 상대방을 받아들인다. 채팅을 통하여 자신이 마음에 드는 사람에게는 '세이(say)'나 '귓속말'[230]을 하기도 한다. 이렇게 몇마디를 주고받고는

문자뿐만 아니라 제어 신호도 생성, 송출하게 되는 것이다. 채팅은 한쪽에서 타이핑한 내용이 다른 쪽 컴퓨터의 화면에 그대로 표시되는 '필담'이라 하겠다. 이는 'Chatter'에서 온 말로 '뜻도 없이 재잘재잘 지껄인다'는 의미를 내포하고 있다. 채팅을 하기 위해서는 기본적으로 개인용 컴퓨터와 모뎀, 통신프로그램을 갖추어야 한다. 이상의 필요한 장비와 프로그램이 갖추어지면 전화선을 연결하여 대화방으로 가서 채팅을 시작할 수 있다.

230) 세이나 귓속말은 채팅을 하는 다른 사람이 눈치채지 못하게 하는 말로, 세이나 귓속말이 설정된 두 사람의 모니터에만 서로의 대화 내용이 나타난다.

전화번호를 알려주고 오프라인 만남을 시도하게 된다.

작품에서 한지원은 보수적 애정관을 지녔을 뿐만 아니라 고루한 인물로 묘사된다. 윤현준은 새로운 여자를 찾아 대화실을 들락거리는 인물로 지적이긴 하지만 비상식적 언행을 보이기도 한다. 두 사람은 가상공간에서 만났지만 현실공간에서도 접촉한다. 지원은 두 사람 사이가 영원하기를 바라는 반면에 현준은 그리 큰 의미를 두지 않는다.

지원은 여자라는 이유 때문에 소외당할 수밖에 없는 현실을 비관한다. 이러한 현실적 문제를 극복하기 위하여 대화방의 문을 열게 된 것이다. 그녀가 대화방을 통해 채팅을 시작한다는 것은 새로운 세계를 경험하는 경이로운 사건이다. 가상공간의 새로운 경험은 카오스적이면서 블랙홀적이다. 초고밀도와 초강중력을 갖게 되어 자유롭게 들어갈 수는 있지만 마음대로 탈출할 수 없는 곳이기 때문이다.

가상공간에서의 사랑의 감정은 현실에서 느끼는 감정보다 더 강렬하다. 경우에 따라서는 촉각적 사랑의 행위보다 문자로 전달되는 언어가 상대방을 더욱 흥분시킨다. 이러한 유형의 섹스를 문자섹스라 명명할 수 있다. 문자섹스는 여러 가지 기구를 사용하지 않고 채팅에서 즐기는 것을 말한다. 이는 키보드에서 만들어져 모니터로 표현된다. 실제 섹스나 사이버섹스와는 다르지만 문자로 전달된다는 특수성은 시각적으로 보거나 감각적으로 느끼는 것과 또 다른 문자의 은밀함을 보거나 느낄 수 있어 더욱 자극적일 수 있다. 문자섹스는 광의의 개념으로는 사이버섹스에 포함시켜야 할 것이다. 비밀이 보장되는 익명의 가상공간에서는 사회 속에 존재하는 권력이나 이데올로기도 그 위력을 발휘하기 힘들다. 따라서 둘만이 할 수 있는 모든 것을 실행에 옮길 수 있다. 다만 육체적 접촉은 불가능하다. 그러나 현실의 육체적 만남은 '번개 또는 오프라인'[231] 접촉을 통하여 가능해 진다.

채팅 중독은 성별이나 직업, 학력에 관계없이 빠져들게 된다. 현실에서

---

231) 가상공간 내의 만남을 온라인 접촉이라고 한다면 '번개나 오프라인' 접촉은 현실공간에서의 만남을 말한다.

자연스럽게 할 수 없는 이야기를 할 수 있고 번개나 오프라인 접촉을 통해 섹스까지 할 수있기 때문이다. 가상공간은 가장무도회를 연상시킨다. 아이디라는 가면을 쓰면 익명성은 보장된다. 가상공간은 동전의 양면과도 같다. 완벽히 속일수도 있고 솔직해질 수도 있기 때문이다. 지금의 아이디를 해제한다면 가상공간의 나 자신의 존재는 소멸된다. 하지만 현실공간에서 나 자신을 없앤다는 것은 죽음으로서나 가능한 일이다.

처음 만나는 이성과 야한 이야기를 나눈다는 것은 매력적이라기 보다는 유혹적이다. 익명성이 보장되는 공간에서 우리는 인간이기 이전에 먼저 동물적 속성을 드러내 보인다. 가상공간의 에로티시즘적 방식의 일종인 컴섹은 마력을 지닌 최면적 함정이다. 컴섹은 도덕성의 타락을 의미하지만 실제 경험자들은 이러한 심각성을 인색하지 못한다. 남의 경우는 타락이지만 자신의 경우는 자유로운 사랑 내지는 로맨스라는 착각에서 벗어나기 어렵기 때문이다.

가상공간에서 이미 서로의 정신적 경계가 해체되었으므로 현실공간에서도 자연스럽게 지위나 나이 등을 도외시 할 수 있다. 이러한 현상은 가상공간과 현실공간의 경계에서 혼란을 일으켜 그 경계선을 깨닫지 못한다는 데서 기인한다.

가상공간에서의 사랑 고백은 현실공간과는 다소 이질적으로 보인다. 물론 현실공간에서도 두 사람만의 비밀스런 동작이나 기호로 사랑을 고백할 수 있다. 음성으로 사랑한다는 고백을 하는 것보다 편지로 고백하는 것이 더욱 가슴을 설레게 하는 법이다. 지원은 채팅을 하면서 여자들의 예쁜 단어의 아이디를 보고 질투를 한다. 현실공간에서는 자신보다 뛰어난 미모를 보고 질투하지만, 가상공간에서는 아이디가 이를 대신한다. 대리 주체에 해당하는 아이디가 자신의 모든 것을 대변하는 것이다.

많은 시간을 가상공간에서 보낸 현준은 청아하고 순수한 지원을 그의 마지막 안식처로 생각한다. 이는 자신의 탐닉의 대상이었던 혜림과의 관계를 청산하는 데서도 증명된다. 쾌락은 영원할 수가 없으며 한정된 시간에 존재하는 것은 주지된 사실이다. 육체적 쾌락은 이성을 느끼는 순간 마지막을 예감하지 않을 수 없는 것이다. 김종술은 서로 다른 남녀의 애정 형태를 존중하고 이해하며 조화시킬 수 있을 때 진정한 사랑이 가능할 것으로 보고 사랑의 조화를 중시 여긴다. 스텐버그는 사랑은 친밀감, 열정, 결심 / 헌신이라는 세 가지 구성요소를 가지며, 진정한 사랑이란 이 세 가지 요소가 모두 존재할 때 생기는 것으로 파악한다.

현준은 지원의 내면적 아름다움을 인식하고 그녀와 병실 결혼식을 감행하게 된다. 위암이라는 사형을 선고받은 지원과의 결혼은 인간의 이성으로는 결코 쉽지 않는 행동이다. 현준의 헌신적 사랑은 스탕달의 『연애론』에 나오는 잘츠부르크의 나뭇가지와 같이 작용한다.

현준과 지원의 나뭇가지에 새로운 결정작용이 시작된 셈이다. 스탕달은 눈앞에 드러내 보이고 있는 모든 현상으로부터 사랑하는 이의 새로운 아름다움을 끌어내게 하는 정신작용을 결정작용이라 한다. "사랑에 있어서 결정작용이란 거의 멎는 법이 없다."[232] 그의 사랑은 인간에 대한 신의 사랑인 아가페적 사랑이다. 사랑을 주고받고자 하는 것은 우리 인간의 본능적 욕구다. 하지만 사랑은 받는 것보다 주는 데 더 큰 의미가 있다. 경우에 따라서는 주는 것이 받는 것보다 더욱 만족스럽고 즐겁게 된다. 사랑은 줌으로써 "자아도취와 자기본위의 상태에 의해 이루어진 고독과 고립의 감방으로부터 벗어난다."[233] 세속의 모든 사랑은 한정된 시간과 공간을 벗어나지 못한다. 사랑의 "정열에 있어서는 다른 모든 정열과는 반대로, 잃어버린 것에 대한 추억은, 앞으로 기대할 수 있는 것보다 항상 뛰어난 것으로 보이기 때문이다."[234]

이상과 같이 작가는 가상공간의 에로티시즘적 양식인 채팅을 작품 소재로 삼았다. 작품의 완성도에 있어서는 우연성 남발 등 여러 가지 문제점을

---

232) Stendhal(배기열 역), 『연애론』, 금성출판사, 1989, 19쪽.
233) Erich Fromm(황문수 역), 『사랑의 기술』, 문예출판사, 1987, 55~56쪽.
234) Stendhal(배기열 역), 앞의 책, 11쪽.

지적할 수 있다. 그러나 채팅이 대중화되고 있는 현실에서 우리에게 경각심을 울려 주고 있다는 것은 작품의 장점이다. 가상공간에서 세력을 넓혀가고 있는 채팅의 긍정적 요인은 다양하나 부정적인 면 또한 없지 않다. 컴섹이나 번섹으로의 탈선은 유독 성에 대해 폐쇄적 입장을 고수하는 현실공간의 일탈적 행동이다. 가상공간의 익명성은 자신을 타락의 수렁으로 빠뜨릴 수도 있다. 미국에서는 이미 채팅을 통한 사이버섹스가 간통에 해당하는지에 대해 법정에서 계류중이다. 심리학자들은 매우 구체적인 관계를 형성하고 배우자에게 비밀로 하고 있으며, 육체 관계는 하지 않았다고 하더라도 성적으로 흥분하는 등 실제적 반응이 있다는 것으로 보아 간통에 해당한다는 입장이다. 반면에 법학자들은 실제 성교행위를 하지 않은 이상 간통을 입증할 수 없다고 보지만 구체적인 법률적 검토가 요구된다고 말했다.

　가상공간과 현실공간의 구분이 모호해질 때, 우리 인간의 가치관은 상실되고 인간성은 황폐화되고 만다. 성을 쉽게 얻고 쾌락만을 위한 성행위는 성의 가치관을 붕괴시킬 뿐만 아니라 인간의 인격마저 파괴시킬 것이다. 가상공간에서의 속고 속임은 모순의 악순환만 거듭할 뿐이다. 새로운 공간의 익명성의 장점만을 수용하여 사이버리스트 상호간의 신뢰를 바탕으로 진실한 교제를 해야 할 것이다. 채팅은 하나의 신선한 새로운 경험이다. 이러한 경험을 어떻게 승화시키는가는 사이버리스트 자신에게 달려 있다. 이것이 우선적으로 실행될 때 현대인의 새로운 문화공간으로나 예술공간으로서의 소임을 다할 수 있을 것이다. 가상공간이든 현실공간이든 중요한 것은 '타자를 위한 주체, 주체를 위한 타자'라는 인식과 인간미이다.

3) 미래사회의 에로티시즘

　앞에서 말했듯이 신은 이미 죽었고 사물의 이치를 논리적으로 판단할 수 있는 이성적 인간도 사망을 예고하고 있다. 이제 디지털시대의 컴퓨터는 신과 인간의 이성을 포괄한 모습으로 나타났다. 전술했던 가상인간 '아담'의 고향은 가상공간의 네트워크로 반인반마의 켄타우르스의 전설을 이어받아

인간이 되고 싶어한다. 특히 현실세계에서 인간에 대한 못다 한 그리움이나 슬픔을 노래로 전한다. 가상인간은 가상공간에서 실제 생활을 하면서 인간이 할 수 없는 다양한 작업을 수행한다. 특히 영화에 등장하여 주연이나 조역을 맡아 인간이 해내기 어려운 장면을 연출할 수 있다. 아울러 오락산업, 의학, 공학, 건축 연구 등 다양한 분야에 활용된다. 1996년 6월 캘리포니아에서 개최된 '버추얼 휴먼 96컨퍼런스'에서는 이미 사망한 은막의 여왕 마릴린 몬로가 되살아났다. 몬로는 가상공간에서 컴퓨터로 만든 가상인간으로 부활했던 것이다. 그는 실제로 생활하고 우리가 할 수 없는 다양한 작업을 수행하기도 했다.

점차 컴퓨터와 인공지능이 발전하고 인간과 사이보그의 경계가 희박해지면서 스스로 판단하고 행동하는 더욱 발전된 가상인간까지 등장할 것으로 예상된다. 이와 같은 가상인간은 인간과 비인간의 경계마저 위태롭게 만들어 우리에게 불길한 예감을 주고 있다. 하지만 이러한 시대적 상황을 무조건 비판하고 배척하는 것만이 장땡은 아니다. 무엇보다 중요한 것은 과학의 이기를 사용할 때 그것이 우리 인류를 위하여 슬기롭게 사용될 수 있어야 한다는 것이다.

깁슨의 『뉴로맨서』의 주인공 케이스는 가상공간의 카우보이다. 가상공간의 카우보이란 가상공간에서 데이터를 쫓는 사람을 미 개척시대의 카우보이에 비유한 단어이다. 케이스가 인간이라면 몰리는 인간의 육체의 성능을 향상시킨 사이보그라 할 수 있다. 몰리의 육체에 케이스의 정신을 주입하여 임무를 수행하며, 사랑하고 섹스를 즐기는 장면도 묘사된다. 이와 유사한 작품은 이데올로기와 리얼리즘의 좁은 테두리에서 벗어나 있는 서양작가들의 작품에서 다수 발견된다. 영화 [데몰리션맨]에서 사이버섹스 장면을 실제로 목격할 수 있다. 현실보다 더 현실적으로 보이는 사이버섹스는 인간의 본능적 욕구를 해결하고자 등장했다. 컴퓨터를 켜고 전자감응 장치가 달린 몸체를 쓰면 상대방과 함께 사이버세계로 들어갈 수 있다. 이는 가상현실기법을 이용한 최첨단기술이다. 가상현실에 쓰이는 주변기기인 컴퓨터 스크린이 정착된 고글과 장갑을 끼면 실제 보고 만지는 것보다 더 현실감을 느낄 수 있다. 사이버섹스에 대한 긍정적 논의는 디지털시대에 갈수록 많아지는 독신자들에게 유용할 것으로 예상할 수 있다. 이로 인하여 성범죄가 줄어들 것이며 사랑이라는 미명 아래 어느 한 사람에게 구속당하지도 않는다. 하지만 부부라는 개념이 없어지고 독신이라는 이름도 없이 자신들만의 삶을 고집하며 살 수도 있을 것이다. 우리는 과학을 통하여 인간답게 살기를 원하므로 이러한 현상을 원하지는 않는다. 존 발로우는 사이버섹스는 현실 유린이며 이성결여의 터무니없는 일이라고 비판한다. 사이버섹스는 일종의 대리만족에 해당된다. 인간이 동물과 다른 희로애락이라는 표현과 사랑이라는 감정의 고유함을 문명기계와 맞바꿀 것인지는 회의적으로 생각하지 않을 수 없다.

할란 엘리슨은 사이버문학상으로 유명한 휴고상을 7번, 네블라 상을 3번 수상한 경력 있는 작가이다. 그의 작품 「머신 섹스」는 미래의 섹스이야기를 다루고 있다. 여기에 등장하는 주인공은 닐 라이프치히로 도둑이다. 그의 아버지 루이스 라이프치히는 로봇에 해당하는 흑표범과 송골매 그리고 치타로 무장한 야경꾼이다. 그러니까 아들은 도둑이고 아버지는 도둑을 잡는 야경꾼인 것이다. 닐은 진공 압축된 튜브에 든 '안타리안 영혼의 약'을 훔친다. 마약의 일종인 이 약은 이제까지 한 번도 경험하지 못한 짜릿함을 맛보게 하는 효과가 있다. 닐이 살고 있는 지상의 세계는 모든 것이 자유롭다. 하지만 섹스의 경험은 금기이다. 금기의 위반은 지하요새에 있는 컴퓨터 마을에서 이루어진다. 컴퓨터 마을 사람들은 메크쿠셰르로 불리는 컴퓨터의 소유물로 묘사된다. 일종의 신이며 신앙처럼 군림하는 메크쿠셰르라는 말은 역설적이게도 사랑이라는 의미이다.

　　푸른 전선은 그의 오른쪽 허벅지 위에 있던 소켓에 연결되었고, 붉은 전선은 왼쪽 허벅지 위에 있던 소켓에 연결되었다. '홍분제' 전극은 그의 머리칼 속에서 가장 적당한 부분이 어딘지 찾아냈다. 그는 단지 자신의 머리에 '메두사 캡'이라는 헬멧을 썼을 뿐이다. 그리고 그들은 미리 준비한 100만 개의 까만 입자로 구성된 접착 밴드를 그이 성기에 감았다. 그런 다음, 그는 바르셀로나에서 건너온 노란색 마법의 약. '더스트'를 코로 흡입하였다.[235]

허벅지 근육을 차단하자마자 컴퓨터 금속이 밀려 들어와 기계의 몸통 속으로 자신의 몸이 빠져드는 느낌을 경험한다. 부드러운 금속체를 어루만짐으로 근육에서 자기 자극 반응이 일어나고 빨려드는 듯한 느낌이 손톱끝에서 전해진다. 이 느낌은 다시 살을 통과해서 뼛속까지 스며든다. 이 같은 오르가슴을 경험하고 그의 정액은 기계에서 나온 수은 혼합물과 섞이게 된다. 그에게 최고의 오르가슴과 뜨거운 열기 그리고 평화가 찾아온 것이다. "컴퓨터가 그녀이고, 그녀가 그이고, 그가 컴퓨터이고, 컴퓨터가 그녀이고, 그녀가 사람이고…… 그는 그녀가 되고, 그녀는 컴퓨터가 되어 갔다."[236] 기계가 살이 되고 인간이 기계가 되는 자체를 오르가슴으로 표현한다.

"이게 네게는 최고의 사랑이야. 너는 지금까지 이런 파트너를 만난 적이 없어. 너는 절대로 나를 잊지 못할 거야. 내가 죽더라도 너는 나를 영원히 기억할거야. 모든 메모리 칩속에 나는 영원히 남아 있을 거야."[237]

여기서 말하는 '나'는 닐의 섹스 파트너인 컴퓨터를 말하는 것이다. 닐의 육체는 결국 컴퓨터 속으로 사라졌다. 컴퓨터와 합체한 닐은 자신의 어머니까지 공간이동 시켜 합체를 시도한다. 결국 컴퓨터화한 닐과 어머니 그리고 컴퓨터는 극단적인 성행위를 시도한다. 이 작품은 오이디푸스 신화를 재창조하고 있는 것이다. 닐은 아버지와의 경쟁에서 어머니를 차지하는 불행을 선택하였다. 결국 이 작품은 진정한 사랑이 파괴된 미래사회의 어두운 면을

---

235) Michael Hemmingson 외(이석정 옮김), 『사이버섹스』, 예문, 1995, 248쪽.
236) 위의 책, 250쪽.
237) 위의 책, 254쪽.

제시하고 있는 것이다.

진 울프는 세상 속에서 가치를 찾으려는 어린 소년들과 젊은 청년들이 바로 자신의 주인공이라 말한다. 그의 작품 「자동 감응 장치를 단 여인들」은 사이보그들이 득실거리는 세상에서 무언가 가치있는 것을 찾고자 방황하는 젊은 청년의 섹스를 주제로 다루고 있다. 주인공 마일즈는 섹스를 하기 위해 사이보그 창녀를 찾았지만 수리 중이다.

> "맞아요 그 회로판이 두뇌라고 하고 할 수 있지요. 또 그 안에 조종 장치라고 하는 것도 들어 있지요. 그게 뭐냐 하면 여자들 몸 속에 들어 있는 전자 자동 감응 장치를 말하는데, 그게 많이 들어 있을수록 쉽고 민첩하고 자유롭게 움직이지요. 이 여자들 몸에서 출력되는 신호는 극초단파라서 여러 장치들이 서로 방해받지 않으려면 출력을 낮게 유지해야 돼요."[238]

인용문은 고장난 사이보그 창녀를 수리하는 기술자의 말이다. 포주는 손님과 어울리는 사이보그 창녀를 골라주는 역할을 맡는다. 지불되는 비용에 따라 시간을 연장할 수 있으며 정해진 시간만큼 타이머를 맞추어 섹스를 하게 된다. 이는 사용설명서에 따라 실행되며 '자동형, 수동형'으로 나누어진다. 사이보그 창녀는 기계적 섹스에 익숙해지면 실제 여자와의 섹스가 불가능할지도 모른다고 충고하기도 한다. 그런데 마일즈가 사이보그라 생각한 섹스 파트너가 실제 여자라는 사실을 알고 놀라움을 감추지 못한다. 그녀는 사이보그의 고장 시 대신 섹스를 해주는 여자였던 것이다. 사이보그 창녀는 합법적이지만 인간 창녀는 불법적이다. 이 작품을 통해 사이보그가 창녀의 역할을 대신 수행하는 미래사회의 섹스 생활의 단면을 확인할 수 있다.

데이비드 제럴드는 텔레비전에 방영된 바 있는 [스타트랙]의 원저자이다. 그는 미래 섹스와 첨단 과학을 소설 속에서 탐구하는 개척자로 인정받고 있

---

238) 위의 책, 50~51쪽.

다. 그의 「3막극 러브스토리」는 미래섹스의 허구성을 고발하고 있다. 이 작품에서는 섹스시에 손목과 발목에 부착대를 붙인다. 이 부착대를 반응 모니터와 연결하여 상대방이 몇 퍼센트 만족감을 얻었는지 확인할 수 있다. 주인공의 아내는 불과 30%밖에 만족하지 못하고 섹스를 만족시켜주는 기계를 살 것을 제의한다. 30%의 만족감은 중추신경이 작동하지 않을 때나 나오는 수치라는 것이다. 섹스기계는 부부가 동시에 절정이 도달하게 하도록 설계되어 있다. 남편은 아내와 세일즈맨의 끝임 없는 요청에 따라 섹스기계를 사게된다. 그 날밤 그들은 서로가 절정에 도달하며 만족감을 느끼게 된다. 그러나 만족감은 기계에 의하여 온 것이 아니었다. 그들은 서로의 육체에 집착하여 전깃줄이나 부착대, 안내 시스템 등을 가동시키는 것을 잊어버린 것이다. 결국 미래사회에도 부부간의 순수한 사랑은 기계를 초월하여 존재하고 있다는 것을 증명하고 있는 셈이다.

　마누엘 반 로겜의 「파트너 로봇 : 완벽한 사랑을 찾아서」는 원격 자동 시스템이 보편화된 미래사회의 섹스란 어떠한 것인지를 지적한다. 미래사회는 인위적인 풍경과 기계가 돌아가는 소음이 사람들을 불안하게 만든다. 그들은 '섹스 지침서'에 따라 컴퓨터 입력 카드에 펀칭을 하고 육체의 감각기관에 주파수를 맞추어 쾌락의 절정에 도달한다. 프로이드가 말하는 항문기가 끝난 직후부터 섹스 방법을 교육시킨다. 여기서 월등한 성적을 내는 사람은 섹스리더로 군림하게 되는 것이다. 이들은 끝임 없이 새로운 섹스 파트너를 찾고 좀더 자극적인 감각을 느끼고자 한다.

　　"파트너 로봇은 침실의 이상적인 동반자입니다. 최신품은 자동 온도 조절 장치를 설치하여 흥분 정도에 따라 피부 온도를 조절하도록 설계되었습니다. 소비자의 특별 주문에 따라 동작이 개선되었고, 피부와 음부가 촉촉하게 유지될 수 있게 하였으며, 적절한 때에 소리가 나오도록 기능이 한층 더 강화되었습니다. 우리 파트너 로봇은 완벽한 짝짓기 기술을 습득하고 있기 때문에 자연품인 인간보다 한층 더 소비자 여러분의 욕구를 충족시킬 것입니다."[239)]

　이것은 '좋은 파트너 로봇은 영원한 기쁨을 준다'는 팜플렛에 기록된 내용으로 전국 소비자 연합에서 실시한 과학적인 평가 자료까지 첨부되어 있다. 이러한 평가는 실제로 남녀가 파트너 로봇과 섹스를 한 후에 나온 기록이다. 따라서 파트너 로봇은 극도의 만족감을 느끼게 한다는 것이다. 로봇이 내는 신음소리는 행위 단계별로 녹음한 것이므로 실제와 분간할 수 없을 정도로 치밀하다. 로봇은 '복종형과 지배형의 여자와 남자는 운동선수형과 순진무구형, 과격한 파트너, 희생적 파트너'로 분류된다. 이러한 유혹으로 주인공 에릭은 섹스 파트너 로봇을 구입하지만 실제 인간과의 성행위를 갈망한다. 에릭은 제조된 파트너 로봇에는 미치지 못하지만 젊고 열정적인 여자를 만나게 된다. 파트너 로봇에 염증을 느낀 그는 그녀와 진정한 인간적 섹스를 시도한다. 그녀의 코는 너무 길고 입은 크서 구조적으로 결코 미인은 아니다. 하지만 로봇 파트너의 정교함보다는 불완전한 매력에 이끌리게 된다. 에릭은 그녀와의 관계를 맺고 로봇에게서 느낄 수 없었던 황홀감을 체험한다. 그는 평소에도 파트너 로봇보다는 불완전하지만 인간들끼리의 섹스만이 진정한 만족을 준다고 믿고 있었다. 하지만 그가 인간으로 여겼던 그녀는 바로 개량된 신형 파트너 로봇이었다. 그녀는 실험용 견본품이었으며 에릭은 실험 대상이 된 셈이다.

　누군가가 인터페이스용 플러그를 귀('프랑켄슈타인'이라고 불리는) 바로 뒤나 머리('꼭두각시 대가리') 뒤쪽에 있는 관자놀이('플러그 머리')에 꽂을 것이다. …… 중략 …… 인공두뇌를 보강하려고 뭔가를 추가시킬 때마다 거기에 상응해서 인간성이 손실된다. 그러나 그건 좋지 않고 단순하지 않으며 선형적이지도 않다. 사이보그가 되는 과정에서 사람들은 저마다 제각기 다른 반응을 보인다. …… 중략 …… 조심해서 걸어가라.

---

239) 위의 책, 182~183쪽.

당신의 정신을 온전하게 보호하라.[240]

인용문은 마이크 폰드스미스의 말로 인간이 사이보그가 되려는 순간을 엽기적으로 보여준다. 사이보그가 되려는 결심을 하는 순간 무작위의 주사위를 던지는 것 다름 아니다. 무작위의 주사위가 던져지는 순간 우리의 인간성을 상실될 수도 있다는 경고의 메시지를 함의하고 있다. 인간성이 상실된 인간이란 인간이기를 포기한 인간이 아닌 다른 그 무엇이 되는 것이다. 마이클 하임의 말처럼 가상공간의 육체란 고깃덩어리에 불과하다. 가상공간의 대체 생명은 육체를 감옥처럼 생각하며, 성스러운 곳으로부터 카오스적 혼돈의 심연 늪으로 추락시킨다는 것이다. 따라서 컴퓨터는 정신적 삶의 근본인 육체를 위조하여 모조품을 만들지만, 기계 속에 들어간 정신은 육체를 경멸하며 조롱한다.

요컨대 사이보그는 미래사회의 에로티시즘의 중심에 자리할 수 없다는 것이다. 점차로 개량된 신형 섹스 파트너 로봇 생산은 급증할 것으로 예상된다. 어떻게 하면 인간과 유사한 로봇을 만들 것인가가 관심의 대상이 될 것이다. 가장 황홀한 쾌락을 주는 대상은 사이보그 섹스 파트너가 아니라 인간이다. 인간의 성적 만족감은 기계적 행위보다는 심리적 차원이 더 큰 작용을 한다는 사실은 살펴본 작품에서 확인할 수 있었다. 이러한 사실로 미루어 짐작컨대 과거나 현재뿐만 아니라 미래에도 인간의 육체나 정신을 넘어서는 섹스 파트너는 존재하지 않는다고 할 수 있다.

---

240) 마이크 폰드스미스, 『주변에서 본 관점:사이버펑크 핸드북 The View from the Edge:The Cyberpunk Handbook』(버클리, 캘리포니아: R 텔소리안 게임스, 1988), P.20~22. 여기서는 Michael Heim(여명숙 역), 앞의 책, 167쪽 재인용.

Ⅳ. 그리고 소설은 어디로 가는가

앞으로의 소설은 분명 사이버소설을 지향할 것이고 진정한 소설의 출현과 함께 사이버소설은 흔적도 없이 사라질 것이다. 현재의 사이버소설은 진정한 소설을 찾아서 끊임없이 몸을 바꾸는 소설의 운명처럼 하나의 몸 바꾸기 형식에 불과한 것이다. 주지하듯 디지털시대란 일반적으로 복제기술과 컴퓨터가 출현한 1989년을 기점으로 하고 있다. 디지털 기술은 데이터뿐만 아니라 정보나 영상, 음성까지 전송 가능하게 한다. 앞으로는 냄새나 맛, 촉각 그리고 감정과 느낌마저 전송될 것이다. 이러한 시대적 상황은 문학의 새로운 패러다임을 만들어 내고 있다고 해도 과언이 아니다. 문학의 외적, 내적 변화뿐만 아니라 문학을 '보는 방식과 하는 방식'까지 변화시킨다. 아울러 작가와 독자의 개념을 비롯하여 문학의 개념 틀조차 새로운 눈으로 볼 수 있도록 요청하고 있다. 갈수록 처리속도가 빨라지는 컴퓨터는 자크 아달리의 말대로라면 머지않아 10억대가 연결될 것으로 추측된다. 이 거대한 네트워크는 인공지능의 발달과 더불어 더욱 똑똑한 컴퓨터를 만들어 낼 것이다. 그러면 컴퓨터는 인간의 자율성과 창의성을 유발시키는 중요한 도구의 역할을 맡게 된다. 이러한 컴퓨터의 발전은 우리가 부정할 수도 멈추게 할 수도 없는 현실이다.

디지털시대의 새로운 매체로서의 컴퓨터는 삶의 모든 양식을 변화시키며, 컴퓨터와 통신의 결합은 가상공간이라는 소설의 새로운 영토를 만들어 낸다. 이를 기반으로 하고 있는 사이버소설은 작가들에게 새로운 상상력을 요구한다. 글쓰기 도구로서의 워드프로세서, 소통공간으로서의 통신공간, 새로운 현실로서의 가상현실은 매체적 상상력을 발휘할 수 있는 밑그림 역할을 하고 있다. 이러한 밑그림을 바탕으로 하는 사이버소설은 디지털시대의 첨병 역할을 수행하고 있는 셈이다. 사이버소설의 토대인 매체적 상상력은 소재적 상상력과 의식적 상상력을 함의한다. 소재적 상상력은 디지털시대에 새롭게 출현하는 소재로부터 나온다. 의식적 상상력은 시대적 변화가 제공하는 개별주체들의 분열된 의식의 제양상을 작품으로 구현하는 것이다.

사이버소설은 몇 가지 가능성과 한계점을 내포하고 있다.

먼저 사이버소설의 가능성을 살펴보기로 한다.

첫째, 사이버소설은 사이버리즘으로 대표되는 디지털시대 상황을 가장 잘 반영하는 소설이라는 점이다. 디지털시대에는 과학기술적 소재가 가장 많이 반영된다. 과학기술의 지식이 대중화 되어가고 사회의 바뀌는 속도가 빨라지면서 작가들은 과학기술에 관심을 보이기 시작한다. 독자 또한 대중매체를 통하여 과학상식을 습득하고 핵이나 환경문제, 그리고 유전공학에 대한 관심이 높아졌다. 오늘날은 주제면에서 과학과 테크놀로지에 대한 비판, 타자(외계인 또는 외부 세계)에 대한 이해, 미래에 대한 비전, 그리고 문명과 자연에 대한 성찰이 필요하다. 아울러 기법면에서는 시간과 공간의 초월, 과거와 미래의 연결, 의식과 무의식의 혼합, 선형과 비선형의 조화 그리고 순간과 영원의 합일이 요청된다고 하겠다.

아날로그에서 디지털로의 전환은 입체적이고 다선적인 소통과정을 보여, 장르 혼합이나 독자로의 열린문학을 지향한다. 소설뿐만 아니라 인간의 가치체계나 세계관 그리고 인간 자체에 대한 존재의 의미와 목적에 대한 인간의 표상마저 바꿀 수도 있다.

둘째, 가상공간은 탈시공간성으로 인한 새로운 리얼리티를 창출하여 문학의 영토를 확장한다는 점이다. 가상공간과 현실공간의 관계가 상호소통적이며 사이버소설의 새로운 리얼리티는 작가들의 창조적 상상력에 의해 만들어진다. 현실공간을 바탕으로 작품의 리얼리티를 창조하던 작가의 상상력은 가상공간으로 그 영역을 확장한다.

리얼리즘이 우리 문학에 공헌한 바를 인정하더라도 지나치게 성장했다는 것을 부인할 수 없다. 현실을 바탕으로 한 측면만을 강조한 나머지 환상적, 경이적 리얼리즘의 위축을 가져왔다. 전통적 리얼리즘에서 조금만 벗어나

도 문학의 하위범주로 치부해 버리는 풍토도 문제이다. 디지털시대에는 작품의 현실성 문제를 벗어난 새로운 리얼리즘이 요구된다. 전통 리얼리즘이 역사와 현실에 대한 비판과 진실과 인간성을 추구했다면, 디지털 리얼리즘은 리얼리즘이 가장 낮은 차원에서, 지적 유희와 전문 지식을 조합하는 수법으로만 적용되고 있다는 비판을 받는다. 그러나 전통 리얼리즘이나 디지털 리얼리즘이 추구하는 것은 역사와 현실에 대한 비판과 진실과 인간성을 구추한다는 유사성을 갖는다. 다만 그것을 추구하는 소재와 기법상의 변별성만 있을 뿐이다.

셋째, 작품의 내용과 형식 및 소재의 새로움과 다양성 그리고 유통과정의 변화를 초래하여, 전위적이고 실험적인 작품이 다양하게 창작되고 있다. 펜에서 키보드로 저작 도구가 변화됨에 따라 권위주의적 글쓰기로부터 해방된다. 펜으로 '글쓰기'에서 키보드로 '글치기'는 여성주의적 글쓰기를 다양하게 형성한다. 이로 인해 금기의 성담론은 위반되고 결국 성의 평등화를 지향한다. 디지털적 사고와 키보드적 조어법으로 전자언어가 생성되어 결국 사이버 공간의 비주체적이고 비물질적 글쓰기를 시도하는 것이다.

대화방 아이디의 익명성과 채팅중독, 해킹, 삐삐, 휴대폰, 사이버로 시작되는 신조어 등은 새로운 소재를 볼 수 있다. 아울러 일탈적 맞춤법과 대화방 명령어 사용, 언어의 축약이나 연음, 빈번한 의성어와 의태어 및 생략법 사용, 전자문자 등이 작품에 활용된다. 이러한 현상은 문자언어의 한계를 벗어나 새로운 구술문학 시대를 예고하는 것이다.

넷째, 사이버소설 작가의 극대화된 상상력은 반전과 긴장미 및 불확정적 효과를 높이고 이미지를 소설로 형상화한다는 점을 들 수 있다. 극대화된 상상력은 매타픽션적 성격을 지녀 창조자인 작가의 피조물에 불과하던 작중인물이 작가가 되고 작가가 작중인물로 치환된다. 플라톤은 상상력을 비합리적으로 규정하여 진리와 실재의 발견에 저해된다고 했다. 그러나 디지털 상상력은 사이버소설 창작에 가장 중요한 요소임에 틀림없다. 누구나 작가가 될 수 있고, 텍스트는 자유롭게 고쳐질 수 있으며, 소설은 문자의 구속에서 풀려난다. 선형과 비선형, 독자와 작가의 경계는 불분명해지고 공생관계였던 작가와 등장인물은 결별을 선언한다.

다섯째, 작품의 창작과 비평, 기법이 전위적이고 실험적이며, 양방향적 상호소통을 지향한다는 점을 들 수 있다. 전통 문학작품은 작가 위주로 창작되어 독자의 객관적 측면보다는 작가의 주관적 측면을 강조했다. 그러나 공동창작으로 볼 수 있는 '집체시'나 '릴레이소설' 그리고 익명의 작품을 평가하는 '작가 X' 이벤트는 그것과 다르다. 기존의 독자 → 작가라는 단선적 창작방법에서 벗어나 독자 ↔ 작가의 상호교호를 통하여 열린문학을 지향한다. 열린문학은 디지털시대가 만들어 내는 극단적 이기주의를 극복하며 작가의 권위주의에서도 벗어난다. 아울러 문학의 사유화와 주관주의적 태도의 오류를 배제하고 공동적, 객관적 진정성을 추구하고 있는 것다. 특히 인터넷에서는 어린이 전문 사이트가 속속 늘어나 관심을 유도한다.[1] 하이텔에서는 15세 미만을 대상으로 하는 '꿈동산'이라는 공간을 개설하여 무료로 사용할 수 있도록 하였다. '꿈동산'에 속해 있는 '글솜씨(mywork)' 란에서는 다양한 글읽기와 글쓰기가 시도된다. 무료로 사용할 수 있게 한 하이텔의 배려, 초중고 교사들의 헌신적인 지도, 어린 학생들의 적극적인 참여는 우리 문학의 미래를 희망적으로 볼 수 있게 한다.

여섯째, 문학의 하위범주로 인식되는 사이버소설은 주변 / 본격의 이분화가 우리 문학의 풍토를 정체(停滯)시켜 문학의 위기를 자초했다고 판단하고, 주변과 본격의 상호보완성을 그 대안으로 제시한다. 작가들은 컴퓨터를 활용하여 정보와 지식을 얻을 수 있고 인문적, 심미적 이성과 결합을 추구한다. 다시 말하면 디지털 상상력과 인문적 상상력의 결합을 시도하는 것이다. "문학과 비문학의 경계, 언어와 비언어의 경계, 창조와 복제의 경계, 편집증적인 것과 분열증적인 것의 경계, 리얼리티와 하이퍼 / 사이버 리얼리티의 경계, 인공 자연과 디지털 자연의 경계, 에코토피아와 디지털토피아의

---

1) 검색엔진 네이버는 국내 최초로 어린이 전용사이트를 개설했다.(jr.naver.com) 'www.izoa.com'도 가볼 만한 어린이 전용사이트이다.

경계에서 경계의 패러독스를 풀어갈 지혜”[2]가 절실해 진다. 결국 경계를 해체할 수 있는 방법이란 ‘경계를 타고 넘어가기’이다. 즉, 경계의 양쪽을 자유롭게 왕래하여 상호보완적으로 발전시켜 나가는 것이다.

훌륭한 문학작품은 참여이자 순수이고 순수이자 참여라면 본격문학은 주변문학이고 주변문학은 본격문학이라 할 수 있다. 그렇다면 본격 / 주변이라는 소모전보다는 당대 현실의 시대정신을 포착하여 그것을 문학작품으로 형상화시킬 때 문학적 가치는 발휘된다. 오늘날은 컴퓨터를 토대로 하는 디지털 현실이 시대정신으로 부각됨에 따라 가장 과학적 소설이 가장 본격적 소설이 될 수 있다. 이처럼 디지털시대의 문학은 민주적이고 다원적 사회현실을 직시하고 있는 것이다. 특히 “사람들이 미적 만족을 추구하고 그들의 문화적 선택이 자신의 가치와 취향표준을 표현하는 것이라면, 그 문화가 고급하건 저급하건 사람들은 누구나 똑같이 가치 있고 바람직하다”[3]고 하겠다. 그렇다면 컴퓨터 글쓰기는 문학 전반의 필연적 변화를 예고하고 있는 셈이다. 기존작가는 비판을 위한 비판보다는 컴퓨터 글쓰기의 전반에 대해 사정하고 새로운 방향을 제시하는데 진지하게 고민해야 할 것이다.

사이버소설은 위와 같은 가능성을 지니면서 동시에 간과할 수 없는 한계점을 지니기도 한다.

첫째, 사이버소설이 문학의 대중화를 지향하지만 컴퓨터라는 새로운 매체를 소유해야 한다는 한계를 지닌다. 컴퓨터를 구비했다고 하더라도 전용선을 사용하거나 소프트웨어인 통신 프로그램을 설치하고 모뎀을 장착해야

---

2) 우찬체, 앞의 책, 240쪽.

3) 첫째, 향유자들의 요구에 응하고 이를 표현하여야 하며, 그들이 원하는 심미적 만족과 좋다고 생각하는 정보와 오락 등을 담은 문화적 내용을 제공하여야 한다. 둘째, 창조자들에게 물질적인 것을 비롯한 여러 가지의 보상을 제공하여야 한다. 바람직한 취향문화는 향유자와 창조자의 요구를 합성하여 그들 간에 공생적 관계를 수립하되 가능한 모든 곳에서 평등의 기초 위에서 이러한 공생관계를 수립하여 어느 쪽도 다른 쪽을 지배하지 않도록 하는 것이 가장 이상적이다. 셋째, 사회적으로나 심리적으로 해를 끼쳐서는 안된다.
Herbert J. Gans(이은호 옮김), 『고급문화와 대중문화』, 현대미학사, 1996, 329쪽.

할 뿐만 아니라 컴퓨터문단에 가입해야 한다. 이러한 절차가 끝난 다음에야 작품을 검색, 창작, 독서할 수 있는 자격증이 주어진다.

둘째, 사이버소설이 문학의 탈권위를 지향하면서 동시에 새로운 권위를 생산해 간다는 점이다. 컴퓨터를 구입하는 등 여러 절차를 거치면서 컴퓨터 문단에 가입하면 "중앙집권적인 컴퓨터공화국"[4]이라는 새로운 형태의 권위가 존재하고 있다. 게다가 공동창작을 지향하지만 앞 회분을 참조할 수만 있을 뿐 교정이나 정정 및 재구성하지 못한다. 그리고 선택된 소수의 독자/작가의 참여만 가능하여 소수의 공동체를 만든다는 점도 같은 맥락의 한계로 지적할 수 있다. 따라서 컴퓨터를 소유하는 당신들의 천국으로 그들만의 이데올로기를 조성할 수도 있는 것이다.

셋째, 독자의 지나친 참여와 간섭은 오히려 작품의 통일성과 일관성을 해칠 수 있으며, 작가의 정체성이나 책임감이 약화된다. 실시간성이나 양방향성으로 가능해진 작가와 독자의 상호소통은 장단점을 모두 지낸다. 판소리의 구연자와 마찬가지로 독자의 반응을 조회수나 '작가와의 대화'라는 공간을 통하여 즉각적으로 볼 수 있다. 이는 작가에게 심적 부담으로 작용하여 결국 작품의 통일성과 일관성을 해치고 작가의 정체성을 위태롭게 만드는 것이다.

넷째, 사이버소설의 독자추수주의적 성격은 무거운 주제 탐색을 어렵게 한다. 독자들이 지루하게 생각할 수 있는 인간성의 내면이나 사상, 철학 등의 문제를 도외시하고 대신에 과학소설이나 드라마틱한 소재로 독자 흥미 위주의 상업성 소설과 지나치게 원색적이고 엽기적인 작품을 생산할 가능성도 없지 않다.

다섯째, 무차별적인 베끼기나 복제성 흉내내기, 형상화되지 못한 감성과 외설적 선정성의 범람은 사이버소설의 저급화를 초래할 수도 있다. 선정적 노출증과 관음증적 소재에 치중하다가 보면 인간미는 결여되고 "편협성, 경

---

4) 우한용, 『한국현대소설담론연구』, 삼지원, 1996, 329쪽.

박성, 즉흥성, 절연성"5)적인 작품이 생산될 것이다. 따라서 "엄숙한 경박함, 경쾌한 진지성"6)을 지향해야 할 것이며 문학의 사상성과 철학성 또한 소홀히 해서는 안될 것이다.

이러한 문제점은 소설의 흥망성쇠는 항상 유동적이라는 데 착안하여 작품의 수용, 배척, 조화라는 범주 속에서 독자와 작가가 함께 해결해야할 과제라고 할 수 있다. 문학의 변화 및 발전은 세상의 변화에 영향을 받으며 그것의 성쇠는 시대적 여건과 밀접한 관계에 있다면 사이버소설은 디지털 시대와 맞물려 그 출현의 개연성을 지녀 새롭게 태어나는 장르라 하겠다. 문학의 미적 상관주의는 미적 다원주의에서 비롯되므로 소설의 전위성과 실험성은 대중화를 추구해야 한다. 대중화된 소설 작품이 현실을 진폭력 있게 수용할 때, 역동적 독서행위가 가능하며 떠난 독자들이 다시 돌아올 것은 부정할 수 없는 사실이다. 따라서 이러한 논의의 중심에 있는 사이버소설의 가능성을 적극 활용하고 한계점을 극복하는 노력이 필요하다. 이러한 노력은 새로운 문학관을 형성할 뿐만 아니라 문학의 영역을 점차로 확장시키는 의미있는 작업이 될 것이다.

그리고 소설은 어디로 가는가?

먼저, 앞으로의 소설은 문학생태학적 상상력을 찾아 부단히 움직이는 모습을 보일 것이다. 우리는 새천년의 현실을 살아가면서 여러 가지 변화 양상을 목도하고 있다. 그 중에서 인간 중심적 생태로 인하여 자연 생태계가 파괴 되어가고 있는 현실을 직면할 수 있는 것이다.

금년 봄에는 근교의 산과 들에서 아마도 진달래를 보시기는 어려울 겁니다. 숲가꾸기 사업에서 저희가 맡은 일은 키가 큰 나무들을 제외하

---

5) 김성곤, 『뉴미디어 시대의 문학』, 민음사, 1996, 65쪽.
6) 우한용, 「정보화시대의 문학의 사회적 기능」, 『제40회 전국 국어국문학 학술대회 주제 발표문』, 25쪽.

> 고는 나무든 풀이든 덤불이든 모조리 다 베어 버리는 일이었습니다. 더
> 욱이 전기톱으로 하는 일이라 짧은 시간 내에 도시 근교의 나무들을 필
> 요 이상으로 무참히 베어져 나갔습니다.[7]

인용문은 실직한 일용직 건설노동자가 공공근로사업 참가하여 자신이 행한 일을 고백한 편지이다. 노동자란 고용주가 시키는데로 행하는 자이지만 문제는 고용주가 바로 정부라는 것이다. 그렇다면 국민의 세금을 낭비하면서 정부가 앞장서서 자연을 훼손하고 있는 셈이다. 우리는 이 부분에서 소설의 당겨진 화살의 과녁을 찾을 수 있다. 적색의 이데올로기에서 벗어나 녹색의 문학생태학에 관심을 가져야 할 것이다. 생태란 생물이 자연계에서 생활하고 있는 모습을 말한다. 생물공동체와 무기적(無機的) 환경이 상호 의존 관계를 유지하면서 균형과 조화를 이루는 자연의 체계를 생태계라 이른다. 생태학은 19C 중엽 에른스트 헤겔이 처음 사용한 용어이다. 그는 '자연의 경제에 대한 지식의 총체'를 생태학이라 불렀던 것이다.

김욱동[8]에 의하면 문학생태학이 환경파괴나 자연 훼손의 심각성을 알리는 것은 좁은 의미의 문학생태학이다. 하지만 넓은 의미에서 이러한 파괴나 훼손의 근본 원인을 꼼꼼하게 따지는 문명 비판적 입장에 서서 새로운 자연관을 만들고 새로운 사회 모델을 세워야한다. 이것은 디지털시대의 문학이 감당해야할 부분이다. 그러할 때 문학은 환경보호단체의 선전구호와 구별된다. 문학에 생태학을 접목시킨 사람은 조셉 미커로 보는 것이 통설이다. 그는 『생존의 희극』에서 자연과 환경을 지켜 인류를 파멸에서 구원하는 것을 작가의 의무로 보았다. 아울러 문학은 인간이 유일하게 지닌 것으로 인식하고 문학이 인류의 안녕과 생존의 역할을 맡는다면 그것은 자연을 보호하는 것으로 생각했다. 프랑스 작가 장 마르크 오베르도 문학생태학 작가의 반열에 올릴 수 있다. 그의 소설 『대나무』는 유럽의 가장 대표적인 생태주

---

7) <녹색평론>, 1999, 5~6, 2쪽.
8) 김욱동, 『문학생태학을 위하여』, 민음사, 1998, 40~41쪽.

의 소설로 손꼽힌다. 이 작품의 주인공 베르트는 알코올 중독자이다. 그래서 자신뿐만 아니라 타인의 삶의 생태를 파괴했던 것이다. 작품에 의하면 대나무가 이러한 수렁에서 벗어날 수 있게 했다. 한 그루의 대나무를 자르면 여기에 의지하고 있는 수천의 쌍둥이들이 아픔을 느낀다. 반면에 물을 주면 모든 대나무들이 시원함을 느낄 수 있다는 것이다. 마찬가지로 한 인간이 알코올로 황폐화되어 갈 때 수천의 인간들이 그 영향에서 벗어나기 힘들다. 이는 마치 뫼비우스의 띠처럼 연결된 인간의 생태계와 마찬가지다. 인간 중심 생태론은 자연을 파괴할 뿐만 아니라 결국 인간을 멸종시킨다. 자연이 살아야 인간도 살 수 있다. 그렇다면 인간 중심 생태론에서 자연중심 생태론으로 인식의 전환이 절실해진다. 이러한 논리는 주인공 베르트에게 영향을 주어 남은 여생을 환경 운동과 생태계를 보호하는데 헌신하게 된다.

우리 작품으로는 전술한 바 있는『슬픈바다』[9]를 논의의 대상으로 삼을 수 있다. 작품에서 말하는 슬픈바다는 인간이 만든 공해가 지배하는 도시에 있다. 이 도시는 항상 우울하고 불안한 분위기로 묘사된다. 마치 에른스트의 그림에 나오는 퇴폐적이고 황폐한 도시를 연상시킨다. 작품의 공해가 지배하는 환상적 세계는 우리 사회와 먼 곳에 존재하는 것이 아니라 우리의 근접한 미래를 발언하고 있다. 야누스의 두 얼굴을 지닌 과학은 우리 인간을 편리하게 해주는 반면에 인간성 상실이나 환경오염 등의 심각한 문제를 유발시키기도 하는 것이다.

주인공 창왕이 생활하는 슬픈 바다의 도시는 심각한 환경오염에 의해 검은 비가 내리고, 이러한 환경에 영향을 받은 사람들의 자살이 빈번하게 발생한다. 죽음의 축제 중심에는 공해가 자리하여 유혹의 손길을 보내고 있는 것이다. 이 도시의 '우중충한 하늘, 이상한 냄새, 푸르스름한 안개, 광도를 빼앗겨 버린 거리'는 산업의 발달로 인한 공해에 기인하고 있다. 환경이 파괴되어 버린 도시는 희망을 상실한 미래의 지구를 짐작하게 한다. 작가의

---

9) 구효서,『슬픈바다』, 동아출판사, 1991.

지적처럼 인간이 과학을 위해 존재하는 것이 아니라 과학이 인간을 위해 존재해야 한다. 결국 과학은 인간의 나약함을 도와주는 것이어야 할 것이다. 인간들은 자신에 의해 오염된 환경 속에서 생존해야 하는 가련한 운명에 처해있기 때문이다. 이러한 운명을 극복하는 것이 디지털시대 문학의 사명이라면, 문학생태학은 선택이 아니라 필연에 해당한다.

작품의 시작과 끝은 동일하게 천 년을 쉬지 않고 용암처럼 검붉게 끓어넘치는 슬픈 바다를 묘사하고 있다. 이러한 배경 설정을 통해 작가는 이미 전통적 리얼리즘의 허구성과 인과성, 개연성을 버리고 환상적 리얼리즘의 세계로 깊숙하게 침투해 있음을 보여주고 있는 것이다. 작가는 시대를 대변하는 상상력이란 어떤 것이어야 하는가에 주시하게 된다. 문학생태학적 상상력은 현실 세계에 묶여 있는 독자들에게 미래 지구에 대한 경각심과 새로운 상상력을 유발시키기에 충분하다.

컴퓨터를 중심으로 전개되는 디지털시대의 문학생태학은 작가들이 관심을 기울여야할 부분이다. 작가들은 당대의 결핍되고 소외된 사회현상의 첨병 역할을 수행해야 하기 때문이다. 문학이 현실에 바탕을 두고 있다는 생각에서 과감하게 벗어나 새로운 상상력을 탐색해 내야 할 것이다. 새로운 상상력은 문학생태학적 상상력을 말한다. 문학생태학적 상상력을 통하여 환경에 대한 독자들의 경각심을 울려 주지 않으면 안된다. 문학생태학의 불모지와 마찬가지인 우리의 현실에 지역에서 격월간으로 발행되는 <녹색평론>은 자연중심 생태론으로 인식의 전환을 유도하여 희망적 메시지를 전하고 있다. 이 잡지는 사람과 사람, 사람과 자연 사이의 분열을 치유하고, 공생적 문화가 유지될 수 있는 사회의 재건에 이바지하려는 의도로 발간된다. 우리 인간을 지구 위에 존재하는 모든 생명체와 형제 자매로 인식한다. 그리고 우리 자신이나 우리의 아이들에게 미래가 허용되는 세상을 위해서 노력하고 있다.

미래 환경의 개념은 "아주 오래전부터 인간의 최고의 부, 동시에 인간의 끔찍한 적이자 피해자"로 변한다는 지적은 매우 설득적이다. 특히 환경생태학은 "환경에 대한 사람의 의무 이론의 기초이며, 여기에 따르면 모든 사람은 자연에 기생한다. 그리하여 하나의 이데올로기 그리고 / 또는 종교로 발전하고자 할 것"[10]이다.

다음으로, 앞으로의 소설은 하이퍼텍스트 양식으로 만들어지는 하이퍼픽션을 선호하게 될 것이며 이와 유사한 장르가 다양하게 출현할 것으로 예상된다.

> 전 세계(World) 만방에(Wide) 거미줄(Wed)이 깔리고 있다. 거대한 하나의 거미줄이. 아! 그런데 거미 모양이 이상하다. 하반신은 거미 모양 그대로인데 상반신은 개미 모양을 하고 더듬이를 가지고 있다. 더듬이와 더듬이가 서로 만나 교차되는가 싶더니 어느새 모든 거미줄들이 서로 이어지고 있다. 이제까지 없던 새로운 종류의 거미줄이 거미의 엉덩이에서 뽑아져 나온다. 그것은 하이퍼텍스트라는 거미줄이다. 하이퍼텍스트의 거미줄이 이제까지 따로 놀던 거미줄들을 서로 이어주고 있다. 이어지고, 이어지고, 이어져 거미줄은 거대한 하나가 된다.[11]

'WWW'를 거미의 하반신과 개미의 상반신을 비유하여 설명해내고 있다. 마치 화수분처럼 끝임없이 쏟아져 나오는 거미줄과 예민한 개미의 더듬이는 인터넷을 살아있는 유기체로 인식한다. 과거 낭만주의 시대의 유기체론과 같이 인터넷은 인간의 상상력 속에 씨앗처럼 배태되어 이질적인 요소들을 흡수, 동화하며 성장하여 완성된 형상에 이르게 될 것이다.

인터넷 월드와이드웹을 이용하면서 인터넷 주소 첫머리에 'http://'로 시작되는 말을 흔히 볼 수 있다. 이 말은 'Hyper Text Transfer Protocol' 즉 하이퍼텍스트를 전송하는 프로토콜이라는 의미를 지니고 있다. 인터넷은 기본적으로 이러한 하이퍼텍스트 구조로 되어 있으며 하이퍼텍스트는 끈(Link)

---

10) Jacqes Attali(편혜원 외 옮김), 위의 책, 334~335쪽.
11) 배식한, 『인터넷, 하이퍼텍스트 그리고 책의 종말』, 책세상, 2000. 11쪽. 이하 하이퍼 텍스트에 관한 논의는 이 책을 주로 인용, 참조하였음.

과 마디(Node)로 이루어져 있다. 웹에서 한 번의 클릭으로 볼 수 있는 화면 한 쪽을 말하며 하이퍼텍스트 정보의 기본단위이다. 이 마디들은 '끈'을 통해서 서로 연결되며 인터넷은 끈을 타고 항해할 수 있다. 이러한 구조를 가진 하이퍼텍스트는 하이퍼픽션으로 연결되고 있다.[12] "하이퍼텍스트가 복합적 문맥을 구조로 한 양식이라고 한다면, 인터액티브 픽션이란 복합 장르적 양식"[13]이라 할 수 있다. 이러한 장르에는 컴퓨터 그래픽, 동화상, 컴퓨터 음악 등이 혼합되어 나타난다. 랜도우에 의하면, 하이퍼텍스트라는 용어를 처음으로 사용한 사람은 넬슨이다. 넬슨은 하이퍼텍스트를 독자들이 상호작용의 스크린에서 읽고 선택하는 가지들을 지닌 텍스트로서, 비기계적 글쓰기라고 규정한다. 다시 말하면 "하이퍼텍스트는 새로운 정보기술로써 이루어진 전자텍스트의 형태"[14]이다. 이렇게 볼 때 릴레이소설은 하이퍼픽션이나 인터액티브픽션으로 발전하기 이전 단계에 나타나는 장르로 보이지만 인간의 공동체를 지향한다는 독창성을 지니고 있다.

하이퍼픽션은 사이버소설의 일부에 불과 하지만 점차 소재적으로나 창작 기법상으로 그 영향력은 더욱 커질 것이다. 하이퍼픽션은 하이퍼텍스트를 토대로 만들어진다. 데드 넬슨은 비연속적인 글쓰기 즉, 독자에게 선택할 수 있도록 허용하고 상호작용적 스크린 상에서 가장 잘 읽혀질 수 있는 텍스트를 하이퍼텍스트로 보았다. 다시 말하면 독자들에게 다른 통행로를 제

---

12) 랜도우는 그의 저서 「전자적 미로」에서 연결의 방식에 함의된 세가지 규칙을 언급하고 있다. 첫째, 하이퍼미디어 안의 링크들의 존재는 결합되는 재료들 사이에 특정의 목적이 있는, 중요한 관계가 있는 것으로 독자로 하여금 기대하도록 조건 지운다. 둘째, 하이퍼미디어 안에서의 자료들의 연결을 강조하는 것은 관련을 맺는 사고의 습관을 독자들이 가질 수 있도록 자극하고 고무한다. 셋째, 하이퍼미디어 시스템은 독자들로 하여금 문서들 사이의 의미있는 관계들을 기대하도록 미리 설정하기 때문에 이 기대를 실망시키는 문서들은 특별히 일관성이 없거나 의의가 없는 것으로 보이게 된다.

13) 전사섭, 「주저하며 다가가기, 보편으로 거듭나기」, <버전업>, 토마토, 1996, 405쪽.

14) 황순재, 「사이버공간에서 환상적 글쓰기」, <오늘의 문예비평>, 1996, 겨울, 63쪽.

공하는 링크들에 의해 연결된 일련의 텍스트 토막들인 것이다. 그가 만든 재너두 시스템은 끝없는 정보의 사슬을 만들기 위해 개발한 것이다. 하나의 정보는 또 다른 정보의 의해서 만들어지는 것으로 하나의 정보는 또 하나의 정보 만들고 또 하나의 정보는 또 다른 하나의 정보를 생산하게 된다. 옴베르트 에코는 디지털시대의 책은 과거와는 달리 여러 가지 매체들이 복합적으로 만들어내는 하이퍼텍스트에 주목하고 있다. 그는 하이퍼텍스트가 책의 본성, 책읽기의 본성, 저작권의 본성 등을 한꺼번에 바꾸어 버린다고 주장했다. 몰리 아벨 트래비스도 하이퍼텍스트적 매체는 텍스트가 독자의 상호작용의 수준을 최대한 제공해줄 때에만 완전히 실현될 수 있다고 말한다. 그는 하이퍼텍스트적 문학은 (위의) 문화로부터 독자에게로 내려오는 것이 아니라 (독자의) 문화로부터 위로 가는 것을 목표로 삼는다는 것이다. 상호작용적이고 협력적인 창조성을 추구하는 청중을 유인하기 위하여 하이퍼텍스트는 가상실재 기술을 병합시켜서 독자가 다른 독자들과 함께 하는 <실시간의> 연극적 퍼포먼스 속에서 하나의 연기자(롤 플레이어)가 되어야함을 강조한다. 그렇다면 문학작품은 단일한 작가의 산물이 아니라 다른 텍스트와 관련되어 있다는 상호텍스트성을 지향하게 된다. 작가는 해석자와 수용자 그리고 수신자에게 완성해야할 작품을 제시할 뿐이다. 디지털시대의 독자들은 단순히 수동적인 소비자의 역할에서 능동적인 생산자의 역할을 수행하게 되는 것이다.

　　문학작품의 목표는 더 이상 독자를 소비자로 만드는 것이 아니라 텍스트의 생산자로 만든다. 우리의 문학은 텍스트의 생산자와 사용자, 소유자와 소비자, 저자와 독자 사이에 제도적으로 유지되는 무자비한 단절에서 그 특징이 잘 드러난다. 이러한 독자는 따라서 일종의 게으름 상태에 빠져 있다―그는 자동사적intransitive이다. 간단히 말해 그는 엄숙하다. 스스로 작동하는 대신, 다시 말해 지시기호의 마술, 즉 글쓰기의 즐거움에 참여하는 대신에 그에게는 단지 텍스트를 받아들이든지 아니면 거부하든지 둘 중의 하나만을 선택할 수 있는 자유가 있을 뿐이다.

읽기는 국민투표 외의 다른 어떤 것도 아니다. 저자용 텍스트의 반대쪽
에는 그 반대의 가치, 그것의 부정적, 반동적인 가치가 있다. 읽혀질 수
는 있지만 씌어질 수는 없는 것. 독자용 텍스트. 우리는 모든 독자용 텍
스트를 고전적 텍스트라고 부른다.15)

　바르트는 텍스트를 독자용 텍스트와 저자용 텍스트로 구분하고 있다. 인
용문의 전반부는 저자용 텍스트에 대한 설명이다. 저자용 텍스트는 게으른
독자를 글쓰기의 즐거움에 참여시키는 텍스트이다. 그리하여 독자는 더 이
상 텍스트의 소비자가 아니라 텍스트의 생산자로 동참하게 되는 것이다. 따
라서 독자용 텍스트는 고전적 텍스트로 밀려나고 저자용 텍스트만이 그 자
리를 대신하게 된다. 들뢰즈와 가타리는 이러한 유형의 텍스트를 뿌리줄기
식물에 비유하여 리좀(Rhizome)이라 명명한다.16)

---

15) Roland Barthes,(trans.) Richard Miller, S / Z (Hill and Wang,1974), 4쪽. 여기서는 배식
　　한, 앞의 책, 104쪽, 재인용.
16) 리좀은 사방으로 뻗어 나가는 중심이 없는 뿌리를 말한다. 리좀적 글쓰기가 하
　　이퍼픽션의 구조와 유사하다는 이론이다. 들뢰즈와 가타리는 책의 유형을 세가
　　지로 분류한다. 첫째, 뿌리 – 책이다. 전통적 유형의 책과 유사한 것으로 뿌리가
　　중앙에 위치하고 여기에서 간가지가 뻗어 나가게 된다. 둘째, 곁뿌리 체계의 책
　　이다. 처음부터 중심뿌리가 없거나 끝에 훼손되어 있다. 훼손된 자리에는 곁뿌
　　리만 무성하게 번식하는 전집이나 작품집 같은 종류의 책이 해당한다. 이러한
　　상황에서는 주체와 대상 사이의 상호보완성은 그대로 유지된다. 따라서 세계는
　　카오스가 되었지만 책은 여전히 세계의 이미지로 남는다. 셋째, 리좀적 유형의
　　책이다. 여럿이 만들어 여럿은 다시 통일을 이루고 여섯 가지 원리로 구분된다.
　　원리 1. 2는 연결의 원리와 이질성의 원리이다. 리좀체계 내에서는 어떤 점이든
　　다른 점과 연결될 수 있고 또 연결되어야 한다. 그리하여 구조상 위계가 없을
　　뿐만 아니라 처음과 나중도 없는 구조이다. 이러한 상황에서 언어는 세상과 분
　　리되어 있으면서 세상을 비추는 거울의 역할을 상실한다. 다만 세상의 모든 정
　　서적, 물리적, 정치적, 사회적 환경과 맞물려 이질적으로 존재한다. 원리3는 여
　　럿의 원리이다. 여기서는 구조, 나무, 뿌리 속에 나타나는 점이나 위치는 없고
　　선들만이 존재한다. 따라서 여럿은 주체도 객체도 없는 결정들, 크기들 차원들
　　만 가지며 여럿의 본성이 변화되지 않는 한 그 수가 늘지 않는다. 그러나 달아
　　나는 선이나 탈영토화의 선에 의해서 여럿은 바깥과 관계를 맺게 된다. 이러한
　　상황에서 책의 이상은 이러한 종류의 바깥의 판 위에, 단 한쪽 위에, 단 한 표면

힐마 슈문트는 「하이퍼픽션과 미래」[17]에서 하이퍼픽션이 수용미학자나 포스터모더니스트들의 부족한 이론을 보충하고 있는 것으로 생각한다. 인식하고 있다. 하이퍼픽션의 비연속적인 성격과 저자의 죽음, 불확정성, 탈위계, 텍스트와 독자의 상호작용성은 사이버소설이 지적하는 바와 매우 유사하다. 하이퍼픽션은 포스트모던 서사 개념들에 대한 알레고리로 작용하여 변증법적 전환점을 표시한다. 그리하여 포스트모던 서사 전략들은 디지털시대의 컴퓨터 환경에 의해 재평가를 받을 수밖에 없다. 수용미학자나 포스트모더니스트가 디지털시대 현상을 적절하게 묘사할 수 없었기 때문이다. 작가, 텍스트, 독자가 밀접하게 연결되는 삼각형은 기존의 문학이론으로 설명될 수 없다. 이 지점에서 사이버리즘과 사이버소설은 탄생한다. 하이퍼픽션 사용자들이 독자들 사이의 논쟁에 참여하거나 저자의 통제를 우회하면서 주석들을 만들어 낼 수 있다. 수용미학조차도 독자와 독자 사이의 상호작용에 대한 토론을 제공할 수 없었다. 사이버리즘은 포스트모더니즘을 이어쓰고 고쳐쓰면서 무한히 탈중심화와 재중심화를 지향하고 있다. 이는 본질적으로 비선형적인 디지털 문화의 도전들에 적응해야 하는 새로운 패러다임을 예고한다. 따라서 포스트모더니즘은 하이퍼픽션의 감추어진 심층구조에 의해서 전복되고 있는 중인 것이다.

결국 하이퍼텍스트는 파울러에 기대어 정의할 수 있다. 적극적 독자를 전

위에 모든 것을, 즉 체험된 사건들, 역사적 결정들, 개념들, 개인들, 집단들, 사회 조직들을 펼쳐놓는 것이다. 원리4는 지시 작용 없는 파열의 원리이다. 어느 한 지점에서 끊어지거나 산산이 부서지더라도 예전의 선들 중의 하나 또는 새로운 선 위에서 다시 시작할 수 있다. 그리하여 리좀적 글쓰기를 지속적으로 시도하여 탈영토화를 통하여 새로운 영토을 넓힐 수가 있는 것이다. 원리5. 6은 지도 제작의 원리와 전사의 원리이다.리좀은 본뜨기가 아니라 지도에 비유된다. 본뜨기는 자신의 지시 작용과 주체화의 축을 따라 여럿을 조직하고, 고정시키고, 중성화한다. 리좀이 틀어 막히고 나무처럼 되면 그것으로 모든 것을 상실한다. 욕망은 언제나 리좀에 의해서만 꿈틀거리고 생겨나기 때문이다.

배식한, 위의 책, 107~116쪽.

17) 힐마 슈문트(이광수 옮김), 「하이퍼픽션의 가능성과 한계」, <오늘의 문예비평>, 1997, 가을. 104~115쪽.

제로 하며 유동적, 중층적이지 고정되거나 단일하지 않다. 시작이나 종결, 중심과 주변, 안과 바깥이 없으며 다중심적이고 재중심화를 지향한다. 그리고 망을 이루는 텍스트로 협동적이고 반위계적이며 민주적이다.

최혜실은 「하이퍼텍스트 소설 분석 및 제작을 위한 제언」에서 하이퍼픽션의 미래소설 가능성을 제시했다.[18) 그는 하이퍼텍스트의 양방향성, 비선조성, 통합성을 이용하여 소설의 범주를 넓히는 통합서사로 나갈 것을 주장하고 있다. 하이퍼픽션을 사이버문학의 한 종류로 인식하면서 전자책(e-book)의 등장과 맞물려 그 가능성에 대해 긍정적 견해를 피력하고 있다. 그렇다면 최혜실과 배식한의 논의를 참조하여 하이퍼픽션의 실체를 감상하고 분석할 필요성 충분하다.

하이퍼텍스트를 토대로 성장하고 있는 하이퍼픽션의 유형을 살펴보기로 한다.

첫째, 초기형 작품 유형으로 18세기에 출간된 로렌스 스턴의 『트리스트람 샌디』를 들 수 있다. 이 작품의 특징을 기존의 선형적 구조를 벗어나 비선형적 구조로 되어있다는 것이다. 작가는 작품을 전개하면서 독자들을 지속적으로 자극한다. 주인공 트리스트람은 자신의 이야기를 진행하면서 딴전을 피운다. 그러면서도 자신의 이야기를 하고 있다는 것을 독자들에게 인식시키지 위해 작품 중간 중간에 끼어든다. 작품의 제4권 24장은 삭제되어 있으며 쪽수도 건너뛰고 있다. 그런데도 불구하고 작가는 마차를 팔았는데 자신의 원고 일부(제4권 24장)가 딸려 갔다면서 딴전을 피운다. 그리고 작품 중간에 글자를 일부 삭제하거나 한 쪽 전체를 생략하고 독자들에게 채워보라고 요구한다.

둘째, 본격적인 하이퍼픽션으로 평가받는 작품은 마이클 조이스의 『오후, 하나의 이야기』(1987)로 알려져 있다. 이 글을 창작하는데는 스토리스페이스(Storyspace)의 도움을 받았다는 것이다. 이것은 작은 사각형 상자들을 원

---

18) 최혜실, 「하이퍼텍스트 소설 분석 및 제작을 위한 제언」, 한국현대문학회 2000년 하계 학술발표회 발제 자료, 1~15쪽.

하는 만큼 열어서 각 상자마다 하나의 아이디어나 생각을 표현하는 역할을 한다. 그리하여 작가는 상자 사이를 선으로 이어주기만 하면 서로 연결되는 것이다. 따라서 기존의 필기도구인 일종의 연필이나 타자기 혹은 워드프로세서로 볼 수 있으나 새롭게 개발 보완 한 시스템으로 보아야 한다. 작품의 마디에 다음 마디를 넘어가기 위해서는 세가지 방법이 있다. 그냥 엔터를 쳐 작가가 마련한 기본경로를 따라 가는 법, 본문에 나오는 어떤 단어를 클릭하는 법, 아래쪽 도구상자를 이용하는 법 등이 그것이다. 이 작품을 독서하는 것은 저택이나 성을 돌아다니는 것과 마찬가지로 인식한다. 어떤 경로를 선택하느냐에 따라 다르게 읽혀지며 다르게 해석되기 때문이다.

이 작품은 짧은 삽화들로 나누어져 있고 삽화는 단어, 문장, 단락으로 구성되어 독자들을 기다리고 있다. 독자들은 키보드나 마우스로 독서 행위를 지속할 수 있다. 그리하여 독자가 독서행위를 지속시키시켜야 텍스트는 작품으로 완성된다. 그렇다면 독자는 저자의 역할을 수행하게 된다고 하겠지만 작품의 서사는 이미 작가가 완성해 놓은 것이라는 차이점이 있다. 여기서는 야우스나 이저 등의 수용미학자가 주창한 이론과 유사한 면을 발견할 수 있다.

독자들은 지속적으로 선택하지 않으면 안된다. 다음엔 무엇을 읽을 것인가에 대한 물음에 대답해야만 한다. 그렇지 않다면 독서 행위는 더 이상 지속될 수 없어진다.

셋째, 하이퍼픽션의 최근 유형으로는 다음 3작품을 찾을 수 있다. 먼저 Nick Montfort, 「The Girl and Worf」라는 MIT학생 작품은 하이퍼텍스트성을 드러내는 가장 기본적인 형태의 소설이다. 「늑대와 소녀」라는 동화로 3×3=9가지 이야기가 전개된다.

	VIOLENCE		
S	O	O	O
E	O	O	O
X	O	O	O

위 도식에서 O를 마우스로 클릭할 때마다 작품 이야기의 변주를 볼 수 있다. 도식에서 알 수 있듯이 오른쪽으로 이동할수록 폭력성이 심해지며 아래로 이동할수록 선정성의 강도는 높아진다. 그리하여 독자의 독서행위는 나이, 신분, 취향에 따라 달라지며 그 선택의 폭도 넓어지게 된다. 다음으로 Freedom Baird, 「MASS TRANSIT」라는 MIT 학생 작품은 미국 뉴욕 맨하탄 지구의 지도로 시작된다. 지도를 클릭하면 사용 설명서에 해당하는 서문이 나타난다. 작품은 1996년 6월 토요일 오후를 시간적 배경으로 7명의 등장인물에게 일어나는 여러 가지 사건을 설명하고 있다. 지도에는 주황, 초록, 검정, 적색, 하늘색, 보라색으로 된 여섯 개의 지점이 표시되고 등장인물의 움직임이 지도에 표시된다. 그리고 등장 인물의 약력이 소개되고 지도의 시계를 클릭하면 인물들의 활동 스케줄이 나타난다. 모두 57가지 장면이 있으며 이 장면들이 얽히면서 이야기가 엮어진다. 끝으로 Shelley Jack, 「The Patchwork Gird」는 메리 셸리의 『프랑켄슈타인』을 페미니즘관점에서 재구성한 작품이다. 이 작품은 "나는 여기 묻혀 있습니다. 당신은 나를 부활시킬 수 있지만 그것은 아주 미미한 정도에 불과합니다. 만일 전체를 보고 싶다면 당신이 직접 나를 함께 꿰매야만 할 것입니다"[19]라고 발언한다. 여기서 말하는 당신과 나는 독자와 작가를 의미하는 것이다. 따라서 작품을 독서한다는 것은 독자와 작가의 상호작용으로 작품의 의미를 완성시켜 나가는 것과 다르지 않다. 작품에서 주인공이 창조한 인물은 꿰맨 자국과 피부아래 있는 근육과 혈관이 그대로 보이는 그야말로 괴물인간과 다르지 않다. 다른 사람의 몸에서 하나씩 가져와 조립한 듯한 창조물의 몸을 클릭하면 그 몸의 약력이 소개된다. 조립된 몸은 기존의 완결된 다시 말하면 선조적인 글쓰기를 벗어나 하이퍼텍스트적 기법을 작품으로 보여주는 것이다. 독자 또한 독서를 하면서 하나의 몸을 완성할 뿐만 아니라 텍스트를 완성해 나가는 것이다. 그렇다면 최혜실의 말처럼 창작은 글쓰기(Writing)라기 보다는 누비기(Quilting)

---

19) 류현주, 『하이퍼텍스트문학』, 김영사, 2000, 141쪽.

이거나 바느질(Sewing)가 되는 것이다.

넷째, 우리나라의 하이퍼텍스트 상황을 살펴보기로 한다. 시의 경우 문예진흥원에서 2000년 새로운 예술의 해 사업으로 "언어의 새벽"이라는 하이퍼텍스트 작업을 시도하고 있다. 그들은 이 실험 의도를 다음과 같이 정의하고 있다.

> 이 실험의 기본적인 의도는 동영상 음향을 주된 매질로 하고 감각적 반응시간을 최대한도로 단축하는 하이퍼텍스트를 순수한 문자언어로만 구성하여 감각적 반응시간을 가능한 한 지연시키고 그 사이에 사유와 상상이 개입될 여백을 열어놓음으로써, 문자 언어 특히 문학 고유한 본성인 반성적 활동을 하이퍼텍스트에 심어보고자 한다.[20]

여기서 김수영의 시 「풀」이 기본 텍스트로 쓰이고 이 시의 한 단어나 한 구절을 클릭하면 새로운 시를 접목시킬 수 있다. 그러나 시 「풀」 중에서 중심단어를 선택하여 시를 창작해야하며 400자 이내라는 분량의 제한이 있다. 「풀」을 씨앗글로 해서 새로운 시를 덧붙일 수 있기 때문에 이러한 것이 모여 '언어의 숲'을 이룰 수 있게 된다는 것이다. 문학과 다매체의 결합으로 새로운 문학 장르 탄생이 목표가 되는 셈이다. 따라서 하이퍼픽션은 디지털 혁명의 선구자이자 산물이며, 매체이자 메시지라는 힐마 슈문트의 말이 주목받는 이유도 여기에 있다.

끝으로, 전자책(e-book)은 앞으로 문학작품 창작뿐만 아니라 학술서적이나 창작기법에도 혁명적 변화를 주게 될 것이다.

『제6회 / 1999년 국민독서실태조사』[21]에 의하면 온라인 전자책에 대한 인식도 많이 변하고 있다. 온라인을 통해 소설, 잡지 등을 보는 것을 '독서'라고 보느냐는 물음에 대해 10명 6명은 긍정적으로 대답하였다. 휴대용 전자

---

20) 「언어의 새벽 하이퍼텍스트와 문학」에서 『언어의 새벽이란?』
   (www.spritandeye.com).
21) 윤청광 외, 앞의 책

책의 수용 여부에 대해서도 과반수 이상이 이용 의향이 있다는 의사표시를 하였다. 전자책은 PC나 노트북, 모바일 복합 단말기, 인터넷TV 등으로 독서할 수 있는 디지털도서를 말한다. 2000년 3월 미국 소설가 스티븐 킹의 소설 『총알을 타고』가 온라인으로만 출발되어 대단한 인기를 얻은 다음 국내 문단에서도 관심을 가지게 되었다. 전자책의 등장으로 인터넷 서점이나 인터넷 도서관을 통해 자신이 원하는 책을 다운로드 받아 읽어볼 수 있다. 독서 중에 모르는 단어는 내장된 사전을 통해 뜻을 이해할 수 있고 글씨 크기의 조절이 가능하므로 돋보기는 불필요해진다. 전자책 화면 자체에 조명이 있어 어두운 곳에서도 독서가 가능하며 인쇄나 제본비용이 들지 않고 유통비용이 획기적으로 절감되는 효과도 있다. 미국의 출판사 넷라이브러리나 랜덤하우스에서는 이미 5000종 이상의 종이책을 디지털화 하였으며 이러한 작업은 계속 진행중이다. 하지만 전자책은 높은 가격으로 인하여 대중화 되기는 쉽지 않지만 점차 기술의 발전과 함께 가격 또한 가벼워질 것으로 예상된다.

현재 우리나라의 전자책 서어비스는 7개 사이트에서 제공중이다.22) 이는 MP3와 같은 휴대용 전자책의 개념과는 다른 것이다. 특히 인터넷 서점 ‘YES24’에서는 국내 최초로 우리 나라 대표적인 작가들의 신작 소설을 전자출판하여 2000년을 전자책의 원년을 선언했다.23) 지금까지 전자책은 가독성, 휴대성, 편의성 등의 불편함으로 외면되었다. 그러나 컴퓨터 기술의 발전과 함께 양질의 컨텐츠 시설이 점차 확충될 것임으로 기존의 불편함은 사라지게 될 것이다. 전자책은 작가-전자출판-독자라는 새로운 독서 유통 경로 만들어 기존의 출판 시장의 변화를 예고하고 있다. 디지털시대의 행복

---

22) 골드북닷컴(www.gold.com), 바로북닷컴(www.barobook.com), 북앤조이(www.booknjoy.com), 북토피아(www.booktopia.com), 에버북닷컴(www.everbook.com), 예스24(www.yes24.com), 와이즈북(www.wisebook.com) 등이 있다.

23) 여기에는 구효서, 김인숙, 박상우, 백민석, 성석제, 윤대녕, 윤후명, 이순원, 이승우, 임철우, 전경린, 최수철, 하성란 등의 인기작가가 동참하고 있다.

한 책읽기를 지향하는 YES24는 이순원의『모델』(원고지 540매 분량)을 전자책 첫 작품으로 출간했다. 이 작품을 보기 위해서는 사이트에 접속하여 무료로 제공하는 '전용 뷰어 프로그램'과 'DRM Enabler'를 설치해야한다. 이후 작품 파일을 전송받아 전용부어 프로그램을 실행시키고 파일을 열면된다. 화면 왼쪽에 나오는 'NEXT' 단추를 마우스로 클릭하면 한 쪽이 넘어가고 본문이 시작된다. 'Setting' 단추를 클릭하여 글자의 크기를 조절하거나 배경 화면을 바꿀 수도 있다. 작품을 구입하기 전에 미리보기를 선택하면 3장까지 무료로 볼 수 있으며, 게시판을 통하여 작품에 대한 독자의 의견을 보낼 수도 있다. 가장 먼저 전자책을 출간하게 된 이순원은 가독성을 높이기 위해 소설의 날렵한 문체와 내용의 다양성과 빠른 전개를 고려하지 않을 수 없었다고 실토한다.『모델』은 3류 모델 생활을 하는 주인공 성준과 미라를 통하여 3류라는 삶의 고통과 둘의 사랑을 교차시키면서 전개된다. 작가는 일류의 꿈이 무엇이며 어떻게 이루어지고 좌절되는 지를 살펴 우리의 삶의 한부분으로 담아내고 있다. 전자책이 활성화 된다면 독자들은 저렴하고 신속한 독서를 할 수 있는 기회를 얻게 된다. 작가들 입장에서는 작품 출간의 지면이 확대된다는 이점이 있을 것이다. 전자책은 시공간의 제약을 받지 않는다는 점에서 구하기 어려운 책, 특히 외국서적을 보는데 매우 편리하다. 그리고 여기에 연결되어 있는 다양한 보조자료를 접할 수 있다는 장점이 있다. 하지만 미국에서 스티븐 킹의 작품이 성공하고 있다는 점으로 보아 깊은 성찰을 요구하는 작품에는 무리가 따를 것으로 판단된다. 이러한 우려는 N세대가 아닌 기성세대가 염려하는 것에 불과한 것인지는 시간이 지나면 밝혀질 것이다.

이처럼 앞으로의 소설은 사이버소설을 지향할 것이다. 그리고 문학생태학적 상상력, 하이퍼픽션, 전자책에 대한 관심은 미래에도 계속될 것이다. 문학생태학적 상상력은 인류의 생존을 위해서, 하이퍼픽션은 소설의 다양한 발전을 위해서, 전자책은 창작의 기법이나 학술서적의 효율적 활용의 측면에서 그러하다. 그러나 우리가 간과할 수 없는 것은 이러한 모든 논의가 진정한 소설을 향해 나아가는 하나의 노정에 불과하다는 사실이다.

우리는 지금까지 사이버리즘과 사이버소설에 대한 논의를 진행시켜왔다. 디지털시대의 새로운 문학공간으로 나타난 가상공간은 모든 문학인들의 공동 관심사로 대두되고 있다. 소설은 인간이 만드는 것이고 새로운 환경 또한 우리가 창조하는 것이다. 우리는 소설을 암울한 구렁텅이로 빠트릴 만큼 어리석은 존재는 아니다. 눈앞에 벌어지고 있는 상황을 직시하여 새로운 소설적 대안을 모색하고 반성적 주체로서 자리 매김 해야 할 것이다. 사이버소설은 낡은 세계상을 파괴하는 작업과 새로운 세계상을 건설하는 긍정적 작업이 서로 불가분으로 얽혀 있다. 특히 유동적이고 개방화된 장르로서 모든 미완결 상태의 당대현실과 최대한의 접촉영역을 가지므로 명사가 아니라 살아있는 동사이다. 가장 넓은 의미의 현실성이란 어떤 형식을 취하든 모두 당대 인식론을 반영한다. 사이버소설은 부르조아 서사시의 개념으로서 소설을 더 이상 소설이 아니거나 시대에 뒤떨어진 낡은 소설로 인식한다. 사이버리즘과 사이버소설은 소설의 영역을 뛰어넘어 문화 사회의 전반에서 문학적 요소를 찾아 문학의 새로운 리얼리티 개척에 매진해야 한다. 그리고 현실을 인식하고 재창조해야 한다는 사명감과 새로운 현실성을 수용하고 소설적 진정성을 찾기 위한 끊임없는 정진이 요구된다고 하겠다.

참고문헌

Ⅰ. 자료

신문 : <매일신보>, <조선일보>, <중앙일보>, <한국일보>
계간지 : <꿈따라>, <녹색평론>, <동서문학>, <문예중앙>, <문학과 사회>,
　　<문학사상>, <문학정신>, <문화과학>, <버전업>, <상상>, <새로운>,
　　<소설문학>, <오늘의 문예비평>, <외국문학>, <창작과비평>, <창조문학>,
　　<한국문학>, <한길문학>, <현대비평이론>
영화 : [데몰리션맨], [론머맨], [달세계 여행], [토탈리콜], [ET], [코드명 J], [접속],
　　[안드로이드], [애니홀 / 77], [2001년 오딧세이]
인터넷 사이트 : jr.naver.com, www.izoa.com, www.spritandeye.com,
　　　　www.gold.com, www.barobook.com, www.booknjoy.com,
　　　　www.booktopia.com, www.everbook.com, www.yes24.com,
　　　　www.wisebook.com, www.changbi.com, www.versionup.net
<천리안> 전체 서비스 메뉴 및 문학 / 컴퓨터문단(go debut) ─ SF동호회, 문학동호
　　회, 추리문학동호회, 시인통신동호회, 독서토론동호회. 도서평론정보, 스크린
　　북 서점, 온라인 PC 도서관, 전자도서관 도깨비방망이.
<하이텔> 전체 서비스 메뉴 및 하이텔 문학관(go liter) ─ 시사랑, 글나래, 이야기
　　나라, 과학소설, 환타지동호회. 작은 모임.
곽동훈, 「러브 스토리」, 『비트시대』, 토마토, 1996.
구효서, 『슬픈바다』, 동아출판사, 1991.
김도현, 『로그인』, 창작과비평사, 1996.
　　　, 「흐린, 새벽노래」, <창작과비평> 1992, 겨울.
김민영, 「깊고 푸른 공허함」, 『비트시대』, 토마토, 1996.
김성종, 『최후의 증인』 상, 하, 고려원미디어, 1996.
김영하, 「호출」, 『비트시대』, 토마토, 1996.
　　　, 『엘리베이터에 낀 그 남자는 어떻게 되었나』, 문학과지성사, 1999.
　　　, 「삼국지라는 이름의 천국」, 『호출』, 문학동네, 1997.
　　　, 『나는 나를 파괴할 권리가 있다』, 문학동네, 1996.
김완섭, 『창녀론』, 도서출판 천마, 1997.

마광수, 「피아노」, <하이텔>(go sg86)

박상우, 『카시오페아』, 도서출판 푸른숲, 1997.

박태균, 「가장 먼 곳보다 먼」, 「지옥의 들녘에서」, 「해협」, 『비트시대』, 토마토, 1996.

송경아, 「정열」, 『비트시대』, 토마토, 1996.

＿＿＿, 『책』, 민음사, 1996.

＿＿＿, 「투명인간」, <하이텔>(go sg86)

양은영, 『미시족 Y의 외출』, 실천문학사, 1995.

＿＿＿, 『아줌마는 야하면 안되나요?』, 다솔, 1995.

A. 헉슬리, 『다시 가본 멋진 신세계』, 범우사, 1989.

＿＿＿, 『멋진 신세계』, 범우사, 1989.

염승호, 『하이브리드』, 홍익출판사, 1995.

윌리엄 깁슨(노혜경 옮김), 『뉴로맨서』, 열음사, 1996.

유성식, 「아주 사소한, 류씨 이야기」, 『1993년 신춘문예 당선작품집』, 예하, 1993.

윤명제, 「개마고원」, 『1991 신춘문예』 당선작품집, 예하, 1991.

이수진, 『재즈 섹스』 1, 2, 모아, 1996.

이우혁, 『퇴마록』, 들녘, 1994.

이유미, 『채팅』, 흔겨레, 1995.

이태직, 「섹스에 관한 상상 하나」, 『비트시대』, 토마토, 1996.

＿＿＿, 「창문 없는 밤」, 「루이의 잔」, 「현실 가상」, 「섹스가 고마운 이유」, <하이텔>(go story)

장태일, 『겨울숲으로의 귀환』, 세계사, 1994.

최영미, 『서른, 잔치는 끝났다』, 창작과비평사, 1994.

최수철, 『알몸과 육성』, 열음사, 1991.

토머스 모어(원창엽 역), 『유토피아』, 홍신문화사, 1994.

하길상, 『존재의 위협』, 잎새, 1993.

하재봉, 『비디오 / 천국』, 문학과지성사, 1995.

＿＿＿, 「갱스터스 파라다이스」, <버전업> 1. 3, 1997, 봄.

한　상, 「철수가 영희를 만났을 때」, 『비트시대』, 토마토, 1996.

함성호, 「18」, <하이텔>(go sg86)

황세연, 『나는 사랑을 믿지 않는다』, 홍익출판사, 1996.

황승우, 『접속』1. 2, 움직이는 책, 1997.

Ⅱ. 단행본

공종구, 『한국 현대 문학론』, 국학자료원, 1997.
곽광수, 『가스통 바슐라르』, 민음사, 1995.
권택영, 『소설을 어떻게 볼 것인가』, 문예출판사, 1995.
권희돈, 『소설의 빈자리 채워읽기』, 양문각, 1993.
김병익, 『무서운, 신세계』, 문학과지성사, 1999.
______, 『새로운 글쓰기와 문학의 진정성』, 문학과지성사, 1997.
김상환 외, 『매체의 철학』, 나남출판, 1998.
김성곤, 『뉴미디어 시대의 문학』, 민음사, 1996.
______, 『포스트모더니즘과 미국소설』, 열음사, 1993.
김영수, 『한국문학의 맥락』, 일지사, 1988.
김우창 외, 『이미지는 어떻게 살고 있는가』, (주)생각의 나무, 1999.
김욱동, 『소설의 위기』, 문예출판사, 1993.
김욱동 편, 『포스트모더니즘의 이해』, 문학과지성사, 1995.
김욱동, 『모더니즘과 포스트모더니즘』, 현암사, 1996.
______, 『문학생태학을 위하여』, 민음사, 1998.
______, 『대화적 상상력』, 문학과지성사, 1999.
김정란, 『비어있는 중심 : 미완의 시학』, 언어의 세계, 1991.
김치수, 『삶의 허상과 소설의 진실』, 문학과지성사, 2000.
대중문학회 편, 『신문소설이란 무엇인가』, 국학자료원, 1996.
__________, 『연애소설이란 무엇인가』, 국학자료원, 1998.
류근조, 『소비시대의 문학』, 한글터, 1995.
류현주, 『하이퍼텍스트문학』, 김영사, 2000.
마광수, 『사라를 위한 변명』, 열음사, 1994.
박상준, 『멋진 신세계』, 현대정보문화사, 1992.
박이문, 『문학과 철학』, 민음사, 1995.
배식한, 『인터넷, 하이퍼텍스트 그리고 책의 종말』, 책세상, 2000.
백욱인, 『디지털이 세상을 바꾼다』, 문학과지성사, 1998.
우찬제, 『타자의 목소리』, 문학동네, 1996.

우한용, 『한국현대소설담론연구』, 삼지원, 1996.

윤청광 외, 『제6회 / 1999년 국민독서실태조사』, 한국출판연구소, 2000.

이상섭, 『문학비평용어사전』, 민음사, 1992.

______, 『자세히 읽기로서의 비평』, 문학과지성사, 1988.

이용욱, 『사이버문학의 도전』, 토마토, 1996.

이인성, 『식물성의 저항』, 도서출판 열림원, 2000.

이정우, 『시뮬라크르의 시대』, 거름, 1999.

장석주, 『문학, 인공정원』, 프리미엄북스, 1997.

정 민, 『한시 미학 산책』, 솔출판사, 1997.

정근원, 『다매체시대의 글쓰기』, 세종출판사, 1998.

정정호, 『탈근대 인식론과 생태학적 상상력』, 한신문화사, 1997.

정종진, 『한국 현대시의 이론』, 태학사, 1994.

______, 『힘의 문학으로 가는 길』, 태학사, 1993.

정진홍, 『아톰 @ 비트』, 푸른숲, 2000.

조동일, 『한국문학통사』 4권, 지식산업사, 1992.

차봉희, 『현대문예사조 12장』, 문학사상사, 1981.

최병우, 『한국 현대문학의 해석과 지평』, 국학자료원, 1997.

최인훈, 『길에 관한 명상』, 청하, 1989.

최혜실 엮음, 『디지털 시대의 문화 예술』, 문학과지성사, 1999.

한국현대소설연구회, 『현대소설론』, 평민사, 1994.

화갑문집간행위원회, 김영수교수화갑기념문집, 『웃음과 세월의 풍경화』, 혜진서
   관, 1993.

황국명 외, 『다매체시대의 글쓰기』, 세종출판사, 1998.

홍사중, 『성적인간』, 태극출판사, 1977.

홍성태 엮음, 『사이보그, 사이버컬처』, 문화과학사, 1997.

Ⅲ. 번역서

劉勰(최동호 편역), 『문심조룡』, 민음사, 1996.

伊東 勉(서은혜 옮김), 『리얼리즘이란 무엇인가』, 청년사, 1992.

張隆溪(백승도 외 옮김), 『도와 로고스』, 강, 1997.

A. H. Pakhtob(이득재 옮김), 『컴퓨터 혁명의 철학』, 문예출판사, 1996.

Alex F. Osborn(한국생산본부 역), 『독창력을 길러라』, 한국생산본부, 1972.

Daniel Bell(서규환 역), 『정보화사회와 문화의 미래』, 도서출판 디자인 하우스, 1992.

Don Tapscott(허운나 외 옮김), 『N세대의 무서운 아이들』, 물푸레, 1999.

Edward W. Said(박홍규 역), 『오리엔탈리즘』, 교보문고, 1995.

Erich Fromm(황문수 역), 『사랑의 기술』, 문예출판사, 1987.

Faber Biren(김화중 옮김), 『색채 심리』, 동국출판사, 1991.

Gaston Bachelard(곽광수 역), 『공기와 꿈』, 민음사, 1993.

Georges Bataille(조한경 옮김), 『에로티즘』, 민음사, 1996.

Georges Jean(이종인 옮김), 『문자의 역사』, 시공사, 1995.

Herbert J. Gans(이은호 옮김), 『고급문화와 대중문화』, 현대미학사, 1996.

John Berger(편집부 역), 『이미지』, 동문선, 1996.

Knightmare(김석태 외 옮김), 『수퍼 해커의 해킹 비밀』, 연암출판사, 1995.

Linda Hutcheon(김상구 외 옮김), 『패로디 이론』, 문예출판사, 1992.

Lydia Alix Fillingham(박정자 옮김), 『미셸푸코』, 도서출판 국제, 1995.

M. McLuhan 외(김진홍 역), 『미디어는 맛사지다』, 열화당, 1988.

M. McLuhan(박정규 역), 『미디어의 이해』, 삼성출판사, 1989.

Mark Poster(김성기 옮김), 『뉴미디어의 철학』, 민음사, 1994.

Maurice Blanchot(최윤정 옮김), 『미래의 책』, 세계사, 1993.

Michael Heim((여명숙 옮김), 『가상현실의 철학적 의미』, 책세상, 1997.

Michael Hemmingson 외(이석정 옮김), 『사이버섹스』, 예문, 1995.

Mikkail Mikhailovich Bakhtin(전승희 외 옮김), 『장편소설과 민중언어』, 창작과비평사, 1988.

Nicholas Negroponte(백욱인 옮김), 『디지털이다』, 박영률출판사, 1995.

Norbert Bolz(윤종석 옮김), 『구텐베르크-은하계의 끝에서』, 문학과지성사, 2000.

Patricia Waugh(김상구 옮김), 『메타픽션』, 열음사, 1992.

R. Christopher(최경도 역), 『나르시시즘의 문화』, 문학과지성사, 1989.

Robbe-Grillet(김치수 역), 『누보 로망을 위하여』, 문학과지성사, 1981.

Robert Scholes 외(김정수 외 옮김), 『SF의 이해』, 평민사, 1993.

Roland Barthes(김인식 편역), 『이미지와 글쓰기』, 세계사, 1993.

Roland Barthes(조종권 역), 『영도의 에크리튀르』, 도서출판 동인, 1994.

Roland Barthes,(trans.) Richard Miller, S / Z (Hill and Wang,1974).
Samuel Taylor Coleridge(장경렬 외 편역), 「상상력, 그 비밀을 찾아서」, 『상상력이란 무엇인가』, 살림, 1997.
Sandra K. Helsel 외(노용덕 옮김), 『가상현실과 사이버공간』, 세종대학교 출판부, 1994.
Shiomith Rimmon-Kenan(권상규 역), 『소설의 시학』, 문학과지성사, 1985.
Stendhal(배기열 역), 『연애론』, 금성출판사, 1989.
Terry Eagleton(김명환 외 공역), 『문학이론입문』, 창작과비평사, 1996.
Tony Schwartz(심길중 역), 『미디어 제2의 신』, 도서출판 리을, 1994.
Walter J. Ong(이기우 외 옮김), 『구술문화와 문자문화』, 문예출판사, 1995.
William J. Mitchell(이희재 옮김), 『비트의 도시』, 김영사, 1999.

Ⅲ. 논문, 논평

고규홍, 「PC통신문학, 독자 영향 큰 쌍방문학시대 열어」, <WIN>, 1996, 8.
구효서, 「뛰는 독자, 걷는 작가」, <현대비평과 이론>, 1992, 가을 / 겨울.
권택영, 「현대문학과 타자의 개념」, <현대시사상>, 1996. 겨울.
김도현, 「과학소설의 이종교배」, <한국문학>, 1997, 가을.
김병선, 「정보화 사회의 문학」, 『정보문화의 달 기념 학술대회발표요지』, 1995, 6.
김성곤, 「SF, 새로운 리얼리즘과 상상력의 문학」, <외국문학>, 1991, 봄.
_____, 「SF문학, 어떻게 볼 것인가」, <외국문학>, 1996, 겨울.
_____, 「아방가르드의 죽음」, <현대시사상>, 1994, 가을.
김성재, 「문학과 멀티미디어」, <문학정신>, 1994, 5.
김열규, 「정보화사회와 문학」, 『인제대인문사회과학논총』 4권 1호, 1997.
김영진, 「한국육담개론」, 『한국민속과 문학에 나타난 육담의 세계관』, 민속학회, 1996.
김일곤, 「인터넷중독증을 치료하는 사이버닥터 김주환」, <WIN>, 1997, 3.
김재국, 「사이버스페이스, 그 새로운 문학적 영토에 대하여」, <창조문학>, 1997, 가을.
김주환, 「정보양식의 변화와 문화변동」, <황해문화>, 1996, 여름.
김태현, 「문학의 위기란 무엇인가」, <실천문학>, 1993, 여름.
김홍년, 「사이버 스페이스와 사이버리즘 문학」, <하이텔>(go liter).

______, 「통신 문학에 대해」, <하이텔>(go sg86)

나정욱, 「컴퓨니즘―극단적 물신주의를 경계하며」(www.changbi.com)

도정일, 「서사의 회복과 현실세계로의 복귀」, <문학사상>, 1991, 봄호.

마이크 폰드스미스, 『주변에서 본 관점:사이버펑크 핸드북 The View from the Edge:The Cyberpunk Handbook』(버클리, 캘리포니아: R 탤소리안 게임스, 1988).

박길홍, 「인간 복제 가능한가」, <과학과 기술>, 1996, 6.

박재륜, 「문단 저질화의 요인」, <시문학>, 1993, 1.

박형준, 「정보화사회론의 쟁점들」, <동향과 전망>, 1997, 봄호.

심광현, 「테크노문화의 '이중구속' : 생태론과 인공지능의 유토피아 / 디스토피아」, <문화과학>, 1995. 겨울.

우한용, 「정보화시대의 문학의 사회적 기능」, 『제40회 전국 국어국문학 학술대회 주제 발표문』, 1997.

______, 「컴퓨터 시대의 소설 환경」, <소설과 사상>, 1994, 봄.

______, 「허구적 상상력으로 역사 읽기」, <문학정신>, 1992, 9.

위기철, 「문학과 공동창작」, <삶의 문학> 8집, 동녘, 1988.

이용욱, 「사이버리즘이란?」, <하이텔>(go liter).

______, 「정보화시대의 문학, 그 문학적 상상력의 세 가지 토대」, <하이텔> (gosg86)

장석주, 「글쓰기의 혁명적 전환」, <문학사상>, 1994, 11.

전사섭, 「주저하며 다가가기, 보편으로 거듭나기」, <버전업>, 토마토, 1996.

정영자. 「21세기, 한국문학의 역할과 책임」, 『제2회 국제문학 심포지엄 논문집』, 한국비평문학회, 1996.

정정호, 「'사이버스페이스 소설'의 미학과 정치학」, <문학사상>, 1997.

진보와 자유재단(홍성태 엮음), 「사이버스페이스와 미국의 꿈」, 『사이버공간, 사이버문화』, 문화과학사, 1996.

최혜실, 「하이퍼텍스트 소설 분석 및 제작을 위한 제언」, 한국현대문학회 2000년 하계 학술발표회 발제 자료.

황순재, 「사이버공간에서 환상적 글쓰기」, <오늘의 문예비평>, 1996, 겨울.

______, 「통신문학의 정체성을 위하여」, <오늘의 문예비평>, 1996, 여름.

황찬욱, 「PC문학」, <문학정신>, 1994. 4.

힐마 슈문트(이광수 옮김), 「하이퍼픽션의 가능성과 한계」, <오늘의 문예비평>, 1997, 가을.

색 인

ㄱ

가르강튀아 195
가상공간 13, 51, 73, 115, 141
가상섹스 242
가상섹스 중독 대책 위원회 241
가상인간 249
가상현실 141
가장 먼 곳보다 먼 151
강내희 88
개마고원 163
갱스터스 파라다이스 96, 205
거울상 효과 107
게리 솔 모슨 68
게임 15
겨울숲으로의 귀환 178
고어 비달 94
공동창작성 225
공백 222
공자 114
공종구 41
공화국 102
과학소설 154
과학적 상상력 55
관음증 122, 236
구술문학 53, 92, 155
구술문화와 문자문화 84
권택영 103, 177
권희돈 223
귀여운 악녀 217
그로테스크 리얼리즘 195
그림문자 93
글치기 261
금기 230

기대지평 127, 138
김도현 157
김명관 141
김민 101
김병선 59
김병익 52, 57
김성곤 53, 156
김수영 277
김영진 238
김영하 56, 117, 129
김완섭 237
김욱동 266
김윤식 109
김종술 248
김홍년 49, 60
깁슨 40
깊고 푸른 공허함 160

ㄴ

나는 나를 파괴할 권리가 있다 132
나는 사랑을 믿지 않는다 134
나르시스트 134
나르시시즘 104
나보코프 148
나우누리 218
날개 176
낭만주의 19
낯설게 하기 34
네티즌 14
네티켓 38
넬슨 270
넷 75
노라 에프런 241
노르베르트 볼츠 90, 92

사이버리즘과 사이버소설

인쇄일 초판 1쇄 2001년 01월 05일
　　　　　2쇄 2015년 01월 02일
발행일 초판 1쇄 2001년 01월 10일
　　　　　2쇄 2015년 01월 12일

지은이 김 재 국
발행인 정 찬 용
발행처 국학자료원
등록일 1987.12.21, 제17-270호

서울시 강동구 성내동 447-11 현영빌딩 2층
Tel : 442-4623~4 Fax : 442-4625
www. kookhak.co.kr
E- mail : kookhak2001@hanmail.net
ISBN 978-89-8206-539-2 *03800
가 격 15,000원

*저자와의 협의 하에 인지는 생략합니다.